그레이
1

그레이 1

E L 제임스 지음 | 박은서 옮김

Fifty Shades of Grey
as told by Christian

시공사

GREY

이 책은 써달라고 부탁하고…… 또 부탁하고…… 또 부탁한
독자들에게 바칩니다.
제게 베풀어주신 모든 것에 감사드려요.
여러분은 매일 제 세계를 바꾸어놓고 있어요.

감사의 말

다음 분들에게 감사를 드립니다.

지도와 유머, 나를 향한 믿음을 보여주었던 앤 머싯. 내 글을 다듬어주는 데 아낌없는 시간과 노력을 쏟아주었죠. 이 마음의 빚은 영원히 다 갚지 못할 거예요.

항상 나를 보살펴주었던 토니 키리코와 러셀 페로, 이 책의 마지막 줄까지 살펴봐준 훌륭한 편집부와 디자인부의 팀원들— 에이미 브로지, 리디아 뷔클러, 캐서린 하우리건, 앤디 휴즈, 클라우디아 마르티네스, 메건 윌슨.

그리고 사랑과 응원, 지도뿐 아니라 정말로, 정말로 나를 웃게 할 수 있는 유일한 남자, 나일 레너드.

그리고 내 에이전트인 밸러리 호스킨스. 그녀가 없었다면 나는 아직도 TV 방송국에서 일하고 있었겠죠. 모든 일에 감사해요.

캐슬린 블랜디노, 루스 클램핏, 벌린다 윌리스, 작품을 읽어줘서 고마워요.

소중한 우정과 치료를 제공해준 〈로스트 걸스〉.

언제나 위트와 지혜, 응원과 우정을 보여준 〈벙커 베이브스〉.

미국 영어에 도움을 준 〈FP〉의 여성들.

해결 집중 기반 치료 이론에 대해 조언해준 피터 브랜스턴.

헬리콥터 조종 부분을 쓸 때 안내해준 브라이언 브루네티.

미국의 고등교육 체재 조사에 도움을 주신 크리스 콜린스 교수님.

행동 건강에 관한 지식을 빌려주신 레이너 슬러더 박사님.

그리고 마지막으로 쓰지만, 내 인생에서는 마지막이 아닌 내 아이들. 말로 표현할 수 없을 만큼 너희를 사랑한단다. 너희는 엄마 인생과 주변 사람들에게 기쁨을 안겨줬어. 예쁘고, 재미있고, 영리하고, 동정심 많은 어린 신사들, 너희가 무척 자랑스럽단다.

내겐 차 세 대가 있다. 차들이 마룻바닥 위를 빠르게 달려간다. 하나는 빨간색이다. 하나는 녹색, 하나는 노란색. 나는 녹색이 좋다. 그게 제일 좋다. 엄마도 그 차들을 좋아한다. 엄마가 차를 가지고 나와 함께 놀아줄 때가 좋다. 엄마가 제일 좋아하는 건 빨간색이다. 오늘 엄마는 소파에 앉아 벽만 보고 있다. 녹색 차가 양탄자 위로 날아간다. 빨간 차가 따라간다. 그런 다음에는 노란 차가. 쾅! 하지만 엄마는 보지 않는다. 나는 다시 한다. 쾅! 하지만 엄마는 보지 않는다. 나는 엄마 발밑에 있는 녹색 차를 맞춘다. 하지만 녹색 차는 소파 아래로 들어가버린다. 내 손이 닿지 않는다. 녹색 차를 빼내고 싶다. 하지만 엄마는 소파에 앉아서 벽만 바라본다. 엄마. 내 차. 엄마는 듣지 않는다. 엄마. 나는 엄마의 손을 잡아당기지만 엄마는 뒤로 누우며 눈을 감는다. 지금은 싫어, 구더기. 지금은 싫어. 엄마가 말한다. 내 녹색 차는 소파 아래에 있다. 항상 소파 아래에 있다. 거기 보인다. 하지만 손이 닿지 않는다. 녹색 차가 흐려진다. 회색 털과 먼지에 덮인다. 도로 가져오고 싶다. 하지만 손이 닿지 않는다. 녹색 차는 사라진다. 사라졌다. 다시는 가지고 놀 수 없다.

눈을 뜨자 꿈은 이른 아침의 햇살 속으로 사라진다. 대체 무

9

슨 꿈이지? 뒤로 물러가는 파편을 잡으려 하지만, 어느 하나 잡히지 않는다.

대부분 아침에 그러하듯이, 침대에서 나와 옷 방으로 가서 새로 세탁한 운동복을 찾았다. 납빛 하늘은 비를 품었고, 오늘 아침엔 뛰다가 비를 맞을 기분이 아니었다. 나는 위층 개인 피트니스 룸으로 가서 아침 경제 뉴스를 보기 위해 TV를 켜고 러닝머신 위에 올라갔다.

머릿속으로 오늘의 일정을 훑었다. 회의 외에는 아무것도 없지만, 오늘 오후엔 사무실에서 개인 트레이너와 운동 약속이 잡혀 있다. 바스티유는 내게 항상 반가운 도전을 제공한다.

엘레나에게 전화를 해야 할까?

그래, 어쩌면. 이번 주 수요일 이후에 저녁식사를 할 수도 있겠지.

숨이 턱까지 차올라 러닝머신을 멈추고 샤워실로 향했다. 또 한 번의 단조로운 하루가 시작되었다.

"내일."

나는 중얼거리며 클로드 바스티유를 내보냈다. 그는 내 사무실 문간에 서서 말했다.

"이번 주 골프 잊지 마, 그레이."

바스티유는 편안한 얼굴로 오만하게 씩 웃었다. 골프에서 자기가 이길 것이라고 확신한다는 투였다.

바스티유가 나가자 나는 그를 향해 얼굴을 찡그렸다. 그의 작별 인사는 내 상처에 소금을 뿌렸다. 오늘 함께 운동하는 동안 온갖 용감무쌍한 시도를 해보았지만, 내 개인 트레이너는 나를 깔아뭉갰다. 바스티유는 나를 때릴 수 있는 유일한 사람이었다.

그리고 이젠 골프에서 내 살 한 덩이를 더 떼어갈 작정이었다. 골프는 혐오스러웠지만 사업상의 수많은 거래가 골프장에서 벌어지니 그의 강습을 참고 견딜 수밖에 없었다. 게다가 인정하긴 싫지만 바스티유는 내 실력을 확실히 끌어올렸다.

시애틀 전경을 내다보고 있으려니 익숙한 권태가 반갑지 않게 의식 속으로 스며들었다. 기분은 날씨처럼 침침하고 회색이었다. 매일매일이 다 똑같이 뒤섞였고 기분 전환할 것이 필요했다. 주말 내내 일했고, 지금도 내 사무실에 계속 갇혀서 쉴 수가 없었다. 이런 기분이어서는 안 된다. 특히 바스티유와 몇 번 뛴 후에는. 하지만 그랬다.

나는 얼굴을 찡그렸다. 정신이 번쩍 드는 진실은 지금 내 관심의 대상이라고는 수단에 화물선 두 척을 보내기로 한 결정뿐이라는 거였다. 그 생각을 하다 문득, 로스가 오늘 물류비용 계산을 해서 돌아오기로 되어 있다는 걸 깨달았다. 대체 왜 이리 꾸물거리는 거야? 로스가 뭘 하고 있는지 알아볼 생각에 일정표를 보면서 전화기에 손을 댔다.

망할. 워싱턴 주립 대학 학보사의 끈질긴 캐버너 양과 인터뷰를 먼저 해야 하지. 대체 내가 왜 이 짜증 나는 걸 한다고 했지? 나는 인터뷰를 혐오했다. 잘못된 정보를 가지고 시기심이 많은 자들이 내 사생활을 캐내려고 바보 같은 질문을 한다. 그리고 그 여자애는 학생이었다. 전화가 울렸다.

"여보세요."

나는 이게 마치 안드레아의 탓이라도 되는 양 딱딱거렸다. 적어도 이 인터뷰를 짧게 끝낼 수는 있겠지.

"아나스타샤 스틸 양이 만나고 싶답니다, 사장님."

"스틸? 캐서린 캐버너가 온다고 했는데."

"여기 오신 분은 아나스타샤 스틸 양이십니다."

예기치 못한 일은 싫었다.

"안으로 들여보내."

이런, 이런…… 캐버너 양이 못 온단 말이지. 그 아버지, 에이먼을 좀 알았다. 캐버너 미디어의 사주. 사업을 같이한 적이 있었다. 그는 아주 영리한 사업가이자 합리적인 인간 같았다. 인터뷰를 받아주기로 한 것도 그 아버지에게 호의를 베풀기 위해서였다. 나중에 필요할 때 현금으로 되돌려받을 호의. 그 딸에 관해 살짝 호기심이 동했다는 점도 인정해야겠다. 호랑이는 호랑이 새끼를 낳는다는 말이 맞는지 확인해보고 싶었다.

문에서 소란이 일었다. 나는 벌떡 일어섰다. 긴 밤갈색 머리채, 창백한 팔다리, 갈색 부츠가 내 사무실 문 안으로 거꾸러졌다. 그런 서투른 짓에 대한 본연의 거부감을 누르면서 나는 사무실 바닥에 철퍼덕 넘어진 여자애한테로 서둘러 다가갔다. 그녀의 가는 어깨를 잡아 일으켜 세웠다.

맑은 눈이 당황해서 내 눈을 쳐다보는 바람에 나는 그 자리에 우뚝 멈췄다. 세상에서 처음 보는 특별한 색깔이었다. 가식이 없는 담청색. 그 놀라운 순간, 그녀가 나를 꿰뚫어 보는 것 같았다. 나는…… 속마음을 들킨 기분이었다. 그 생각에 불안한 마음이 들었지만, 나는 즉시 떨쳐버렸다.

그녀의 작고 귀여운 얼굴이 순수하고 옅은 장미색으로 물들었다. 짧은 순간, 그 속살도 다 그럴까 생각했다. 흠 하나 없는 고운 피부가 매를 맞으면 분홍색으로 달아올라 어떻게 될까를.

망할.

제멋대로 흐르는 생각에 나도 모르게 놀라 멈추었다. 대체 무슨 생각을 하는 거야, 그레이? 이 여자는 너무 어리잖아. 여자

12

는 입을 벌리고 나를 바라보았고 나는 눈을 치켜뜨지 않으려고 애썼다. 그래, 그래, 자기. 내가 멋져봤자 그저 얼굴일 뿐이야. 피부 한 껍질뿐이라고. 그 눈에 떠오른 감탄하는 빛을 몰아내고 싶었지만, 그 와중에 재미 좀 볼까.

"캐버너 양. 내가 크리스천 그레이입니다. 괜찮아요? 앉겠어요?"

다시 그 홍조가 떠올랐다. 나는 한 번 더 권하며 여자를 관찰했다. 꽤 매력적이었다. 가냘프고, 창백하고, 머리끈 하나에 다 묶이지 않을 만큼 풍성하고 짙은 머리칼.

진갈색 머리.

그래, 매력적이야. 나는 손을 뻗었고 여자는 창피한지 사과의 말을 웅얼거리더니 내 손을 잡았다. 피부는 차갑고 부드러웠지만 악수할 때 손의 힘만은 강했다.

"캐버너 양은 개인적 사정으로 올 수가 없어서 저를 대신 보냈습니다. 실례가 되지 않았으면 좋겠어요, 그레이 씨."

목소리는 머뭇거리는 기색으로 조용조용했지만 여자는 그 긴 속눈썹을 퍼덕거리며 눈을 정신없이 깜박거렸다.

우아하지 못한 등장이 꽤 흥미로워, 난 재미있어하는 기색을 억누르지 못하고 누구냐고 물었다.

"아나스타샤 스틸이라고 합니다. 저는 워싱턴 주립 대학에서 케이트와 함께 영문학을 공부해요. 음…… 캐서린…… 음, 캐버너 양요."

불안하고 숫기 없는 책벌레 타입, 응? 여자는 그렇게 보였다. 형편없는 옷차림이었다. 볼품없는 스웨터와 A라인 치마, 실용성 있는 부츠가 여자의 가는 몸매를 가렸다. 패션 감각이라는 게 전혀 없나? 여자는 불안하게 내 사무실을 둘러보았다. 그럼

에도 나는 쳐다보지 않는군. 이 흥미로운 역설을 마음에 새겼다.

어떻게 이런 어린애가 기자가 될 수 있을까? 자기주장이라고는 하나도 없어 보이는데. 여자는 쉽게 얼굴을 붉혔고, 온순했으며…… 순종적이었다. 지금 상황에 어울리지 않게 생각이 흐르자 당혹스러워서 고개를 저으며 첫인상을 믿을 수 있는지 생각했다. 진부한 인사말을 늘어놓으며 앉으라고 권한 뒤, 여자가 식견이 있는 눈으로 내 사무실 벽에 걸린 그림들을 감상하고 있다는 것을 깨달았다. 나도 모르게 불쑥 설명을 해주었다.

"지역 화가의 작품이죠, 트루통이라고."

"정말 예쁘네요. 평범한 사물을 특별한 예술의 경지로 올려놓았어요."

여자는 꿈을 꾸는 듯한 목소리였다. 정묘하고 예술적인 트루통의 작품에 넋을 잃은 모양이었다. 그 옆모습은 섬세했다. 위로 들린 코, 부드럽고 도톰한 입술. 그 말에서 나는 그녀가 내 감정을 정확히 잡아냈다는 것을 알았다. 평범한 것을 특별한 경지로 올려놓는다. 날카로운 관찰이었다. 스틸 양은 똑똑한 아가씨로군.

나는 그 말에 동의한 후, 여자의 피부에 다시 한 번 천천히 홍조가 퍼져나가는 것을 보았다. 반대편에 앉은 나는 생각을 가다듬으려고 애썼다.

여자는 구겨진 종이를 주섬주섬 꺼내더니 커다란 가방에서 디지털 녹음기를 꺼냈다. 여자는 몹시도 서툴렀다. 그 망할 물건을 내 바우하우스 커피 탁자에 두 번이나 떨어뜨렸다. 이전에는 한 번도 해본 적이 없는 게 분명했다. 하지만 어쩐지 알 수 없는 이유로 내 흥미가 돋았다. 보통의 상황이라면, 그 여자의 어색한 태도가 무척 짜증 났겠지만 지금은 집게손가락으로 미소를 누르며 이 여자 대신 세워주고 싶은 충동을 억눌러야 했다.

그녀가 더듬대면서 점점 더 얼굴이 짙게 물들자, 승마 채찍으로 이 여자의 운동 신경을 섬세하게 단련시켜줄 수 있지 않을까 하는 생각이 들었다. 적절하게 사용하면 겁이 많아 말을 잘 안 듣는 말도 잘 따라오게 할 수 있었다. 적절하지 못한 생각에 나는 자리에서 꿈틀거리며 자세를 바꿨다. 여자가 나를 슬쩍 올려다보더니 도톰한 아랫입술을 깨물었다.

젠장! 저 입이 저렇게 매혹적이라는 것을 왜 눈치채지 못했지?

"죄, 죄송해요. 이게 익숙지가 않아서요."

딱 보면 알지, 자기. 하지만 지금은 아무래도 상관없어. 지금은 네 입술에서 눈을 뗄 수 없으니까.

"천천히 해요, 스틸 양."

나도 제멋대로 흐르는 생각을 가다듬을 시간이 필요하니까.

그레이…… 이거 그만둬, 당장.

"제가 답변을 녹음해도 괜찮을까요?"

여자는 솔직하고 기대에 찬 얼굴로 물었다.

나는 웃고 싶었다.

"녹음기 세팅하느라 그 고생을 하고서 이제야 물어보나?"

여자는 눈만 깜박였다. 커다란 눈은 잠깐 길 잃은 표정을 띠었고 익숙하지 않은 죄책감이 내게 밀려왔다. 괜한 사람 못살게 굴지 말고 그만둬, 그레이.

"그래, 괜찮아요."

나는 그 표정에 책임을 지고 싶지 않았다.

"케이트가, 아니 캐버너 양이 무슨 인터뷰인지 설명드렸나요?"

"그래요. 학교신문 졸업식 특별호에 실릴 인터뷰라던데. 올해 졸업식에는 나도 학위 수여에 참석할 예정이죠."

어째서 그 따위 짓을 하겠다고 했는지 나도 알 수가 없었다. 홍보부의 샘 말로는, 워싱턴 주립 대학의 환경공학과는 내가 이미 기부하기로 했던 금액에 맞먹는 또 다른 기부금을 끌기 위한 홍보가 필요했다. 그리고 샘은 언론 노출을 위해서라면 뭐라도 할 작정이었다.

스틸 양은 이 소식을 처음 듣는다는 듯 다시 한 번 눈을 깜박였다. 못마땅해하는 표정이었다. 젠장, 저 못마땅한 표정은 뭐야! 인터뷰를 위해 사전 조사도 안 해 온 걸까? 이 정도는 알고 있어야 하지 않나? 그 생각을 하니 피가 식었다. 그건 좀…… 불쾌했다. 그 여자든, 내가 시간을 내주기로 한 누구한테든 그런 준비성 없는 태도를 기대하진 않았다.

"됐습니다. 제가 몇 가지 질문을 드릴게요, 그레이 씨."

여자가 얼굴에 떨어진 머리카락을 귀 뒤로 넘기자 나는 불쾌감을 잠시 잊어버리고 그쪽에 정신이 팔렸다.

"그러자고 여기 온 걸 텐데."

어디 겁 좀 줘볼까. 예상대로 겁을 먹었는지 여자가 어깨를 펴고 똑바로 앉았다. 일을 진지하게 할 작정이었다. 여자는 몸을 앞으로 숙여 녹음기의 시작 버튼을 누르더니 구겨진 쪽지를 내려다보며 얼굴을 찡그렸다.

"이렇게 젊은 나이에 제국을 구축하셨는데요. 성공의 비결이 뭐라고 생각하십니까?"

이런 것보다는 좀 더 제대로 된 질문을 할 수 있을 것 같은데.

16

얼마나 지루한 질문인가. 독창성이라고는 눈곱만큼도 없어. 실망스러웠다. 나는 뛰어난 인재들이 나를 위해서 일한다는 평소의 답변을 내뱉었다. 내가 사람을 신뢰하는지 모르지만 신뢰하는 사람들을 뽑아 보상도 잘해준다, 어쩌구저쩌구……. 하지만 스틸 양, 간단히 말해서, 그건 내가 이 분야에선 똑똑하게 잘해서 그래. 내겐 식은 죽 먹기였어. 경영 악화로 고통받는 회사들을 사서 회생시키거나 몇 개는 보유하고, 완전히 거덜났으면 자산을 다 짜내고 가장 높은 액수에 입찰하는 사람에게 팔아버리지. 그건 단순하게 둘 사이의 차이를 아느냐의 문제지. 그리고 언제나 결국은 일을 맡고 있는 사람들의 문제로 이어지고. 사업에서 성공하려면 좋은 사람들이 필요하지. 그리고 난 사람들을 판단하는 능력이 좋거든. 보통 사람보다.

"어쩌면 그저 운이 좋으셨던 걸 수도 있겠지요."

여자가 조용히 말했다.

운이 좋다고? 분개심이 전율처럼 일어나 내 몸을 훑었다. 운이 좋아? 이 여자가 감히 그런 말을 해? 이 얌전하고 조용하게 생긴 여자가 이런 질문을? 이제까지 누구도 내가 운이 좋다고 말한 사람은 없었다. 열심히 일하고 사람들을 나와 함께 끌어올리고 그들을 면밀히 관찰하고 내게 필요한지 재고하고. 만약 그 사람들이 업무에 걸맞지 않는다면 가차 없이 차버렸다. 그게 내가 하는 일이야. 내가 잘하는 일이라고. 그건 운이랑은 아무 상관없어! 뭐, 그런 건 어쨌든 좋고. 나는 지식을 과시하기 위해, 제일 좋아하는 사업가인 하비 파이어스톤의 말을 인용했다.

"사람의 성장과 발전은 지도자가 추구해야 할 가장 최상의 소명이죠."

"모든 걸 다 통제하지 않으면 성이 안 풀리는 통제광처럼 말

쓴하시는군요."

여자는 아주 진지한 어조로 말했다.

이건 또 뭐야? 어쩌면 이 여자는 나를 꿰뚫어 보는지도.

'통제광'은 내 별명이니까, 귀여운 아가씨.

나는 그녀를 겁주고자 매섭게 쳐다보았다.

"아, 만사를 직접 통제하는 건 맞아요, 스틸 양."

게다가 난 지금 그 힘을 너에게 쓰고 싶지. 바로 여기서. 바로 지금.

매력적인 홍조가 다시 뺨에 퍼졌고 여자는 그 입술을 다시 깨물었다. 나는 여자의 입술에 뺏긴 혼란스러운 정신을 회복하기 위해 계속 지껄였다.

"게다가 비밀스러운 공상 속에서 나는 애초부터 세상을 지배할 운명을 타고났다고 확신함으로써 강력한 힘을 얻기도 하죠."

"강력한 힘을 갖고 있다고 생각하세요?"

여자가 부드럽고 달래는 목소리로 물었다. 하지만 비난을 담은 표정으로 섬세한 눈썹을 치켜올리긴 했다. 일부러 나를 자극하는 거야? 나를 열 받게 하는 건 이 여자의 질문일까, 태도일까, 아니면 내가 이 여자를 매력적이라고 생각한다는 사실일까? 언짢은 기분이 점점 커져갔다.

"내 밑의 직원만 4만 명이 넘어요. 그 때문에 난 어떠한 책임을 느낍니다. 굳이 말하자면 힘이라고 할 수도 있겠지요. 내가 더 이상 원격통신 사업에 흥미가 없어져 팔기로 한다면 2만 명은 한 달 후에 주택 담보 대출금을 갚기 위해 발버둥을 쳐야겠죠."

내 말에 여자의 입이 떡 벌어졌다. 그래, 그편이 좀 더 낫네.

받아들여, 자기. 나는 평정심이 돌아오는 것을 느꼈다.

"이사회를 열어서 결정해야 하지 않을까요?"

"이 회사는 내 거요. 이사회를 열 필요는 없어요."

이 정도는 알아야지.

"그럼 업무 이외에 관심 있는 분야가 있으신가요?"

여자가 내 반응을 정확히 재며 서둘러 계속했다. 여자는 내가 열이 받았다는 것을 알았다. 어떤 설명할 수 없는 이유로 이 점이 나를 기쁘게 했다.

"다양한 분야에 관심이 있죠, 스틸 양. 아주 다양한."

이 여자가 내 오락실에서 다양한 자세를 취하고 있는 모습이 머릿속에 스치고 지나갔다. 십자가에 묶이고, 네 기둥 침대에 대자로 뻗고, 채찍 의자에 엎드려 다리를 벌리고. 게다가 봐, 얼굴이 다시 빨개졌잖아. 마치 방어기제 같았다.

"하지만 그처럼 열심히 일을 하신다면 어떻게 푸시나요?"

"풀어?"

똑똑한 입에서 그런 단어가 나오니 아주 이상하게 들렸다. 게다가 내가 풀 시간이 있나? 그녀는 내가 무엇을 하는지 알지 못했다. 하지만 여자는 그 순수하고 커다란 눈으로 나를 쳐다보았고, 놀랍게도 나는 어느새 나도 모르게 그 여자의 질문을 곰곰이 생각하고 있었다. 풀기 위해서 뭘 하더라? 항해, 비행, 섹스……. 이 여자 같은 매력적인 갈색 머리 여자들의 한계를 시험하고, 나를 따라오게 하고……. 그 생각에 나는 다시 의자에서 자세를 바꾸었지만 내가 가장 좋아하는 두 가지 취미는 생략하고 매끄럽게 대답해주었다.

"제조업에도 투자하시네요. 어째서입니까, 특정한 이유가 있으세요?"

"난 무언가 짓는 걸 좋아하죠. 사물이 작동하는 방식을 알아 내고도 싶고. 어떻게 움직이는가. 어떻게 건설하고 파괴하는가. 게다가 난 배를 사랑하죠. 그 외에 무슨 다른 이유가?"

배들은 전 세계에 식량을 실어다 나르잖아.

"그 말씀만 들으면 논리나 사실보다는 심장이 말하는 대로 따른다는 것 같은데요."

심장? 내가? 아, 맙소사, 아가씨.

내 심장은 오래전에 알아볼 수 없을 정도로 난도질당했다고.

"그럴지도. 내가 심장도 없다고 말하는 사람들이 있긴 하지 만."

"어째서 그런 말들을 하는 거죠?"

"나를 잘 알기 때문이겠지."

나는 그녀에게 빈정대는 미소를 보냈다. 사실 나를 그렇게 잘 아는 사람은 없어. 엘레나 정도를 제외하곤. 엘레나가 여기 있 는 스틸 양을 어떻게 볼지 궁금했다. 이 여자는 모순덩어리군. 수줍고, 어색하고, 아마도 똑똑하고. 하지만 미친 듯이 사람 흥 분시키고. 아, 그래, 인정하지. 이 여자가 매혹적이긴 해.

그녀는 다음 질문을 암기해서 읊었다.

"친구분들은 친하게 지내기 쉬운 사람이라고 하지 않나요?"

"난 아주 사적인 사람입니다. 사생활을 지키기 위해 꽤 신경 을 쓰고 있죠. 인터뷰도 자주 하지 않아요."

내가 하는 일을 하고 선택한 삶을 살려면 사생활이 필요하지.

"대학을 후원하고 있기도 하고, 갖은 수를 다 썼지만 캐버너 양을 떨칠 수가 없었기 때문이기도 하고. 캐버너 양이 우리 홍 보부를 어찌나 괴롭히며 졸라대던지. 게다가 난 그런 종류의 끈 질긴 집념을 높이 사기도 하고."

여기 나타난 게 그 여자가 아니라 너라서 고마워.

"또한 농업공학에도 투자하시는데요. 어째서 이 분야에 관심을 두고 계시죠?"

"돈을 먹을 순 없으니까, 스틸 양. 먹을 게 충분하지 않은 사람이 이 지구상에는 너무나 많죠."

나는 포커페이스를 하고 그녀를 빤히 보았다.

"아주 박애주의적인 말씀이시네요. 그게 열정을 갖고 계신 분야인가요? 굶주린 세계에 식량을 주자?"

그녀는 내가 무슨 수수께끼라도 되는 양 당황스러운 표정으로 나를 보았지만, 그녀에게 내 어두운 영혼을 들여다보게 할 마음은 전혀 없었다. 그냥 넘겨, 그레이.

"영리한 사업이지."

나는 지루한 척 웅얼거리면서 굶주림에 대한 온갖 생각을 떨치기 위해 그 입에 대고 섹스하는 상상을 했다. 그래, 이 입은 좀 훈련이 필요하겠어. 이 여자가 내 앞에 무릎을 꿇고 있는 상상까지 할 수 있었다. 이제 그 생각에 끌렸다.

그녀는 나를 환상에서 끌어내며 다음 질문을 읊었다.

"철학이 있으신가요? 있다면 무엇입니까?"

"그런 철학은 없는데. 어쩌면 나를 이끄는 원칙은 있을지도. 카네기의 말이죠. '자기 정신을 완전히 소유할 수 있는 능력이 있는 남자라면 정당한 자격이 있는 다른 것도 모두 소유할 수 있으리라.' 난 아주 특이하고 성공을 위해 억제할 줄 알죠. 난 통제하기를 좋아합니다. 나 자신과 내 주위의 사람들 모두를."

"그런 것을 소유하고 싶으신가요?"

그래, 아가씨. 너까지도. 나는 그 생각에 깜짝 놀라 얼굴을 찡그렸다.

"소유할 만한 자격이 있는 사람이 되고 싶죠. 하지만 그래요, 기본적으론 그러길 원하죠."

"최종소비자처럼 말하시네요."

여자의 목소리엔 못마땅한 기색이 어려 있었다.

"실제로 그러니까."

세상 원하는 건 다 갖고 자란 부잣집 딸처럼 말하네. 자세히 보니 올드 네이비나 H&M 같은 데서 산 옷을 입고 있어서 그럴 리는 없을 것 같았다. 부유한 집안 출신은 아니었다.

내가 당신을 정말로 잘 돌봐줄 수 있는데.

대체 어디서 그런 생각이 나왔지?

하지만 생각해보니 새 서브가 필요하긴 했다. 얼마나 되었지? 수재너 이후 두 달? 그리고 이제 이 갈색 머리 여자에게 침을 흘리고 있었다. 미소를 지으며 여자의 말에 동의했다. 소비라고 해서 나쁠 건 없지. 결국, 미국 경제의 잠재력이라고 할 만한 것을 추진하는 동력이 소비니까.

"입양되셨다고 들었는데요. 그게 현재 모습을 형성하는 데 얼마나 영향을 끼쳤다고 생각하십니까?"

대체 이게 원유 가격이랑 무슨 상관이람? 이 얼마나 우스꽝스러운 질문인지. 만약 그 약쟁이가 창녀와 계속 같이 있었더라면 난 아마 죽었을 거야. 목소리를 침착하게 유지하며 대답을 하지 않음으로써 한 방 날렸다. 하지만 여자는 내가 몇 살에 입양되었는지 물으면서 밀어붙였다.

내 어조는 차가워졌다.

"그건 공적인 기록을 보면 나와 있지 않나."

그런 정도는 알고 있어야지. 이제 그녀는 빠져나온 머리카락을 귀 뒤로 넘기면서 뉘우치는 빛을 띠었다. 좋아.

"일을 위해서 가정생활을 희생하셨는데요."

"그건 질문이 아닌데."

나는 딱 잘라 말했다.

그녀는 당황한 기색을 역력히 내비치며 화들짝 놀랐으나, 적어도 사과하고 질문으로 바꿀 정도로 우아한 태도를 보였다.

"일을 위해서 가정생활을 희생하셨나요?"

가족을 가져서 뭐하게?

"가족은 이미 있죠. 형과 여동생, 사랑하는 부모님이 계시지. 그 이상으로 가족을 확대할 생각은 없어요."

"동성애자세요, 그레이 씨?"

뭐라고?

이 여자가 그 말을 큰 소리로 했다는 게 믿어지지가 않았다. 역설적이게도 우리 가족조차도 감히 입 밖에 내지 못하는 질문인데. 어떻게 이 여자가 감히! 나는 이 여자를 당장 의자에서 끌어내려 내 무릎 위에 엎어놓고 엉덩이를 흠씬 두들긴 후 손을 뒤로 묶고 책상 위에서 가지고 싶은 생각과 싸워야만 했다. 그러면 그 멍청한 질문에 대답이 되겠지. 대체 이 여자는 왜 이렇게 사람을 짜증 나게 하는 거야? 나는 진정하려고 심호흡을 했다. 그나마 고소하게도 여자도 자기 질문에 나만큼 당황한 것 같았다.

"아니, 아나스타샤. 아닌데."

나는 눈썹을 치켰지만 표정은 역시 무감하게 유지했다. 아나스타샤, 아름다운 이름이군. 내 혀가 그 이름을 굴릴 때 감촉이 마음에 들었다.

"죄송합니다. 그게, 음…… 여기 쓰여 있어서요."

그녀는 다시 머리카락을 귀 뒤로 넘겼다. 분명히 초조할 때

나오는 습관 같았다.

이게 자신이 생각해낸 질문이 아니라고? 여자에게 물어봤더니 얼굴이 창백해졌다. 망할, 정말로 매력적이군. 그것도 약간 약한 표현이다.

"어…… 아니에요. 케이트, 캐버너 양이 질문을 모았어요."

"당신도 학교신문 기자?"

"아뇨, 저는 그냥 룸메이트입니다."

엉망진창으로 어쩔 줄 모르는 것도 당연하군. 나는 이 여자를 정말로 괴롭혀줄까, 마음속으로 싸우며 턱을 긁었다.

"이 인터뷰를 하겠다고 자청했어요?"

나의 질문은 그 여자의 순종적 표정으로 보답을 받았다. 내 반응에 안절부절못했다. 내가 이 여자에게 불러일으킨 효과가 마음에 들었다.

"대타로 왔어요. 캐버너 양이 몸이 좋지가 않아서."

목소리가 부드러웠다.

"그러면 많은 게 설명이 되는군."

그때 노크 소리가 나더니 안드레아가 들어왔다.

"그레이 씨, 방해해서 죄송합니다만 다음 회의가 2분 후에 시작됩니다."

"우리 아직 안 끝났어, 안드레아. 다음 회의는 취소해."

안드레아는 당황한 표정으로 입을 떡 벌렸다. 나는 그녀를 쏘아보았다. 나가 당장! 여기 있는 스틸 양과 볼일이 있다고.

"잘 알겠습니다, 그레이 씨."

그녀는 재빨리 평소의 모습으로 회복하고 뒤돌아 나갔다.

나는 다시 내 소파에 앉아 있는 흥미로우면서도 짜증 나는 존재에게로 주의를 돌렸다.

"어디까지 했죠, 스틸 양?"

"저 때문에 일을 미루진 마세요."

아, 안 되지, 아가씨. 이젠 내 차례인걸. 나는 그 사랑스러운 얼굴 뒤에 숨어 있는 비밀을 밝히고 싶었다.

"난 당신에 대해서 알고 싶은데. 그래야 공정하죠."

나는 등을 뒤로 기대고 손가락을 모아 내 입에 갖다 댔다. 여자의 시선이 내 입에 잠깐 꽂히더니 침을 꿀꺽 삼켰다. 아, 그래. 평소처럼 저런 효과가 나야지. 이 여자도 내 매력에 완전히 둔감하지는 않다는 것을 알게 되니 기분이 좋았다.

"별로 알려드릴 만한 게 없는데요."

여자의 홍조가 돌아왔다.

내가 겁을 주었군.

"졸업하면 무얼 할 생각이죠?"

"아직 계획이 없습니다, 그레이 씨. 일단 기말고사부터 끝내야 해서요."

"여기도 아주 훌륭한 인턴 프로그램이 있는데."

뭐에 홀려서 이런 말을 한 거지? 이건 규칙에 어긋나잖아, 그레이. 직원과는 절대로 섹스하지 마라. 하지만 이 여자랑 섹스하는 사이는 아니니까.

여자는 놀란 표정으로 다시 입술을 깨물었다. 어째서 이처럼 흥분되는 거지?

"네, 명심하도록 하겠습니다."

그녀가 대답했다.

"제가 여기 맞을지는 잘 알 수가 없지만요."

"어째서 그런 말을?"

내가 물었다. 우리 회사가 어디가 어때서?

"너무 뻔하지 않나요?"

"난 잘 모르겠는데."

나는 여자의 반응에 어안이 벙벙했다.

여자는 다시 당황해하더니 디지털 녹음기에 손을 뻗었다.

젠장, 가려는군. 머릿속으로 나는 오후의 일과를 훑어보았다. 지키지 않으면 안 될 건 없었다.

"내가 한번 구경이라도 시켜줄까요?"

"아주 바쁘시다는 것 잘 압니다, 그레이 씨. 저도 차를 타고 한참 가야 해서요."

"밴쿠버까지 운전하고 돌아간다고?"

나는 창밖을 내다보았다. 운전도 한참 해야 하는데, 비까지 오고 있었다. 이런 날씨엔 운전하면 안 될 텐데. 하지만 내가 말릴 도리는 없었다. 그 생각에 기분이 언짢아졌다.

"그럼, 조심해서 운전해야겠군."

생각보다 엄한 목소리가 나왔다. 여자는 주섬주섬 디지털 녹음기를 챙겼다. 한시라도 빨리 내 사무실에서 나가고 싶어 하지만, 놀랍게도 나는 그녀를 보내고 싶지 않았다.

"필요한 건 다 챙겼어요?"

나는 여자를 좀 더 붙잡고 싶어 뻔한 노력을 하며 물었다.

"네."

그녀가 조용히 말했다.

그녀의 답변에 내 마음이 흔들렸다. 그 똑똑한 입으로 고분고분하게 말하는 태도가. 잠깐 나는 그 입이 내 신호에 대답하는 것을 상상했다.

"인터뷰 허락해주셔서 감사했습니다, 그레이 씨."

"나야말로 즐거웠어요."

나는 대답했다. 솔직한 심정이었다. 누군가에게 이처럼 매혹된 것은 오랜만이었다. 기분이 심란해졌다. 여자가 일어났고 나는 그녀를 만지고 싶은 마음에 손을 내밀었다.

"다시 만날 때까지 잘 있어요, 스틸 양."

여자가 작은 손을 내 손 안에 맡기자 나는 나직하게 말했다. 그래, 이 여자를 내 오락실에서 플로거로 재미있게 해주고 가져야겠어. 이 여자를 묶고 기다리게 해야지……. 나를 필요로 하게 만들고, 신뢰하게 하고. 나는 침을 삼켰다.

그럴 일은 없어, 그레이.

"안녕히 계세요, 그레이 씨."

여자는 목례를 하더니 손을 빨리 뺐다. 너무도 빨리.

이 여자를 이런 식으로 보낼 순 없었다. 이 여자가 떠나고 싶어서 필사적이라는 것은 분명했다. 기분이 언짢았지만, 사무실 문을 열 때 좋은 생각이 퍼뜩 떠올랐다

"제대로 문을 나가는지 확인해야 할 것 같아서."

나는 빈정거리는 투로 농담했다.

그녀의 입이 일자로 다물어졌다.

"아주 배려가 깊으시네요, 그레이 씨."

스틸 양도 궁지에 몰리면 덤빌 줄 아는군! 그녀가 나갈 때 나는 뒤에서 씩 웃으며 따라 나갔다. 안드레아와 올리비아가 충격을 받고 올려다보았다. 그래, 그래. 내가 지금 여자를 배웅하고 있다고.

"외투는 받아두었나?"

내가 물었다.

"네. 재킷요."

올리비아에게 지시하는 눈빛을 보내자, 그녀가 즉시 일어나

남색 재킷을 가져오더니 평소처럼 선웃음을 치며 내게 건넸다. 맙소사, 올리비아는 짜증스러운 여자였다. 항상 나를 보면 넋을 잃곤 한다.

흠. 재킷은 낡고 싸구려였다. 아나스타샤 스틸 양은 더 나은 옷을 입어야 했다. 나는 재킷을 들어 여자의 가는 어깨에 덮어 주며 목 아래의 피부를 살짝 스쳤다. 여자는 그 접촉에 가만히 굳더니 얼굴이 창백해졌다.

그래! 나를 의식하고 있구나. 그 사실을 알게 되니 참으로 만족스러웠다. 엘리베이터로 느긋하게 걸어가 버튼을 누르는 동안 여자는 내 옆에서 꿈지럭거리며 서 있었다.

아, 네가 그렇게 꿈지럭거리는 것을 당장 멈추게 할 수 있는데, 아가씨.

문이 열리자 여자는 서둘러 타고는 나를 돌아보았다. 한층 더 매력적이었다. 아름답다고 말할 수 있을 정도였다.

"아나스타샤."

나는 작별 인사차 말했다.

"크리스천."

그녀는 부드러운 목소리로 말했다. 엘리베이터 문이 닫히자 내 이름이 우리 둘 사이의 공기 중에 맴돌았다. 이상하고 낯설면서도 무척 섹시하게 울렸다.

이 여자에 대해 좀 더 알아내야 했다.

"안드레아."

나는 사무실로 돌아가며 큰 소리로 명령했다.

"웰치 좀 연결해, 당장."

자리에 앉아 전화를 기다리면서 사무실 벽에 걸린 그림들을 쳐다보았다. 스틸 양의 말이 내게 떠돌아왔다. "평범한 것을 특

별한 경지로 올려놓는다." 그 여자도 그렇게 쉽게 묘사될 수 있
을 것 같았다.

전화가 울렸다.

"웰치 씨가 전화하셨습니다."

"연결해."

"네, 사장님."

"웰치, 뒷조사를 하나 부탁해야겠는데."

아나스타샤 로즈 스틸

생년월일: 1989년 9월 10일, 워싱턴 주 몬테사노

주소: 워싱턴 주 밴쿠버 SW 그린 스트리트 헤이븐 하이츠 7동
    1114호 98888

휴대전화번호: 360-959-4352

사회 보장 번호: 987-65-4320

은행 계좌 상황: 워싱턴 주 밴쿠버 웰스 파고 은행 98888
    계좌번호: 309361
    잔고: 683.16달러

직업: 워싱턴 주립 대학 밴쿠버 캠퍼스 인문대학 영문과 학부생

학점: 4.0

학력: 몬테사노 고등학교 졸업

SAT 점수: 2150

직업: 클레이튼 공구점, 오리건 주, 포틀랜드,
    NW 밴쿠버 드라이브 (시간제)

아버지: 프랭클린 A. 램버트
    생년월일: 1969년 9월 1일, 1989년 9월 11일 사망

어머니: 칼라 메이 윌크스 애덤스

　　　생년월일: 1970년 7월 18일

　　　결혼: 프랑크 램버트 1989년 3월 1일-사별 1989년 9월 11일

　　　　　레이먼드 스틸 1990년 7월 6일-이혼 2006년 7월 12일

　　　　　스티븐 M. 모튼 2006년 8월 16일-이혼 2007년 1월 31일

　　　　　로빈 (밥) 애덤스 2009년 4월 6일

정치 성향: 미상

종교: 미상

성적 취향: 알려진 것 없음

교제 관계: 현재는 없는 것으로 보임

　이틀 전 요약본을 받은 이후로 이 불가사의한 아나스타샤 로즈 스틸 양에 관해 뭔가 알아낼까 싶어 수백 번은 들여다보았다. 이 망할 여자를 내 마음에서 몰아낼 수가 없어서 심각하게 열이 받기 시작했다. 지난주 내내, 특히 지루한 회의를 하는 동안 머릿속으로 그 인터뷰를 몇 번이나 돌려보곤 했다. 서투르게 녹음기를 만지작거리던 손가락, 머리카락을 뒤로 넘기던 손길, 습관적으로 깨물던 입술. 그래. 매번 그 망할 입술을 깨무는 모습이 신경에 거슬렸다.

　그래서 지금 여기 클레이튼 공구점에 와 있는 것이었다. 포틀랜드 외곽, 아줌마와 아저씨들이 가는 공구점. 그 여자가 일하는 곳.

　너 바보냐, 그레이. 여기서 뭐 하는 거야?

　무엇 때문에 여기까지 오게 되었는지는 잘 알았다. 일주일 내내…… 그녀를 다시 만나야만 한다는 것을 알고 있었다. 그녀가 엘리베이터에서 내 이름을 부른 이후 줄곧 알았다. 저항하려

고 해보았다. 닷새를 기다렸다. 이 여자를 잊을 수 있을까 확인하려고 닷새를 기다렸다.

난 원래 기다리지 않는 사람인데. 기다리는 걸 싫어하잖아. 뭐가 되었든.

이전에는 여자를 따라다닌 적이 없었다. 나는 여자들을 잘 이해했고 내가 그들에게 기대하는 바도 잘 알았다. 이제 내가 두려운 건 스틸 양은 그저 너무 어리고 내가 제공하는 어떤 것에도 흥미가 없을 것 같다는 거였다. 있을까? 좋은 서브미시브가 될 수 있을까? 나는 머리를 흔들었다. 그래서 여기 온 것이다. 적막하기 짝이 없는 포틀랜드 지역의 한 교외 주차장에 앉아 있는 멍청이가 되면서까지.

배경 조사서에는 딱히 특별한 것이 없었다. 다만 마지막 사실만이 내 마음의 가장 맨 앞에 남아 있었다. 그래서 여기 온 것이기도 했다. 어째서 남자 친구가 없을까, 스틸 양? 성적 취향이 알려져 있지 않다니, 동성애자일지도. 나는 그럴 가능성이 없다고 생각하고 피식 웃었다. 그녀가 인터뷰에서 했던 질문이 떠올랐다. 화들짝 놀라며 당황해하던 것도. 피부가 장밋빛으로 물들었던 것도. 그녀를 만난 이후로 이 음란한 생각이 떠나질 않았다.

그래서 여기 온 거잖아.

그 여자가 다시 보고 싶어서 안달이 났다. 그 푸른 눈이 꿈속까지 나를 따라왔다. 이 여자 얘기는 아직 플린에게 하지 않았다. 지금 스토커처럼 행동하고 있기 때문에 그편이 다행이라고 생각했다. 어쩌면 플린에게 알려야 할지도. 아니, 그가 최근에 집중하고 있는 해결 기반 치료 이론인지 뭔지로 나를 괴롭히길 원하지 않았다. 다른 데 정신을 좀 돌려야 했다……. 지금 당장 내가 정신을 돌리고 싶은 대상은 바로 저 공구점에서 판매원으로 일하고 있다고 했다.

이 먼 길을 왔잖아. 그 조그만 스틸 양이 기억만큼 매혹적인
지 어디 한번 보자고.

쇼를 시작할 시간이야, 그레이.

가게 안으로 들어가자 단조로운 전자음이 울렸다. 가게는 밖
에서 보는 것보다는 훨씬 컸다. 토요일 점심시간인데도 가게 안
은 조용했다. 흔히 볼 수 있는 쓰레기들이 놓인 선반이 몇 줄씩
이어졌다. 여기 나 같은 사람에게 맞을 만한 공구가 있을 수도
있겠다는 생각은 잊어버린 지 오래였다. 보통 필요한 물건은 온
라인으로 구입했지만, 여기 온 김에 몇 개를 사서 쟁여놓을 수
도 있겠지……. 벨크로, 분할 고리……. 그래, 군침 도는 스틸
양을 찾아서 재미 좀 볼까.

그녀를 찾는 데 딱 3초 걸렸다. 그녀는 카운터에 구부정하게
서서 열심히 모니터를 들여다보며 점심으로 베이글을 뜯어 먹
고 있었다. 그녀는 멍하니 아무런 생각 없이 입가에 묻은 부스
러기를 떼서 입에 넣고 손가락을 빨았다. 내 물건이 즉시 반응
을 보이며 움찔했다.

젠장, 뭐냐, 나. 열네 살이야?

내 몸의 반응은 몹시도 거슬렸다. 어쩌면 이 반응은 내가 이
여자를 묶고, 섹스하고, 플로거로 때리면 잠재워질지도 몰라.
뭐 꼭 그런 순서로 할 필요는 없겠지. 그래, 이게 내가 필요한
거야.

그녀는 아주 철저히 자기 일에 빠져 있었기 때문에 관찰할 겨
를이 있었다. 호색한 생각을 치워놓고 보면 그녀는 매력적이었
다. 심각하게 매력적이었다. 내 기억은 틀림없었다.

그녀는 고개를 들다가 나를 보고 얼어붙었다. 처음 그 여자를

만날 때만큼 불안했다. 그녀는 시선을 고정하고 나를 찬찬히 쳐다보았다. 충격받은 것 같기도 했다. 나는 이것이 좋은 반응인지, 나쁜 반응인지 알 수가 없었다.

"스틸 양, 놀랍고도 반갑군요."

"그레이 씨."

그녀는 숨 가쁜 소리로 대답하며 얼굴을 붉혔다. 아, 좋은 반응인데.

"이 근처에 볼일이 있었는데. 몇 가지 사다 챙겨두어야 할 게 있어서. 다시 만나서 반가워요."

진짜 반갑지. 그녀는 몸에 딱 달라붙은 티셔츠에 청바지 차림이었다. 이번 주초에 보았던 볼품없는 옷 쪼가리가 아니었다. 다리가 무척 길고 허리가 가늘었으며 가슴은 완벽했다. 입술은 놀라서 여전히 벌어져 있었다. 나는 그녀의 턱을 들어 입을 가까이 대고 싶은 충동에 저항해야 했다. 시애틀에서부터 너를 만나러 날아온 거야. 그리고 지금 너의 모습을 보니, 먼 길 온 보람이 있군.

"아나, 제 이름은 아나예요. 무엇을 도와드릴까요, 그레이 씨?"

그녀는 깊이 숨을 들이마시며 인터뷰할 때처럼 어깨를 쫙 폈다. 그러면서 손님 접대용이 분명한 선웃음을 지었다.

게임을 계속해봅시다, 스틸 양.

"필요한 물품이 몇 개 있어서. 먼저, 케이블 타이(전선을 묶는 끈-옮긴이)가 좀 필요한데."

내 요청에 그녀는 허를 찔렸다. 어안이 벙벙한 표정이었다.

아, 이거 좀 재밌겠는데.

내가 케이블 타이로 뭘 할 수 있는지 알면 놀랄걸.

"저희 상점에서는 다양한 종류를 구비해놓고 있습니다. 보여 드릴까요?"

그녀는 원래 목소리로 말했다.

"그럽시다. 안내해요."

그녀가 카운터 뒤에서 걸어 나오며 통로 한쪽을 손짓으로 가리켰다. 척스 청바지를 입고 있었다. 나는 그녀가 킬힐을 신으면 어떻게 보일까 막연히 생각했다. 루부탱…… 오직 루부탱만 신고.

"전자용품 코너에 있어요. 8번 통로입니다."

그녀의 목소리가 흔들리는가 싶더니, 얼굴을 붉혔다.

이 여자도 나 때문에 흔들리는군. 가슴속에서 희망이 피어올랐다.

그럼 동성애자는 아닌가본데. 나는 히죽 웃었다.

"앞장서요."

나는 그녀가 앞으로 나갈 수 있도록 한 손을 내밀었다. 그녀 뒤를 따라가느라 환상적인 엉덩이를 감상할 공간과 시간이 있었다. 길고 숱 많은 포니테일은 엉덩이가 살랑살랑 흔들릴 때마다 메트로놈처럼 규칙적으로 움직였다. 정말로 모든 것을 다 갖춘 여자였다. 다정하고 예의 바르고 아름다웠으며 내가 서브미시브로서 중요하게 여기는 신체적 특질을 갖추었다. 그렇다면 백만 달러짜리 질문. 이 여자가 서브미시브가 될 수 있을까? 어쩌면 그런 생활 양식에 대해서는 아무것도 모르는데, 내 생활 양식에 대해서는. 하지만 그녀를 그 길로 인도하고 싶었다. 너 혼자 너무 앞서가지 마, 그레이.

"사업 때문에 포틀랜드에 오신 거예요?"

그녀의 질문이 내 생각을 방해했다. 높은 목소리는 짐짓 무관심을 가장했다. 웃음이 터질 뻔했다. 여자들이 나를 웃기는 일은 드물었다.

"워싱턴 주립 대학 농학부를 방문 중이었죠. 밴쿠버에 있다고 해서."

나는 거짓말을 했다. 사실 널 보러 여기 온 거야, 스틸 양.

그녀의 얼굴에 풀이 죽은 기색이 떠오르자, 내 기분도 가라앉았다.

"최근에는 윤작과 토양 과학 연구 분야에 투자 중이라."

적어도 그건 사실이었다.

"굶주린 세계에 식량을 주자 계획의 일환이에요?"

그녀는 눈썹을 치키며 재미있다는 듯 물었다.

"그 비슷한 거죠."

나는 웅얼거렸다. 날 비웃는 걸까? 만약 그렇다면 당장 멈추게 하고 싶은데. 하지만 어떻게 시작하지? 저녁식사를 하자고 할까. 어쩌면 보통 인터뷰보다는…… 새로운 경험일 수도 있겠지. 가능성이 있는 여자와 저녁식사를 하러 간다는 것은.

우리는 케이블 타이가 있는 통로에 도착했다. 다양한 길이와 색깔의 케이블 타이가 줄줄이 놓여 있었다. 나는 건성으로 포장을 쓸었다. 이 여자에게 저녁식사를 하자고 할까. 데이트처럼. 그녀가 받아들일까? 여자가 깍지를 낀 손을 들여다보고 있는 모습을 힐끔 쳐다보았다. 여자는 나와 시선을 맞추지 못했다. 가능성이 있어 보이네. 나는 좀 더 긴 타이를 골랐다. 결국 이게 좀 더 쓸모가 많으니까. 발목 두 개를 한 번에 묶을 수도 있고, 두 손목을 한 번에 묶을 수도 있으니.

"이거면 되겠군."

"또 필요한 건 없으세요?"

그녀가 재빨리 물었다. 손님 접대를 무척 잘하거나 나를 빨리 가게에서 내쫓고 싶거나. 어느 쪽인진 알 수 없었다.

"마스킹 테이프도 있었으면 하는데."

"집을 재단장이라도 하세요?"

"아니, 재단장은 아닌데."

아, 이걸로 뭘 하려는지 알기만 한다면…….

"이쪽입니다." 그녀가 말했다. "마스킹 테이프는 장식용품 코너에 있어요."

이봐, 그레이. 시간이 별로 없다고. 여자에게 말을 시켜.

"여기서 오래 일했어요?"

물론 알고 있었다. 다른 사람들과는 달리 나는 뒷조사를 하니까. 무슨 영문인지 그녀가 당황했다. 맙소사, 이 여자는 수줍은 거군. 큰 희망을 가질 수 없겠는데. 여자는 재빨리 몸을 돌리더니 장식용품이라는 안내판이 붙은 구역을 향해 통로를 내려갔다. 나는 강아지처럼 그녀를 쫄래쫄래 따라갔다.

"4년 됐어요."

그녀가 우물우물 대답하는 동안 우리는 마스킹 테이프 앞에 이르렀다. 그녀가 몸을 숙이더니 두 개를 집었다. 둘 다 너비가 달랐다.

"저걸로 하죠."

넓은 테이프가 재갈로는 더 효율적이었다. 그녀가 테이프를 건넬 때 우리 손끝이 짧게 스쳤다. 그 감각이 내 사타구니까지 울려 퍼졌다. 망할!

그녀의 얼굴이 창백해졌다.

"다른 건요?"

그녀의 목소리는 부드럽고 허스키했다.

젠장, 내가 그녀를 의식하듯이 그녀도 나를 의식하는군. 어쩌면…….

"밧줄 같은 것도 있으면."

"이쪽이에요."

그녀가 총총히 통로를 올라가자 나는 다시 그녀의 예쁜 엉덩이를 감상할 기회를 얻었다.

"어떤 종류 찾으세요? 합성섬유가 있고 자연섬유 밧줄이 있어요. 삼끈 밧줄도 있고……."

젠장, 그만해. 나는 속으로 신음했다. 그녀가 내 오락실 천장에 매달린 이미지를 몰아내려 애썼다.

"자연섬유 밧줄로 5미터 부탁해요."

밧줄은 내 생각보다 더 거칠어서 반항하다간 피부가 쓸릴 것 같았다. 내가 좋아할 만한 밧줄.

그녀는 손가락을 파르르 떠는가 싶었지만 프로답게 5미터를 측정했다. 오른쪽 주머니에서 칼을 꺼내 재빨리 밧줄을 자르고 풀매듭으로 묶었다. 대단한데.

"걸스카우트였나?"

"조직 단체 활동은 그다지 제 취향이 아니라서요, 그레이 씨."

"그럼 당신 취향은 뭐죠, 아나스타샤?"

내가 쳐다보자 그녀의 눈동자가 커졌다.

바로 이거야!

"책이죠."

그녀가 대답했다.

"어떤 종류의 책?"

"아, 뭐 그냥. 평범한 것들요. 고전들. 주로 영국 문학을 좋아해요."

영국 문학? 브론테와 오스틴이겠지. 마음과 꽃을 원하는 낭만적인 유형이로군. 이건 좋지 않았다.

"뭐 더 필요한 것 있으세요?"

"모르겠는데. 뭐 추천하고 싶은 거라도?"

그녀의 반응을 보고 싶었다.

"손수 하실 용도로요?"

그녀가 놀라 물었다.

나는 껄껄 웃음을 터뜨리고 싶었다. 아, 아가씨. 손수 하다니 내가 그런 걸 하겠어? 나는 웃음기를 억누르며 고개를 끄덕였다. 그녀의 눈길이 내 몸을 훑었고, 나는 긴장했다. 날 재보다니!

"멜빵바지요."

그녀가 불쑥 내뱉었다.

'동성애자세요?' 이후로 그녀에게 들으리라고는 전혀 예상치 못했던 말이었다.

"옷을 망치면 안 되잖아요."

그녀는 내 청바지를 가리켰다.

나는 저항할 수 없었다.

"언제든 벗어버리면 되는데."

"음."

그녀는 얼굴을 새빨갛게 붉히더니 시선을 떨어뜨렸다.

그녀를 곤혹스럽지 않게 하려고 말했다.

"멜빵바지도 사죠. 어떤 옷도 망치는 일은 절대 없어야 할 테니."

그녀는 아무 말 없이 돌아서 기운차게 통로를 내려갔고 나는 매혹적인 발자취를 따라갔다.

"또 다른 건 필요하지 않으세요?"

그녀가 청색 멜빵바지를 건네면서 숨 가쁜 소리로 물었다. 창피한지 눈은 아래로 내리깔고 얼굴을 붉혔다. 맙소사, 내게 이런 짓을 하다니.

"그래, 기사는 어떻게?"

약간 긴장을 풀길 바라는 마음에서 이렇게 물었다.

그녀는 고개를 들더니 안심했다는 듯한 미소를 살짝 지어 보였다.

마침내.

"내가 기사를 쓰진 않아요. 캐서린이 쓰죠. 캐버너 양이요. 제 룸메이트. 그 애가 기사를 맡았어요. 아주 잘 나왔다고 좋아하더라고요. 학보사 편집장이고, 직접 인터뷰를 할 수 없어서 아주 낙심했었거든요."

우리가 처음 만난 이후로 그녀가 내게 말한 가장 긴 문장이었다. 게다가 자기가 아닌 다른 사람 얘기였다. 흥미로운데.

뭐라 말하기도 전에 그녀가 덧붙였다.

"다만 그레이 씨를 직접 찍은 사진이 없다고 아쉬워하더군요."

끈질긴 캐버너 양이 사진을 원한다. 홍보용 사진? 그 정도는 해주지. 그러면 이 군침 도는 스틸 양과 좀 더 시간을 보낼 수 있을 테니까.

"어떤 사진을 원하죠?"

그녀는 잠시 나를 빤히 보더니 고개를 저었다. 무어라 말할지 몰라하는 모습이었다.

"뭐, 난 이 근처에 머물고 있으니까. 어쩌면 내일이라면……."

포틀랜드에 머물면 되지. 호텔에서 일하면 되니까. 히스먼에 방을 잡으면 되겠지. 테일러보고 내 노트북과 옷을 싸가지고 내려오라고 하면 돼. 아니면 엘리엇이나. 이 여자, 저 여자하고 놀아나지 않으면. 보통 주말에는 그러고 다니는 게 형의 생활 방식이니까.

"사진 촬영을 허락해주시겠다는 말씀이세요?"

그녀가 놀라움을 억누르지 못했다.

나는 짧게 고개를 끄덕였다. 그래, 너랑 더 많은 시간을 보내고 싶으니까……

찬찬히 해, 그레이.

"케이트가 좋아할 거예요. 우리가 사진기자를 구할 수 있다면요."

그녀가 미소를 짓자 얼굴이 구름 없는 새벽 하늘처럼 밝아졌다. 세상에, 숨 막힐 정도로 아름다운 여자였다.

"내일 어떻게 할지 알려줘요."

나는 바지 뒷주머니에서 지갑을 꺼냈다.

"내 명함. 거기 휴대전화번호도 있으니. 아침 10시 전에 전화하는 편이 좋겠고."

만약 이 여자가 전화하지 않는다면 곧장 시애틀로 올라가 이 멍청하고 무모한 짓은 다 잊어버릴 거야.

그 생각을 하니 침울해졌다.

"알겠어요."

그녀는 계속 생긋 웃음을 짓고 있었다.

"아나!"

우리 둘 다 돌아보니 캐주얼 디자이너 브랜드 옷을 입은 젊은 남자가 통로 끝에 서 있었다. 그의 눈은 온통 아나스타샤 스틸 양에게 쏠려 있었다. 이 자식은 또 뭐야?

"아, 잠깐 실례요, 그레이 씨."

그녀가 남자 쪽으로 걸어갔고 그 새끼는 고릴라처럼 여자를 꽉 껴안았다. 내 피가 차갑게 식었다. 원초적 반응이었다.

그 여자에게 당장 그 망할 손 떼. 나는 주먹을 쥐었지만 그녀가 남자를 안아주려는 동작을 취하지 않는 것을 보자 기분이 약간 누그러졌다.

두 사람은 소곤소곤 대화를 나누었다. 웰치의 정보가 틀릴 때도 있나. 어쩌면 이 자식이 그녀의 남자 친구인지도 몰라. 나이도 비슷하고. 그 자식은 탐욕스러운 작은 눈을 떼지 않았다. 잠시 팔 길이만큼 몸을 떼고 여자를 찬찬히 살피더니 팔을 느긋하게 그녀의 어깨에 두르고 섰다. 보기에는 무심한 동작이었지만, 자기 영역 표시를 확실히 하고 있었다. 나보고 물러나라는 뜻이었다. 그녀는 당황스러운지 발을 이리저리 바꾸었다.

제길. 가야겠군. 내 힘을 너무 과신하고 말았다. 이 여자는 이 자와 사귀는 사이다. 그때 그녀가 그에게 뭐라고 속삭이더니 그의 팔에서 벗어났다. 그녀는 그의 팔을 살짝 건드리긴 했지만 손을 잡진 않았다. 두 사람이 가까운 사이가 아닌 건 확실했다.

다행이군.

"아, 폴. 이쪽은 크리스천 그레이. 그레이 씨. 이쪽은 폴 클레이튼. 형님이 여기 주인이세요."

그녀는 이해하기 힘든 이상한 표정으로 나를 보더니 계속 말을 이었다.

"여기서 근무하기 시작했을 때부터 폴하고는 알고 지내던 사이지만 그렇게 자주 보지는 못해요. 폴은 프린스턴에서 경영학을 전공하는데 지금 집에 온 거예요."

그녀는 주절주절 떠들며 내게 긴 설명을 늘어놓아 두 사람이 사귀지 않는다는 말을 전하려 하고 있다, 나는 그렇게 생각했다. 주인의 동생이지, 남자 친구는 아니다. 나는 안심했지만, 이렇게나 안도감을 느낄 줄은 미처 예상하지 못했기에 얼굴을 찡그렸다. 이 여자에게 정말 빠진 건가.

"클레이튼 씨."

나는 고의로 간결하게 말했다.

"그레이 씨."

그의 손아귀는 머리카락만큼이나 기운이 없었다.

"잠깐. 그 크리스천 그레이는 아니겠죠? 그레이 엔터프라이즈 홀딩스의?"

그래, 그게 바로 나야. 이 자식아.

순간, 그는 텃세를 부리던 태도에서 비굴한 자세로 싹 바뀌었다.

"와, 제가 뭐 도와드릴 게 있습니까?"

"아나스타샤가 다 처리해주었습니다, 클레이튼 씨. 아주 접대를 잘하더군요."

그러니까 이제 꺼져.

"잘됐네요." 그는 하얀 이를 내보이며 존경하는 빛을 내비쳤다. "나중에 보자, 아나."

"그래, 폴."

그녀가 말하자, 그는 상점 뒤로 어정어정 걸어갔다. 나는 그가 사라지는 모습을 지켜보았다.

"뭐 다른 건요, 그레이 씨?"

"이거면 됐어요."

나는 웅얼거렸다. 젠장, 시간이 없는데 이 여자를 다시 볼 수 있을지도 아직 알 수 없다니. 내가 염두에 둔 것을 이 여자가 조금이라도 고려해줄 수 있는 희망이 있나 알아봐야 했다. 어떻게 물어보지? 나야말로 아무것도 모르는 새 서브미시브를 받아들일 준비가 되어 있나? 이 여자라면 상당한 훈련이 필요할 텐데. 나는 눈을 감고 거기 포함된 흥미로운 가능성을 타진해보았다……. 거기까지 이르는 건 겨우 재미의 반 정도 되려나. 이 여자가 하겠다고 나서기나 할까? 아니면 일을 완전히 망치게 될까?

그녀는 카운터로 가서 내가 산 물품을 찍었다. 그동안 내내 눈은 계산기에만 박혀 있었다.

날 좀 봐, 제기랄! 그녀의 얼굴을 다시 보고 어떻게 생각하는지 가늠하고 싶었다.

마침내 그녀가 고개를 들었다.

"모두 다해서 43달러입니다."

그게 다야?

"봉투에 담아드릴까요?"

그녀는 내 아멕스 카드를 받으며 물었다.

"그렇게 해줘요, 아나스타샤."

아름다운 여자에게 어울리는 아름다운 이름이 내 혀에서 매끄럽게 흘러나왔다.

그녀는 열심히 물건을 포장했다. 이걸로 끝이다. 가야만 했다.

"사진을 찍고 싶으면 전화를 해요."

그녀는 내게 카드를 건네면서 고개를 끄덕였다.

"좋아요. 될 수 있으면 내일까지."

이렇게 그냥 갈 순 없어. 내가 관심이 있다는 사실을 알려야만 해.

"아, 참. 아나스타샤. 난 캐버너 양이 그 인터뷰를 할 수 없었다는 사실이 아주 반가웠는데."

그녀는 놀라고 기쁜 표정을 지었다.

이건 좋았어.

나는 비닐 봉투를 어깨에 둘러메고 가게를 성큼성큼 걸어 나왔다.

그래. 제대로 된 판단이라면 그러면 안 되겠지만, 나는 그녀를 원했다. 이젠 기다려야만 했다……. 젠장, 기다려야 했다. 또다시. 엘레나가 자랑스러워하는 의지력을 발휘해서 나는 앞으로만 시선을 두고 주머니에서 휴대전화를 꺼낸 후 렌터카에 올라탔다. 나는 일부러 돌아보지 않았다. 돌아보지 않았다. 하지 않았다. 혹시나 가게 문이 비치나 싶어 룸미러를 힐끔 보았지만, 보이는 것이라고는 촌스러운 가게 전면뿐이었다. 그녀는 창문에 서서 나를 내다보지 않았다.

실망스럽군.

단축 번호 1번을 누르자, 전화가 미처 울리기도 전에 테일러가 대답했다.

"그레이 씨."

"히스먼에 예약 좀 해줘. 이번 주말에 포틀랜드에 묵을 거니까. 그리고 SUV와 내 컴퓨터, 그 밑의 서류, 갈아입을 옷 한두 벌 가지고 와줄 수 있겠나."

"네, 사장님. 그리고 찰리 탱고는요?"

"조한테 포틀랜드 공항으로 옮겨달라고 말해줘."

"그러겠습니다. 세 시간 반이면 도착할 겁니다."

나는 전화를 끊고 시동을 걸었다. 이 여자가 내게 관심이 있는지 알아보려 기다리는 동안 포틀랜드에서 몇 시간은 있어야 했다. 뭘 한다지? 하이킹할 시간은 되겠다 싶었다. 걷다 보면

이 허기가 내 안에서 빠져나갈지도 몰랐다.

다섯 시간이 지났는데, 탐스러운 스틸 양에게서 전화가 없었다. 대체 나는 무슨 미친 생각을 했던 거지? 히스먼 호텔의 스위트룸 창문 아래 거리를 내려다보았다. 난 기다리는 게 싫다. 언제나 싫었다. 날씨는 이제 흐려졌다. 아까까지만 해도 포레스트 공원에서 하이킹할 만은 했으나, 산책으로도 마음의 동요는 전혀 진정시킬 수 없었다. 그녀가 전화하지 않아서 화가 났다. 하지만 내가 진정으로 화를 낸 대상은 나 자신이었다. 바보처럼 여기 오다니. 이 여자 꽁무니를 쫓아오다니 무슨 시간낭비지? 내가 여자 뒤를 쫓은 게 언제였더라?

그레이, 정신 차려.

한숨을 쉬며, 혹시나 전화를 놓친 게 아닌가 싶어 다시 휴대전화를 확인해보았지만 부재중 전화는 없었다. 적어도 테일러가 도착했으니 내 잡동사니는 다 받을 수 있었다. 바니가 그라핀(탄소원자들이 벌집 모양으로 얽혀 있는 얇은 막 형태의 나노 소재-옮긴이) 시험 결과를 요약한 보고서를 제출했으니 그걸 읽어도 되고 평화롭게 일할 수 있었다.

하지만 평화라니? 스틸 양이 내 사무실로 굴러들어온 이후로 내게 평화란 사라지고 없었다.

고개를 들어 보니, 땅거미가 회색 그늘이 되어 스위트룸 안에 깔려 있었다. 다시 한 번 밤을 홀로 보내야 한다는 생각을 하니 기분이 가라앉았다. 무엇을 할까 고심하는 와중에 반들거리는 나무 책상 위에 놓인 전화가 진동하더니 낯설지만 어딘가 익숙한 워싱턴 지역의 전화번호가 화면에 깜박였다. 갑자기 10킬로

미터를 뛰어온 양 심장이 요동쳤다.

그녀일까?

나는 전화를 받았다.

"어…… 그레이 씨? 아나스타샤 스틸이에요."

나도 모르게 떠오른 웃음에 얼굴이 폭발하는 것 같았다. 그래, 그래. 숨 가쁘고 부드러운 목소리의 스틸 양. 내 저녁이 환해졌다.

"스틸 양, 목소리 들으니 반갑군요."

그녀의 숨소리가 거칠어졌고, 그 소리가 내 아랫도리까지 곧장 전해졌다.

잘됐군, 내 힘이 미치고 있어. 그녀의 힘이 내게 미치는 것처럼.

"어…… 기사를 위해서 사진 촬영을 진행하고 싶어서요. 괜찮으시다면, 내일요. 어디가 편하시겠습니까?"

내 방에서. 너와 나. 그리고 케이블 타이만.

"난 포틀랜드의 히스먼 호텔에 묵고 있는데. 그럼 내일 아침 9시 반쯤?"

"네, 그럼 거기서 뵐게요."

그녀는 안도감과 기쁨을 목소리에서 숨기지 못하고 쏟아냈다.

"기대하고 있지, 스틸 양."

그녀가 내가 얼마나 흥분했는지, 얼마나 반가워하는지를 눈치채기 전에 전화를 끊었다. 의자 등받이에 기대며 나는 어두워지는 도시의 전경을 바라보면서 두 손으로 머리를 쓸어넘겼다.

대체 어떻게 이 거래를 성사시키지?

귀청이 떨어져라 모비의 음악을 들으며 사우스웨스트 새먼 스트리트를 따라 윌래밋 강으로 달렸다. 아침 6시 30분이었지만 머리를 비우고 싶었다. 간밤에 그 여자의 꿈을 꾸었다. 푸른 눈동자, 가쁜 목소리……. 내 앞에 무릎 꿇은 그녀는 말끝마다 '주인님'을 붙였다. 그녀를 만난 이후로 가끔 꾸던 악몽이 사라지고 반가운 꿈을 꾸었다. 플린이 이걸 어떻게 생각할까 궁금했다. 그 생각을 하니 불편했지만 무시해버리고 윌래밋 강의 강둑을 달리며 내 몸의 한계까지 밀어붙였다. 발이 보도를 디딜 때, 구름 사이로 햇빛이 비쳐들며 희망이 생겨났다.

두 시간 후, 호텔로 되돌아오다 커피하우스를 지나쳤다. 어쩌면 그 여자에게 커피 한 잔 마시자고 해야 할지 모르지.

데이트처럼?

아니, 그건 아니지. 데이트는 아냐. 이 우스꽝스러운 생각에 웃음이 나왔다. 그냥 잡담이나 하는 거지. 일종의 면접이랄까. 이 불가사의한 여자를 좀 더 알아보고 내 제안에 관심이 있는지 떠볼 수 있으리라. 내가 너무 헛다리를 짚고 있는지도 모르니까. 엘리베이터에는 나 혼자뿐이어서 스트레칭을 했다. 호텔

스위트룸에서 스트레칭을 끝내자 포틀랜드에 온 이후 처음으로 정신이 집중되고 마음이 진정되었다. 아침식사가 벌써 배달되었고 허기가 밀려왔다. 내가 참을 수 있는 감각이 아니었다. 한 번도 그런 적이 없었다. 샤워 전에 아침식사부터 해야겠다는 생각에 운동복을 입은 채로 자리에 앉았다.

경쾌한 노크 소리가 들렸다. 문을 열어보니 테일러가 문간에 서 있었다.

"안녕하십니까, 사장님."

"잘 왔어. 다 챙겨왔나?"

"네. 601호에 배치해두었습니다."

"곧 내려가지."

문을 닫고 셔츠 자락을 회색 바지 속에 쑤셔 넣었다. 샤워를 갓 한 후라 머리카락이 아직 젖어 있었지만 개의치 않았다. 거울 속에 비친 방탕한 자식을 힐끔 쳐다보고 테일러를 따라 나가 엘리베이터로 갔다.

601호는 사람들, 조명, 카메라 상자가 그득했지만, 난 그녀를 즉시 알아보았다. 그녀는 한쪽 옆에 서 있었다. 풀어 내린 풍성하고 매끈한 머리카락이 가슴 아래까지 떨어졌다. 오늘은 타이트한 청바지와 하얀 티셔츠를 입고 그 위에 반팔 남색 재킷을 걸쳤다. 신발은 여전히 컨버스 운동화였다. 청바지와 컨버스가 저 여자 특유의 의상인가? 그렇게 편해 보이진 않았지만, 매끈한 다리에 잘 어울리긴 했다. 내가 다가가자 사람을 무장해제시키는 눈이 휘둥그레졌다.

"스틸 양, 다시 만났군요."

그녀는 내가 뻗은 손을 잡았다. 순간 그 손을 꽉 쥐고 내 입술에 갖다 대고 싶었다.

바보 같은 짓 마, 그레이.

그녀는 달콤한 분홍색으로 얼굴을 붉히더니, 내가 봐주길 기다리며 바짝 붙어 서 있던 친구를 향해 손짓했다.

"그레이 씨, 이쪽은 캐서린 캐버너입니다."

그녀가 말했다. 나는 마지못해 그녀의 손을 놓고 끈질긴 캐버너 양에게로 돌아섰다. 키가 크고 아름다웠고 옷차림이 깔끔했다. 아버지를 닮았지만 눈만은 어머니와 똑같았다. 흥미로운 스틸 양을 소개해준 데 대해 이 여자에게 감사를 해야 할 것 같았다. 그 생각을 하니 캐버너 양에게 좀 더 너그러워졌다.

"끈질긴 캐버너 양, 만나서 반가워요. 이제 몸은 좋아졌겠죠? 아나스타샤 말로는 지난주에는 몸이 좋지 않았다던데."

"좋아요. 고맙습니다, 그레이 씨."

그녀는 내 손을 꽉 잡고 자신 있게 악수를 했다. 이 여자가 부잣집 딸로 태어나 살면서 하루라도 고생을 겪어봤을까 의심스러웠다. 어째서 이 두 여자가 친구가 되었는지 궁금했다. 그들은 공통점이라고는 없었다.

"사진 찍을 수 있게 시간을 내주셔서 감사해요."

캐버너가 말했다.

"도움이 된다니 기쁘죠."

나는 대답하면서 아나스타샤를 힐끔 돌아보았다. 그녀가 속마음을 훤히 드러내며 얼굴을 붉히자 보답받은 기분이 들었다.

"이쪽은 호세 로드리게즈예요. 저희 사진가."

그 남자를 소개할 때 아나스타샤의 얼굴은 밝아졌다.

망할, 이자가 남자 친구인가?

로드리게즈는 아나의 달콤한 미소에 생기가 돌았다.

둘이 섹스하는 사이야?

"그레이 씨."

악수를 나눌 때 로드리게즈는 음험한 표정을 지었다. 경고로 군. 나한테 물러나라고 하는 거야. 이 여자를 아주 좋아해.

그래, 게임을 시작해볼까, 꼬마.

"로드리게즈 씨. 어디에 설까요?"

내 어조는 도전적이었고 그도 알아들었지만, 캐버너가 끼어들어 내게 의자에 앉으라고 손짓했다. 그녀가 현장을 지휘하려는 것 같았다. 그 생각에 기분이 유쾌해져서 자리에 앉았다. 로드리게즈와 같이 일하는 듯한 다른 젊은 남자가 조명을 켰고, 순간적으로 앞이 보이지 않았다.

망할!

눈부신 광채가 물러나자 나는 사랑스러운 스틸 양을 찾았다. 그녀는 방 뒤편에 서서 일이 진행되는 상황을 관찰하고 있었다. 언제나 이렇게 수줍어하는 건가? 어쩌면 그래서 그녀와 캐버너 양이 친구가 되었을 수도 있겠군. 그녀는 배경으로 물러나 있기를 좋아하고, 캐버너가 중앙 무대를 차지하게 놔두니까.

흠…… 타고난 서브미시브야.

사진가는 충분히 전문적으로 보였고 일단 자기가 맡은 일에 몰두했다. 나는 우리 두 사람을 관찰하는 스틸 양을 바라보았다. 그러다 눈길이 마주쳤다. 그녀의 눈은 정직하고 순수해서, 순간 내 계획을 다시 생각할까 하는 생각이 들었다. 그러나 그때 그녀가 입술을 깨물자 숨이 목구멍에 걸렸다.

물러나, 아나스타샤. 나는 그녀에게 그만 쳐다보라는 뜻을 전했고, 그녀는 알아들은 양 먼저 고개를 돌렸다.

그래야 착하지.

캐버너가 내게 일어나달라고 하자, 로드리게즈는 스냅 사진을 몇 장 더 찍었다. 촬영이 다 끝나자, 이번에는 내게 기회가 왔다.

"다시 한 번 고맙습니다, 그레이 씨."

캐버너가 앞으로 나와 악수를 나누었고, 호세는 못마땅한 눈길을 감추지 못하면서도 그 뒤를 이어 악수했다. 그의 적개심에 나는 미소를 지을 수밖에 없었다.

아, 이봐……. 넌 전혀 짐작도 못 할걸.

"기사 기대하죠, 캐버너 양."

나는 그녀에게 예의 바르게 고개를 까닥해 보였다. 내가 말하고 싶은 쪽은 아나였다.

"나와 잠깐 걸을까요, 스틸 양?"

나는 문 옆에 서 있던 그녀에게 가서 물었다.

"그러죠."

그녀는 깜짝 놀라며 말했다.

기회를 잡아야지, 그레이.

나는 아직 방 안에 남아 있는 다른 사람들에게 형식적인 인사 몇 마디를 건네고 그녀를 문밖으로 이끌었다. 그녀와 로드리게즈를 떨어뜨리고 싶었다. 복도로 나가자 그녀는 선 채로 머리카락을 만지작거리다가 손가락을 꼼지락거렸다. 그때 테일러가 따라 나왔다.

"전화하지, 테일러."

내가 말했다. 테일러의 소리가 들리지 않는 만큼 멀어지자, 나는 아나에게 커피를 마시자고 제안했다. 숨을 멈추고 그녀의 대답을 기다렸다.

그녀의 긴 속눈썹이 눈 위에서 깜박였다.

"친구들 태워다줘야 해요."

"테일러."

내가 그를 뒤에서 부르자 그녀가 펄쩍 뛰었다. 내가 그녀를 불안하게 하는 것 같았지만, 이 신호가 좋은지 나쁜지 알 수가 없었다. 그리고 그녀는 잠시도 가만히 있지를 못했다. 어떻게 하면 그녀를 가만히 있게 할지 생각하느라 정신이 산란했다.

"다들 대학 내에 살아요?"

그녀가 고개를 끄덕이자 나는 테일러에게 친구들을 집까지 데려다달라고 지시했다.

"자, 이제 그럼 나와 같이 커피 마실 수 있겠죠?"

"음, 그레이 씨, 어…… 이건 정말…… ."

젠장, 싫다는 거군. 이 거래를 성사시키지 못할 것 같은데. 그녀는 눈을 빛내며 나를 똑바로 바라보았다.

"테일러 씨가 친구들을 집까지 데려다주실 필요는 없으세요. 잠깐 시간을 주면 제가 케이트와 차를 바꿀게요."

안도감이 강하게 밀려와 나는 웃음을 지었다.

내가 데이트를 하다니!

나는 그녀가 다시 방으로 들어갈 수 있도록 문을 열었고, 테일러는 당황스러운 표정을 감추었다.

"내 재킷 좀 가져다주겠나, 테일러?"

"물론이죠."

그는 입술을 실룩이며 뒤로 돌더니 복도 쪽으로 향했다. 나는 눈을 가늘게 뜨고 그가 엘리베이터 안으로 사라지는 것을 바라보면서 벽에 기대어 스틸 양을 기다렸다.

대체 저 여자에게 뭐라고 한담?

내 서브미시브가 되어주겠어?

아니, 진정하라고, 그레이. 한 번에 한 단계씩 나가야지.

테일러가 내 재킷을 들고 2분 만에 돌아왔다.

"지시하실 건 더 없으십니까?"

"그래, 고마워."

그는 내게 재킷을 건넸고, 나는 혼자 남아 얼간이처럼 복도에서 있었다.

아나스타샤는 얼마나 걸리는 거지? 시계를 확인해보았다. 캐버너와 차를 바꾸는 문제를 협의하고 있겠지. 아니, 기사에 협조해달라고 내게 사탕발림해야 하기 때문에 커피를 마시러 가야 한다고 로드리게즈에게 설명하고 있는 건가? 내 마음이 어두워졌다. 어쩌면 그에게 작별 키스를 하고 있을지도 모르지.

망할.

얼마 후 그녀가 나타나자 나는 흐뭇했다. 그녀는 막 키스한 사람 같지는 않았다.

"좋아요, 커피 마시러 가요."

그녀는 결연하게 말했다. 하지만 붉게 달아오른 뺨에서 자신 있게 보이려고 애쓰는 티가 났다.

"먼저 가시죠, 스틸 양."

그녀가 한발 앞서갈 때 나는 즐거운 기분을 숨겼다. 그녀와 보조를 맞추면서, 캐버너와 관계에 대한 호기심이 솟구쳤다. 특히 서로 다른 두 사람이 어떻게 사이좋게 지낼 수 있는지. 나는 둘이 얼마나 오래 아는 사이였는지를 물었다.

"1학년 때부터요. 좋은 친구예요."

그녀의 목소리엔 따뜻한 기운이 넘쳐흘렀다. 아나는 분명 무척 충실한 성격이다. 캐버너가 아팠을 때 나를 인터뷰하러 시애틀까지 올 정도니. 캐버너 양이 그와 똑같은 성실성과 존경심으로 아나를 대해주기를 나도 모르게 바랐다.

엘리베이터 앞에 이르자 나는 버튼을 눌렀고, 거의 즉시 문이 열렸다. 열정적으로 껴안고 있던 남녀가 남에게 들킨 게 부끄러운지 펄쩍 떨어졌다. 그들을 무시하고 우리는 엘리베이터에 올라탔지만, 나는 아나스타샤가 장난스러운 미소를 짓는 것을 감지했다.

1층에 내려가기까지, 공기 중에는 충족되지 않은 욕망이 짙게 어렸다. 이게 우리 뒤의 커플이 발산하는 건지, 내게서 나오는 건지 알 수가 없었다.

그래. 난 그녀를 원해. 내가 제안하려는 것을 그녀도 원할까?

문이 다시 열리자 안도감이 들었다. 나는 그녀의 손을 잡았다. 서늘했지만 기대만큼 축축하진 않았다. 어쩌면 내가 바라는 만큼은 그녀에게 영향을 끼치지 않는지도. 그 생각을 하니 기분이 약간 가라앉았다.

우리 뒤로 커플이 당황해서 킥킥대는 소리가 들렸다.

"엘리베이터가 왜 이래?"

나는 웅얼거렸다. 그러면서도 그들의 웃음에는 건전하고 순진한 면이 있어서 무척 매력적이라는 것을 인정하지 않을 수 없었다. 스틸 양은 그들처럼 순진해 보였고, 거리로 나서면서 나는 다시 내 동기에 대해 자문했다.

그녀는 너무 어렸다. 그녀는 너무 경험이 없었다. 하지만 망할, 내 손에 잡힌 그녀 손의 감촉이 좋았다.

커피하우스에 들어가자 나는 그녀에게 자리를 맡아놓으라고 하고 무엇을 마시고 싶은지 물었다. 그녀는 더듬거리며 주문했다. 잉글리시 브렉퍼스트 티. 뜨거운 물. 티백은 따로. 내게는 신선했다.

"커피 안 마시고?"

"전 커피를 그다지 좋아하지 않아요."

"좋아요. 티백을 따로 뺀 차. 슈거?"

"아니, 괜찮아요."

그녀는 손가락을 내려다보며 말했다.

"다른 먹을 건?"

"아니, 됐어요."

그녀는 고개를 저으며 머리카락을 어깨 뒤로 넘겼다. 다갈색 머리카락에 윤기가 흘렀다.

내가 줄에 서서 기다리는 동안 계산대 뒤에 아주머니 둘은 손님 하나하나에 시답잖은 인사를 던졌다. 나는 내 목표물, 아나스타샤에게 돌아갈 수가 없어 짜증이 났다.

"안녕하세요, 잘생긴 청년이시네. 무엇을 드릴까?"

더 나이 많은 여자가 눈을 반짝 빛내며 물었다. 그냥 잘생긴 얼굴일 뿐이에요, 아주머니.

"데운 우유 넣은 커피 한 잔 주십시오. 잉글리시 브렉퍼스트 티. 티백은 따로. 그리고 블루베리 머핀도요."

아나스타샤가 마음을 바꿔 먹을지도 모르니까.

"포틀랜드는 방문차 오신 건가요?"

"네."

"주말에?"

"네."

"오늘 날씨가 갤 것 같아요."

"네."

"햇빛 좀 즐기고 가셨으면 좋겠네."

나한테 말은 그만 걸고 제발 잽싸게 좀 움직여요.

"네." 나는 이를 악물고 씩씩대는 소리로 대답하며 아나를 슬쩍 보았다. 그녀는 재빨리 시선을 돌렸다.

나를 관찰하고 있었군. 재보는 건가?

희망이 거품처럼 가슴속에서 솟아올랐다.

"여기요."

여자는 윙크를 하며 잔을 내 쟁반 위에 놓았다.

"계산은 계산대에서 하세요. 그럼 좋은 하루 보내기를."

나는 가까스로 사근사근한 대답을 짜냈다.

"고맙습니다."

탁자로 돌아와보니 아나스타샤는 손가락만 쳐다보며 뭔지 모를 생각에 빠져 있었다.

혹시 내 생각을?

"무슨 생각하는지 맞혀볼까요?"

내가 물었다.

그녀는 펄쩍 뛰며 얼굴이 빨개졌고 나는 차와 커피를 내려놓았다. 그녀는 말없이 앉아서 부끄러운 표정을 띠고 있었다. 왜? 실은 여기 있는 게 싫은 건가?

"무슨 생각?"

나는 재차 물었다. 그녀는 티백을 만지작거렸다.

"이건 내가 가장 좋아하는 차예요."

그녀가 말하자, 나는 머릿속 노트를 수정해서 그녀가 좋아하는 건 트와이닝 잉글리시 브렉퍼스트 티라는 것을 기록해두었다. 나는 그녀가 티백을 찻주전자에 담그는 것을 보았다. 그 광경은 섬세하면서도 엉망진창이기도 했다. 그녀는 담근 티백을 금방 빼더니 접시 위에 올려놓았다. 그 모습이 우스워 내 입이 실룩거렸다. 그녀가 연하고 색이 짙은 차를 좋아한다고 말할 때, 순간 나는 그녀가 남자에게서 좋아하는 점을 말하는 건가 생각했다.

정신 바짝 차려, 그레이. 지금 차 얘기하는 거잖아.

서설은 이만하면 됐다. 이젠 이 거래를 부지런하게 진행해야 할 때다.

"그렇군. 그 사람이 당신 남자 친구?"

그녀가 눈썹을 찌푸려 코 위로 작은 v자를 그렸다.

"누구요?"

이건 좋은 반응인데.

"사진가. 호세 로드리게즈."

그녀가 웃었다. 나를 향해.

나를 비웃어!

하지만 안도감 때문인지 내가 웃기다고 생각해서인지는 알수가 없었다. 화가 치밀었다. 그녀의 속을 가늠할 수가 없었다. 그녀는 나를 좋아하는 걸까, 아닐까? 그녀는 그저 친구일 뿐이라고 했다.

오, 아가씨. 그 자식은 친구 이상이 되고 싶어 하는걸.

"어쩌다 걔가 제 남자 친구라는 생각을 했어요?"

"당신이 그 사람을 보고 미소 짓는 모습. 그 친구가 당신을 보고 미소 짓는 모습."

정말 눈치도 못 챘나? 그 녀석 가슴 좀 쓰리겠군.

"호세는 가족이나 다름없어요."

그녀가 말했다.

좋아, 그러면 그 정열은 일방향이라는 거지. 순간 그녀는 자신이 얼마나 사랑스러운지 알고 있기나 한 걸까 하는 생각이 들었다. 그녀는 내가 블루베리 머핀의 껍질을 까는 모습을 바라보고 있었다. 순간 내가 그걸 먹여주는 동안 내 옆에 무릎을 꿇고 있는 그녀의 모습을 상상해보았다. 한 번에 조금씩 떼어서. 그 생각에 집중력이 흐려졌고 흥분이 솟았다.

"조금 줄까요?"

그녀는 고개를 저었다.

"아니, 괜찮아요."

그녀의 목소리는 망설이는 듯했고, 그녀는 다시 한 번 손만 쳐다보았다. 어째서 안절부절못하는 거지? 나 때문인가?

"게다가 어제 상점에서 만난 청년도. 그 사람은 남자 친구가 아니었던가?"

"아뇨, 폴은 그냥 친구예요. 어제 말했잖아요."

그녀는 혼란스러운 듯 다시 얼굴을 찡그리며 방어하듯 팔짱을 꼈다. 그 남자들에 대해 질문을 받는 게 달갑지 않은 듯했다. 나는 그 남자애가 그녀의 어깨에 팔을 두르며 소유권을 주장할 때 그녀가 불편해하던 모습을 떠올렸다.

"어째서 물어보시는 거예요?"

그녀가 물었다.

"남자들 근처에 있으면 불안해하는 것 같아서."

그녀의 눈이 휘둥그레졌다. 그 눈은 정말로 아름다웠다. 푸른 바다 중에서도 가장 푸른 카보 바다의 색깔. 언젠가 이 여자를 거기로 데려가야겠다.

뭐? 대체 이런 생각이 어디서 튀어나왔지?

"당신이 무서우니까요."

그녀는 말끝에 다시 고개를 떨구면서 손가락을 꼼지락거렸다. 한편으로는 무척 복종적이지만, 다른 한편으로는…… 도전적이었다.

"나를 무섭다고 생각했군."

그래, 그렇겠지. 하지만 내가 무섭다고 대놓고 말할 만큼 용감한 사람들은 많지 않았다. 그녀가 눈길을 돌릴 때마다, 나는 그녀가 무슨 생각을 하는지 알 수가 없었다. 좌절감이 들었다. 날 좋아하는 건가? 아니면 캐버너의 인터뷰를 제대로 마무리하기 위해 싫지만 이 자리를 참고 있는 건가? 어느 쪽이지?

"당신은 수수께끼야, 스틸 양."

"저한테 수수께끼 같은 점은 없어요."

"당신은 자제심이 있는 사람인 것 같은데."

좋은 서브미시브들처럼.

"물론 당신이 얼굴을 붉힐 때만 빼고. 그것도 자주 말이지. 당신이 무엇 때문에 얼굴을 붉히는지만 알고 싶을 뿐."

됐다. 이런 질문에는 반응을 보이지 않을 수 없겠지. 나는 블루베리 머핀을 작게 떼어 입안에 넣으며 그녀의 답변을 기다렸다.

"언제나 그렇게 개인적인 의견을 스스럼없이 말씀하시나보죠?"

이건 그렇게 개인적이지도 않잖아?

"내가 그랬는지는 몰랐는데. 기분 나빴어요?"

"아니에요."

"다행이네."

"하지만 아주 독단적이세요."

"난 내 자신의 방식대로 하는 데 익숙해져 있어, 아나스타샤. 모든 일에서."

"그러시겠죠."

그녀는 작게 대답하더니 어째서 왜 자기에게는 이름으로 불러달라고 하지 않는지를 물었다.

뭐라고?

그녀가 내 사무실을 나가며 엘리베이터에 탔던 때가 기억났다. 그녀의 똑똑한 입에서 내 이름이 흘러나올 때 어떻게 들렸더라? 일부러 내게 맞선 건가? 나는 가족 빼고는 나를 크리스천이라고 부르는 사람은 없다고 말했다…….

그게 내 진짜 이름인지도 알 수 없는걸.

거기까진 생각하지 마, 그레이.

나는 화제를 바꾸었다. 그녀에 대해서 알고 싶었다.

"외동딸?"

그녀는 속눈썹을 몇 번 파드득거리더니 그렇다고 대답했다.

"부모님 이야기를 해봐요."

그녀는 눈을 흘겨 뜨자, 나는 그녀를 꾸짖고 싶은 강박과 싸워야 했다.

"어머니는 새남편 밥과 함께 조지아에 사세요. 의붓아버지는 몬테사노에 사시고요."

물론 웰치의 신원조사서로 이미 알고 있는 사실들이었지만, 그녀에게 직접 듣는다는 점이 중요했다. 의붓아버지 이야기를 꺼낼 때 그녀의 입술은 정다운 미소로 부드러워졌다.

"당신 아버지는?"

나는 물었다.

"아버지는 제가 아기 때 돌아가셨어요."

순간 내 악몽 속으로 휙 내던져진 느낌이었다. 더러운 마룻바닥 위에 대자로 뻗은 몸을 바라보고 있다.

"유감이군요."

나는 중얼거렸다.

"전 아버지 얼굴도 몰라요."

그녀의 대답이 나를 다시 현재로 끌고 들어왔다. 그녀의 표정은 맑고 환했다. 이 소녀에게 레이먼드 스틸은 좋은 아버지였다는 것을 알 수 있었다. 한편 어머니와의 관계는 여전히 두고 봐야 할 점이었다.

"그래서 어머니는 재혼하시고?"

그녀는 쓴웃음을 지었다.

"그렇게 말할 수도 있겠네요."

하지만 더는 상세히 설명하지 않았다. 내가 만난 여자 중에 이렇게 아무 말 없이 앉아 있을 수 있는 여자는 드물었다. 그 점은 훌륭했지만, 그 순간 내가 원하는 것은 아니었다.

"속을 잘 드러내지 않는군요?"

"그건 그레이 씨도 마찬가지잖아요."

그녀가 받아쳤다.

꽤 즐거운 기분으로 히죽 웃으며, 나를 벌써 인터뷰하지 않았느냐고 그녀에게 상기시켜주었다.

"그때 캐묻던 질문이 아직도 기억나는데."

그래, 나한테 게이냐고 물었잖아.

내가 한 말이 기대하던 효과를 불러일으켰는지 그녀가 당황해했다. 갑자기 자기 얘기를 주절주절 떠들었는데, 몇 가지 상세한 설명은 가슴에 와 닿았다. 그녀의 어머니는 불치의 낭만주의자라고 했다. 결혼을 네 번이나 한 여자라면 경험보다는 희망을 품고 살겠거니 싶었다. 그녀도 어머니와 비슷할까? 물어볼 수가 없었다. 만약 그렇다고 한다면, 내게는 희망이 없을 테니까. 그리고 나는 이 인터뷰가 끝나길 바라지 않았다. 너무 즐거웠다.

나는 그녀에게 의붓아버지에 대해 물었고, 그녀는 내 예감을 확인해주었다. 그녀가 의붓아버지를 사랑하는 것만은 분명했다. 그에 대해 말할 때 얼굴이 환해졌다. 그의 직업(그는 목수였다), 취미(유럽 축구와 낚시). 어머니가 세 번째 재혼을 했을 때 의붓아버지와 함께 사는 편이 더 나았다고 했다.

흥미롭군.

그녀는 어깨를 쭉 폈다.

"부모님 이야기 좀 해주세요."

그녀는 대화의 화제를 자신의 가족이 아닌 다른 곳으로 돌리고자 물었다. 나는 내 가족에 대해서는 말하고 싶지 않으므로, 기본 사항만 알려주었다.

"아버지는 변호사시고, 어머니는 소아과 의사. 시애틀에 사시죠."

"형제분들은 뭘 하세요?"

거기까지 알고 싶은가? 엘리엇은 건설업에서 일하고 미아는 파리에서 요리 학교에 다닌다고 간략하게 대답했다.

그녀는 흥미진진하게 귀를 기울였다.

"파리는 아름다운 곳이라고 들었어요."

그녀는 꿈꾸는 표정으로 말했다.

"아름답죠. 가본 적 있어요?"

"미국을 떠나본 적이 없어요."

풀이 죽은 어조에 아쉬움이 어렸다. 내가 데려갈 수도 있는데.

"가고 싶어요?"

처음에는 카보 바다더니 이젠 파리? 정신 차리라고, 그레이.

"파리에요? 물론이죠. 하지만 정말로 가고 싶은 곳은 영국이에요."

그녀의 얼굴이 신이 나서 환해졌다. 스틸 양은 여행을 원하는 군. 하지만 왜 영국을? 나는 이유를 물었다.

"셰익스피어, 오스틴, 브론테 자매, 토머스 하디의 고향이니 까요. 그렇게 훌륭한 작품을 쓴 사람들에게 영감을 주었던 곳을 가보고 싶어요."

이것이 그녀의 첫사랑이라는 것은 분명했다.

바로 책이었군.

그녀는 어제 클레이튼 공구점에서 그 정도는 얘기했다. 그 말 인 즉, 나는 이제 다아시, 로체스터, 에인절 클레어와 경쟁해야 한다는 뜻이었다. 구제불능의 낭만주의자 남자 주인공들. 내가 필요한 증거가 여기 있었다. 그녀는 어머니처럼 구제불능의 낭 만주의자였다. 그러니 작업을 해봤자 먹힐 리가 없었다. 상처에 모욕을 더하듯 그녀는 시계를 보았다. 이제 용건은 끝났다는 뜻 이었다.

이 거래는 망쳤군.

"이만 가볼게요. 공부를 해야 해서."

그녀가 말했다.

나는 친구의 차까지 데려다주겠다고 했다. 그렇다는 건 내 주 장을 호텔까지 걸어가는 동안에 관철해야 한다는 뜻이었다.

하지만 그래야 할까?

"차 잘 마셨습니다. 그레이 씨."

그녀가 말했다.

"천만에, 아나스타샤. 오히려 내가 고맙지."

그 말을 하면서 나는 지난 20분이…… 즐거웠다는 것을 깨 달았다. 모든 여자를 무장해제시키는, 가장 빛나는 미소를 지어 보이면서 나는 손을 내밀었다.

"갑시다."

그녀가 내 손을 잡았다. 히스먼 호텔까지 걸어가면서 내 손에 잡힌 그녀 손의 촉감이 얼마나 좋은지 떨쳐버릴 수가 없었다.

어쩌면 먹힐지도 몰라.

"항상 청바지를 입나?"

나는 물었다.

"대부분은요."

그녀는 말했다. 투 스트라이크. 청바지만 입는 구제불능의 낭만주의자……. 나는 내 여자들이 치마를 입는 편이 좋았다. 그들에게 쉽게 접근할 수 있는 게 좋았다.

"여자 친구 있으세요?"

그녀가 불쑥 내뱉었다. 스리 스트라이크. 이 풋내기 거래는 끝났다. 이 여자는 로맨스를 원하지만, 나는 그걸 줄 수는 없었다.

"아니, 아나스타샤. 여자 친구 같은 건 두지 않는데."

얼굴을 찌푸리며 그녀는 갑자기 몸을 돌리다 발이 걸려 길 위로 넘어졌다.

"젠장, 아나!"

나는 고함을 지르며 쏜살같이 역주행하던 멍청한 자전거 앞으로 넘어지지 않게 그녀를 내 쪽으로 끌어당겼다. 갑작스레 내품에 안긴 그녀는 내 두 팔을 꼭 붙들고 나를 올려다보았다. 그녀의 눈엔 놀란 빛이 떠올라 있었다. 처음으로 나는 그녀의 홍채 바깥에 진청색의 고리가 있다는 것을 알아챘다. 아름다웠다. 이렇게 가까이서 보니 더 아름다웠다. 그녀의 동공이 커졌고, 나는 그녀의 시선에 빠져버리면 다시 돌아오지 못하리라는 것을 알았다. 그녀는 깊이 숨을 들이마셨다.

"괜찮아?"

내 목소리는 낯설고도 멀게 들렸고, 그녀가 내 몸에 닿았다는 것을 알았지만 신경 쓰이지 않았다. 내 손가락이 그녀의 뺨을 어루만졌다. 그녀의 피부는 부드럽고 매끈했다. 나는 한 손가락으로 그녀의 아랫입술을 쓸었다. 숨이 내 목구멍에 걸렸다. 그녀의 몸이 내 몸을 꼭 눌렀고, 셔츠를 통해 전해지는 그녀의 가슴 감촉과 열기는 무척 도발적이었다. 그녀에게서는 할아버지의 사과 과수원을 떠오르게 하는 상쾌하고 건강한 향기가 풍겼다. 나는 눈을 감고 그녀의 향기를 들이마시며 기억에 새겼다. 다시 눈을 떴을 때, 그녀는 여전히 나를 쳐다보며 애원하고 간청하고 있었다. 눈은 내 입술에 못 박혀 있었다.

망할, 내가 키스하기를 바라고 있군.

나도 하고 싶었다. 딱 한 번. 그녀의 입술이 벌어지며, 준비하고, 기다렸다. 엄지손가락 아래 입은 나를 맞을 준비가 되어 있는 것만 같았다.

안 돼. 안 돼. 안 된다고. 이렇게 하면 안 돼, 그레이.

그녀는 네게 어울리는 여자가 아냐.

그녀는 심장과 꽃을 원하지만, 너는 그런 허튼짓은 하지 않잖아.

나는 그녀를 보지 않기 위해 눈을 꼭 감고 유혹과 싸웠다. 다시 눈을 떴을 때는 결정은 이미 내려졌다.

"아나스타샤."

나는 속삭였다.

"나를 멀리해. 나는 당신에게 어울리는 남자가 아냐."

미간에 다시 작은 v자가 잡혔고, 나는 그녀가 숨을 멈추었다고 생각했다.

"숨 쉬어, 아나스타샤. 심호흡해."

내가 바보 같은 짓을 저지르기 전에 그녀를 놓아야만 했다. 하지만 그러기 싫은 마음이 든다는 데 나 자신도 놀랐다. 한순간이라도 더 그녀를 안고 싶었다.

"이제 당신을 일으켜서 놓아줄 거야."

내가 한발 물러서자 그녀는 나를 잡았던 손을 놓았다. 그런데도 이상하게 안도감이 전혀 느껴지지 않았다. 나는 두 손으로 그녀의 어깨를 스치며 혼자 설 수 있는지 확인했다. 그녀의 표정은 굴욕감으로 흐려져 있었다. 그녀는 내 거절에 수치심을 느꼈다.

젠장, 당신을 상처 주려던 게 아니었어.

"이제 알았어요."

딱 자른 말투에 실망감이 어렸다. 그녀는 이제 정중하게 소원한 태도를 취했지만, 내 손에서 빠져나가지는 않았다.

"고마워요."

그녀가 덧붙였다.

"뭐가?"

"날 구해줘서요."

나 자신으로부터 그녀를 구해준 것이라고 말하고 싶었다……. 그건 고상한 행동이었다고. 하지만 그녀가 듣고 싶은 말은 아닐 것이었다.

"멍청한 녀석! 반대방향으로 달리다니. 여기 내가 있어서 다행이었어. 당신에게 무슨 일이라도 일어났을지 모른다고 생각하니 몸이 떨리는군."

이제 주절대고 있는 건 내 쪽이었고, 아직도 그녀를 놓아줄 수가 없었다. 나는 그녀와 같이 있는 시간을 좀 더 늘리고자 하는 계략일 뿐이라는 걸 알면서도 호텔에 가서 앉아 있다 가자고 제안했다. 그제야 비로소 그녀를 놓아주었다.

그녀는 고개를 흔들며 허리를 뻣뻣이 펴더니 보호하듯 두 팔로 자신을 감쌌다. 잠시 후, 그녀는 길 건너편으로 빨리 걸어갔고 나는 서둘러 그녀를 뒤따라갔다.

호텔에 도착하자, 그녀는 돌아서서 나를 다시 한 번 마주 보았다. 이번에는 침착했다.

"차 잘 마셨고 촬영도 허가해주셔서 감사해요."

그녀가 냉정한 눈길로 나를 보자, 후회가 몸속에서 타올랐다.

"아나스타샤…… 난……."

뭐라 할 말이 떠오르지 않았다. 미안하다는 말밖에는.

"뭐죠, 크리스천?"

그녀가 딱 잘랐다.

와. 나한테 미친 듯 화가 났군. 그녀는 내 이름 한 음절을 발음할 때마다 모든 경멸을 쏟아붓고 있었다. 새로웠다. 그리고 그녀는 떠나려 했다. 그녀를 보내고 싶지 않았다.

"시험 잘 봐요."

그녀의 눈이 상처와 분개심으로 반짝였다.

"고마워요."

경멸이 그녀의 목소리에서 뚝뚝 묻어났다.

"안녕히 계세요, 그레이 씨."

그녀는 몸을 돌려 지하 주차장을 향해 성큼성큼 걸어갔다. 나는 그녀의 뒷모습을 보며 한 번쯤 돌아보지 않을까 희망을 품었으나 그녀는 돌아보지 않았다. 그녀는 후회의 흔적만을 남긴 채로 건물 안으로 들어갔다. 아름다운 푸른 눈동자의 기억과 가을의 사과 과수원의 향기와 함께.

안 돼! 비명이 침실 벽에 튕겨 나오며 나를 악몽에서 깨웠다. 땀에 흠뻑 젖어 숨이 막힐 듯했고 콧속에는 김빠진 맥주, 담배, 가난의 냄새가 감돌았으며 술 취한 자가 휘두르는 폭력에 대한 두려움이 맴돌았다. 일어나 앉으며 머리를 두 손에 묻고 급격히 빨라진 심장 박동과 불규칙한 호흡을 진정하려 했다. 지난 나흘 밤 동안 매일 똑같았다. 시계를 쳐다보니 새벽 3시였다.

내일은 중요한 미팅이 두 개가 잡혀 있다. 아니 오늘. 맑은 머리로 참석하려면 잠을 자야 했다. 망할, 하룻밤이라도 제대로 잘 수 있다면 뭐든 내놓을 텐데. 그리고 바스티유와 골프 약속도 잡혀 있다. 골프는 취소해야지. 게임에서 진다는 생각만 해도 이미 우울해진 기분이 더 어두워졌다.

침대에서 기어 나와 복도를 지나 부엌으로 갔다. 물 한 잔을 따르다가 반대편 유리벽에 비친 내 모습을 보았다. 파자마 바지만 입은 모습. 역겨워서 고개를 돌렸다.

그 여자를 거절해버렸어.

그 여자는 널 원했는데.

그런데도 넌 거절해버렸어.

그녀를 위해서였어.

이 사실이 며칠 동안 나를 콕콕 찔렀다. 그녀의 아름다운 얼굴이 경고도 없이 내 마음속에 나타나 자극했다. 내 정신과 주치의가 영국 휴가에서 돌아왔다면 전화를 했을 텐데. 그가 늘어놓는 정신분석 어쩌고 헛소리가 이런 거지 같은 기분을 없애줄지도 모른다.

그레이, 그냥 예쁜 여자였을 뿐이야.

어쩌면 달리 정신을 돌릴 데가 필요했다. 새 서브라도. 수재너 이후에 너무 오래되었다. 아침에 엘레나에게 전화를 한번 해볼까 생각해보았다. 그녀라면 언제든지 적당한 후보자를 찾아주니까. 그러나 진실은, 나는 새로운 사람을 원하지 않았다.

나는 아나를 원했다.

그녀의 실망, 상처 입은 분개심, 경멸이 나와 함께 남았다. 그녀는 뒤도 돌아보지 않고 걸어가버렸다. 커피를 마시자는 말로 그녀에게 희망을 주었지만, 결국에는 실망만을 안겼는지도 모른다.

어떻게든 방법을 찾아서 사과를 해야 할지도. 그런 후에는 이 모든 유감스러운 일을 잊어버리고 그 여자를 머릿속에서 몰아내는 거다. 가정부가 씻을 수 있게 잔을 싱크대 속에 놔두고 나는 도로 침대로 돌아갔다.

5시 45분, 라디오 알람이 퍼뜩 울렸을 때 나는 천장만 바라보고 있었다. 한숨도 자지 못해서 피곤했다.

망할! 이건 말도 안 돼.

라디오 프로그램은 정신을 딴 데 쏟을 수 있어 차라리 반가웠지만, 두 번째 뉴스는 그렇지도 않았다. 희귀 원고 경매에 대한 소식이었다. 제인 오스틴의 미완성 유작 《왓슨가 사람들(The

Watsons)》이라는 원고가 런던 경매에 나왔다고 한다.

"책요." 그녀가 말했었다.

이런. 심지어 뉴스 하나를 들어도 책벌레 꼬마 아가씨가 생각나는군.

그 여자는 영국 고전을 좋아하는 구제불능의 낭만주의자였다. 하지만 그건 나도 마찬가지였다. 다른 이유지만. 제인 오스틴 초판본은 하나도 가지고 있지 않다. 브론테 자매도. 하지만 하디라면 두 권이 있었다.

맞아! 그거야! 그거라면 할 수 있었다.

잠시 후 나는 서재로 가서 《비운의 주드》와 세 권짜리 《테스》 상자 세트를 당구대 위에 올려놓았다. 둘 다 비극적 주제를 다룬 우울한 책이었다. 하디의 영혼은 어둡고 비틀려 있었다.

나처럼.

나는 그런 생각을 떨쳐버리고 책을 살펴보았다. 《주드》의 상태가 더 낫기는 해도, 경쟁상대는 아니었다. 《주드》에는 아무런 구원이 없으므로, 적당한 인용구와 함께 《테스》를 보내기로 했다. 여주인공을 타락시킨 악을 생각한다면 낭만적인 책은 아니지만, 영국 전원의 행복 속에서 잠깐이나마 펼쳐지는 낭만적인 사랑을 맛볼 수는 있겠지. 그리고 테스는 자기를 망친 남자에게 제대로 복수를 하지 않는가.

하지만 그게 초점이 아니었다. 아나는 하디를 좋아하는 작가로 꼽았지만, 초판본을 가져보기는커녕, 구경조차 해본 적이 없다는 것이 확실했다.

"최종소비자처럼 말씀하시는군요."

인터뷰할 때 그녀가 비판적으로 던졌던 말이 되돌아왔다. 그래. 나는 물건들을 소유하기를 좋아하지. 가치가 상승하는 물건들. 초판본처럼.

기분이 더 진정되고 차분해졌을 뿐만 아니라 나 자신이 대견
하기까지 했다. 나는 옷 방으로 돌아가서 달리기용 운동복으로
갈아입었다.

차 뒷자리에 앉아 테스 초판본을 넘겨보며 인용구를 찾으면
서, 아나의 기말고사가 언제일지 생각했다. 몇 년 전에 읽은 이
책의 줄거리가 어렴풋하게 떠올랐다. 소설은 10대 시절 나의 성
역이었다. 어머니는 내가 항상 책을 읽는다는 사실에 감탄하셨
다. 엘리엇은 그렇게 많이 읽지 않았으니까. 나는 소설이 주는
탈출구를 갈망했다. 형은 탈출구가 필요 없었다.

"사장님."

테일러가 내 생각을 끊었다.

"도착했습니다."

그는 차에서 내려 내 쪽 문을 열었다.

"골프 가실 수 있게 저는 2시에 오겠습니다."

나는 고개를 끄덕이고 책을 겨드랑이에 낀 채 그레이 하우스
안으로 향했다. 데스크의 젊은 안내원이 애교 있는 손짓으로 나
를 맞았다.

매일 똑같군……. 반복되는 유치한 노래처럼.

그 여자는 무시해버리고, 내 사무실이 있는 층으로 곧장 올라
가는 엘리베이터로 향했다.

"어서 오십시오, 그레이 사장님."

경비원 제복을 입은 배리가 엘리베이터 버튼을 누르며 인사
했다.

"아들은 어때요, 배리?"

"나아졌습니다."

"좋은 소식이군."

엘리베이터에 타자 곧장 20층으로 도착했다. 안드레아가 나와 나를 맞았다.

"어서 오십시오, 사장님. 다푸르 프로젝트에 대한 안건으로 로스가 사장님을 뵙자고 합니다. 바니는 몇 분 후에……."

나는 손을 들어 그녀의 말을 막았다.

"그것들은 지금은 잊어버려. 웰치를 연결하고 플린이 휴가 갔다 왔는지 알아봐. 웰치와 통화가 끝난 후에 오늘 일정 시작할 테니까."

"알겠습니다."

"그리고 더블 에스프레소도 한 잔. 올리비아에게 가져오라고 해."

주위를 돌아보니 올리비아가 없었다. 차라리 안심이 되었다. 항상 넋을 잃고 나를 보는 모습이 무진장 거슬렸으니까.

"우유도 넣으시겠습니까?"

안드레아가 물었다.

똑똑한 여자라니까. 나는 안드레아에게 미소를 보냈다.

"오늘은 됐어."

내 커피 취향을 계속 짐작하도록 놔두는 편이 좋았다.

"알겠습니다, 사장님."

그녀는 자기 자신에게 만족한 듯 보였다. 그럴 만도 했다. 이제껏 내 비서 중에서는 최고다.

3분 후, 그녀가 웰치를 연결해줬다.

"웰치?"

"그레이 사장님."

"지난주에 자네가 나를 위해 해준 신원조사 말야. 아나스타샤 스틸, 워싱턴 주립 대학 학생."

"네, 기억하고 있습니다."

"그 여자의 기말고사가 언젠지 알아내서 최우선 순위로 알려줘."

"알겠습니다. 다른 지시 사항은 없으십니까?"

"아니, 그거면 될 것 같아."

나는 전화를 끊고 책상 위에 놓인 책들을 빤히 보았다. 적당한 글귀를 찾아야 했다.

내 오른팔이자 최고 운영 책임자인 로스는 장광설을 늘어놓았다.

"수단 당국에서 수단 항구로 선박 운송할 수 있는 허가를 받아내고 있어요. 하지만 지상 연락책들이 다푸르까지 육상 운송하는 건 망설이네요. 실행 가능성이 어떤지 위험 평가를 하는 중입니다."

수송 문제가 까다로운 것이 분명했다. 평소의 밝은 성격은 사라지고 없었다.

"언제든 공중 투하할 수 있어."

"크리스천, 공중 투하 비용이 말이죠······."

"알아. 우리 NGO 친구들이 뭘 가지고 돌아오는지 보자고."

"알았어요."

그녀는 말하며 한숨지었다.

"국무부에서 전면 허가를 내주기를 기다리고 있어요."

나는 눈을 치떴다. 사람 귀찮게 하는 요식 절차들.

"기름칠 할 데가 있으면, 혹은 블랜디노 상원의원의 입김이 필요하면 말해."

"그러면 다음 주제는 새 공장 시설 부지를 어디로 선정하느냐 하는 거네요. 디트로이트의 세금 감면이 크다는 것 아시죠. 요약 보고서를 보내드릴게요."

"알겠어. 하지만 맙소사, 굳이 디트로이트로 해야 해?"

"왜 그곳을 반대하시는지 모르겠네요. 우리 기준에 맞는데."

"좋아. 빌에게 잠재적 재개발 지역을 확인하라고 해. 다른 군에서 더 유리한 조건을 제공할 수 있는지 한 군데 더 찾아보자고."

"빌은 벌써 루스를 보내서 디트로이트 재개발 담당자를 만나보게 했어요. 그보다 더 협조적일 수 없다고 하더군요. 하지만 빌에게 마지막으로 확인해보라고 했어요."

그때 전화가 진동했다.

"왜!"

나는 안드레아에게 호통쳤다. 내가 회의 중에 방해받으면 싫어한다는 것을 그녀는 알고 있다.

"웰치가 연락했습니다."

시계를 보니 11시 30분이었다. 일 처리 하나는 빨랐다.

"연결해."

나는 로스에게 그대로 있으라고 신호를 보냈다.

"그레이 사장님?"

"웰치. 무슨 소식이지?"

"스틸 양의 마지막 시험은 내일이랍니다. 5월 20일."

망할. 시간이 별로 없었다.

"좋아. 내가 알고 싶은 건 그뿐이네."

나는 전화를 끊었다.

"로스, 잠깐만 실례할게."

내가 전화를 들지 안드레아가 즉시 전화를 받았다.

"안드레아, 한 시간 내에 간단한 메시지를 쓸 수 있는 빈 카드 하나 마련해줘."

나는 전화를 끊고 로스를 향했다.

"좋아, 로스. 어디까지 했지?"

12시 30분, 올리비아가 주춤거리며 사무실로 점심식사를 가지고 왔다. 그녀는 키가 크고 몸매가 나긋나긋하며 얼굴이 예뻤다. 슬프게도 그 얼굴은 번지수를 잘못 찾고 언제나 갈망하는 표정으로 나를 보았다. 그녀는 내가 먹을 만한 것을 담은 쟁반을 들고 있었다. 바쁜 아침을 보낸 터라 나는 몹시 배가 고팠다. 그녀는 몸을 떨면서 쟁반을 책상 위에 올려놓았다.

참치 샐러드. 좋다. 이 여자도 이건 한 번도 망친 적이 없었다.

그녀는 또 세 가지 다른 종류의 하얀 카드를 책상 위에 놓았다. 모두 크기가 달랐고 봉투가 딸려 있었다.

"좋아."

나는 웅얼거렸다. 이제 가봐. 그녀는 서둘러 나갔다.

나는 배고픔을 가라앉히기 위해 참치를 한 입 먹고 펜을 집었다. 적을 글귀는 골라놓았다. 경고였다. 내가 그녀에게서 멀어지기로 한 건 제대로 된 결정이었다. 모든 남자가 낭만적 소설의 주인공은 아니다. 나는 "남자들이란"이란 유의 말로 선수 칠 것이다. 그녀도 이해하겠지.

어째서 제게 위험하다는 말을 해주지 않으셨어요? 어째서 경고를 하지 않으셨어요?

숙녀들은 무엇을 경계해야 하는지 알아요. 그들은 이런 속임수가 나오는 소설을 읽으니까……

나는 카드를 봉투 속에 집어넣고 그 위에 아나의 주소를 썼
다. 웰치의 신원조사서를 읽은 이후로 기억에 아로새겨져 있었
다. 인터폰으로 안드레아를 호출했다.

"네, 사장님."

"들어오겠나?"

"네."

　안드레아는 잠시 후 사무실 문 앞에 나타났다.

"부르셨습니까, 사장님?"

"이거 포장해서 아나스타샤 스틸 양에게 택배로 보내줘. 지
난주에 날 인터뷰했던 여자 있지. 여기 주소."

"바로 보내겠습니다, 사장님."

"늦어도 내일까지는 도착해야 해."

"네, 사장님. 지시하실 건 더 없습니까?"

"없어. 다른 대용품 한 세트 찾아줘."

"이 책 말입니까?"

"그래. 초판본으로. 올리비아에게 맡겨."

"무슨 책입니까?"

"《더버빌가의 테스》."

"네, 알겠습니다."

　안드레아는 드물게도 미소를 보이더니 사무실을 나갔다.

　왜 웃는 거지?

　그녀는 웃는 법이 없었다. 나는 그 생각을 떨쳐 버리면서 이
책을 보는 게 이번이 마지막일까 생각했다. 그리고 마음속 깊은
곳에서는 그러지 않기를 바라고 있다는 사실을 인정할 수밖에
없었다.

닷새 만에 처음으로 푹 잤다. 어쩌면 이제껏 바라왔던 종결의 감각을 느끼는지도 몰랐다. 그 책을 아나스타샤에게 보냈기 때문에. 면도를 하다 보니, 거울 속 얼간이가 냉정한 회색 눈으로 나를 노려보고 있었다.

거짓말쟁이.

망할.

좋아, 좋다. 그녀가 전화하지 않을까 기대하고 있다. 내 번호를 알고 있으니까.

부엌으로 들어가자 존스 부인이 고개를 들었다.

"좋은 아침입니다, 그레이 씨."

"좋은 아침이에요, 존스 부인."

"아침식사로 뭘 드시겠습니까?"

"오믈렛으로 하죠. 고마워요."

부인이 식사 준비를 하는 동안 나는 부엌 카운터에 앉아 〈월스트리트 저널〉과 〈뉴욕 타임스〉를 훑어본 후 〈시애틀 타임스〉를 자세히 읽었다. 신문에 빠져 있는데, 전화가 진동했다.

엘리엇이었다. 형이 무슨 일로 전화를 한 거지?

"엘리엇?"

"어이. 이번 주말 시애틀에서 빠져나가야 할 것 같아. 이 여자애가 내 용대가리에 어찌나 덤벼드는지, 도망가야겠어."

"형 용대가리라고?"

"그래. 너도 있으니 알 텐데."

나는 형의 농담을 무시해버렸지만, 핑곗김에 어떤 생각이 떠올랐다.

"포틀랜드 하이킹 어때? 오늘 오후에 갈 수 있는데. 거기 머무르자. 집엔 일요일에 오고."

"괜찮은데. 탈탈이 타고 가? 아니면 차로 갈래?"

"헬리콥터라고 불러, 엘리엇. 그리고 내 차로 갈 거야. 점심시간에 사무실로 와. 그때 출발하자."

"고맙다, 동생. 신세 좀 지자."

엘리엇은 전화를 끊었다.

엘리엇은 언제나 자기 절제를 못 하는 게 문제였다. 형이 얽히는 여자들도 항상 그랬다. 그 불행한 여자가 누구든 간에, 형이 가볍게 만나는 여자들의 길고 긴 줄에 껴 있는 한 명일 뿐이었다.

"그레이 씨, 이번 주말에 드실 음식은 뭐로 할까요?"

"가벼운 걸로 준비해두시고, 냉장고에 넣어두세요. 토요일에 돌아올 테니까."

돌아오지 않을지도 모르지만.

그녀는 네게 눈길도 한 번 안 줄 거야, 그레이.

일하는 내내 다른 사람의 기대를 처리하느라 수많은 시간을 보냈지만, 나 자신의 기대를 다루는 솜씨는 좀 더 갈고 닦아야 할 것 같았다.

엘리엇은 포틀랜드로 가는 내내 차 안에서 잤다. 불쌍한 형은 그간 들들 볶인 게 분명했다. 일과 섹스. 그게 엘리엇의 존재 이유였다. 형은 조수석에 뻗어서 코를 골고 있었다.

참으로 좋은 동행이라니까.

3시 넘어서야 포틀랜드에 도착할 것 같아서, 나는 핸즈프리로 안드레아에게 전화를 했다.

"네, 사장님."

신호 두 번 만에 안드레아는 전화를 받았다.

"히스먼 호텔까지 산악자전거 두 대 배달해놓겠어?"

"몇 시까지요?"

"3시까지."

"사장님과 형님께서 타실 자전거입니까?"

"그래."

"형님 신장이 185센티미터시죠? 바로 준비해놓겠습니다."

"좋아."

나는 전화를 끊고 테일러에게 걸었다.

"사장님."

테일러는 신호 한 번 만에 받았다.

"몇 시에 도착할 건가?"

"오늘 밤 9시에 체크인할 겁니다."

"R8 가지고 와주겠나?"

"기꺼이 하겠습니다, 사장님."

테일러도 자동차 마니아였다.

"좋아."

나는 전화를 끊고 음악 볼륨을 올렸다. 버브를 들으면서도 엘리엇이 내처 잘 수 있을지 어디 한번 볼까.

5번 주간 고속도로를 달려가는 동안, 흥분이 점점 고조되었다.

그 책들은 아직 배달되지 않은 건가? 안드레아에게 다시 전화하고 싶은 유혹을 느꼈지만, 그녀에게 벌써 산더미 같은 일을 얹혀주었다는 것도 알고 있었다. 게다가 내 직원이 뒷얘기나 늘어놓을 구실을 주고 싶진 않았다. 보통 때는 이런 거지 같은 짓은 하지 않으니.

애시당초 왜 그 책을 보낸 거지?

그녀가 다시 보고 싶으니까.

"어이, 우리 지금 어디야?"

엘리엇이 불쑥 물었다.

"보라, 그가 잠에서 깼도다."

내가 읊었다.

"거의 다 왔어. 산악자전거 탈 거야."

"우리가?"

"그래."

"좋아. 아버지가 데려가주셨던 때 기억나?"

"그럼."

나는 그 기억에 고개를 흔들었다. 아버지는 박식한 분으로 진짜 교양인이었다. 학문에도 스포츠에도 능했다. 도시에서도 편안해했지만, 너른 자연에서는 더 편안히 즐기는 듯했다. 아버지는 입양아 세 명을 포용해주셨다. 그리고 나는 아마 그 기대에 미치지 못하는 자식일 것이었다.

하지만 내가 청소년기에 이르기 전, 우리는 유대감이 있었다. 아버지는 나의 영웅이었다. 내가 지금 즐기는 캠핑이나 모든 야외 활동에 기꺼이 데려가주셨다. 요트, 카약, 자전거. 우리는 모든 것을 같이했다.

사춘기가 그 모든 것을 망쳤다.

"오후 지나서야 도착할 것 같은데, 하이킹할 시간은 없어서 말이야."

"좋은 생각."

"그래서 누구한테서 도망가는 거야?"

"야, 나는 날 사랑하거나 떠나거나 하라는 타입이야. 너도 알잖아. 매이는 거 싫어한다고. 왜 그러는지 모르겠어. 여자들은 내가 사업체를 운영한다는 걸 알면 온갖 미친 생각들을 한다니까."

형은 나를 곁눈질했다.

"네 물건을 고이 간수하겠다는 생각은 잘한 거야."

"언제부터 내 물건에 대해서 토론했어, 형 물건에 대해서 했지. 그리고 요새 그걸 누가 쓰느냐 하는 얘기 아니었나?"

엘리엇이 킬킬거렸다.

"다 셀 수도 없다. 어쨌든 내 얘기는 이만하면 됐고. 재계와 산업계의 동향은 어떠냐?"

"정말 알고 싶어?"

나는 형에게 재빨리 눈길을 주었다.

"아니."

형은 트림했고, 나는 형의 무심함과 세련미 없는 태도에 웃음을 터뜨렸다.

"사업은 어때?"

내가 물었다.

"네 투자가 어떻게 되어가는지 확인하는 거냐?"

"항상 해야지."

그게 내 일이니까.

"음, 지난주에 스포카니 에덴 프로젝트를 시공하고 일정대로 착착 진행하고 있어. 하지만 고작 일주일밖에 안 됐으니."

형은 어깨를 으쓱했다.

겉모습은 저렇게 태평해 보이지만, 형은 환경 운동가였다. 자족 가능한 삶에 대한 형의 열정은 일요일 가족 식사 때 열띤 화제가 되기도 했다. 형의 최근 프로젝트는 시애틀 북쪽 저가 주택지의 친환경 개발이었다.

"너한테 말했던 새 중수도 용수 시스템을 설치하고 싶어. 그러면 모든 가구가 물 사용을 줄여서 수도비를 25퍼센트 절약할 수 있지."

"대단한데."

"그랬으면 좋겠다."

우리는 말없이 포틀랜드 시내로 들어갔다. 히스먼 호텔의 지하 주차장에 차를 댈 때—그녀를 마지막으로 보았던 곳—엘리엇이 웅얼거렸다.

"오늘 마리너스 게임 못 보겠다."

"밤새 TV 볼 수 있을걸. 형의 물건에게도 휴식을 주고 야구를 봐."

"그것참 대단한 계획이네."

엘리엇과 보조를 맞추는 건 도전이었다. 형은 대부분 상황에서 그렇듯이 누가 뭐래도 아랑곳하지 않는 태도로 자전거 길을 달려 나갔다. 엘리엇은 두려움을 모른다. 내가 형을 존경하는 이유다. 하지만 이런 속도로 달리면 경치를 감상할 기회가 없다. 청명한 푸른빛이 내 옆을 휙 스쳐지나가는 것을 막연히 알 수는 있었지만, 움푹 파인 곳을 피하려면 눈을 길에서 뗄 수가 없었다.

경주가 끝날 무렵엔 둘 다 더러워졌고 진이 빠졌다.

"오랜만에 옷 입고 이런 재미를 다 느껴본다."

히스먼 호텔의 벨보이에게 자전거를 건네며 엘리엇이 말했다.

"그래."

나는 대답하고는 자전거 탄 사람을 피하려고 아나스타샤를 안았던 때를 떠올렸다. 그녀의 온기, 내게 닿았던 가슴, 감각을 침입해 들어오는 향기.

그때도 옷은 입고 있었지…….

"그래."

나는 다시 한 번 중얼거렸다.

엘리베이터를 타고 맨 위층으로 올라가면서 전화를 확인했다. 새로 온 이메일이 있었고, 이번 주말에 뭐하느냐고 묻는 엘레나의 문자가 두 통 와 있었다. 하지만 아나스타샤에게서 온 부재중 통화 기록은 없었다. 이제 곧 7시다. 지금쯤은 책을 받고도 남았을 텐데. 그 생각을 하니 마음이 가라앉았다. 또 한 번 뜬구름 잡으려고 포틀랜드까지 달려온 건가.

"야, 이 여자애가 다섯 번이나 전화하고 문자를 네 통이나 남겼어. 자기가 얼마나 처절해 보이는지 모르는 건가?"

엘리엇이 툴툴거렸다.

"임신했는지도 모르지."

엘리엇의 얼굴이 사색이 되자 나는 웃음을 터뜨렸다.

"웃기지도 않아, 거물 나리."

형은 투덜거렸다.

"게다가 이 여자랑 오래 알고 지낸 사이도 아닌걸. 아니, 그렇게 자주 알고 지낸 사이는 아니라고 해야 하나."

나는 재빨리 샤워를 하고 스위트룸에 있는 엘리엇과 합류했다. 우리는 둘러앉아 마리너스 대 샌디에이고 파드레스 경기의 나머지 부분을 시청했다. 룸서비스로 스테이크, 샐러드, 감자튀김, 맥주 두 잔을 주문했고, 나는 의자에 등을 기대고 앉아 엘리엇 옆에서 느긋하게 게임을 즐겼다. 아나스타샤가 전화하지 않을 거라는 사실을 받아들이고 체념해야 했다. 마리너스가 앞서고 있어, 대승을 거둘 것 같았다.

실망스럽게도 그 정도는 아니었지만, 마리너스가 4대 1로 이겼다.

힘내라, 마리너스! 엘리엇과 나는 맥주병으로 건배했다.

경기 후 분석이 지루하게 이어질 때, 내 전화가 울리더니 스틸 양의 번호가 화면에 떴다.

그 여자다.

"아나스타샤?"

놀람과 기쁨을 감출 수 없었다. 전화 너머로 시끄러운 소리가 들리는 것으로 보아 파티나 술집에 있는 듯했다. 엘리엇이 나를 힐끔 쳐다보자 나는 소파에서 내려와 형이 전화 통화를 들을 수 없는 곳으로 이동했다.

"어째서 내게 책을 보냈어요?"

그녀가 혀 꼬인 소리로 말했다. 불안감이 등줄기를 타고 물결쳤다.

"아나스타샤, 괜찮아? 목소리가 이상한데."

"이상한 사람은 내가 아니에요. 당신이지."

그녀는 비난조로 말했다.

"아나스타샤, 술 마셨나?"

젠장할. 누구랑 있는 거야? 그 사진가? 친구 케이트는 어디 있지?

"그게 당신이랑 무슨 상관이에요?"

그녀는 뾰로통하게 대들었고 나는 그녀가 술에 취했다는 것을 알았다. 하지만 먼저 그녀가 괜찮은지 확인해야 했다.

"그저…… 궁금해서. 지금 어디야?"

"바예요."

"무슨 바?"

말해. 걱정이 뱃속에서 피어났다. 젊은 여자가 술에 취해서 포틀랜드 어디를 헤매다니. 안전하지 않았다.

"포틀랜드에 있는 바겠죠?"

"집에는 어떻게 가려고?"

나는 콧등을 꼬집으며 점점 치솟아오르는 성질을 누르려고 했지만 허사였다.

"알아서 가죠."

무슨 헛소리야? 운전하겠다는 건가? 나는 다시 어느 바에 있느냐고 물었지만, 그녀는 내 질문을 무시했다.

"어째서 내게 책을 보냈나요, 크리스천?"

"아나스타샤, 어디 있어? 당장 말해."

어떻게 집에 가겠다는 거지?

"당신은 너무…… 너무 사람을 맘대로 하려고 해."

그녀는 쿡쿡 웃었다. 다른 상황이라면 매력적이라고 생각할 웃음소리였다. 하지만 지금 당장은 내가 어떻게 사람을 마음대로 할 수 있는지 보여주고 싶었다. 사람을 미치게 하는 여자였다.

"아나, 협조 좀 해. 젠장, 어디 있는 거야?"

그녀는 다시 킥킥거렸다. 망할, 나를 비웃는군!

또다시!

"포틀랜드에 있다니까요……. 시애틀에서 한참 먼 곳이죠."

"포틀랜드 어디?"

"잘 자요, 크리스천."

전화가 끊겼다.

"아나!"

내 면전에 대고 전화를 끊어? 믿을 수 없어서 전화를 빤히 쳐다보았다. 그 누구도 내 전화를 함부로 끊을 수는 없었다. 어디 감히!

"무슨 일이야?"

엘리엇이 소파 너머로 소리쳤다.

"누가 막 취해서 전화를 했어."

형을 쳐다보자 형은 놀라서 입을 떡 벌리고 있었다.

"너한테?"

"그래."

나는 다시 발신자 표시 번호를 누르며 성질을 억누르려 애썼다. 걱정까지도.

"여보세요."

숨이 차고 겁먹은 목소리였다. 이제는 더 조용한 곳에 있는 듯했다.

"데리러 갈게."

분노와 씨름하느라 목소리가 냉랭하게 나왔다. 나는 전화를 탁 끊어버렸다.

"이 여자한테 가서 집으로 데려와야겠어. 형도 갈래?"

엘리엇은 내 머리가 세 개라도 되는 양 쳐다보았다.

"네가? 여자애를? 그런 구경을 놓칠 순 없지."

엘리엇은 운동화를 집더니 신기 시작했다.

"전화 한 통화만 하고."

나는 바니한테 전화를 해야 할지 웰치에게 해야 할지 고민하며 형의 침실로 들어갔다. 바니는 회사의 원격 통신 분야 수석 기술자였다. 과학 천재다. 하지만 내가 원하는 건 합법적이지만은 않았다.

이건 회사와 별개로 처리하는 게 낫겠군.

나는 웰치의 단축번호를 눌렀고, 몇 초 만에 그가 거친 목소리로 대답했다.

"사장님?"

"아나스타샤 스틸 양이 지금 어디 있는지 당장 알아야겠어."

"알겠습니다."

그는 잠시 말을 멈췄다.

"맡겨주십시오."

이 일이 법을 벗어난다는 것은 알았지만, 그녀가 곤경 속으로 걸어들어가고 있을지도 몰랐다.

"고맙네."

"2분 후 다시 연락드리겠습니다."

다시 거실로 돌아가니 엘리엇은 신이 나서 두 손을 비비고 얼굴에는 멍청한 웃음을 띠고 있었다.

아, 이게 무슨 꼴이라지.

"무슨 일이 있어도 이 구경은 놓칠 수 없지."

형은 고소하다는 듯 말했다.

"가서 차 열쇠 가져올게. 5분 후에 주차장에서 만나."

나는 형의 히죽거리는 얼굴을 무시하면서 딱딱하게 말했다.

바는 붐볐다. 재미있게 놀려고 작정한 학생들이 가득했다. 쓰레기 같은 인디 음악이 앰프를 쿵쿵 울렸고, 댄스 플로어는 들썩거리는 몸들로 꽉 차 있었다.

그 광경을 보니 내가 늙은 것 같았다.

여기 어디 그녀가 있겠지.

엘리엇은 나를 따라 앞문으로 들어왔다.

"그 여자 보여?"

형은 소음 위로 소리쳤다. 나는 방 안을 훑다가 캐서린 캐버너를 발견했다. 그녀는 친구 무리와 함께 부스 자리에 앉아 있었다. 모두 남자뿐이었다. 아나의 흔적은 없었지만, 탁자 위에는 위스키 잔과 맥주잔이 널려 있었다.

뭐, 아나가 캐버너 양에게 충실한 만큼, 그 친구도 그런지 알아볼까.

우리가 탁자로 다가가자 그녀는 놀라 나를 바라보았다.

"캐서린."

나는 인사차 말했다. 캐서린은 내가 아나의 행방을 묻기도 전에 말을 끊었다.

"크리스천. 여기서 이렇게 만나다니 정말 놀랍네요."

그녀가 소음 위로 소리쳤다. 탁자 앞에 앉은 세 남자는 엘리엇과 나를 적대적인 태도로 경계하며 쳐다보았다.

"근처에 올 일이 있어서."

"그럼 이분은 누구실까?"

캐서린은 엘리엇을 보고 지나치게 환하게 웃으며 내 말을 다시 끊었다. 정말 짜증 나는 여자다.

"이쪽은 내 형, 엘리엇. 엘리엇, 여기는 캐서린 캐버너. 아나는 어디 있지?"

캐서린은 엘리엇을 향해 함박웃음을 지어 보였고, 나는 형도 그에 대답하듯 웃는다는 사실에 놀라고 말았다.

"공기 좀 쐬려고 밖에 나간 것 같은데."

캐서린은 대답했지만 나를 보지도 않았다. 오직 '나를 사랑하든가 떠나든가' 씨에게만 눈이 쏠려 있었다. 이런, 오늘이 그녀의 제삿날이 되겠군.

"밖에? 어디?"

내가 고함쳤다.

"아, 저쪽요."

그녀는 바 맨 끝에 있는 여닫이문을 가리켰다.

나는 불만스러워하는 세 남자와 히죽 웃음을 나누는 캐서린과 엘리엇을 놔두고 인파를 헤치고 문으로 향했다.

여닫이문을 지나자 여자 화장실로 가는 줄이 길게 늘어서 있었다. 그 너머에는 바깥으로 이어지는 문이 있었다. 술집 뒤편이었다. 우습게도 엘리엇과 내가 막 지나왔던 주차장으로 가는 길이기도 했다.

바깥으로 걸어 나오다 보니 주차장 바로 옆에 공터가 있었다. 양쪽에 화단이 있는 장소로, 몇몇 사람들이 모여 담배를 피우고 술을 마시며 수다를 떨고 있었다. 서로 끌어안고 있는 이들도 있었다. 그때 나는 그녀를 발견했다.

망할! 그녀는 사진가와 함께 있었다. 하지만 침침한 불빛 속에서는 분간하기가 힘들었다. 그녀는 그의 품 안에 안겨 있었지만, 빠져나오려는 것 같았다. 그 자식은 그녀에게 뭔가 들리지 않는 말을 속삭이며 턱을 따라 입을 맞추고 있었다.

"호세, 싫어."

그녀가 이렇게 말하는 것만은 똑똑히 들렸다. 그녀는 그를 밀어내려고 하고 있었다.

그녀는 이런 짓을 원치 않는다.

순간 그 자식의 머리를 날려버리고 싶었다. 양손을 주먹 쥐고 나는 그들에게로 걸어갔다.

"숙녀분이 싫다고 한 것 같은데."

화를 누르려고는 했지만, 이곳은 상대적으로 조용해서 내 목소리에서 냉정하고 불길한 기운이 풍겼다.

그는 아나를 놓아주었고, 아나는 몽롱하고 술 취한 표정으로 실눈을 뜨고 나를 쳐다보았다.

"그레이."

그의 목소리는 간결했다. 그 자식 얼굴에 떠오른 실망을 때려부수지 않기 위해서는 내 자제력의 남은 한 방울까지도 필요했다.

아나는 몸을 들썩이더니 갑자기 허리를 구부리고는 땅에 대고 토해버렸다.

아, 저런!

"엑, 맙소사, 아나!"

호세는 더럽다는 듯 펄쩍 뛰어올랐다.

멍청한 새끼.

나는 그를 무시하고 그녀가 오늘 저녁에 먹은 것을 모두 토할 수 있도록 머리카락을 잡아서 넘겨주었다. 하지만 별로 먹은 게 없는 듯해서 기분이 약간 언짢았다. 나는 한쪽 팔을 그녀의 어깨에 두르고 호기심을 보이는 구경꾼들을 피해 화단 구석으로 데려갔다.

"다시 토하고 싶거든 여기서 해. 내가 잡아줄 테니."

여기가 더 어두웠다. 평화롭게 구토할 수 있을 것이었다. 그녀는 두 손으로 벽돌을 짚고 토하고 또 토했다. 가련한 모습이었다. 일단 위를 다 비우자 그녀는 다시 마른 구역질을 계속했다.

이런, 심한데.

마침내 그녀의 몸에서 긴장이 풀리고 다 끝난 것 같았다. 나는 그녀를 놔주고 손수건을 건넸다. 어떤 기적인지 모르지만 우연찮게 내 재킷 안주머니에 있던 것이었다.

고맙네요, 존스 부인.

그녀는 입을 닦고 몸을 돌려서 벽돌에 기댔다. 그러면서도 부끄럽고 당황스러운지 내 눈은 계속 피했다. 그래도 그녀를 다시 만나서 기뻤다. 사진사 녀석에 대한 분노는 사라졌다. 포틀랜드의 학생 술집 주차장에 아나스타샤 스틸 양과 같이 서 있는 것만으로도 기뻤다.

그녀는 머리를 두 손에 묻고 웅크리고 있다가 슬며시 나를 올려다보았다. 아직도 창피해하고 있었다. 그녀는 문으로 돌아서면서 내 어깨너머를 쏘아보았다. 그녀의 '친구'라는 녀석을 향한 것 같았다.

"난, 어…… 안에서 봐."

호세는 웅얼거렸지만, 나는 굳이 돌아서서 그를 흘겨보지도 않았다. 기쁘게도 그녀도 그를 무시하며 나와 시선을 맞췄다.

"미안해요."

마침내 그녀가 말했다. 손가락이 부드러운 리넨 손수건을 쥐어짰다.

좋아, 재미 좀 볼까.

"뭐가 미안하다는 거지, 아나스타샤?"

"기본적으로는 전화한 것, 그리고 토한 것. 아, 늘어놓자니 한도 끝도 없네요."

그녀는 웅얼웅얼 대답했다

"우리 모두 겪어본 일이야. 아마도 너만큼 극적인 경험은 못했겠지만."

이 여자애를 놀리는 게 왜 이리 재미있는 걸까?

"중요한 건 자기 한계를 아는 거야, 아나스타샤. 내 말은 나야 한계를 극복하는 것에 기꺼이 찬성하지만 이건 정말 상식을 벗어난 행위지. 이런 행동을 습관적으로 하나?"

어쩌면 이 여자는 알코올 문제가 있는지도 몰랐다. 그 생각을 하니 걱정스러워서 어머니한테 전화로 디톡스 병원 추천을 받아야 하나 하는 생각이 들었다.

아나는 화난 듯 미간에 작은 v자를 만들면서 잠시 얼굴을 찡그렸다. 나는 거기에 키스하고 싶은 충동을 억눌렀다. 하지만 입을 열었을 때, 그녀는 뉘우치는 듯했다.

"아니에요."

그녀가 말했다.

"이전에는 이렇게 취한 적이 없었고 지금 당장 기분으로는 앞으로 다시는 절대 이런 짓하고 싶지 않아요."

그녀는 나를 올려다보았다. 눈에는 초점이 없었고 몸이 약간 흔들렸다. 기절할 것만 같았다. 생각해볼 겨를도 없이 나는 그녀를 내 팔로 안았다.

그녀는 놀랄 만큼 가벼웠다. 너무 가벼웠다. 그게 도리어 짜증스러웠다. 술에 취한 것도 놀랄 일이 아니다.

"자, 집에 데려다주지."

"케이트에게 얘기를 해야죠."

그녀는 머리를 내 어깨에 기대며 말했다.

"형이 말해줄 거야."

"뭐라고요?"

"내 형 엘리엇이 캐버너 양하고 얘기 중이야."

"네?"

"네가 전화했을 때 형도 나와 함께 있었으니까."

"시애틀에요?"

"아니, 난 히스먼에 묵고 있어."

그리고 내 뜬구름 잡기는 보답을 받았지.

"어떻게 나를 찾았어요?"

"휴대전화 추적했지, 아나스타샤."

나는 차로 향했다. 그녀를 집까지 태워다줄 작정이었다.

"재킷이나 가방 같은 것 가져왔어?"

"아…… 네. 둘 다 가지고 왔어요. 크리스천, 기다려요. 케이트한테는 얘기를 하고 가야 해요. 걱정할 거예요."

나는 걸음을 멈추고 혀를 깨물었다. 네가 여기 저 치근대는 사진가와 함께 나와 있는데도 캐버너는 전혀 걱정하지 않는 것 같던데. 로드리게즈, 그런 이름이었지. 대체 캐버너는 어떤 종류의 친구란 말인가? 바에서 새어나오는 불빛이 그녀의 걱정스러운 얼굴에 비쳤다.

괴롭기는 했지만, 나는 그녀를 내려놓고 안으로 데리고 들어갔다. 두 손을 잡고 우리는 바 안으로 걸어들어가 케이트의 탁자 앞에 멈췄다. 남자애 하나는 아직 남아 있었다. 성이 나고 버림받은 얼굴이었다.

"케이트 어디 있어?"

아나는 소음 위로 소리쳤다.

"춤추고 있어."

남자애가 말했다. 진한 눈이 댄스 플로어를 쳐다보고 있었다. 아나는 자기 재킷과 가방을 챙겼고, 예기치 않게도 내 팔을 잡았다.

나는 얼어붙었다.

젠장.

심장 박동이 속도위반하며 질주하고 어둠이 표면에 깔려 퍼지더니 그 앞발로 내 목을 조였다.

"케이트는 댄스 플로어에 있대요."

그녀가 고함을 질렀고, 그녀의 말이 내 귀를 간질여 잠시 공포를 잊을 수 있었다. 그리고 갑자기 어둠이 사라지며 쿵쿵대던 심장도 가라앉았다.

뭐지?

나는 혼란을 감추려 눈을 치뜨며 그녀를 바로 데려가 물 한 잔을 주문해서 건넸다.

"마셔."

잔 너머로 나를 바라다보며 그녀는 한 모금 찔끔 마셨다.

"다 마셔."

나는 명령했다. 이 정도 손해 복구 작업으로 내일 끔찍한 숙취를 면할 수 있기만을 바랐다.

내가 끼어들지 않았더라면 이 여자에게 무슨 일이 생겼을까? 기분이 가라앉았다.

그리고 지금 막 내게 생긴 일을 생각했다.

그녀의 손길. 나의 반응.

아나가 물을 마시면서 약간 흔들거리자 나는 한 손을 어깨에 대고 몸을 지탱해주었다. 나는 이 접촉이 마음에 들었다. 내가 그녀의 몸에 손을 대는 것. 그녀는 내 혼란스럽고 깊고 어두운 물에 뜬 기름 같았다.

흠…… 미사여구가 너무 화려해, 그레이.

물을 다 마신 그녀가 잔을 돌려주자 나는 그 잔을 바에 올려놓았다.

좋았어. 그녀는 소위 자기 친구라고 하는 여자와 얘기를 하고 싶다는 거지. 나는 붐비는 댄스 플로어를 살폈다. 사람들을 뚫고 나아가는 동안 다른 사람들의 몸에 내 몸이 눌린다는 생각만 해도 불편했다.

마음을 단단히 먹고 나는 그녀의 손을 잡고 댄스 플로어로 이끌었다. 그녀는 망설였지만, 친구에게 얘기를 하고 싶다면 방법은 그것뿐이었다. 나와 함께 춤추는 것. 일단 엘리엇이 흥이 나면 말릴 도리가 없었다. 집에서 조용한 밤을 보내겠다는 계획은 그걸로 끝이었다.

한 번 잡아당기자, 그녀가 내 품 안으로 들어왔다.

이 정도는 내가 처리할 수 있었다. 그녀가 내게 손을 대려 한다는 것을 미리 알면, 괜찮았다. 처리할 수 있다. 게다가 재킷을 입고 있으니까. 나는 그녀를 안고 사람들 사이를 뚫고 지나 엘리엇과 캐버너가 소동을 일으키는 곳으로 갔다.

우리가 엘리엇 옆에 서자, 형은 춤을 추는 채로 내게 몸을 기울이며 놀랍다는 표정으로 우리를 위아래로 훑었다.

"난 아나를 집으로 데려갈게. 케이트에게 말해."

나는 형의 귀에 대고 소리를 질렀다.

엘리엇은 고개를 끄덕이며 캐버너를 자기 품 안으로 끌어당겼다.

좋아. 그러면 이 술주정뱅이 책벌레 아가씨는 내가 집에 데려가도록 하지. 하지만 무슨 영문인지 그녀는 집에 가려고 하지 않았다. 그녀는 걱정스러운 눈길로 캐버너를 바라보고 있었다. 댄스 플로어를 뜰 때, 그녀는 캐버너를 돌아보더니 나를 다시 한 번 보고 약간 어지러운지 비틀거렸다.

"망할!"

그녀가 바 한가운데서 기절해버리는 순간 기적적으로 잡을 수 있었다. 그녀를 어깨에 둘러메고 나가고 싶은 마음이 간절했지만, 그랬다간 너무 눈에 띌 것이다. 그래서 나는 그녀를 다시 한 번 안아 내 가슴에 꼭 껴안고 밖으로 나와 차로 갔다.

"맙소사."

나는 그녀를 안은 채로 바지 주머니 속 열쇠를 더듬거렸다. 가까스로 그 여자를 앞좌석에 태우고 안전띠까지 채울 수 있었다.

"아나."

그녀가 걱정스러울 정도로 잠잠해서 살짝 흔들어보았다.

"아나!"

그녀가 알아들을 수 없는 말을 중얼거리길래 아직 의식이 있다는 건 알 수 있었다. 그녀를 집에 데려가야 한다는 건 알았지만, 밴쿠버까지는 한참 가야 했고 그동안 다시 토하지나 않을지 알 수가 없었다. 내 아우디에서 토사물 냄새가 풍긴다고 생각하니 달갑지 않았다. 옷에서 풍기는 냄새만으로도 벌써 티가 날 정도였다.

나는 나 자신에게 그녀를 위한 일이라고 말하며 히스먼 호텔로 향했다.

그래, 어디 그렇게 자기를 설득해보라고, 그레이.

차고에서 나와 엘리베이터를 타고 올라가는 동안 그녀는 내 품 안에서 잠들어 있었다. 그녀의 청바지와 신발을 벗겨야만 했다. 역한 토사물 냄새가 벌써 공간에 퍼졌다. 실은 그녀를 목욕시키고 싶었지만, 그것은 예의의 경계를 벗어나는 짓이었다.

이건 괜찮고?

스위트룸에 들어가자 나는 가방을 소파 위에 올려놓고 그녀를 침대로 데려가 뉘었다. 그녀는 다시 한 번 웅얼거렸지만 깨어나진 않았다.

나는 힘차게 그녀의 신발과 양말을 벗겨 호텔에서 제공한 세탁용 비닐 봉투에 넣었다. 그런 후에는 그녀의 청바지 지퍼를 내려 벗긴 후 세탁 봉투에 넣기 전 주머니에 든 물건을 확인했다. 그녀는 침대에 등을 대고 누워 불가사리처럼 대자로 뻗어 있었다. 팔과 다리는 온통 창백했다. 순간 그녀의 손목이 내 성 앤드류의 십자가에 묶여 있는 동안 그 두 다리가 내 허리를 감싸는 장면을 그려보았다. 무릎에는 옅어진 멍 자국이 있었고, 나는 그 상처가 내 사무실에서 넘어졌을 때 생긴 걸까 생각했다.

그때 이후로 표시가 생겼군……. 나처럼.

그녀를 일으켜 앉혔을 때 그녀가 눈을 떴다.

"안녕, 아나."

나는 그녀의 협조 없이 재킷을 천천히 벗기면서 속삭였다.

"그레이, 입술."

그녀가 중얼거렸다.

"그래, 아가씨."

나는 그녀를 도로 침대에 편안히 눕혔다. 그녀는 다시 눈을 감고 모로 돌아누웠는데, 이번에는 공처럼 몸을 돌돌 말아 작고 연약해 보였다. 나는 이불을 덮어주고 머리카락에 입을 맞췄다.

이제 더러운 옷이 사라지고 나니, 향기의 흔적이 다시 나타났다. 사과. 가을, 신선하고 맛있는…… 아나. 그녀의 입술이 벌어지며 창백한 뺨 위에 속눈썹이 펼쳐졌다. 그녀의 피부는 흠 하나 없어 보였다. 내가 허락할 수 있는 건 또 한 번의 손길뿐이었다. 나는 집게손가락으로 그녀의 뺨을 쓸었다.

"잘 자."

나는 속삭이고 거실로 돌아와 세탁물 목록을 작성했다. 일이 다 끝나자, 그 거슬리는 봉투를 세탁할 수 있도록 스위트룸 바깥에 내놓았다.

이메일을 확인하기 전, 웰치에게 문자를 보내서 호세 로드리게즈가 전과 기록이 있는지 알아보라고 지시했다. 호기심이 들었다. 그가 술 취한 젊은 여자들을 노리는 녀석인지 알고 싶었다. 그런 후에는 스틸 양이 입을 옷 문제를 해결해야 했다. 나는 테일러에게 빨리 이메일을 보냈다.

보낸 사람: 크리스천 그레이

제목: RE : 아나스타샤 스틸

날짜: 2011년 5월 20일, 23:46

받는 사람: J B 테일러

좋은 아침이야.

스틸 양에게 필요한 다음 항목들을 찾아서 내가 평소에 묵는 방으로 10시 전까지 배달시켜줄 수 있을까.

청바지: 파란색 청바지, 4사이즈

블라우스: 푸른색. 예쁜 것. 4사이즈

컨버스 운동화: 검은색 7사이즈

양말: 7사이즈

란제리: 속옷-스몰 사이즈. 브라-34C로 추정.

고마워.

크리스천 그레이

CEO, 그레이 엔터프라이즈 홀딩스, Inc.

메일이 보낸 편지함에서 사라지자마자, 나는 엘리엇에게 문
자를 보냈다.

아나는 나와 함께 있어.

케이트와 아직도 함께 있으면 그 여자한테 그렇게 말해줘.

답장이 바로 왔다.

그렇게 하지.

오늘 밤 잘할 수 있기를.

너는 진짜진짜 그게 필요하니까 ;)

형의 답장에 나는 코웃음을 쳤다.

정말 그래, 엘리엇. 정말 필요하다고.

나는 업무용 이메일을 열고 읽기 시작했다.

2011년 5월 21일 토요일

거의 두 시간 후, 나는 잠자리에 들었다. 1시 45분이 막 지나고 있었다. 그녀는 깊은 잠에 빠져 있었고, 내가 눕힌 그 자리에서 움직이지 않았다. 나는 옷을 벗은 후 파자마 바지와 티셔츠를 입고 침대로 올라가 그녀 옆으로 갔다. 그녀는 인사불성이었지만 손을 휘두르며 나를 칠 것 같지는 않았다. 내 안의 어둠이 차올라 나는 잠시 망설였지만, 표면으로 떠오르지는 않았다. 그녀의 가슴이 오르락내리락하는 모습을 최면에 걸린 듯 바라보고 있었고 그것이 어느새 나도 그녀의 호흡에 맞춰가고 있었기 때문이라는 것을 알았다. 들이쉬고, 내쉬고, 들이쉬고, 내쉬고, 들이쉬고, 내쉬고. 몇 초인지, 몇 분인지, 몇 시간인지, 알지도 못한 채 그녀를 바라보았다. 그리고 그녀가 자는 동안 나는 사랑스러운 얼굴의 아름다운 부분 하나하나를 관찰했다. 그녀의 진한 속눈썹은 자는 동안 파르르 떨렸고, 입술은 살짝 벌어져 하얀 이가 언뜻 내비쳤다. 그녀는 알아들을 수 없는 말을 웅얼거렸고 혀가 불쑥 나와 입술을 핥았다. 흥분을 일으키는 모습이었다. 무척 흥분되었다. 마침내 나는 깊고 꿈 없는 잠 속으로 빠져들었다.

눈을 떴을 때는 조용했고, 순간적으로 어디인지 알 수가 없었다. 아, 그래. 히스먼에 있었지. 침대 옆 시계는 7시 43분을 가리켰다.

이렇게 늦게까지 잔 게 언제였더라?

아나.

나는 천천히 고개를 돌렸다. 그녀는 내 쪽으로 얼굴을 향한 채 깊은 잠에 빠져 있었다. 평온하게 쉬는 아름다운 얼굴은 부드러워 보였다.

나는 여자와 같이 자본 적이 없었다. 수많은 여자들과 섹스를 했지만, 매혹적인 젊은 여자 옆에서 잠을 깨는 것은 새롭고 자극적인 경험이었다. 내 물건도 뜻이 같았다.

이것만으로는 충분하지 않아.

마지못해 나는 침대에서 나와 달리기용 운동복으로 갈아입었다. 태워버려야 했다. 이…… 과도한 에너지를. 운동복을 입으면서 마지막으로 그렇게 푹 잔 게 언제인지 기억나지 않는다는 생각을 했다.

거실로 가서 나는 노트북을 켜고 이메일을 확인한 후 로스가 보낸 메일 두 통과 안드레아가 보낸 메일 한 통에 답장했다. 평소보다 오래 걸린 것은 아나가 옆방에서 자고 있다고 생각하니 마음이 산란해서였다. 그녀가 깨어났을 때 어떤 기분일지 궁금했다.

숙취가 심하겠지, 아.

미니바에서 오렌지 주스 병을 하나 찾아서 잔에 다 따라놓았다. 내가 들어갔을 때 그녀는 여전히 잠들어 있었다. 마호가니색 머리는 헝클어져 베개 위에 흩어져 있고, 이불은 허리 아래까지 내려가 있었다. 티셔츠가 위로 올라가버리는 바람에 배와 배꼽이 드러났다. 그 광경이 다시 한 번 내 몸을 휘저었다.

여기 서서 여자에게 군침 흘리며 쳐다보는 짓거리는 그만둬, 그레이.

후회할 짓을 저지르기 전에 여기서 나가야 했다. 침대 옆 탁자에 잔을 놓고 욕실로 가서 여행용품 상자에서 애드빌 두 알을 꺼내 오렌지 주스 잔 옆에 놓았다.

나는 마지막으로 아나스타샤 스틸, 내가 같이 잔 첫 여자를 한참 쳐다보다 달리기를 하러 나갔다.

운동을 하고 돌아왔을 때 거실에는 모르는 상점의 쇼핑백이 놓여 있었다. 안을 슬쩍 들여다보니 아나를 위한 옷이 들어 있었다. 살펴본 바로는 테일러가 일을 제대로 해낸 것 같았다. 그것도 9시 전에.

이 남자는 정말 경이롭다니까.

그녀의 가방은 어젯밤 던져둔 그대로 소파에 놓여 있었고, 침대로 향하는 문은 닫혀 있었다. 그녀는 아직 잠들어 있는 모양이었다.

안도감이 들었다. 룸서비스 메뉴를 들여다보면서 뭔가 주문하기로 했다. 깨어나면 배가 고플 테지만, 그녀가 뭘 먹을지는 알 수가 없었다. 그래서 드물게도 사치를 부려서 아침식사 메뉴에서 이것저것 골라서 시켰다. 30분 후 배달된다고 했다.

이 탐스러운 스틸 양을 깨울 시간이다. 잠은 충분히 잤다.

운동용 수건과 쇼핑백을 들고, 나는 문을 두드린 후 들어갔다. 기쁘게도 그녀는 침대에 일어나 앉았다. 알약은 사라졌고 주스도 다 마셨다.

착한 아이네.

내가 방 안으로 성큼성큼 걸어들어가자 그녀는 얼굴이 창백해졌다.

태연하게 해, 그레이. 납치로 고발당하고 싶진 않잖아.

그녀는 눈을 감았다. 당황해서 그런 듯했다.

"안녕, 아나스타샤. 기분이 어때?"

"속 쓰려도 싸지만 그보다는 훨씬 나아요."

그녀가 우물거렸고 나는 쇼핑백을 의자 위에 놓았다. 그녀가 시선을 내게 돌렸을 때, 그 눈은 무척이나 크고 파랬다. 비록 머리카락은 엉망진창이었지만, 넋이 나갈 정도로 아름다웠다.

"내가 여기 어떻게 왔어요?"

그녀는 대답을 두려워하는 듯 물었다.

확신을 줘, 그레이.

나는 침대 가장자리에 앉아 사실만 말했다.

"기절한 후, 널 아파트까지 데려다주다간 내 차의 가죽 커버를 망칠지도 모르는데 그러긴 싫었거든. 그래서 여기로 데려왔지."

"당신이 나를 침대에 눕혔어요?"

"그래."

"내가 다시 토했어요?"

"아니."

천만다행이지.

"당신이 내 옷을 벗겼어요?"

"그래."

내가 아니면 누가 벗겼겠어?

그녀가 얼굴을 붉혔다. 마침내 뺨에 혈색이 약간 돌아왔다. 완벽한 치아가 입술을 깨물었다. 나는 신음을 억눌렀다.

"우리 하지는……."

맙소사, 이 여자는 대체 내가 어떤 짐승이라고 생각하는 거야?

"아나스타샤, 넌 혼수상태였어. 시체와 하는 건 내 취향이 아냐."

내 어조는 건조했다.

"난 내 여자들의 감각이 살아 있고 반응을 보이는 것을 좋아하지."

그녀는 안도감으로 축 늘어졌다. 나는 이전에도 그녀가 이런 적이 있을까 궁금했다. 기절해서 낯선 사람의 침대에서 깨어났는데 그녀의 동의 없이 남자가 섹스를 시도했던 적이 있는 건가. 어쩌면 그게 그 사진사 녀석의 방식인지도 모르지. 그 생각을 하니 불쾌했다. 그렇지만 전날 밤 그녀의 고백이 떠올랐다. 이전에는 한 번도 취한 적이 없었다고 했지. 습관적으로 하지 않는다니 그건 참 다행이군.

"미안해요."

그녀의 목소리에는 부끄러움이 가득했다.

망할. 좀 더 편하게 대해줘야 할지도 모르겠는데.

"기분 전환이 되는 즐거운 저녁이었어. 한동안 잊지 못할 것 같군."

달래려고 한 말이었는데, 그녀는 눈살을 찌푸렸다.

"당신이 최고 입찰자를 위해서 개발한 제임스 본드용 장치들이 뭐든 간에 그걸 가지고 절 추적할 필요까지는 없었는데요."

와우! 이제 성질을 내는군. 왜?

"먼저, 휴대전화 추적기술은 인터넷에 널려 있지."

그래, 인터넷은 깊고 깊으니…….

"둘째로 우리 회사는 어떤 감시 장치도 투자하거나 개발하지 않아."

신경이 날카로워졌지만, 나는 계속 말을 이었다.

"셋째로 내가 데리러 가지 않았더라면 넌 그 사진가의 침대에서 깨어났겠지. 내 기억으로 봐서는 그 친구가 끈질기게 구애하는데 네가 열성적으로 받아주는 것 같진 않던데."

그녀는 눈을 두어 번 깜박이더니 쿡쿡 웃음을 터뜨렸다.

또다시 나를 비웃는군.

"대체 어떤 중세 시대에서 빠져나온 거예요? 마치 중세 기사처럼 말하네요."

그녀는 매혹적이었다. 그녀는 나를 부르고 있었다……. 다시. 그리고 그녀의 불경한 태도는 신선했다. 정말로 신선했다. 그렇지만 나는 빛나는 갑옷을 입은 기사라는 환상 같은 건 품고 있지 않았다. 세상에, 저 여자는 단단히 착각하고 있어. 내게 이롭지는 않겠지만, 내게는 기사답거나 정중한 면이 없다는 사실을 미리 경고해두어야만 할 것 같았다.

"아나스타샤, 내 생각은 다른데. 흑기사라면 몰라도."

그녀가 사실을 안다면. 그런데 어째서 내 얘기를 하고 있지? 나는 화제를 바꾸었다.

"어젯밤 뭘 먹었나?"

그녀는 고개를 저었다.

그럴 줄 알았지!

"뭘 먹어야지. 그러니까 그렇게 토했던 거야. 거참. 아나스타샤. 이게 음주 규칙 1호지."

"날 계속 혼낼 거예요?"

"내가 지금 혼내고 있는 건가?"

"그런 것 같은데요."

"내가 그저 혼내기만 하는 걸 다행으로 여겨."

"무슨 뜻이에요?"

"뭐, 만약 네가 내 거라면 보여준 묘기 이후엔 일주일 동안은 앉아 있을 수도 없게 만들어줬을 테니. 먹지도 않았고, 술에 취했고, 자기를 위험에 방치하다니."

몸속에 차오른 공포에 나도 놀랐다. 그렇게 무책임하고 위험을 감수하는 행동을 하고.

"네게 무슨 일이 생겼을 수도 있다는 생각만 해도 싫군."

그녀는 얼굴을 찌푸렸다.

"괜찮았을 거예요. 케이트와 함께 있었으니까요."

잘도 도움이 됐겠군!

"그 사진가도?"

나는 퉁명스레 말했다.

"호세는 그저 선을 잠깐 넘었을 뿐이에요."

"뭐, 다음에 또 선을 넘으면 누가 그 친구에게 예의범절을 좀 가르쳐줘야겠지."

"꽤 훈육을 좋아하시네요."

그녀가 쏘아붙였다.

"아, 아나스타샤. 넌 짐작도 못 할걸."

그녀가 벤치의 족쇄에 묶여 있는 이미지가 떠올랐다. 껍질 벗긴 생강을 그녀의 엉덩이에 삽입하면 엉덩이를 조일 수가 없겠지. 그다음에 벨트나 끈을 신중하게 사용하면……. 그래. 그러면 무책임하게 행동하면 안 된다는 것 정도는 가르칠 수 있을 거야. 그 생각은 무척 매혹적이었다.

그녀가 큰 눈을 뜨고 멍하게 나를 바라보고 있어서 나는 불편해졌다. 내 마음을 읽는 건가? 아니면 그저 잘생긴 얼굴을 쳐다볼 뿐인가?

"난 샤워를 해야겠는데. 네가 먼저 하고 싶지 않다면?"

내가 말하는데도, 그녀는 그저 멍하니 입만 벌리고 있을 뿐이었다. 심지어 입을 그렇게 벌리고 있는데도 무척 사랑스러웠다. 그녀는 저항하기 어려운 여자였고, 나는 그녀를 만져도 된다는 허가를 스스로에게 하며 엄지손가락으로 그녀의 뺨 윤곽을 따라 쓸어내렸다. 그녀의 부드러운 아랫입술을 훑을 때, 그녀의 목에 걸린 숨이 가빠졌다.

"숨 쉬어, 아나스타샤."

나는 속삭인 후 일어서서 그녀를 위한 아침식사가 15분 후에 도착할 거라고 알려주었다. 그녀는 아무 말도 하지 않았다. 똑똑한 입이 처음으로 조용했다.

욕실에서 나는 심호흡을 하고 옷을 벗은 후 샤워기 안으로 들어섰다. 자위를 하고 싶은 충동이 반쯤 들었으나, 인생의 이른 시절부터 남에게 들켜 비밀이 밝혀질지도 모른다는 두려움에 시달려왔던 탓에 멈추었다.

엘레나가 기뻐하지 않을 거야.

오래된 습관.

물이 머리 위로 폭포수처럼 흘러내릴 때 나는 이 도전적인 스틸 양과 가장 최근에 나누었던 행동을 돌이켜보았다. 그녀가 아직도 여기, 내 침대에 있는 걸 보면 내가 아주 혐오스러운 인간인 것을 알지 못하는 것 같다. 그녀의 목에 숨이 걸리고 내가 방안을 돌아다닐 때면 그녀의 눈길이 나를 따라다니는 것을 눈치챘다.

그래, 희망은 있어.

하지만 그녀가 좋은 서브미시브가 될 수 있을까?

그녀가 그런 삶의 양식에 대해 아무것도 모른다는 것은 확실했다. 그녀는 심지어 '섹스' 같은 단어는 고사하고 요새 공부만 하는 대학생들이 섹스 대신에 쓰는 완곡한 표현조차 말하지 않았다. 그녀는 무척 순수했다. 어쩌면 사진가 같은 그런 남자애들과 몇 번 더듬다 만 정도가 다일 수도 있었다.

그녀가 누군가와 더듬는다는 생각을 하니 불쾌감이 치밀었다.

그녀한테 관심 있는지 가볍게 물어볼 수도 있었다.

아니. 그녀가 나와의 관계에 동의하면 어떤 일을 감당해야 할지 알려줘야 한다.

일단은 아침부터 먹으면서 우리가 어떻게 잘 지낼 수 있을지 알아보기로 할까.

뜨거운 물줄기 아래 서서 비눗기를 씻어내며 아나스타샤 스틸과의 2라운드를 위해 온갖 수를 다 쥐어짰다. 물을 잠그고 샤워 부스에서 나와 수건을 집었다. 김 어린 거울 속에서 재빨리 확인한 후, 오늘은 면도를 건너뛰기로 작정했다. 아침식사가 곧 배달될 테고, 배가 고팠다. 서둘러 이를 닦았다.

욕실 문을 열고 나가자 그녀가 침대에서 나와 청바지를 찾고 있었다. 고개를 쳐든 그녀는 긴 다리와 큰 눈 때문에 꼭 깜짝 놀란 새끼 사슴 같았다.

"청바지를 찾는 거라면, 세탁소에 보냈는데."

그녀의 다리는 정말 멋졌다. 바지 속에 그런 다리를 숨기면 안 되지. 그녀의 눈이 가늘어졌다. 나에게 말대꾸를 하려나 싶어 이유를 말해주었다.

"토사물이 온통 튀어 있어서."

"아."

그녀가 말했다.

그래. 아, 란 말이지. 이제 뭐라고 말할 거야, 스틸 양?

"테일러에게 새 바지와 신발을 사오라고 했어. 의자 위에 놓인 봉투 속에 있는데."

나는 고갯짓으로 쇼핑백을 가리켰다.

그녀는 눈썹을 치켰다. 놀란 듯했다.

"아…… 저도 샤워 좀 할게요."

그녀는 웅얼거리더니, 잠시 후 덧붙였다.

"고마워요."

그녀는 봉투를 집어 들더니 나를 돌아서 쏜살같이 욕실로 들어가 문을 잠갔다.

흠……. 저렇게나 빨리 욕실로 뛰어들어가다니.

나에게서 떨어지고 싶다는 거지.

어쩌면 내가 너무 낙관했는지도 모른다.

낙담한 기분으로 몸을 재빨리 말리고 옷을 입었다. 거실에 들어가서 이메일을 확인했지만 긴급한 용건은 없었다. 그때 문을 두드리는 소리가 나를 방해했다. 젊은 여자 둘이 룸서비스 메뉴를 가지고 도착했다.

"아침식사 어디에 놓아드릴까요?"

"식탁 위에 놔두세요."

침실로 들어갈 때 그들이 훔쳐보는 눈길이 느껴졌지만 무시해버렸다. 나는 너무 많은 음식을 주문했다는 데서 오는 죄책감을 억눌렀다. 다 먹지도 못할 것이었다.

"아침 도착했는데."

나는 욕실 문을 두드렸다.

"알았어요."

아나의 목소리가 다소 먹먹하게 들렸다.

거실로 돌아오자, 아침식사가 탁자 위에 차려져 있었다. 두 여자 중 검디검은 눈을 한 여자가 서명해달라며 내게 계산서를 내밀었다. 나는 지갑에서 20달러 지폐를 두 장 꺼내 각각 한 장씩 주었다.

"고마워요."

"상 치워야 할 때 룸서비스를 불러주세요."

검은 눈 아가씨가 교태 어린 표정으로 말했다. 더한 것도 줄 기세였다.

하지만 나는 냉정한 미소로 그녀를 쫓아버렸다.

신문을 들고 탁자에 앉아 커피 한 잔을 따른 후 오믈렛을 먹기 시작했다. 전화가 진동했다. 엘리엇에게 온 문자였다.

아직 아나가 살아 있는지 케이트가 알고 싶대.

나는 쿡쿡 웃었다. 소위 친구라고 하는 여자가 그녀를 생각해 준다는 데 마음이 누그러졌다. 어제 그렇게 항변했지만, 엘리엇은 자기 물건을 한시도 쉽게 하지 않았겠지. 나는 답장을 보냈다.

멀쩡히 살아 있지. ;)

아나는 몇 분 후 모습을 드러냈다. 머리카락은 젖었고, 예쁜 파란 블라우스는 눈과 잘 어울렸다. 테일러는 임무를 제대로 해냈다. 사랑스러운 모습이었다. 그녀는 방 안을 훑어보다가 자기 가방을 발견했다.

"어떡하지, 케이트."

그녀가 불쑥 말했다.

"케이트는 네가 여기 있고 멀쩡히 살아 있는 것도 알아. 엘리엇에게 문자 보냈으니까."

그녀는 자신 없는 미소를 보내면서 탁자로 걸어갔다.

"앉지."

나는 그녀를 위해 차려놓은 자리를 가리켰다. 그녀는 탁자 위에 놓인 음식의 양을 보고 얼굴을 찡그렸다. 내 죄책감만 한층 더 강조할 뿐이었다.

"뭘 좋아하는지 몰라서 아침 메뉴에서 보고 한 세트씩 다 시켰는데."

나는 사과의 뜻으로 중얼거렸다.

"너무 헤픈 것 아닌가요."

그녀가 말했다.

"아, 좀 그런가."

죄책감이 피어났다. 하지만 그녀가 팬케이크와 메이플 시럽, 에그 스크램블과 베이컨을 골라 먹기 시작하자, 나는 나 자신을 용서했다. 그녀가 먹는 모습을 보니 기뻤다.

"차?"

내가 물었다.

"네, 주세요."

그녀는 입에 음식을 넣은 채로 우물거렸다. 배가 무척 고프고도 남지. 나는 그녀에게 작은 찻주전자를 건넸다. 그녀는 트와이닝의 잉글리시 브렉퍼스트 티를 알아보고 다정하게 미소 지었다.

그녀의 표정에 숨이 막혔다. 그리고 불편해지기도 했다.

그러면 희망이 생기니까.

"머리카락이 아주 흠뻑 젖었는데."

내가 한마디 했다.

"헤어드라이어를 못 찾아서요."

그녀가 당황하며 말했다.

저러다 감기 걸리지.

"옷 마련해주어서 고마워요."

그녀가 덧붙였다.

"천만에, 아나스타샤. 색깔이 잘 어울려."

그녀는 손가락만 내려다보았다.

"넌 칭찬을 받아들이는 법을 배워야만 할 것 같군."

아마도 별로 칭찬을 못 받아봤는지도……. 하지만 왜? 절제된 방식이긴 해도 이렇게나 근사한 여자인데.

"옷값은 드릴게요."

뭐라고?

내가 쏘아보자 그녀는 재빨리 말을 이었다.

"벌써 책도 선물했잖아요. 물론 받을 수는 없지만. 하지만 이 옷값만은 갚도록 해주세요."

다정하기도 하군.

"아나스타샤, 내게 맡겨. 그 정도 낼 돈은 있으니까."

"그런 얘기가 아니잖아요. 어째서 나한테 이런 걸 사주는 거예요?"

"내가 사줄 능력이 되니까."

나는 아주 돈이 많은 남자거든, 아나.

"능력이 된다고 해서 반드시 해야 하는 건 아니잖아요."

그녀의 목소리는 부드러웠지만, 갑자기 그녀가 내 속을 꿰뚫어보고 내 가장 어두운 욕망을 본 게 아닐까 싶었다.

"어째서 내게 책을 보냈나요, 크리스천?"

당신을 다시 보고 싶었으니까. 그리고 당신은 여기에 있고…….

"음, 네가 그 자전거에 거의 치일 뻔했을 때, 내가 널 끌어안고 네가 나를 올려다보며 키스해줘요, 키스해줘요, 크리스천이라는 신호를 보냈을 때."

나는 말을 멈추고 그녀의 몸이 나를 누르던 순간을 회상했다. 젠장. 재빨리 그 기억을 떨쳐버렸다.

"네게 사과와 경고를 해야 할 것 같았지. 아나스타샤, 나는 마음과 꽃을 여자에게 바치는 그런 남자가 아니야. 나는 로맨스 같은 행동은 안 해. 내 취향은 아주 독특하지. 넌 나를 멀리해야만 해. 하지만 네게는 뭔가 있어. 그래서 네게서 떨어지는 건 불가능하지. 그렇지만 너도 그 정도는 이미 짐작했을 것 같군."

"그럼, 그러지 마요."

그녀는 속삭였다.

뭐라고?

"넌 지금 자기가 무슨 말을 하는지도 몰라."

"그럼 일깨워줘요."

그녀의 말이 내 아랫도리까지 곧바로 닿았다.

망할.

"그럼 금욕주의자는 아니군요?"

그녀가 물었다.

"그래, 아나스타샤. 난 금욕주의자는 아니야."

그리고 내가 너를 묶도록 허락만 해준다면, 지금 당장 증명해보일 수도 있어.

그녀의 눈이 휘둥그레지며 뺨이 분홍빛으로 물들었다.

아, 아나.

나는 그녀에게 보여주어야만 했다. 그게 확인할 수 있는 유일한 방법이었다.

　"앞으로 며칠은 무얼 할 계획이지?"

　나는 물었다.

　"오늘은 아르바이트 가야 해요. 정오부터. 지금 몇 시죠?"

　그녀는 화들짝 놀라며 소리쳤다.

　"고작 10시가 좀 넘었을 뿐이야. 시간은 많아. 내일은?"

　"케이트와 짐 싸는 걸 시작해야 해요. 다음 주에는 시애틀로 이사를 갈 거고 이번 주 내내 클레이튼에서 일해요."

　"시애틀에 살 집은 벌써 구했나?"

　"네."

　"어디?"

　"주소는 기억이 안 나네요. 파이크 마켓 구역에 있어요."

　"내가 사는 곳에서 멀진 않군."

　잘됐군!

　"그럼 시애틀에서 뭘 할 계획이지?"

　"인턴 자리 몇 군데 지원했어요. 대답 기다리는 중이에요."

　"내 제안대로 내 회사에 지원했나?"

　"아…… 아니요."

　"내 회사가 뭐가 어때서?"

　"당신 회사요, 아니면 당신?"

　그녀는 눈썹을 치켰다.

　"지금 날 비웃는 건가, 스틸 양?"

　나는 즐거움을 감출 수 없었다.

　아, 이 여자를 훈련하면 재미있을 거야……. 도전적이고 사람 미치게 하는 여자지.

그녀는 자기 접시를 빤히 쳐다보며 입술을 깨물었다.

"그 입술을 깨물고 싶어."

나는 속삭였다. 그것이 진실이니까.

그녀의 시선이 나를 향해 휙 날아오는가 싶더니 그녀가 앉은 자리에서 몸을 이리저리 꿈틀댔다. 그녀는 턱을 나를 향해 들었고, 눈에는 자신감이 가득했다.

"그럼 그러면 되잖아요."

그녀가 조용히 말했다.

아, 나를 유혹하지 마. 난 할 수 없어. 아직은.

"난 네게 손대지 않을 테니까. 서면 동의서를 받기 전까지는."

"그게 무슨 뜻이에요?"

그녀가 물었다.

"말한 그대로야. 네게 보여줘야겠어, 아나스타샤."

그러면 네가 지금 어떤 일에 말려들었는지 알게 되겠지.

"오늘 밤 몇 시에 일이 끝나지?"

"8시요."

"그럼 오늘 밤이나 다음 토요일에 시애틀에 가서 내 집에서 저녁식사를 해야겠군. 그때 사실을 알려줄 테니. 선택은 당신이 하는 거야."

"왜 지금 말해주지 않는 거예요?"

"지금은 아침을 먹고 있고 네 옆에 있는 게 즐겁기 때문이지. 일단 네가 사실을 알게 되면 나를 다시 보고 싶지 않을지도 몰라."

그녀는 얼굴을 찡그리면서도 내가 한 말을 받아들이려 애썼다.

"오늘 밤요."

그녀가 말했다.

후. 오래 걸리지 않았는데.

"이브처럼 선악과를 따먹고 싶어 안달이 났는걸."

나는 그녀를 놀렸다.

"지금 나를 비웃는 건가요, 그레이 씨?"

그녀가 물었다.

나는 눈을 가늘게 뜨고 그녀를 보았다.

좋아. 네가 자청한 거야.

나는 전화를 들고 테일러의 단축 번호를 눌렀다. 그는 거의 즉시 전화를 받았다.

"사장님."

"테일러. 찰리 탱고 좀 준비시켜."

EC135를 포틀랜드로 가지고 오라는 지시를 내리는 동안 그녀는 나를 자세히 보고 있었다.

그녀에게 내가 염두에 둔 것을 보여줄 것이다……. 그러면 나머지는 그녀에게 달려 있다. 사실을 아는 즉시 집에 돌아가고 싶어 할지도. 내 개인 조종사, 스테판을 대기시켜놓고 그녀가 나와 아무런 관계도 맺고 싶지 않다고 결정하면 바로 포틀랜드로 데려다줘야 할 것 같았다. 나는 그런 일이 없기만을 바랐다.

그렇지만 그녀를 찰리 탱고에 태워 시애틀로 데려간다는 생각만으로도 전율을 느끼고 있다는 생각이 퍼뜩 들었다.

이런 건 처음이군.

"22시 30분에 조종 대기."

나는 테일러와 약속을 확인하고 전화를 끊었다.

"언제나 명령만 하면 사람들이 다 해주나요?"

그녀가 물었다. 목소리에서 못마땅한 기색이 역력했다. 지금 나를 꾸짖는 건가? 그녀의 도전이 거슬렸다.

"보통. 자기 목을 보전하고 싶으면."

내가 내 직원을 어떻게 다루든 따지지 마.

"당신 밑에서 일하는 사람이 아니면요?"

그녀가 물었다.

"아, 난 아주 설득력이 좋거든, 아나스타샤. 아침식사부터 다 먹지그래. 그다음에는 집에 데려다줄게. 클레이튼에서 일이 끝나면 데리러 가지. 시애틀까지는 날아갈 거야."

"날아간다고요?"

"그래. 헬리콥터가 있으니까."

그녀의 입이 떡 벌어지며 조그만 o를 만들었다. 흐뭇한 순간이었다.

"시애틀까지 헬리콥터로 가요?"

그녀가 속삭였다.

"그래."

"왜요?"

"그럴 능력이 되니까."

나는 싱긋 웃었다. 이따금 내가 나인 것이 끝내주게 좋았다.

"아침식사나 마저 먹어."

그녀는 어안이 벙벙한 표정이었다.

"먹어."

내 목소리가 좀 더 강압적으로 변했다.

"아나스타샤, 난 음식 낭비를 못 참아……. 먹어."

"이걸 다 먹을 순 없는걸요."

그녀는 탁자 위에 있는 모든 음식을 찬찬히 살폈고, 나는 다시 한 번 죄책감을 느꼈다. 그래, 음식이 많기는 많았다.

"접시에 있는 것만이라도 먹어. 어제 제대로 먹었으면 여기 오지도 않았을 테고, 내가 그렇게 일찍 패를 까지도 않았겠지."

젠장, 이건 커다란 실수였어.

그녀는 나를 곁눈질로 쳐다보며 접시에 놓인 음식을 포크로 깨작깨작 건드렸다. 그녀의 입술이 실룩거렸다.

"뭐가 그렇게 재미있지?"

그녀는 고개를 저으며 마지막 남은 팬케이크 한 조각을 입에 집어넣었다. 나는 웃지 않으려 애썼다. 늘 그녀는 나를 놀라게 했다. 어색하고, 예측할 수 없으면서도 사람의 경계심을 누그러뜨렸다. 그녀와 함께 있으면 정말로 웃고 싶었고, 한편으로는 나 자신을 비웃고 싶어졌다.

"착한 아가씨군."

나는 웅얼거렸다.

"머리를 다 말리면 집에 데려다주지. 병에 걸리면 안 되니까."

오늘 밤에는 온 힘이 필요할 거야. 내가 보여줄 광경을 견디려면.

갑자기 그녀가 탁자에서 일어났고 나는 허락 없이 그런 짓을 하지 말라는 말을 할 뻔하다 참았다.

그녀는 너의 서브미시브가 아니야……. 아직은, 그레이.

침실로 돌아가는 길에 그녀는 소파 옆에 멈춰 섰다.

"당신은 어젯밤 어디에서 잤어요?"

그녀가 물었다.

"내 침대에서."

너와.

"아."

"그래, 내게도 꽤 새로운 경험이었지."

"섹스…… 하지 않은 게요?"

그 말을 해버렸군. 그녀가 어떤 사람인지 훤히 알려주는 분홍빛이 뺨에 다시 어렸다.

"아니."

어떻게 하면 이상하게 들리지 않게 이 말을 할 수 있을까?

"다른 사람과 잔 것 자체가."

나는 태연자약하게 관심을 신문의 스포츠면으로 돌려서 지난밤 게임의 평가를 읽었다. 그러면서도 침실로 사라져가는 그녀의 모습을 바라보았다.

아니, 전혀 이상하게 들리지 않았어.

뭐, 스틸 양과 또 한 번의 데이트 약속을 했군. 아니, 데이트가 아니지. 그녀는 나에 대해서 알아야 했다. 나는 긴 숨을 내쉬면서 남아 있던 오렌지 주스를 마셨다. 오늘 하루가 흥미로워지고 있었다. 헤어드라이어가 윙윙 울리는 소리가 들렸다. 그녀가 내가 시킨 대로 하다니 놀라면서도 기뻤다.

그녀를 기다리는 동안 대리 주차 서비스에 전화해서 내 차를 차고에서 꺼내달라고 요청한 후 다시 한 번 구글 지도에서 그녀의 집 주소를 확인했다. 다음에는 안드레아에게 문자를 보내서 비공개 합의서를 이메일로 보내달라고 했다. 아나가 사실을 알고 싶다면, 먼저 입부터 다물어야 했다. 그때 전화가 진동했다. 로스였다.

전화를 받는 동안, 아나가 침실에서 나와서 자기 가방을 들었다. 로스는 다푸르 건에 대해서 이야기하고 있었지만, 내 관심은 스틸 양에게 쏠려 있었다. 그녀는 가방을 뒤지더니 머리끈을 발견하고 기뻐하는 듯했다.

　그녀의 머리카락은 아름다웠다. 풍성하고 길었다. 숱이 많았다. 나른한 기분으로, 나는 그 머리를 땋으면 어떨지 생각했다. 그녀는 머리를 뒤로 넘겨 묶고 재킷을 입은 다음 소파에 앉아 내 통화가 끝나기를 기다렸다.

　"그래, 그럼 하자고. 어떻게 진전되는지 계속 알려줘."

　나는 로스와의 대화를 마무리했다. 그녀는 기적을 일으켰고 다푸르까지 무사히 식량 공급을 할 수 있을 것 같았다.

　"갈 준비됐어?"

　나는 아나에게 물었다. 그녀는 고개를 끄덕였다. 나는 재킷을 입은 후 차 열쇠를 집어 들고 그녀를 따라 문으로 나갔다. 엘리베이터로 걸어가는 동안 그녀는 긴 속눈썹 사이로 나를 올려다보았다. 그녀의 입술이 올라가 수줍은 미소를 지었다. 내 입술도 반응하듯 실룩였다.

　이 여자는 대체 나를 어떻게 하고 있는 거지?

　엘리베이터가 도착하자 나는 그녀를 먼저 타게 했다. 1층 버튼을 누르자 문이 닫혔다. 엘리베이터의 밀폐된 공간 속에서 나는 그녀의 존재를 완전히 의식했다. 그녀의 달콤한 향기의 흔적이 내 감각을 침범하고 들어왔다……. 그녀의 숨소리가 변하더니 약간 가빠졌다. 그녀는 이리 오라는 뜻을 담은 미소를 환히 지으며 나를 올려다보았다.

　망할.

　그녀가 입술을 깨물었다.

　일부러 그러는 거겠지. 그리고 찰나의 순간 나는 그녀의 관능적이고도 사람을 홀리는 눈길 속에서 제정신을 잃었다. 그녀는 물러서지 않았다.

나는 단단해졌다.

순간적으로.

나는 그녀를 원했다.

여기서.

지금.

엘리베이터 안에서.

"아, 서류는 무슨 서류."

그 말이 난데없이 흘러나왔고 나는 본능적으로 그녀를 잡고
벽으로 밀어붙였다. 그녀가 내게 손대지 못하게 하려고 두 손을
모아 쥐고 머리 위로 올려 꼼짝 못 하게 고정했다. 그녀에게서
안전하다 싶자, 나는 다른 손을 그녀의 머리카락 속에 집어넣었
다. 내 입술이 그녀의 입술을 찾았다.

그녀는 내 입술에 대고 신음했다. 사이렌 요정이 부르는 소
리. 마침내 나는 그녀를 시음할 수 있었다. 민트와 차와 말랑한
과일의 과수원. 그녀는 보이는 것만큼이나 맛있었다. 풍요로운
시대를 연상하게 했다. 맙소사. 나는 그녀를 갈망했다. 나는 그
녀의 턱을 잡고 더 깊게 키스해 들어갔다. 그녀의 혀가 머뭇거
리며 내 혀를 건드리며…… 탐색했다. 생각하고, 느끼고, 내게
키스를 돌려주었다.

아, 하느님 맙소사.

"넌. 너무. 달콤하군."

나는 그녀의 입술에 대고 중얼거렸다. 그녀의 향기와 맛에 완
전히 취해 나가떨어졌다.

그때 엘리베이터가 멈추고 문이 열렸다.

정신 좀 차려, 그레이.

나는 그녀에게서 떨어져 손이 닿을 수 없는 자리에 섰다.

그녀는 거친 숨을 몰아쉬고 있었다.

나도 마찬가지였다.

이렇게 자제력을 잃었던 게 언제였더라?

정장을 입은 남자 셋이 엘리베이터에 타면서 알겠다는 표정을 지었다.

나는 엘리베이터 버튼 위에 붙은 포스터를 바라보았다. 히스먼 호텔에서 관능적인 주말을 보내라는 광고였다. 아나를 힐끔 쳐다보고 숨을 내쉬었다.

그녀가 생긋 웃었다.

그러자 내 입술이 한 번 더 실룩였다.

대체 이 여자가 내게 무슨 짓을 한 거지?

엘리베이터가 2층에서 멈추자 남자들이 내려 다시 그 안에는 나와 스틸 양만이 남았다.

"양치질을 했군."

나는 비꼬면서도 재미있어하는 말투로 말했다.

"당신 칫솔을 썼어요."

그녀의 눈이 환히 빛나고 있었다.

물론 그랬겠지……. 영문은 모르겠지만 기뻤다. 너무나 기뻤다. 나는 미소를 억눌렀다.

"아, 아나스타샤 스틸, 대체 널 어쩌면 좋을까?"

엘리베이터가 1층에서 문이 열리자 나는 그녀의 손을 잡았다. 나는 숨죽여 중얼거렸다.

"이 엘리베이터는 대체 왜 이래."

그녀는 알겠다는 미소를 지었고 우리는 반들반들 윤이 나는 로비의 대리석 바닥 위를 걸어갔다.

차는 호텔 앞 주차 구역에 서서 기다리고 있었다. 대리 주차요원이 초조하게 서성거렸다. 나는 그에게 헤플 정도로 후하게 팁을 주었고 아나를 위해 조수석 문을 열어주었다. 아나는 이제 조용하게 생각에 잠겨 있었다.

하지만 도망가지는 않았다.

엘리베이터 안에서 내가 그녀에게 덤벼들었는데도.

그 안에서 일어난 일에 대해 뭐라도 말해야 했다. 하지만 뭐라고 한단 말인가?

미안하다고?

당신은 어땠느냐고?

대체 내게 무슨 짓을 한 거냐고?

나는 차의 시동을 걸며 말을 줄일수록 좋다는 결정을 내렸다. 들리브의 〈꽃의 이중창〉이 차 안을 채우자 긴장이 풀려나갔다.

"지금 듣는 거 무슨 음악이에요?"

사우스 제퍼슨 스트리트로 들어설 때 아나가 묻자, 나는 대답해주고 마음에 드느냐고 물었다.

"크리스천, 정말 멋진 노래예요."

그녀의 입술 위에 어린 내 이름을 들으니 낯선 기쁨이 솟아났다. 이제까지 대여섯 번 그 이름을 말했지만, 매번 색달랐다. 오늘은 경이가 담겨 있었다. 그 음악에 대한. 그녀가 그 곡을 좋아한다니 기뻤다. 내가 좋아하는 곡 중 하나였다. 어느 샌가 나도 모르게 나는 환히 웃고 있었다. 엘리베이터에서 갑자기 그렇게 감정을 분출했는데도 그녀는 나를 용서한 듯 보였다.

"다시 들을 수 있어요?"

"물론이지."

나는 터치 스크린을 눌러 다시 음악을 틀었다.

"클래식 음악 좋아해요?"

프리몬트 다리를 건널 때 그녀가 물었다. 우리는 내 음악 취향에 대해 이야기하며 편안한 대화에 빠져들었다. 이야기하는 동안에 전화가 와서 나는 핸즈프리로 받았다.

"여보세요."

"그레이 씨, 웰치입니다. 명령하신 정보 입수했습니다."

아, 그 사진가에 대한 상세 정보 말이지.

"좋아. 이메일로 보내. 더 보고할 사항 있나?"

"없습니다."

버튼을 누르자 음악이 다시 흘렀다. 우리는 둘 다 귀를 기울이며 이제는 킹스 오브 리온의 거친 사운드에 빠졌다. 하지만 오래지 않았다. 음악 감상의 기쁨은 곧 또 다른 전화로 끊겨버렸다.

이거 뭐야?

"여보세요."

나는 딱딱하게 말했다.

"합의서를 이메일로 보냈다고 합니다, 사장님."

"좋았어. 그럼 됐어, 안드레아."

"좋은 하루 되십시오, 사장님."

나는 아나가 이 대화를 알아들었나 싶어 슬쩍 쳐다보았다. 하지만 그녀는 포틀랜드 풍경을 감상하고 있었다. 그녀가 그저 예의상 못 들은 척하는 게 아닌가 싶었다. 시선을 길에만 고정하기가 힘들었다. 나는 그녀를 바라보고 싶었다. 어설픈 점이 있기는 했어도 그녀의 목선은 아름다웠다. 귀밑에서부터 어깨까지 쭉 키스하고 싶었다.

망할. 나는 자리에 앉은 채로 꼼지락거렸다. 그녀가 합의서에 사인하고 내 제안을 받아들이기를 바랐다.

5번 주간 고속도로에 들어섰을 때 전화가 또 울렸다.

엘리엇이었다.

"안녕, 크리스천. 너 했나?"

아…… 넘어가자고, 형. 넘어가.

"안녕, 엘리엇. 지금 나 스피커폰인데. 차 안에 혼자 있는 것
도 아니고."

"누구랑 같이 있는데?"

"아나스타샤 스틸."

"안녕, 아나!"

"안녕하세요, 엘리엇."

그녀는 활기 있게 답했다.

"아나 얘기 많이 들었어요."

엘리엇이 말했다.

젠장, 무슨 말을 들었기에?

"케이트가 한 말은 하나도 믿지 마세요."

그녀는 상냥하게 대답했다.

엘리엇이 웃음을 터뜨렸다.

"나 지금 아나스타샤를 데려다주는 참이야. 형도 태워줘?"

내가 끼어들었다.

엘리엇이 빨리 빠져나오고 싶을 건 뻔하지.

"그래야지."

"곧 봐."

나는 전화를 끊었다.

"어째서 굳이 나를 계속 아나스타샤라고 부르는 거예요?"

그녀가 물었다.

"그게 네 이름이니까."

"난 아나 쪽이 좋아요."

"지금도?"

'아나'라는 이름은 그녀에게는 너무 일상적이고 평범하다. 너무 익숙하다. 그 두 글자는 상처를 줄 수 있는 힘이 있어…….

그 순간 나는 만일 그녀에게 거절당한다면 받아들이기 어려울 것을 알았다. 이전에도 그런 일은 있었지만 이런 기분이었던 적은 없었다. 이처럼…… 나를 던진 느낌. 이 여자를 잘 알지도 못하지만, 알고 싶었다. 그녀의 모든 것을. 어쩌면 내가 여자 뒤를 쫓아다닌 적이 없었기 때문인지도 모른다.

그레이, 자제심을 되찾고 규칙을 따라. 그렇지 않으면 모두 엉망진창이 되고 말 거야.

"아나스타샤."

나는 그녀의 못마땅한 기색을 무시하고 말했다.

"엘리베이터에서 있었던 일은, 아마도 다시는 그런 일 없을 거야. 음, 미리 계획하지 않는 한."

그 말을 들은 그녀는 내가 집 앞에 차를 세울 동안 아무 말도 하지 않았다. 그녀가 무어라 대답하기 전에 나는 차에서 내려서 문을 열어주었다.

그녀는 보도에 내려서면서 내게 눈길을 던졌다.

"엘리베이터에서 있었던 일 좋았는걸요."

그녀가 말했다.

그랬나? 그녀의 고백에 나는 멈칫했다. 다시 한 번 이 꼬마 스틸 양이 내게 유쾌한 놀라움을 주었다. 그녀가 앞문 계단을 올라갈 때 난 재빨리 그녀를 따라갔다.

우리가 들어가자 엘리엇과 케이트가 올려다보았다. 두 사람은 가구라곤 별로 없는 방에서 식탁에 앉아 있었다. 학생 둘이 살기에 적당한 방이었다. 책장 옆에 이삿짐 상자가 몇 개 놓여 있었다. 엘리엇이 느긋해 보이고 서둘러 떠날 생각이 없어 보인다는 것이 놀라웠다.

캐버너가 벌떡 일어나 아나를 안으면서 나를 비판적인 눈으로 휙 훑어보았다.

대체 내가 이 여자를 어떻게 할 거라고 생각한 거야?

내가 이 여자를 어떻게 하고 싶기야 하지만…….

캐버너가 아나를 팔 길이만큼 널찍이 떼어놓자 나는 다시 확신했다. 이 여자도 아나의 일을 신경 쓰고 있군.

"안녕하세요, 크리스천."

그녀의 어조는 냉정하고 오만했다.

"캐버너 양."

나는 이제야 친구에게 관심을 보이다니 참 대단하다고 비꼬고 싶었지만 혀를 깨물었다.

"크리스천, 저분의 이름은 케이트야."

엘리엇이 약간 언짢은 투로 말했다.

"케이트."

나는 그저 예의상 인사했다. 엘리엇은 아나를 안았다. 너무 지나치게 오래 안았다.

"안녕, 아나."

형은 망할 미소를 지어 보였다.

"안녕하세요."

그녀가 환한 미소를 지었다.

아니, 이건 참을 수가 없군.

"엘리엇, 가는 게 좋겠어."

그리고 그 여자에게서 손 떼.

"그래야지."

그는 아나를 놓았지만, 캐버너를 붙들고 우리 앞에서 노골적으로 키스했다.

오, 제기랄, 맙소사.

아나는 불편하게 그들을 보고 있었다. 그녀를 탓할 순 없었다. 하지만 내게 돌아섰을 때 그녀의 가늘게 뜬 눈에는 뭔가를 헤아려보려는 듯한 기색이 어려 있었다.

무슨 생각하는 거지?

"이따가 봐, 자기."

엘리엇은 캐버너에게 침을 다 묻히면서 중얼거렸다.

이봐, 제발 품위 좀 지키라고.

아나의 비난 어린 눈이 내게 박혔다. 나는 순간 그게 엘리엇과 케이트의 음란한 과시 행위 때문인지 아니면…….

망할! 이게 그녀가 원하는 거로군. 구애하며 쫓아와주기를 바라는 거야.

나는 로맨스 같은 행동은 안 해, 아가씨.

그녀의 머리카락 한 줌이 흘러나오자, 나는 별생각 없이 귀 뒤로 넘겨주었다. 그녀는 얼굴을 내 손가락 안으로 기울였고, 그 부드러운 몸짓에 나는 놀라고 말았다. 내 엄지손가락이 그녀의 부드러운 아랫입술을 약간 헤맸다. 다시 키스하고 싶은 그 입술에. 하지만 그럴 수가 없었다. 그녀의 동의를 받을 때까지는.

"이따가 봐, 자기."

나는 속삭였다. 그녀의 얼굴이 미소로 부드러워졌다.

"8시에 데리러 오지."

마지못해 나는 몸을 돌리고 앞문을 열었다. 엘리엇이 내 뒤를 따랐다.

"야, 나 잠 좀 자야겠다."

차에 올라타자마자 엘리엇이 말했다.

"저 여자가 얼마나 탐욕스럽던지."

"그렇겠지……."

내 목소리에서는 냉소가 뚝뚝 묻어났다. 형이 여자랑 만나 뭘 했는지 세세하게 듣고 싶지는 않았다.

"우리 거물 나리는 어떠셨을까? 딱지 뗐냐?"

나는 형에게 곁눈질로 '꺼져'라는 눈빛을 보냈다.

엘리엇이 웃었다.

"어이, 넌 정말 깐깐하기 짝이 없는 개자식이야."

형은 시애틀 사운더스 팀 모자를 얼굴까지 푹 내려 쓰고 편안히 앉아 졸기 시작했다.

나는 음악 볼륨을 한껏 높였다.

어디 이러고도 잘 수 있는지 보자고, 엘리엇!

그래. 나는 형을 질투하고 있었다. 여자를 대할 때의 편안한 태도. 아무 때나 잘 수 있는 능력. 그리고 형은 개자식이 아니라는 사실까지도.

호세 루이스 로드리게즈의 신원 조사서에 따르면 그는 이전에 마리화나 소지죄로 벌금을 받은 적이 있었다. 성범죄 전과 기록은 없었다. 어쩌면 내가 끼어들지 않았더라면 지난밤이 첫 번째가 되었을지도 모르지. 그리고 이 새끼가 마약을 피워? 아나 주위에서 마약을 피우면서 돌아다니는 일은 없길 바랐다. 그리고 아나가 그런 걸 피우는 일도 없길 바랐다. 끝.

안드레아의 이메일을 열고 비공개 합의서를 에스칼라에 있는 집 서재 프린터로 보냈다. 아나가 오락실을 보기 전에 거기 먼저 서명해야만 했다. 그리고 순간의 약함, 오만, 혹은 유례없는 낙관에 사로잡혀서—어느 쪽인지는 나도 알 수 없었지만—나는 그녀의 이름과 주소를 내 표준 돔/서브 계약서에 써놓고 그것도 인쇄했다.

그때 누가 문을 두드렸다.

"어이, 거물 나리. 하이킹 가자."

엘리엇이 문틈으로 말했다.

그래……. 아이가 낮잠에서 깨어났군.

소나무와 막 젖은 흙, 늦은 봄의 향기가 내 감각을 달래주었다. 그 냄새를 맡으니 어린 시절 신나는 날들이 떠올랐다. 양부모님이 지켜보는 눈길 아래서 엘리엇과 여동생과 함께 뛰어다니던 때. 고요, 공간, 자유……. 마른 솔방울이 발에 밟혀 바사삭 소리를 냈다.

여기 너른 야외에서는 잊을 수 있었다.

여기는 내 악몽의 도피처였다.

엘리엇은 주절주절 말을 늘어놓으며 걸어갔다. 내가 이따금 툴툴대는 정도로만 대꾸해주었지만 그는 계속 이야기를 늘어놓았다. 윌래밋의 조약돌 강변을 따라갈 때 내 마음은 아나스타샤에게로 흘렀다. 오랜만에 기대감이라는 달콤한 감각을 느꼈다. 나는 흥분했다.

그녀가 내 제안을 승낙해줄까?

내 옆에 누운 그녀를 그려보았다. 부드럽고 작고……. 그러자 내 물건이 기대감으로 꿈틀했다. 그때 그녀를 깨워서 섹스를 할 수도 있겠지. 참 새로운 경험이 되겠군.

조만간 그녀와 섹스할 것이었다.

그녀를 묶고 그 똑똑한 입에 재갈을 물리고 섹스할 것이었다.

클레이튼 공구점은 조용했다. 마지막 손님은 5분 전에 떠났다. 그리고 나는 손가락으로 허벅지를 두드리며 기다리고 있었다. 또다시. 인내는 내 강점이 아닌데. 오늘 엘리엇과 한참 하이킹을 하고 왔지만, 조바심은 누그러뜨릴 수 없었다. 형은 오늘 저녁 히스먼에서 케이트와 저녁식사를 한다고 했다. 이틀 밤 연속 같은 여자와 데이트라니 형의 평소 스타일이 아니었다.

별안간 상점 안의 형광등이 깜박거리며 꺼지더니 앞문이 열리고 아나가 온화한 포틀랜드의 밤공기 속으로 모습을 드러냈다. 내 심장이 쿵쿵 내려치기 시작했다. 바로 이거다. 새로운 관계의 시작이든 끝의 시작이든. 그녀는 뒤따라 나온 젊은 남자에게 손을 흔들어 작별인사를 했다. 지난번에 왔을 때 만났던 그 남자는 아니었다. 새로운 사람이었다. 그는 그녀가 차로 걸어오는 것을 바라보면서 엉덩이에서 눈을 떼지 않았다. 테일러가 차에서 내리려는 바람에 내 정신이 약간 흩어졌지만, 나는 그를 제지했다. 이건 내가 할 일이었다. 내가 차에서 내려 그녀를 위해 문을 잡아주었을 때, 새 남자는 가게 문을 잠그고 더 이상 스틸 양에게 군침 흘리지 않았다.

그녀는 내게 다가오며, 입술에 수줍은 미소를 띠었다. 명랑해 보이는 포니테일이 저녁 바람에 흔들거렸다.

"좋은 저녁, 스틸 양."

"안녕하세요, 그레이 씨."

그녀는 검정 청바지를 입고 있었다. 또 청바지야. 그녀는 차의 뒷좌석에 올라타면서 테일러에게 인사했다.

일단 그녀 옆에 앉자, 테일러가 차를 빈 도로로 빼서 포틀랜드 헬리콥터 착륙장으로 향했다. 그동안 나는 그녀의 손을 쥐었다.

"일은 어땠어?"

내 손에 잡힌 그녀 손의 감촉을 즐기면서 물었다.

"아주 길었어요."

그녀의 목소리는 허스키했다.

"그래, 내게도 긴 하루였어."

지난 두 시간 동안 기다리느라 죽을 뻔했지!

"뭘 했어요?"

그녀가 물었다.

"엘리엇과 등산했지."

　그녀의 손은 따뜻하고 부드러웠다. 그녀는 우리의 한데 얽힌 손가락을 내려다보았고, 나는 엄지손가락으로 그녀의 주먹을 쓸고 또 쓸었다. 그녀의 숨이 가빠졌고 눈은 내 눈과 마주쳤다. 그 안에서 나는 그녀의 갈망과 욕망을 보았다. 그리고 내 제안을 받아들여주기만을 바랐다.

　자비롭게도 헬리콥터 착륙장으로 향하는 길은 짧았다. 우리가 차에서 내렸을 때 나는 다시 그녀의 손을 잡았다. 그녀는 약간 어리둥절해 보였다.

　아. 헬리콥터가 어디로 가는지 궁금해하는 거로군.

"준비됐어?"

　내가 묻자 그녀는 고개를 끄덕였다. 나는 그녀를 이끌고 건물 안으로 들어가 엘리베이터로 향했다. 그녀는 알겠다는 표정으로 나를 휙 바라보았다.

　그녀는 오늘 아침 키스를 기억하고 있군. 하지만 그건……

나도 마찬가지였다.

"3층만 올라가면 돼."

나는 웅얼거렸다. 나는 언젠가 이 여자와 엘리베이터 안에서 섹스를 하고 말겠다고 머릿속에 기록해두었다. 그거야 그녀가 내 거래에 합의하고 나서의 얘기지만.

지붕 위에는 보잉 필드에서 갓 도착한 찰리 탱고가 비행 준비를 마치고 날아갈 태세로 있었지만, 그것을 여기까지 데려왔을 스테판의 흔적은 없었다. 하지만 포틀랜드에서 헬기 착륙장을 관리하는 조가 작은 사무실에 있었다. 그는 나를 보더니 인사했다. 조는 내 할아버지보다도 나이가 많았고, 그가 비행에 대해서 모르는 것은 알 가치가 없는 것이었다. 그는 한국전쟁 때 부상자 수송용 시코르스키스 기를 몰았고, 머리털이 곤두설 만한 얘기를 많이 알고 있었다.

"비행 계획 여기 있습니다, 그레이 씨."

조의 깊고 거친 목소리엔 연륜이 묻어났다.

"외부 체크는 끝났습니다. 준비 상태로 대기 중입니다. 이제 가시기만 하면 됩니다."

"고마워요, 조."

아나를 흘끔 쳐다보니 그녀가 들떠 있다는 것을 알 수 있었다. 나도 마찬가지였다. 이것도 처음이었다.

"가지."

다시 한 번 그녀의 손을 잡아 찰리 탱고로 이끌었다. 동급에서는 가장 안전한 유로콥터인 데다 조종하기에 좋았다. 찰리 탱고는 내 자랑이자 기쁨이었다. 나는 아나를 위해 문을 잡아주었다. 그녀는 안으로 휙 올라탔고, 나는 그 뒤를 따라 탔다.

"저기."

나는 앞 조종석을 가리키며 명령했다.

"앉아. 아무것도 손대면 안 돼."

그녀가 시킨 대로 순순히 따르자 놀랍고 기뻤다.

일단 자리에 앉자 그녀는 계기들을 경외와 열정이 섞인 태도로 찬찬히 살폈다. 그녀 옆에 웅크리고 앉아 안전띠를 매주면서 그녀가 알몸이 된 모습을 상상하지 않으려고 애썼다. 나는 필요 이상으로 오래 시간을 들였다. 지금이 이 정도로 가까이 그녀 옆에 있을 수 있는 마지막 기회일지도 모르니까. 그녀의 달콤하고 도발적인 향을 들이마실 수 있는 마지막 기회. 일단 내 기호를 안다면 도망칠지도 모르지…… . 아니면 그런 생활 양식을 포용할지도. 내 마음속에 불러일으킨 가능성은 감당할 수 없을 정도였다. 그녀는 나를 강렬히 바라보고 있었다. 너무 가까웠고, 너무 사랑스러웠다. 나는 마지막 끈을 단단히 조였다. 그녀는 아무 데도 가지 않는다. 적어도 한 시간은.

나는 흥분을 억누르며 속삭였다.

"넌 안전해. 탈출할 데는 없어."

그녀는 날카롭게 숨을 들이켰다.

"숨 쉬어, 아나스타샤."

나는 덧붙이며 그녀의 뺨을 어루만졌다. 그녀의 턱을 잡고 몸을 숙이면서 재빨리 키스했다.

"이 띠가 마음에 드는군."

나는 속삭였다. 그녀에게 다른 끈도 있다고 말해주고 싶었다. 가죽으로 된 끈. 그걸로 그녀를 묶고 천장에 매달고 싶었다. 하지만 나는 얌전히 행동하며 자리에 앉아 안전띠를 채웠다.

"저거 써."

나는 아나 앞에 놓인 헤드폰을 가리켰다.

"비행 전 확인을 해본 거야."

모든 기구가 제대로 작동되었다. 나는 스로틀을 1500rpm까지 누르고 무선 응답기를 스탠바이하고 송신기를 켰다. 모든 것이 완료되고 떠날 준비가 되었다.

"제대로 하긴 하는 거죠?"

그녀는 감탄하며 물었다. 나는 조종사 자격증을 딴 지 4년 됐다고 말해주었다. 그녀의 미소에는 전염성이 있었다.

"당신은 나와 있으면 안전해."

나는 재차 안심시키며 덧붙였다.

"뭐, 하늘을 날 때는 말이지."

나는 그녀를 향해 윙크했고, 그녀는 환히 웃었다. 아찔했다.

"준비됐어?"

내가 물었다. 그녀를 내 옆에 태울 수 있어서 얼마나 흥분되었는지 믿을 수가 없었다.

그녀는 고개를 끄덕였다.

나는 아직 깨어 있는 타워와 송신하며 스로틀을 2천rpm까지 올렸다. 그들이 이상 없다고 확인해주자 나는 마지막 점검을 했다. 오일 온도가 104에 있었다. 좋아. 나는 매니폴드 압력을 14, 엔진을 2,500까지 올리고 스로틀을 뒤로 잡아당겼다. 우아한 새처럼…… 찰리 탱고는 허공으로 솟아올랐다.

땅이 우리 밑으로 사라져갈 때 아나스타샤는 숨을 헉 들이마셨다. 그러나 그녀는 멀어져가는 포틀랜드의 빛을 황홀하게 보며 입을 다물었다. 곧 우리는 어둠 속에 둘러싸였다. 유일한 빛은 우리 앞의 계기에서 나오는 것뿐이었다. 밤을 응시하는 아나의 얼굴에는 붉고 푸른빛이 비쳤다.

"으스스하지?"

그러나 나는 그렇게 생각하지 않았다. 내게 이건 안식이었다. 여기서는 아무것도 나를 해칠 수 없었다.

어둠 속에서 나는 안전하고 감춰져 있었다.

"똑바로 가는지 어떻게 알아요?"

아나가 물었다.

"여기."

나는 계기판을 가리켰다. 기기의 운항 규칙을 설명하면서 그녀를 지루하게 할 마음은 없었지만, 사실 우리의 목적지로 안내하는 것은 내 앞에 있는 장비뿐이었다. 자세 지시기, 고도계, 수직 속도 지시기, 그리고 물론 GPS. 나는 그녀에게 찰리 탱고에 대해서 설명해주고 야간 비행을 위한 장비도 있다고 알려주었다.

아나는 감탄한 얼굴로 나를 보았다.

"내가 사는 건물 옥상엔 간이 헬리콥터 착륙장이 있어. 거기 착륙할 거야."

나는 계기판을 다시 보면서 모든 데이타를 확인했다. 이것은 내가 좋아하는 것이었다. 통제, 내 안전과 안녕이 내 앞에 놓인 기술을 얼마나 잘 다루느냐에 달려 있다.

"야간 비행할 때는 눈을 가리고 하는 거야. 기계를 신뢰해야만 하지."

"앞으로 얼마나 더 날아야 해요?"

그녀는 약간 숨찬 소리로 물었다.

"한 시간도 남지 않았어. 순풍이라서." 나는 그녀를 다시 보았다. "괜찮나, 아나스타샤?"

"네."

그녀의 목소리는 이상할 정도로 무뚝뚝했다.

불안한 건가? 아니면 여기 나와 함께 오기로 한 결정을 후회

하는지도. 그 생각을 하니 마음이 동요되었다. 그녀는 내게 기회 한 번 주지 않았다. 잠시 항공관제탑과 교신하느라 정신이 흩어졌다. 그런 후에 구름이 걷히자 저 멀리 시애틀을 볼 수 있었다. 어둠 속에 빛나는 횃불.

"자, 저기 봐."

나는 아나의 관심을 밝은 불빛들로 돌렸다.

"항상 여자들을 이런 식으로 감동시키나요? 내 헬리콥터를 타고 가자고 해서?"

"여자들을 여기 태운 적은 한 번도 없어, 아나스타샤. 이것도 내게는 또 첫 경험이지. 감동했어?"

"감탄했죠, 크리스천."

"감탄했다고?"

미소가 절로 지어졌다. 그때 내가 《과거와 미래의 왕》을 큰 소리로 읽을 때 내 어머니 그레이스가 머리를 쓰다듬어주던 기억이 났다.

"크리스천, 정말 멋있었어. 난 감탄했다, 우리 아들."

나는 일곱 살이었고, 말을 뗀 지 얼마 되지 않았을 때였다.

"당신은 그저 아주…… 유능하네요."

아나가 말을 이었다.

"아, 고맙군, 스틸 양."

그녀의 예기치 않은 칭찬에 얼굴이 기쁨으로 달아올랐다. 그녀가 알아차리지 않았기를 바랐다.

"정말 이게 재미있나봐요."

잠시 후 그녀가 말했다.

"뭐?"

"비행요."

"비행을 하려면 통제와 집중이 필요하지……."

두 자질은 내가 가장 좋아하는 것이었다.

"내가 좋아하지 않을 리가 있겠어? 하지만 내가 가장 좋아하는 건 활공이야."

"활공?"

"그래. 보통 사람들은 활주라고도 하나. 글라이더와 헬리콥터. 난 둘 다 운전하니까."

그녀를 활공에 데리고 가야 할까?

괜히 앞서가지 마, 그레이.

그리고 언제부터 네가 다른 사람을 활공에 데리고 갔다고 그래?

찰리 탱고에 누구를 태우기 시작했을 때부터?

항공관제탑의 교신에 나는 다시 항로에 집중했고 시애틀 외곽으로 접근하면서 걷잡을 수 없이 퍼지는 생각은 멈췄다. 목적지가 가까웠다. 그리고 이게 백일몽인지 아닌지 확인할 수 있는 시점에 더 가까워졌다. 아나는 황홀한 얼굴로 창밖만 빤히 쳐다보고 있었다.

나는 그녀에게서 눈을 뗄 수 없었다.

제발 '네'라고 말해줘.

"멋지지?"

나는 그녀가 돌아봐주기를 바라며 물었다. 내가 그녀의 얼굴을 볼 수 있게. 그녀는 내 아랫도리가 죄어올 만큼 환한 미소를 지으며 돌아보았다.

"몇 분만 있으면 도착할 거야."

갑자기 기내 안의 공기가 바뀌었고, 나는 그녀의 존재를 더 강하게 인식했다. 깊게 숨을 들이쉬며 그녀의 향기를 마시고 기대감을 감지했다. 아나의 기대감. 나의 기대감.

하강할 때 찰리 탱고가 시내 한가운데를 통과해서 에스칼라로 향하도록 조종했다. 나의 집. 심장 박동수가 증가했다. 아나는 손을 꼼지락거렸다. 그녀도 초조하겠지. 나는 그녀가 도망가지 않기를 바랐다.

간이 착륙장이 시야에 들어오자, 나는 또 한 번 심호흡을 했다.

이제 시작이다.

우리는 원활하게 착륙했고 나는 동력을 끈 후 헬리콥터 날개가 천천히 느려지다 완전히 멈추는 것을 바라보았다. 침묵 속에 앉아 있는 지금, 들리는 것이라고는 헤드폰에서 식식대는 백색소음뿐이었다. 나는 헤드폰을 벗고, 곧이어 아나의 것도 벗겼다.

"도착했어."

내가 조용히 말했다. 착륙장의 불빛 속에서 그녀의 얼굴은 창백했고 눈에서는 빛이 났다.

세상에, 이 여자는 참 아름다워.

나는 안전띠를 풀고 그녀의 것도 풀려고 손을 뻗었다.

그녀는 나를 올려다보고 있었다. 신뢰하는 얼굴. 젊고 달콤하다. 그녀의 맛있는 향기가 내 실패의 원인이 될 뻔했다.

이걸 그녀와 할 수 있을까?

그녀는 성인이다.

자기 스스로 결정을 내릴 수 있어.

그녀가 일단 나를 알게 된 후에도, 내가 무엇을 할 수 있는지 알게 된 후에도 이렇게 바라봐주기를 바랐다.

"하기 싫은 일은 할 필요가 없어. 그건 알지?"

그녀는 이 사실을 이해해야 했다. 나는 그녀의 복종을 원했지만, 그보다 더 원하는 것은 그녀의 동의였다.

"난 하기 싫은 일은 절대로 하지 않을 거예요, 크리스천."

그녀의 말은 진지했고, 나는 그녀를 믿고 싶었다. 마음을 진정시키는 이 말이 머릿속에 울리는 가운데, 나는 조종석에서 내려가 문을 열고 간이 착륙장으로 뛰어내렸다. 그녀의 손을 잡아 헬리콥터에서 내릴 수 있도록 도와주었다. 바람이 그녀의 얼굴 위로 머리카락을 날렸고, 그녀는 걱정스러운 얼굴을 했다. 나와 단둘이 있기 때문인지 아니면 우리가 30층 높이에 있기 때문인지는 알 수 없었다. 높은 곳에 있으면 아찔한 기분이 든다는 건 알고 있었다.

"가자."

나는 한쪽 팔로 그녀를 감싸 안아 바람으로부터 보호하면서 엘리베이터로 안내했다.

펜트하우스까지 내려가는 짧은 시간 동안, 우리는 둘 다 조용했다. 그녀는 검은 재킷 아래 연녹색 셔츠를 입고 있었다. 그녀에게 어울렸다. 그녀가 내 조건에 합의하면 그녀에게 제공할 옷에 푸른색과 녹색을 포함시켜야겠다고 머릿속으로 입력했다. 그녀는 좀 더 근사한 옷차림을 해야만 했다. 엘리베이터 거울에 비친 우리의 눈이 서로 마주쳤을 때, 내 아파트로 향하는 문이 열렸다.

그녀는 나를 따라 현관으로 들어와 복도를 가로질러서 거실로 들어섰다.

"재킷 받아줄까?"

내가 물었다. 아나는 고개를 저으며 재킷을 입은 채로 있고 싶다는 뜻을 강조하듯 옷깃을 붙들었다.

좋아.

"술 한 잔 마시겠어?"

나는 다른 접근을 시도해보기로 하고, 나 또한 초조한 기분을 진정시킬 술이 필요하다는 결론을 내렸다.

내가 왜 초조하지?

그녀를 원하니까…….

"난 화이트와인 한 잔 마실 건데, 너도 들겠어?"

"네, 주세요."

부엌에 들어가자 나는 재킷을 벗고 와인 냉장고를 열었다. 소비뇽 블랑이면 분위기 조성에 적당할 것 같았다. 나는 손님에게 접대할 만한 푸이 퓌메를 꺼내면서 아나가 발코니 문 너머 전경을 쳐다보는 모습을 보았다. 그녀가 몸을 돌려 부엌 쪽으로 걸어왔을 때, 내가 고른 와인이 맘에 드느냐고 물었다.

"전 와인 같은 건 아무것도 몰라요, 크리스천. 괜찮을 것 같아요."

그녀는 약간 가라앉은 목소리로 말했다.

망할. 잘 되지가 않는데. 너무 압도된 건가? 그런 거야?

나는 와인을 두 잔 따라서 내 거실 한가운데 서 있는 그녀에게로 갔다. 그녀의 모습은 어느 모로 보나 희생양 같았다. 남을 무장해제시키던 그 여자는 사라졌다. 그녀는 갈 길을 잃은 듯했다.

나처럼…….

"여기."

나는 그녀에게 잔을 건넸고, 그녀는 즉시 한 모금 마시더니 눈을 감고 와인을 음미했다. 그녀가 잔을 내려놓았을 때, 입술은 젖어 있었다.

좋은 선택이었어, 그레이.

"아주 조용하네. 얼굴도 붉히지 않고. 사실 이제까지 본 중에서 가장 창백한 얼굴인 것 같아, 아나스타샤. 배고픈가?"

그녀는 고개를 저으며 한 모금 더 마셨다. 어쩌면 그녀도 술의 힘을 빌려 용기를 내려고 하는지 몰랐다.

"당신 집 굉장히 크네요."

소심한 목소리였다.

"커?"

"크네요."

"크지."

반박할 수는 없었다. 1천 제곱미터는 될 테니까.

"연주도 해요?"

그녀는 피아노를 보며 물었다.

"응."

"잘해요?"

"그래."

"물론 그러시겠죠. 하지 못하는 것도 있어요?"

"있긴 하지…… 몇 가지는."

요리라든가.

농담이라든가.

내가 끌리는 여자와 자유롭고 편하게 대화를 한다든가.

남의 손에 닿는 거라든가…….

"앉겠나?"

나는 손짓으로 소파를 가리켰다. 그녀는 세차게 고개를 끄덕여 그러겠다는 뜻을 전했다. 나는 그녀의 손을 잡고 소파로 데려갔고, 그녀는 앉으면서 요정 같이 장난스러운 표정으로 나를 보았다.

"뭐가 그렇게 재미있지?"

나는 그녀 옆에 앉으며 물었다.

"어째서 내게 특별히 《테스》 책을 보낸 거예요?"

아. 얘기가 어디로 흘러가는 거야?

"음, 토머스 하디를 좋아한다면서."

"그 이유뿐이에요?"

그녀에게 보낸 게 내가 갖고 있었던 초판본이며, 《비운의 주드》 보다는 더 나은 선택이었기 때문이라는 말을 하고 싶진 않았다.

"그게 적절해 보였으니까. 난 당신을 에인절 클레어처럼 어이없이 높은 이상까지 끌어올릴 수도 있고 알렉 더버빌처럼 타락시킬 수도 있으니."

나의 대답은 그럭저럭 진실이었고, 어떤 역설도 품고 있었다. 내가 막 제안하려는 것은 그녀의 기대와는 사뭇 다를 것이었다.

"두 가지 선택밖에 없다면, 난 타락을 선택하겠어요."

그녀가 속삭였다.

젠장, 그게 네가 원하는 거 아니었나, 그레이?

"아나스타샤, 입술 그만 깨물어. 아주 정신이 사나워. 넌 지금 무슨 말을 하는지 몰라."

"그래서 내가 여기 와 있는 거예요."

그녀의 치아가 와인으로 젖은 아랫입술에 살짝 우묵한 자국을 남겼다.

그렇게 그녀가 있었다. 매번 나의 경계심을 해제시키고 나를 놀라게 하는 여자가. 나의 물건도 동의하고 있었다.

우리는 이 거래에 단도직입적으로 접근하고 있었지만, 세부 항목을 탐구하기 전에 그녀에게 비공개 합의서에 대한 동의를 받아야 했다. 나는 잠깐 양해를 구하고 서재로 갔다. 계약서와 비공개 합의서는 출력되어 있었다. 계약서를 내 책상 위에 올려놓고—이것까지 다시 보게 될지는 알 수 없었지만—나는 합의서를 스테이플러로 찍어 아나에게로 들고 갔다.

"이건 비공개 합의서야."

나는 서류를 그녀 앞의 커피 탁자 위에 놓았다. 그녀는 당황하고 놀란 표정이었다.

"변호사가 그렇게 해야 한다고 주장하더군."

나는 덧붙였다.

"2번 항목, 타락을 고른다면 여기 서명해야 해."

"내가 뭐든 서명하기 싫다면요?"

"그럼 고귀한 이상의 에인절 클레어겠지. 그 책 내용이 대체적으로 그렇지 않나."

그리고 난 네게 손대지 않을 거야. 너를 스테판과 함께 집으로 돌려보낼 거고 최선을 다해 널 잊을 거야. 걱정이 우후죽순처럼 솟았다. 이 거래를 완전히 망쳐버릴 수도 있었다.

"이 합의는 뭘 의미하는 거죠?"

"네가 우리에 관해서 공개할 수 없다는 걸 의미하는 거야. 무엇이든, 누구에게든."

그녀는 나의 얼굴을 찬찬히 살폈다. 나는 그녀가 당황해하는건지 불쾌해하는 건지 알 수가 없었다.

둘 다일 수도 있었다.

"좋아요, 서명할게요."

그녀가 말했다.

그래, 그건 쉽지. 나는 그녀에게 몽블랑 펜을 건넸고, 그녀는 펜을 서명란에 갖다 댔다.

"읽어보지도 않을 거야?"

나는 갑작스레 화가 나서 물었다.

"됐어요."

"아나스타샤, 뭐든 서명하기 전에는 항상 읽어봐야 해."

이 여자는 어떻게 이렇게 바보 같을 수 있지? 부모님이 아무것도 안 가르쳤나?

"크리스천, 당신이 이해하지 못하는 건 어차피 난 우리에 대해서 누구에게든 말하지 않으리라는 거예요. 케이트라고 해도요. 그러니 내가 합의서에 서명을 하든 하지 않든 그건 중요하지 않아요. 그게 당신에게, 혹은 변호사에게, 아니면 누구든 당신이 의논하는 사람에게 그렇게 커다란 의미가 있다면, 좋아요. 난 서명할게요."

그녀는 모든 것에 대한 대답을 가지고 있었다. 기분이 다시 맑아졌다.

"요점은 잘 알았어, 스틸 양."

나는 건조하게 말했다.

그녀는 못마땅한 시선을 재빨리 휙 던지고 서명했다.

그런 후 내가 미처 공을 던지기도 전에, 그녀가 물었다.

"그렇다면 오늘 밤 나와 사랑을 나눌 거란 의미인가요?"

뭐?

내가?

사랑을 나눠?

오, 그레이, 이 여자를 즉시 이 환상에서 꺼내줘.

"아니, 아나스타샤, 그런 의미는 아냐. 먼저, 난 사랑을 나누지 않아. 섹스를 할 뿐이지. 그것도 거칠게."

그녀는 숨을 헉 들이켰다. 생각을 다시 해보게 되었겠지.

"두 번째, 서류 작업이 좀 더 남아 있어. 세 번째, 넌 아직 무슨 일에 휘말려 들었는지 몰라. 지금도 도망갈 수는 있어. 이리와, 내 오락실을 보여줄 테니."

그녀는 어쩔 줄 몰라 하며 미간에 작은 v를 그렸다.

"엑스박스 게임이라도 하려는 거예요?"

나는 큰 소리로 웃음을 터뜨렸다.

아, 아가씨.

"아니, 아나스타샤. 거긴 엑스박스도 플레이스테이션도 없어. 이리 와."

나는 일어서며 손을 내밀었고, 그녀는 그 손을 기꺼이 잡았다. 나는 그녀를 복도에 데리고 나와 2층으로 안내했다. 오락실 바깥에 멈춰 섰을 때, 심장이 쿵쾅거렸다.

이제 시작이다. 대가를 치르든 게임을 치르든. 이렇게 초조했던 적이 있었나? 내 욕망이 이 돌아가는 열쇠에 달려 있다는 사실을 인식하며 나는 문을 열었다. 그 순간 나는 그녀에게 다시 확인을 해줄 필요가 있다는 것을 느꼈다.

"넌 언제든 떠날 수 있어. 헬기가 대기 중이니 네가 원하는 곳 어디든 데려다줄 수 있지. 밤에는 여기 머물렀다가 아침에 집에 갈 수도 있어. 무슨 결정을 내리든 괜찮아."

"그냥 문이나 열어요, 크리스천."

그녀는 고집스러운 표정으로 팔짱을 꼈다.

이건 교차로였다. 나는 그녀가 도망가기를 바라지 않았다. 하지만 이처럼 내가 훤히 드러난 기분을 느낀 적이 없었다. 심지어 엘레나의 손안에서도……. 이런 기분이 드는 것은 그녀가 이 생활방식에 대해 아무것도 모르기 때문이다.

나는 문을 열고 그녀를 따라 오락실로 들어갔다.

나의 안전한 피난처.

내가 진정으로 나 자신일 수 있는 유일한 곳.

아나는 방 한가운데에 서서 내 삶의 일부인 모든 기구들을 살피고 있었다. 플로거, 막대, 침대, 벤치……. 그녀는 말없이 눈앞의 광경을 삼키고 있었다. 내 귀에 들리는 소리는 피가 고막으로 쏠리면서 귀가 먹듯 크게 울리는 심장 박동뿐이었다.

자, 이제 너도 알았지.

이게 나야.

그녀는 몸을 돌려 나를 뚫어져라 쳐다보았고 나는 그녀가 말을 할 때까지 기다렸다. 하지만 그녀는 그저 내 괴로움을 길게 연장하며 방 안쪽까지 걸어들어갔다. 나는 그녀를 따라갈 수밖에 없었다.

그녀의 손가락이 스웨이드 플로거를 훑었다. 내가 가장 좋아하는 기구 중 하나였다. 나는 그녀에게 이름을 알려주었지만, 그녀는 대답하지 않았다. 그녀는 침대로 걸어가 두 손으로 살펴보았다. 손가락이 조각을 새긴 기둥을 더듬었다.

"뭐라도 말해."

나는 부탁했다. 그녀의 침묵은 참을 수 없었다. 그녀가 도망갈지 알고 싶었다.

"당신이 다른 사람들에게 하는 건가요, 다른 사람들이 당신에게 해주는 건가요?"

드디어!

"사람들?"

코웃음 치고 싶었다.

"내가 해주길 원하는 여자들에게 하는 거지."

대화를 하려고 하는군. 그렇다면 희망이 있지.

그녀는 얼굴을 찡그렸다.

"자원자가 있다면 어째서 내가 여기 있는 건가요?"

"이걸 너와 하고 싶으니까. 무척."

148

그녀가 이 방 곳곳에 여러 체위로 묶여 있는 환영이 상상 속으로 밀려들어왔다. 십자가 위에, 침대 위에, 벤치 위에…….

"아."

그녀는 말하더니 벤치로 걸어갔다. 캐묻기 좋아하는 그녀가 손가락으로 가죽을 쓸자 내 눈이 거기로 쏠렸다. 그녀의 느릿한 손길에는 호기심이 묻어 있었고 관능적이었다. 본인도 알고 있을까?

"당신 사디스트예요?"

그녀의 질문에 나는 움찔 놀랐다.

망할, 나를 제대로 봤군.

"난 도미넌트라고 하지."

나는 대화가 다른 데로 옮겨가길 바라며 재빨리 말했다.

"그게 무슨 뜻이에요?"

그녀가 질문을 던졌다. 충격받은 것 같았다.

"그 말뜻은 네가 자발적으로 널 내게 주길 바란다는 뜻이야. 모든 면에서."

"어째서 내가 그런다는 거죠?"

"나를 기쁘게 하려고."

나는 속삭였다. 바로 이게 내가 네게서 원하는 거야.

"아주 간단히 말하자면, 난 네가 나를 기쁘게 해주고 싶다고 생각했으면 해."

"어떻게 그렇게 하죠?"

그녀는 숨 가쁜 소리로 말했다.

"난 규칙이 있고 네가 그에 따라주길 원해. 네 이익을 위해서, 내 기쁨을 위해서. 내가 만족할 만한 수준으로 이 규칙을 따른다면 상을 주지. 그러지 않는다면 벌을 줄 거야. 그러면 넌 교훈을 얻게 되겠지."

그리고 난 당장에라도 당장 널 훈련하고 싶어. 모든 면에서.

그녀는 벤치 뒤에 놓인 막대들을 바라보았다.

"그럼 이 모든 건 어디 쓰는 거죠?"

그녀는 손으로 주위를 휙 가리켰다.

"모두 다 장려 장비의 일부지. 상이 될 수도 있고, 벌이 될 수도 있어."

"그럼 나를 당신 의지대로 좌지우지하면서 당신은 흥분을 느끼는군요."

정곡을 찔렀어, 스틸 양.

"네 신뢰와 존경을 얻는 문제지. 내가 내 의지를 네게 발휘할 수 있도록."

나는 너의 허가가 필요해.

"네 복종 속에서 나는 엄청난 쾌감, 기쁨을 얻게 될 거야. 네가 복종하면 할수록 내 기쁨은 커지지. 단순한 등식이야."

"좋아요. 그럼 난 여기서 뭘 얻게 되죠?"

"나."

나는 어깨를 으쓱했다. 바로 이거야, 아가씨. 바로 나. 내 모든 것. 그리고 너도 기쁨을 얻게 되겠지…….

나를 빤히 바라보는 그녀의 눈이 아주 약간 커졌지만, 그녀는 아무 말도 하지 않았다. 화가 치밀었다.

"넌 아무것도 내놓을 필요 없어, 아나스타샤. 아래층으로 내려가자. 거기가 더 잘 집중할 수 있으니까. 여기 널 들이니 아주 산란해."

나는 그녀에게 손을 내밀었지만, 처음에 그녀는 결정하지 못하고 내 손과 얼굴을 번갈아보았다.

망할.

내가 겁을 주었군.

"난 널 상처 입히지 않을 거야, 아나스타샤."

그녀는 머뭇거리며 내 손을 잡았다. 기뻤다. 그녀가 도망가지 않았으니까.

나는 안심해서 그녀에게 서브미시브의 침실을 보여주기로 했다.

"네가 한다고 하면 보여줄 게 있어."

나는 그를 복도 아래로 데려갔다.

"여기가 네 방이 될 거야. 원하는 대로 꾸며도 좋아. 여기 원하는 건 뭐든지 놓고."

"내 방이요? 나보고 이사 오라는 거예요?"

그녀는 못 믿겠다는 듯 소리쳤다.

아니, 이건 나중으로 미뤄둘 걸 그랬나.

"항상 살라는 말은 아니야. 그저, 말하자면 금요일 저녁부터 일요일까지. 그것도 이야기를 해서 협의를 해야지. 네가 이걸 하길 원한다면."

"난 여기서 자요?"

"그래."

"당신과 자는 게 아니고요."

"아니, 말했는데. 난 아무와도 자지 않는다고. 너는 예외였지. 술에 취해서 정신을 놓았으니까."

"당신은 어디서 자는데요?"

"내 방은 아래층이야. 자, 가자. 배가 고플 테니."

"이상하게도 입맛이 싹 사라졌네요."

그녀는 이미 익숙한 고집스러운 표정을 지으면서 선언했다.

"먹어야 해, 아나스타샤."

그녀가 만약 내 것이 되기로 동의한다면 그녀의 식습관부터 손봐줘야지……. 그것과 손가락 꼼지락대는 습관.

앞서가지 말라니까, 그레이!

"내가 널 이끌고 내려가는 곳이 어두운 길이라는 걸 잘 알아, 아나스타샤. 그래서 이 문제를 생각해보기를 절실히 바랐던 거야."

그녀는 나를 따라 아래층 거실로 들어갔다.

"분명히 물어볼 말이 많겠지. 넌 비공개 합의서에 서명했어. 그러니 뭐든 물어보면 대답을 해주지."

이게 제대로 되려면, 그녀는 의사소통을 해야 했다. 부엌에 들어가 냉장고를 열어보니 치즈와 포도가 놓인 커다란 접시가 있었다. 존스 부인은 내가 손님을 데리고 오리라 생각하지 않았을 테니, 이걸로는 충분하지 않았다. 음식을 배달 주문해야 하나 싶었다. 아니면 그녀를 데리고 나가야 하나?

데이트처럼.

또 한 번의 데이트.

나는 그런 식으로 기대를 높이고 싶진 않았다.

나는 데이트하지 않는다.

오직 그녀와만…….

그 생각을 하니 심란했다. 빵 바구니에 신선한 바게트가 있었다. 빵과 치즈면 되겠지. 게다가 배고프지 않다고 했으니까.

"앉아."

나는 일자형 식탁 앞 의자를 가리켰고 아나는 자리에 앉아 나를 똑바로 바라보았다.

"서류가 있다고 했죠."

"그래."

"무슨 서류예요?"

"음, 비공개 합의서 외에도 우리가 뭘 하고 하지 않을지를 규정한 계약서가 있어. 네 한계를 알고 싶고 너도 내 한계를 알아야겠지. 이건 상호 동의에 의한 거야, 아나스타샤."

"내가 만약 하고 싶지 않다면요?"

망할.

"그것도 괜찮아."

나는 거짓말했다.

"하지만 그렇다면 우린 어떤 관계도 맺지 않게 되나요?"

"그래."

"어째서요?"

"내가 관심 있는 관계는 이뿐이니까."

"어째서요?"

"이게 내 모습이지."

"어쩌다 이렇게 됐어요?"

"사람이 어쩌다 현재의 그 모습이 되었을까? 그건 쉽게 대답할 수 없는 질문이지. 어째서 어떤 사람은 치즈를 좋아하고 다른 사람은 싫어할까? 넌 치즈를 좋아하나? 여기 가정부로 오는 존스 부인이 저녁거리로 이걸 놔두고 갔군."

나는 접시를 그녀 앞에 놓았다.

"내가 따라야 하는 당신의 규칙은 뭐죠?"

"서면으로 작성해놓았어. 일단 다 먹은 후 훑어볼 거야."

"정말 별로 배고프지 않아요."

그녀는 속삭였다.

"먹어야 해."

그녀의 표정은 도전적이었다.

"와인 한 잔 더 마시겠어?"

"네, 주세요."

나는 와인을 한 잔 따르고 그 옆에 앉았다.

"음식도 마음껏 먹어, 아나스타샤."

그녀는 포도알 몇 개를 집었다.

그게 다야? 고작 그것만 먹어?

"한동안 이렇게 해왔나요?"

그녀가 물었다.

"그래."

"이걸 하는 여자를 찾기가 쉬운가요?"

아, 뭘 모르는군.

"알면 놀랄걸."

나는 건조하게 비꼬아 말했다.

"그럼 왜 나예요? 이해할 수가 없어요."

그녀는 전혀 영문을 모르겠다는 듯 말했다.

너는 아름답잖아. 너랑 이걸 하고 싶지 않을 이유가 뭐가 있겠어?

"아나스타샤. 말했잖아. 너에겐 뭔가 있다고. 널 그냥 놔둘 수가 없어. 난 불꽃에 가까이 가는 나방 같아. 널 몹시도 원해. 특히 지금은, 네가 다시 입술을 깨물고 있을 때는."

"진부한 말이지만 반대로 쓴 것 아니에요?"

그녀는 부드럽게 말했다. 심란한 고백이었다.

"먹어!"

나는 화제를 바꾸기 위해 명령했다.

"아니, 아직 아무 서류에도 서명하지 않았으니까 좀 더 오랫

동안은 내 자유 의지로 버틸 수 있어요. 당신이 괜찮다면."

아, 말은 잘한다니까.

"좋으실 대로, 스틸 양."

나는 은근히 새어나오는 웃음을 숨겼다.

"여자가 몇 명이나?"

그녀가 포도 한 알을 입에 던져 넣으면서 물었다.

"열다섯."

시선을 피할 수밖에 없었다.

"오랜 기간 동안?"

"몇 명은 그랬지, 그래."

"누굴 다치게 한 적도 있나요?"

"그래."

"심하게요?"

"아니."

도온은 그 경험에 약간 충격을 받긴 했어도 괜찮았다. 솔직하게 말하자면 나도 그랬다.

"날 다치게 할 건가요?"

"무슨 뜻이야?"

"신체적으로, 날 다치게 할 건가요?"

네가 받아들일 수 있는 것만.

"네가 필요하다면 벌을 줄 거고 그건 고통스러울 거야."

가령 네가 술에 취해서 너 자신을 위험에 빠뜨린다면.

"당신이 맞아본 적도 있어요?"

"그래."

여러 번, 정말 여러 번 맞아봤지. 엘레나가 지팡이를 다루는 솜씨는 악마 같았다. 내가 감내할 수 있는 유일한 접촉이었다.

그녀는 눈을 휘둥그레 뜨더니 먹지 않은 포도를 접시에 내려 놓고 와인을 한 모금 더 마셨다. 음식을 깨작거리는 습관은 거슬렸고 내게도 영향을 끼쳤다. 어쩌면 이를 악물고 그녀에게 규칙을 보여줘야 할지도 모르겠군.

"서재에서 의논하자. 보여줄 게 있어."

그녀는 나를 따라 서재로 들어와 책상 앞 가죽 의자에 앉았고, 나는 팔짱을 끼고 기대섰다.

그녀가 알아야 할 것이 이것이었다. 그녀에게 호기심이 있다는 게 축복이었다. 아직 도망가지 않았으니까. 책상 위에 놓인 계약서에서 몇 장을 꺼내 그녀에게 건넸다.

"여기 규칙이 있어. 변경 가능하지. 이게 계약서의 일부야. 너도 한 장 가지게 될 테지만. 이 규칙을 읽고 의논하자."

그녀의 눈이 종이를 훑었다.

"고정 한계요?"

그녀가 물었다.

"그래. 네가 하지 않을 일. 내가 하지 않을 일. 협의서에 구체적으로 명기할 필요가 있어."

"의류 구입비를 받아야 할지는 모르겠어요. 옳지 않은 것 같아요."

"난 네게 돈을 아낌없이 쓰고 싶은데. 내가 사주는 대로 받았으면 해. 가끔은 나와 행사에 같이 갈 일도 있을 거고."

그레이, 무슨 말을 하는 거야? 이것도 처음이 될 것이었다.

"그럴 때면 근사하게 옷을 입어야겠지. 네가 일자리를 찾는다고 해도 그 월급으로는 내가 바라는 옷들을 사지 못할 텐데."

"당신과 같이 있지 않을 땐 그 옷을 입을 필요는 없는 거죠?"

"없어."

"좋아요. 일주일에 네 번이나 운동하고 싶진 않아요."

"아나스타샤, 난 네가 유연하고 강하고 활력이 넘치는 몸을 가지길 바라. 내 말 믿어. 운동을 할 필요가 있어."

"하지만 일주일에 네 번은 절대로 안 돼요. 세 번은 어때요?"

"난 네 번 했으면 하는데."

"이건 협상이라고 하지 않았나요?"

다시 한 번, 그녀는 나를 무장해제하며 궁지에 몰아넣었다.

"알았어, 스틸 양. 또다시 요점을 잘 지적했군. 사흘은 한 시간씩, 하루는 30분만 하면 어떻겠나?"

"사흘, 세 시간이에요. 내가 여기 있는 동안에는 당신이 날 계속 운동하게 만들 것 같다는 인상을 받았는데요."

아, 나도 그러고 싶지.

"그래, 그러겠지. 좋아, 합의됐어. 정말로 내 회사에서 인턴하지 않겠어? 협상에 능하군."

"아니, 그건 좋은 생각 같지 않아요."

물론 그녀의 말이 옳았다. 내 1번 규칙. 절대 직원과 섹스하지 않는다.

"그럼, 한계를 볼까. 이게 내 제시안이야."

나는 그녀에게 목록을 건넸다.

이제 시작이었다. 모두 받아들이든지 말든지 할 시간. 내 한계는 외우고 있었고, 그녀가 하나하나 읽어갈 동안 마음속으로 목록을 체크했다. 끝에 다다를수록 그녀의 얼굴이 점점 창백해졌다.

망할, 이걸로 겁먹고 도망가면 안 되는데.

나는 그녀를 원했다. 그녀가 복종하길 원했다……. 몹시도. 그녀는 침을 꿀꺽 삼키더니 초조하게 올려다보았다. 한번 해보자고 어떻게 설득하지? 그녀를 안심시키고 내가 보호할 능력이 있음을 보여줘야 했다.

"덧붙이고 싶은 게 있나?"

마음속으로는 그녀가 어떤 것도 덧붙이지 않길 바랐다. 그녀에게서 전권을 위임받았으면 했다. 그녀는 여전히 할 말을 찾지 못한 채 나를 바라보기만 했다. 언짢았다. 나는 대답을 기다리는 데 익숙하지 않았다.

"하고 싶지 않은 게 있어?"

나는 말을 던졌다.

"모르겠어요."

기대하던 대답은 아니었다.

"모른다는 게 무슨 뜻이야?"

그녀는 불안한 얼굴로 자리에서 꼼지락거리며, 치아로 아랫입술을 지분거렸다. 또.

"이런 건 해본 적 없으니까요."

망할, 물론 안 해봤겠지.

인내심을 가져, 그레이. 젠장. 그녀에게 엄청난 양의 정보를 주었잖아. 나는 상냥한 접근법을 이어가기로 했다. 새로운 방식이었다.

"음, 섹스를 했을 때 하고 싶지 않았던 게 있었어?"

사진가가 어제 그녀를 잔뜩 더듬던 게 생각났다.

그녀가 얼굴을 붉히자 흥미가 높아졌다. 하고 싶지 않았던 것이 대체 뭐길래? 침대에서 모험하는 타입인가? 이처럼 순진한 얼굴로. 보통 내가 매력적이라고 여기지 않는 점이었다.

"말해줘, 아나스타샤. 우리가 서로에게 솔직하지 않으면 이건 소용이 없어."

그녀가 좀 더 느슨하게 긴장을 풀 수 있도록 격려해야만 했다. 그녀는 심지어 섹스에 대해서 말도 하지 않으려 했다. 다시 움츠러들더니 손가락만 바라보았다.

제발, 아나.

"말해."

나는 명령했다. 맙소사, 정말 사람 좌절시키는 여자라니까.

"음…… 난 이전엔 섹스를 해본 적이 없어서 모르겠어요."

그녀가 속삭였다.

자전하던 지구가 멈췄다.

내 귀를 전혀 믿을 수 없었다.

어떻게?

어째서?

쌍!

"한 번도?"

황당했다.

그녀는 눈을 크게 뜨고 고개를 끄덕였다.

"처녀야?"

믿을 수가 없었다.

그녀는 부끄러워하며 고개를 끄덕였다. 나는 눈을 감았다. 그녀를 볼 수가 없었다.

어떻게 이렇게까지 일을 꼬이게 만들었을까?

화가 몸속을 질주했다. 처녀랑 뭘 할 수 있단 말인가? 분노가 몸속에 솟구쳐서 나는 그녀를 쏘아보았다.

"제기랄, 왜 말을 안 했어?"

나는 으르렁대며 서재 안을 돌아다녔다. 처녀에게 뭘 원할 수 있다는 거야? 그녀는 할 말을 찾지 못하고 사과하듯 어깨만 으쓱했다.

"어째서 말을 하지 않았는지 대체 모르겠군."

분노가 내 목소리에 역력하게 묻어났다.

"그런 주제를 한 번도 꺼낸 적이 없잖아요. 난 만나는 사람마다 내 성적 상태를 폭로하는 습관은 없다고요. 내 말은, 우리는 서로를 거의 모르잖아요."

이전처럼 맞는 말이었다. 그녀에게 내 오락실 견학을 시켰다는 게 믿어지지 않았다. 그나마 비공개 합의서를 썼기에 망정이지.

"뭐, 이젠 나에 대해서 많이 알게 되었으니까."

나는 이를 악물고 말했다.

"네가 경험이 별로 없다는 것까지는 알았지만 처녀라니! 젠장, 아냐. 난 네게 방금 그런 것까지 보여주고……."

오락실뿐만이 아니었다. 내 규칙, 고정 한계. 그녀는 아무것도 몰랐다. 어떻게 이럴 수 있었을까?

"천벌 받겠군."

나는 숨을 죽이고 중얼거렸다. 어찌해야 할지 몰랐다.

깜짝 놀랄 만한 생각이 그때 떠올랐다. 엘리베이터에서 한 키스. 내가 그때 그 자리에서 해버릴 수도 있었을 것 같은 그때. 그때가 첫 키스였던 건?

"그럼 나 말고 다른 사람하고 키스한 적은 있어?"

있다고 말해.

"물론이죠."

그녀는 불쾌한 표정을 지었다. 그래. 키스는 했겠지, 하지만 자주는 아닐 거야. 그리고 어떤 이유에선가 그 생각은…… 기뻤다.

"그런데 괜찮은 젊은 남자가 널 넘어뜨리지 않았단 말이야? 이해가 안 되는군. 넌 스물하나야. 곧 스물둘이지. 게다가 아름다워."

어째서 어떤 자식이 그녀를 침대로 데려가지 않았을까?

망할, 종교 때문일 수도 있어. 아니, 웰치가 그건 밝혀내지 못했지. 그녀는 손가락만 내려다보고 있었고, 왠지 미소를 짓는 듯했다. 이게 재미있다고 생각하나? 나 자신을 발로 차주고 싶었다.

"그런데도 내가 하고 싶은 걸 진지하게 논의했군. 경험이 없는데도."

말문이 막혔다. 어떻게 이럴 수 있지?

"어떻게 섹스를 피할 수 있었던 거지? 말해봐."

진짜로 이해할 수 없었다. 대학을 다니지 않나. 내가 기억하는 대학 생활에선 모든 아이들이 토끼처럼 섹스를 했다.

그들 모두가. 나만 빼고.

그 생각은 어두웠지만, 이 순간에는 옆으로 제쳐놓았다.

아나는 어깨를 으쓱했고, 작은 어깨가 살짝 위로 올라갔다.

"아무도 정말로…… 알겠지만……."

그녀는 말꼬리를 흐렸다.

아무도 뭘? 네가 얼마나 매력적인지 못 봤다는 거야? 네 기대에 맞지 않았다는 거야? 나는 그런가?

나는?

그녀는 정말로 아무것도 몰랐다. 섹스에 대해 아무것도 모르면서 어떻게 서브미시브가 될 수 있단 말인가? 이건 제대로 될 리가 없었다. 이제껏 나는 삽질만 한 셈이었다. 이 거래를 끝낼 수가 없었다.

"나한테 왜 화를 내는 거예요?"

그녀가 속삭였다.

물론 그렇게 생각할 법했다. 이건 바로잡자, 그레이.

"난 네게 화를 내는 게 아냐. 내게 내는 거지. 나는 그저 마음대로……."

어째서 내가 네게 화를 내겠어? 엉망진창이었다. 나는 두 손으로 머리를 훑으며 성질을 가라앉히려고 애썼다.

"여기서 나가고 싶어?"

나는 걱정이 되어 물었다.

"아니요. 당신이 나보고 가라고 하는 게 아니라면."

그녀는 부드럽게 대답했다. 목소리에는 후회가 어려 있었다.

"물론 아니지. 난 네가 여기 있었으면 하니까."

내 입으로 그 말을 하면서도 놀랐다. 나는 정말로 그녀가 여기 남아주길 바랐다. 그녀와 함께 있고 싶었다. 그녀는 너무 달랐다. 그리고 그녀와 섹스하고 싶고, 그녀의 엉덩이를 때리고 싶고 내 두 손 아래서 백옥 같은 피부가 분홍빛으로 변하는 것을 보고 싶었다. 그건 이제 논외가 되었다, 그렇지 않나? 그 망할 것만 아니라면……. 어쩌면 할 수 있을지도. 그 생각이 일종의 계시처럼 찾아왔다. 그녀를 침대에 데려갈 수는 있다. 그녀 안으로 들어갈 수는 있겠지. 그건 우리 두 사람 모두에게 새로운 경험이 될 것이었다. 그녀가 원할까? 그녀는 아까 내가 자기와 사랑을 나눌지를 물었다. 그녀를 묶지 않고 시도해볼 수는 있었다.

하지만 그녀가 나를 만질지도 모르는데.

망할. 나는 시계를 내려다보고 시간을 확인했다. 늦은 시각이었다. 그녀를 다시 돌아보았을 때, 아랫입술을 가지고 장난하는 그녀의 모습이 나를 흥분시켰다.

그녀가 순결하다 해도, 나는 여전히 그녀를 원했다. 그녀를 침대로 데려갈 수 있을까? 이제 나에 대해서 알게 되고도 나를 원할까? 젠장, 전혀 알 수가 없었다. 물어봐야 하나? 하지만 그녀는 다시 입술을 깨물면서 나를 흥분시켰다. 내가 그 점을 지적하자, 그녀가 사과했다.

"사과하지 마. 나도 그걸 깨물고 싶을 뿐이니까, 세게."

그녀의 숨이 가빠졌다.

아, 어쩌면 이 여자도 흥미 있을지도. 그래, 이렇게 해보자. 나는 결정을 내렸다.

"이리 와."

나는 한 손을 뻗으며 제안했다.

"네?"

"지금 당장 이 문제 상황을 교정할 거야."

"무슨 뜻이에요? 무슨 문제 상황?"

"네 상황, 아나. 난 너와 사랑을 나눌 거야."

"아."

"내 말은 네가 원한다면. 난 내 행운을 밀어버리고 싶진 않으니까."

"당신은 사랑을 나누지 않는다면서요. 거칠게 섹스를 할 뿐이라면서요."

그녀의 목소리는 허스키했고 정말로 유혹적이었다. 커다랗게 뜬 눈 속 눈동자가 커졌다.

그녀는 욕망으로 얼굴을 붉혔다. 그녀도 이것을 원했다.

전혀 기대하지 않았던 전율이 내 앞에서 펼쳐졌다.

"예외를 하나 만들 순 있어. 어쩌면 두 개 정도 할 수는 있겠지. 두고 보자. 난 정말로 너와 사랑을 나누고 싶어. 자, 침대로 가자. 우리 계약서를 작성하고 싶지만, 넌 네가 정말로 어떤 상황에 빠져 있는지 알아야 할 필요가 있어. 오늘 밤부터 네 훈련을 시작하겠어. 기초부터. 그렇다고 해서 내가 내 마음과 꽃을 네게 바친다는 의미는 아냐. 이건 하나의 목표로 향하기 위한 수단일 뿐이지만 내가 원하는 건 아니지. 너도 그러길 바라."

말이 급류처럼 쏟아져 나왔다.

그레이! 정신 차려.

그녀의 뺨이 분홍으로 물들었다.

제발, 아냐. 네, 아니요로 말해. 죽을 것 같으니까.

"하지만 난 당신이 규칙 목록에서 요구한 것 모두를 해본 적이 없는걸요."

그녀의 목소리는 소심했다. 두려운 건가? 그러지 않길 바랐다. 그녀가 두려워하지 않길 원했다.

"규칙은 됐어. 오늘 밤은 그 사소한 항목들은 잊어버려. 난 널원해. 네가 내 사무실로 넘어진 순간부터 널 원했어. 너도 날 원한다는 걸 알고. 그러지 않았다면 여기 차분히 앉아서 처벌과 고정 한계를 의논하진 않았겠지. 제발, 아냐. 이 밤을 나와 함께 보내자."

나는 그녀에게 다시 손을 내밀었고, 이번에는 그녀가 내 손을 잡았다. 나는 그녀를 내 품 안으로 끌어당기며 그녀의 붉어진 얼굴을 내 몸에 안았다. 그녀는 놀라 숨을 헉 들이켰고, 나는 내 몸에 닿은 그녀를 느낄 수 있었다. 어두움은 고요했고, 아마도 내 리비도에 의해 수그러든 듯했다. 나는 그녀를 원했다. 그녀는 무척이나 유혹적이었다. 이 여자는 한발 내디딜 때마다 나를 혼란스럽게 했다. 나는 어두운 비밀을 드러냈지만, 그녀는 아직 여기 있었다. 도망가지 않았다.

손가락으로 그녀의 머리카락을 잡아당겨 얼굴을 내 쪽으로 들게 했다. 사람의 마음을 사로잡는 그 눈을 나는 들여다보았다.

"넌 용감한 여자야."

내가 속삭였다.

"너에게 감탄했어."

나는 몸을 숙이고 그녀에게 가볍게 키스하며 이로 그녀의 아랫입술을 간질였다.

"이 입술을 깨물고 싶어."

내가 더 세게 물자 그녀가 키스했다. 그 반응에 내 아랫도리가 더 단단해졌다.

"부디, 아나. 당신을 사랑할 수 있게 해줘."

나는 그녀의 입에 대고 속삭였다.

"그래요."

그녀가 대답했고, 내 몸은 독립기념일의 밤하늘처럼 밝아졌다.

침착하라고, 그레이.

우리는 장소나 한계도 미리 정하지 않았고, 그녀는 마음대로 할 수 있는 내 소유물도 아니었다. 그래도 나는 흥분했다. 성적 흥분이 고조되었다. 익숙하진 않지만, 희열이 느껴졌고 이 여자를 향한 욕망이 내 몸을 훑고 지나갔다. 나는 거대한 롤러코스터의 레일에서 떨어지기 직전이었다.

바닐라 섹스?

이걸 할 수 있을까?

다른 말 없이 나는 그녀를 서재에서 데리고 나가 거실을 지나

내 침실로 향하는 복도로 향했다. 그녀는 내 손을 꼭 잡고 따라
왔다.

망할. 피임. 그녀가 약을 먹지 않는다는 건 알았다……. 다행
스럽게도 예비로 콘돔을 비치해두었기 망정이지. 적어도 그녀
가 어떤 새끼랑 잤는지 일일이 걱정할 필요는 없었다. 나는 그
녀를 침대 옆에서 놓아주고 서랍장으로 가서 시계와 신발, 양말
을 벗었다.

"피임약은 먹지 않았겠지."

그녀는 고개를 끄덕였다.

"그러지 않았을 거야."

나는 서랍장에서 콘돔 포장을 꺼내서 그녀에게 내가 준비되
었다는 사실을 알려주었다. 그녀는 나를 찬찬히 보았다. 아름다
운 얼굴에 그 눈은 믿을 수 없을 만큼 커졌다. 나는 한순간 망설
였다. 이건 그녀에게 큰일일 테지, 그렇지 않겠나? 나는 엘레나
와의 첫 경험을 떠올렸다. 얼마나 당황스러웠던가……. 하지만
하늘이 보내준 선물처럼 안심되기도 했다. 마음 깊은 곳에서는
그녀를 집으로 돌려보내야 한다는 것을 알았다. 하지만 단순한
진실, 나는 그녀를 보내고 싶지 않았다. 그녀를 원했다. 더욱이
그녀의 표정, 짙어진 눈에 비친 내 욕망을 보았다.

"블라인드 쳤으면 좋겠어?"

내가 물었다.

"괜찮아요."

그녀가 말했다.

"다른 사람을 침대에 재우지 않는다면서요."

"우리가 잘 거라고 누가 그래?"

"아."

그녀의 입술이 완벽하게 소문자 o를 그렸다. 내 물건이 한층 더 단단해졌다. 그래, 그 입에 섹스하고 싶어. 그 o에. 나는 먹이를 노리듯 그녀에게로 걸어갔다. 아, 네 몸 안에 나를 묻고 싶어. 그녀의 호흡이 얕아지고 빨라졌다. 뺨은 장밋빛이었다……. 그녀는 경계하고 있었지만 흥분하기도 했다. 그녀는 이제 내가 좌지우지할 수 있었다. 그 사실을 아는 것만으로도 힘이 생긴 듯했다. 그녀는 내가 무엇을 하려 하는지 알지 못했다.

"이 재킷 벗자."

손을 뻗어 부드럽게 그녀의 어깨에서 재킷을 벗긴 후 개켜서 내 의자 위에 올려놓았다.

"내가 얼마나 널 원하는지 알아, 아나 스틸?"

숨을 들이쉬는 그녀의 입술이 벌어졌다. 나는 손을 들어 그녀의 뺨을 만졌다. 손가락 끝이 턱 아래까지 미끄러질 때 그 아래 닿은 피부가 꽃잎처럼 부드러웠다. 그녀는 내 마술에 홀려 넋을 잃었다. 벌써 내 것이었다. 그것만으로도 취할 것 같았다.

"내가 네게 뭘 할지 알아, 아나 스틸?"

나는 웅얼거리며 엄지손가락과 집게손가락으로 턱을 들었다. 나는 몸을 숙여 그녀에게 세게 키스하며 그녀의 입을 내 입에 맞추었다. 나의 키스에 답하는 그녀는 부드럽고 달콤하며 자발적이었다. 나는 그녀를 보고 싶은 욕구에 압도됐다. 그녀의 온몸을. 나는 재빨리 그녀의 단추를 풀었지만 천천히 블라우스를 벗겨내어 바닥에 떨어지도록 했다. 나는 뒤로 물러서서 그녀를 보았다. 그녀는 테일러가 사온 연청색 브라를 입고 있었다.

그녀는 감탄스러울 정도로 아름다웠다.

"오, 아나. 네 피부는 참 아름다워. 창백하고 티 하나 없고. 그

피부 구석구석에 키스하고 싶어."

그녀의 몸에는 흔적 하나 없었다. 그 생각을 하니 불편했다. 나는 그녀의 몸에 새겨진 흔적이 보고 싶었다. 분홍색, 채찍에 맞아 부푼 작고 가는 자국.

그녀는 맛있는 장미색으로 물들었다. 당황한 거겠지. 다른 건 하지 못해도, 그녀에게 자기 몸을 부끄러워하지 말라는 건 가르쳐야겠다. 손을 위로 뻗어 그녀의 머리끈을 잡아 풀었다. 풍성한 갈색 머리카락이 얼굴 주위로 떨어지며 가슴까지 내려왔다.

"난 갈색 머리가 좋아."

그녀는 사랑스럽고 특별한 보석이었다.

그녀의 머리를 잡고 나는 손가락으로 머리를 훑어 내게 잡아당기면서 키스했다. 그녀는 내게 대고 신음하면서 입술을 벌려 나를 따뜻하고 젖은 입속에 들어갈 수 있게 해주었다. 키스를 음미하는 달콤한 소리가 내 안에서 메아리쳐 페니스의 끝까지 가닿았다. 그녀의 혀가 수줍게 나를 맞았고 머뭇대며 내 입을 탐색했다. 무슨 영문인지 경험이 없이 이렇게 더듬대는 움직임이…… 자극적이었다.

그녀에게는 감미로운 맛이 났다. 와인, 포도, 순결. 강렬하고 아찔한 혼합향. 나는 두 팔로 그녀를 꼭 안았고, 그녀가 내 팔뚝만 잡았을 때는 안심했다. 한 손을 그녀의 머리카락 안에 넣어 꼼짝도 못 하게 고정하면서 다른 손으로는 그녀의 등뼈를 따라 엉덩이까지 훑으며 내게 밀착시키고는 일어선 내 물건을 밀어붙였다. 그녀는 다시 신음했다. 나는 계속 그녀에게 키스하며 훈련되지 않는 혀를 자극하여 내 입을 탐색하게 하는 동시에 나도 그녀의 입을 탐색했다. 그녀가 두 손으로 내 팔을 따라 올라왔을 때 몸이 굳어졌다. 순간, 그녀가 다음에 어디를 만질지 몰

라 걱정되었다. 그녀는 내 뺨을 애무하고 머리카락을 어루만졌
다. 약간 더 불안해졌다. 하지만 그녀가 손가락을 내 머리카락
에 넣고 부드럽게 잡아당겼을 때…….

젠장, 느낌이 좋았다.

나는 그 반응으로 신음했지만 그녀가 계속하도록 놔둘 수가
없었다. 그녀가 다시 나를 만지기 전에, 침대로 밀면서 무릎을
꿇었다. 그녀를 이 청바지에서 빠져나오게 하고 싶었다. 그녀
의 옷을 벗기고, 더 자극하고…… 내게서 손을 떼게 하고 싶었
다. 그녀의 엉덩이를 잡으면서 나는 혀로 허리선 위에서부터 배
꼽으로 향했다. 그녀는 긴장하더니 날카롭게 숨을 들이마셨다.
망할, 그녀의 냄새도 맛도 너무 좋았다. 봄날의 과수원. 나는 내
욕망을 채우고 싶었다. 그녀의 두 손이 다시 한 번 내 머리카락
속으로 들어왔다. 이건 나도 싫지 않았다. 사실 마음에 들었다.
그녀의 골반뼈 부위를 잘근잘근 물자, 내 머리카락을 잡은 그녀
의 손에 힘이 들어갔다. 그녀는 눈을 감고 입을 벌리더니, 숨을
헐떡였다. 손을 뻗어 그녀의 청바지 단추를 풀자, 그녀는 눈을
떴고 우리는 서로 관찰했다. 나는 천천히 지퍼를 내렸고 두 손
으로 그녀의 엉덩이를 쓰다듬었다. 나는 두 손을 바지허리선 아
래로 집어넣어, 손바닥을 부드러운 엉덩이에 대고 청바지를 벗
겼다.

나를 멈출 수가 없었다. 그녀에게 충격을 주고 싶었다. 지금
당장 그녀의 한계를 시험하고 싶었다. 그녀에게서 눈을 떼지 않
으면서 일부러 입술을 핥은 후, 몸을 앞으로 숙여 코를 팬티 한
가운데 대고 그녀의 흥분한 냄새를 빨아들였다. 눈을 감고 나는
그녀를 음미했다.

맙소사, 그녀는 매혹적이었다.

"당신 냄새가 무척 좋아."

내 목소리는 욕망으로 허스키했다. 청바지가 무척 불편해졌
다. 지금 벗어야 했다. 나는 부드럽게 그녀를 침대 위로 밀어 눕
히고 그녀의 오른발을 잡아 재빨리 운동화와 양말을 벗겼다. 그
녀를 약 올리기 위해 나는 엄지손톱으로 발의 오목한 부분을 쓰
다듬었고, 그녀는 기분 좋은 듯 침대에서 몸을 뒤틀었다. 그녀
의 입이 벌어졌고, 그녀는 열정에 사로잡힌 얼굴로 나를 보았
다. 나는 고개를 숙여 혀로 그녀의 발바닥을 핥았고, 손톱이 그
어놓은 자리를 혀로 긁었다. 그녀는 눈을 감고 침대에 누우며
신음했다. 그녀는 반응이 민감했고, 그게 기뻤다.

"오, 아나. 내가 네게 뭘 할 수 있는지 봐."

내가 속삭일 때 오락실에서 내 밑에 있는 그녀가 몸을 뒤트는
이미지가 마음속을 스쳐 갔다. 기둥이 네 개인 침대에 사슬로
묶여 있는 모습. 탁자 위에 엎드려 있는 모습. 십자가에 매달려
있는 모습. 그녀가 놓아달라고 애원할 때까지 애태우고 고문할
수 있을 텐데. 그 이미지에 청바지가 한층 더 조여왔다.

망할.

재빨리 나는 그녀의 다른 쪽 신발과 양말도 벗긴 후 그녀의
청바지를 끌어내렸다. 그녀는 이제 거의 벌거벗은 몸으로 침대
에 누워 있었다. 그녀의 머리카락이 얼굴을 완벽하게 감쌌고,
길고 창백한 다리가 내 앞에 초대하듯 뻗어 있었다. 그녀가 경
험이 전혀 없다는 것은 고려해야 했다. 하지만 그녀는 헐떡이고
있었다. 원하고 있었다. 그녀의 눈이 내게 못 박혀 있었다.

이전에는 내 침대에서 섹스한 적이 없었다. 스틸 양과 또 한
번 처음으로 하는 일이었다.

"넌 무척 아름다워, 아나스타샤 스틸. 네 안으로 들어가고 싶

어."

내 목소리는 다정했다. 나는 그녀를 좀 더 애태우고 싶었지만, 그녀가 알고 있는 걸 알아봐야 했다.

"네가 어떻게 스스로 즐기는지 보여줘."

나는 그녀를 강렬히 내려다보며 부탁했다.

그녀는 얼굴을 찡그렸다.

"수줍어하지 마, 아나. 보여줘."

나의 일부분은 그녀의 엉덩이를 때려서 그 수줍음을 내몰고 싶다는 생각을 했다.

그녀는 고개를 흔들었다.

"무슨 뜻인지 모르겠어요."

지금 게임하는 건가?

"절정을 느끼기 위해 어떻게 하지? 보고 싶어."

그녀는 아무 말 없었다. 내 말에 다시 충격받은 모양이었다.

"난 하지 않아요."

그녀는 마침내 웅얼거렸다. 숨도 쉬지 않는 목소리였다. 나는 믿을 수 없어서 그녀를 빤히 보았다. 엘레나가 내게 손을 뻗기 전에 나도 자위는 했었다.

그녀는 오르가즘을 느껴본 적이 전혀 없는 듯했다. 믿기가 어려웠다. 와. 나는 그녀의 첫 번째 섹스와 첫 번째 오르가즘에 책임이 있었다. 잘해내야 했다.

"그래, 그럼 어떻게 할 수 있는지 알아봐야겠군."

오르가즘이 화물차처럼 달려오게 해주지.

망할. 그녀는 벌거벗은 남자도 본 적이 없을 것이었다. 눈을 그녀에게서 떼지 않으면서 나는 청바지의 맨 위 단추를 풀고는 바지를 천천히 벗어 바닥에 내려놓았다. 그래도 그녀가 만질 수도 있으니 셔츠를 벗을 위험은 무릅쓸 수는 없었다.

하지만 그렇게 한다고 해도……. 그렇게 나쁘지는 않을 것 같은데……. 그럴까? 그녀의 손이 닿는 것이?

어둠이 표면 위로 올려오기 전에 그 생각을 밀어버리고 그녀의 발목을 잡아 다리를 벌렸다. 그녀의 눈이 휘둥그레지더니 두 손이 시트를 움켜쥐었다.

그래, 손은 거기에 가만 놔둬.

나는 천천히 침대로 올라가 그녀의 다리 사이로 들어갔다. 그녀는 내 몸 아래서 꿈틀거렸다.

"가만히 있어."

나는 그녀에게 말하며 고개를 숙여 허벅지 안쪽 섬세한 피부에 키스했다. 허벅지를 따라 점점 위로 올라오며 팬티 위, 배를 지나며 계속 지분거리고 빨았다. 그녀는 내 몸 아래서 몸을 비틀었다.

"네가 움직이지 못하도록 조치를 취해야겠어."

그렇게 하게 해준다면.

기쁨을 흡수하고 움직이지 않는 법을 가르쳐주리라. 모든 손길, 모든 키스, 모든 깨물기까지 감각을 다 증폭하도록. 그 생각만으로도 그녀의 몸속에 나를 파묻고 싶었지만, 그러기 전에 그녀가 얼마나 민감하게 반응하는지 알고 싶었다. 아직까지 그녀는 자제하지 않았다. 그녀는 내가 자기 몸을 마음대로 하도록 완전히 허락해주었다. 그녀는 전혀 망설이지 않았다. 그녀는 이것을 원했다……. 정말로 원했다. 나는 혀를 배꼽에 깊이 집어넣었다. 그녀를 음미하며 북쪽으로 향하는 여행을 느긋하게 계속했다. 나는 자세를 바꾸어 그녀 옆에 누워서 한 다리를 그녀의 다리 사이에 집어넣었다. 내 손은 그녀의 손 위를 떠돌았다.

엉덩이를 지나, 허리, 가슴까지. 부드럽게 그녀의 젖가슴을 감싸며 반응을 재보려 했다. 그녀는 굳어지지 않았다. 나를 막지 않았다……. 나를 신뢰하고 있었다. 이 신뢰를 넓혀서 그녀의 몸에 대한 완전한 지배권을 가질 수 있을까? 그녀에 대한? 그 생각을 하니 기분이 고조되었다.

"내 손에 딱 맞는데, 아나스타샤."

나는 손가락을 그녀의 브라 컵 속으로 집어넣어 아래로 휙 잡아당겨서 갇혀 있던 젖가슴을 풀어주었다. 젖꼭지는 작고 장밋빛이었으며 벌써 딱딱해져 있었다. 나는 컵을 아래로 끌어내려 천과 와이어가 젖가슴을 밀어 위로 솟구치도록 했다. 다른 컵도 똑같은 과정을 반복하고 매료되어 쳐다보았다. 내 흔들림 없는 시선 아래서 그녀의 젖꼭지가 커졌다. 후우……. 아직 만지지도 않았건만.

"아주 좋아."

나는 경탄에 차 감상했고 속삭이면서 가까운 쪽 젖꼭지에 부드럽게 입김을 불고 그게 딱딱해져 늘어나는 모습을 즐겁게 바라보았다. 눈을 감은 아나스타샤의 등이 활처럼 휘었다.

가만히 있어. 쾌락을 그저 흡수하라고. 더 강렬하게 느껴질 때까지.

한쪽 젖꼭지에 입김을 불며, 다른 쪽은 엄지손가락과 집게손가락 사이에 끼고 부드럽게 굴렸다. 그녀가 시트를 더 꽉 붙들 때 나는 고개를 숙여 젖꼭지를 빨았다. 강하게. 몸을 다시 휘면서, 그녀는 소리를 질렀다.

"이렇게 너를 느끼게 할 수 있는지 보자고."

나는 속삭였고 멈추지 않았다. 그녀는 끙끙 신음을 내뱉기 시작했다.

아, 그래. 이걸 느껴봐. 그녀의 젖꼭지는 더 늘어났고, 허리를 둥글게 돌리기 시작했다. 가만히 있어. 가만히 있는 법을 가르 쳐줄 테니까.

"아, 제발……."

그녀는 간청했다. 다리가 뻣뻣해졌다. 효과가 있었다. 그녀는 절정에 가까워지고 있었다. 나는 음란한 공격을 계속했다. 각각 의 젖꼭지에 집중하며, 그녀의 반응을 보고, 그녀의 쾌락을 느 끼고 있으려니 정신이 흩어졌다. 맙소사, 나는 그녀를 원했다.

"긴장 풀어."

나는 웅얼거리면서 이로 젖꼭지를 잡아당겼다. 그녀는 절정 에 이르자 비명을 질렀다. 그래! 나는 재빨리 움직여 그녀에게 키스하며 비명을 내 입으로 막아버렸다. 그녀는 숨도 쉬지 못하 고 헐떡였으며, 쾌락에 빠져 있었다. 내 쾌락에. 나는 그녀의 첫 번째 오르가즘을 소유했다. 우스꽝스럽게도 그렇게 생각하니 기뻤다.

"아주 잘 느끼는데. 이제 그걸 조절하는 법을 배워야 해. 네게 방법을 가르치는 게 몹시 즐겁겠군."

나는 기다릴 수가 없었다……. 지금 당장은 그녀를 원했다. 그녀의 모든 것을. 나는 다시 한 번 그녀에게 키스하며 한 손으 로 그녀의 몸을 훑으며 내려가 음문에까지 이르렀다. 집게손가 락을 레이스 팬티 속에 슬쩍 넣으면서 천천히 원을 그렸다. 망 할, 그녀는 흠뻑 젖어 있었다.

"아주 맛있게 젖었군. 젠장, 널 원해."

나는 손가락을 그녀의 몸 안에 넣었고, 그녀는 비명을 질렀 다. 그녀는 뜨거웠고 조였고, 촉촉했다. 나는 그녀를 원했다. 나는 그녀 안으로 다시 손가락을 찔러 넣으며 비명은 내 입으로 덮었다. 나는 손바닥으로 그녀의 클리토리스를 눌렀다. 밀고…… 돌렸다. 그녀는 비명을 지르며 내 몸 아래서 꿈틀거렸다. 망할. 그녀를 원했다, 지금. 그녀는 준비가 되었다. 일어나 앉으며 그녀의 팬티를 끌어내리고 내 트렁크 팬티도 벗은 후 콘돔을 집었다. 나는 그녀 다리 사이에 무릎 꿇고 앉으며 다리를 더 넓게 벌렸다. 아나스타샤는 나를 바라보고 있었다. 뭐지? 두려움? 이전에 발기된 페니스를 본 적은 없을 것이다.

"걱정 마. 너도 넓어질 테니까."

나는 웅얼거렸다. 그녀 위에 엎드리며 나는 두 손을 그녀 머리 양쪽에 대고 팔꿈치에 내 몸무게를 실었다. 세상에, 나는 그녀를 원했다……. 하지만 그녀가 여전히 원하는지 확인했다.

"정말로 하고 싶어?"

나는 물었다.

젠장, 안 된다고 하지 마.

"해줘요."

그녀는 간청했다.

"무릎을 세워."

나는 그녀에게 지시했다. 이게 더 쉬울 것이었다. 내가 이렇게까지 흥분한 적 있었나? 자제할 수가 없을 지경이었다. 이해할 수가 없었다. 분명히 이 여자 때문이겠지.

왜?

그레이, 집중해!

나는 그녀를 마음대로 취할 수 있도록 자세를 잡았다. 그녀는 눈을 크게 뜨고 간청하고 있었다. 그녀는 정말로 이걸 원했다……. 나만큼이나. 부드럽게 하면서 이 고통을 오래 늘려야 하나, 아니면 빨리 밀고 들어가야 하나?

나는 밀고 들어갔다. 그녀를 소유할 필요가 있었다.

"이제부터 난 너랑 섹스를 할 거야, 스틸 양. 거칠게."

한 번 만에 나는 그녀 안으로 들어갔다.

망할.

그녀는 끝내주게 조였다. 그녀는 비명을 질렀다.

이런! 내가 아프게 했군. 움직이고 싶고, 그녀 안에서 넋을 잃고 싶었던 나머지 멈추기 위해선 나의 모든 자제력이 필요했다.

"꽉 조이는데. 괜찮아?"

나는 물었다. 거칠고 걱정스러운 속삭임이었다. 그녀는 눈을 더 크게 뜨고 고개를 끄덕였다. 그녀는 지상의 천국처럼 나를 꽉 감싸고 있었다. 심지어 그녀의 두 손이 내 팔뚝에 닿았지만 개의치 않았다. 어둠은 잠들어 있었다. 어쩌면 내가 너무 오랫동안 그녀를 원했기 때문이리라. 이런 욕망은 이전에 느껴본 적이 없었다. 이런…… 굶주림은 이전엔 없었다. 새로운 느낌이었다. 새롭고 빛나는 느낌. 그녀에게서 너무나 많은 것을 원했다. 신뢰, 순종, 복종. 그녀가 내 것이 되기를 바랐다. 하지만 지금 당장은 내가 그녀의 것이었다.

"이제 움직일 거야."

내 목소리는 긴장되어 있었다. 나는 천천히 뒤로 뺐다. 특별하고 섬세한 느낌이었다. 나의 물건을 감싸 안고 있는 그녀의 몸. 나는 다시 그녀 안으로 밀고 들어가며 그녀에 대한 내 소유권을 주장했다. 이전에 누구도 그럴 수 없었다는 것을 알기에. 그녀는 신음했다.

나는 멈췄다.

"좀 더?"

"그래요."

그녀는 잠시 후 나직이 대답했다.

이번에는 그녀 안으로 좀 더 깊이 들어갔다.

"다시?"

나는 간청했다. 땀이 내 몸에 구슬처럼 맺혔다.

"네."

나에 대한 그녀의 신뢰를 갑자기 감당할 수가 없었다. 나는 움직이기 시작했다. 정말로 움직였다. 그녀가 절정을 느낄 때까지 멈추지 않을 작정이었다. 이 여자를 갖고 싶었다. 몸과 영혼을. 그녀가 나를 꽉 조이기를 바랐다.

망할. 내가 찔러 들어갈 때마다 그녀는 내 리듬에 맞춰주기 시작했다. 우리가 얼마나 잘 맞는지 봤지, 아나? 나는 그녀의 머리를 잡고 움직이지 못하도록 붙든 후, 그녀의 몸의 소유권을 주장했다. 그녀에게 세게 키스하며 입의 소유권도 주장했다. 그녀가 내 아래서 뻣뻣해졌다. 그래. 오르가즘이 가까워졌다.

"나를 위해 느껴봐, 아나."

나는 요구했고, 그녀는 에너지가 다 빠져나가자 비명을 질렀다. 고개를 뒤로 젖히고 입을 벌리고, 눈을 감았다······. 그녀의 황홀경을 보는 것만으로도 충분했다. 나는 그녀의 몸 안에서 폭발하며 모든 감각과 이성을 잃었다. 나는 그녀의 이름을 부르면서 그녀의 몸 안에서 격렬한 절정을 느꼈다.

눈을 떴을 때 나는 헐떡이며 숨을 고르려 했다. 우리는 이마를 맞대고 있었고, 그녀는 나를 올려다보았다.

망할, 나는 끝나지 않았다.

나는 그녀의 이마에 재빨리 키스하고, 그녀에게서 떨어져 나가 옆에 누웠다.

내가 빠져나올 때 그녀는 움찔했지만, 그 외에는 괜찮아 보였다.

"내가 아프게 했나?"

나는 그녀에게서 손을 떼고 싶지 않아 머리카락을 귀 뒤로 넘겨주었다.

아나는 믿을 수 없다는 듯 환히 웃었다.

"날 아프게 했냐고 물어보는 거예요?"

순간 나는 그녀가 왜 웃는지 알 수가 없었다.

아, 내 오락실.

"나도 내 말이 역설적이라는 건 잘 알지."

나는 중얼거렸다. 심지어 지금도 그녀는 나를 당황스럽게 했다.

"진지하게 묻는 거야. 괜찮아?"

그녀는 내 옆에서 몸을 뻗으며 몸을 살폈다. 그녀는 재미와 만족을 느끼는 표정으로 나를 애태웠다.

"아직 대답은 안 했어."

나는 엄하게 말했다. 그녀가 이 경험이 즐겁다고 여겼는지 알아내야 했다. 모든 증거로 봐서는 대답은 "네"였다. 하지만 그녀의 입으로 직접 들어야만 했다. 그녀의 대답을 기다리는 동안, 나는 콘돔을 뺐다. 제길, 나는 이따위 것은 싫었다. 나는 조심스레 그걸 바닥에 버렸다.

그녀는 나를 올려다보았다.

"다시 하고 싶어요."

그녀가 수줍게 웃었다.

뭐?

다시?

벌써?

"지금 말인가, 스틸 양?"

나는 그녀의 입가에 키스했다.

"요구가 많은 아가씨로군? 돌아누워봐."

그런 식이라면 넌 나를 만질 수 없겠지.

그녀는 순간 달콤한 미소를 보낸 후 돌아누웠다. 내 물건이 동의하듯 동요했다. 나는 그녀의 브라 후크를 풀고 등부터 엉덩이까지 손으로 쭉 훑었다.

"피부가 정말로 아름다워."

나는 그녀의 머리카락을 얼굴에서 걷어내며 두 다리를 벌렸다. 부드럽게 나는 그녀의 어깨에 살짝 키스했다.

"어째서 아직도 셔츠를 입고 있어요?"

그녀가 물었다.

젠장, 따지는 것도 많았다. 그녀가 엎드려 있는 동안에는 나를 만질 수 없다는 것을 알았기에 몸을 뒤로 빼고 셔츠를 머리 위에 벗어 바닥에 떨어뜨렸다. 완전히 알몸이 된 후, 나는 그녀의 몸 위로 올라갔다. 그녀의 피부는 따뜻했고 내 몸에 닿아 녹아내렸다.

흠⋯⋯. 이것에 익숙해져야겠지.

"그래, 내가 다시 너에게 섹스를 해줬으면 좋겠어?"

나는 그녀에게 키스하며 귀에 대고 속삭였다. 내 몸에 닿은 그녀는 달콤하게 꿈틀댔다.

아, 이걸로는 충분하지 않을걸. 가만히 있어.

나는 한 손으로 그녀의 몸을 따라 쓸며 허벅지 아래, 오금까지 내려왔다. 그러면서 무릎을 높이 세우고 다리를 활짝 벌려 내 몸 밑에서 몸을 뻗게 했다. 그녀의 숨소리가 가빠졌고 나는 이게 기대감 때문이기를 바랐다. 그녀는 내 몸 아래서 잠잠해졌다.

마침내!

나는 손바닥을 그녀 엉덩이에 대고 내 몸무게를 천천히 실었다.

"널 뒤에서부터 가질 거야, 아나스타샤."

다른 손으로는 그녀의 머리를 목덜미에서 모아 잡아 움직일 수 없게 했다. 그녀는 꼼짝할 수 없었다. 그녀의 두 손은 무력하게 옆으로 뻗어 시트 위에 놓여 있었고, 내게 어떤 해도 입힐 수 없었다.

"넌 내 거야."

나는 속삭였다.

"오직 나만의 것. 그 사실을 잊지 마."

나는 머리카락을 잡지 않은 손으로 그녀의 엉덩이를 지나 클리토리스로 가서는 천천히 원을 그리기 시작했다.

그녀가 움직이려 하자 내 아래 깔린 몸의 근육이 움직였지만, 내 무게 때문에 그녀는 그 자리에 가만히 있었다. 나는 치아로 그녀의 턱 선을 훑었다. 그녀의 달콤한 향기가 우리가 결합한 냄새 위에 맴돌았다.

"정말 좋은 냄새가 나."

나는 속삭이며 그녀의 귀 뒤에 코를 비볐다.

그녀는 내 손의 움직임에 맞추어 허리를 돌리기 시작했다.

"가만히 있어."

나는 경고했다.

아니면 멈출지도 모르니까…….

천천히 나는 엄지손가락을 그녀의 몸 안에 집어넣고 빙빙 돌리면서 그녀의 질 벽을 쓰다듬을 때는 특별히 조심했다.

그녀는 내 몸 아래서 신음하며 긴장하고 다시 움직이려고 했다.

"좋아?"

나는 애태우며 치아로 그녀의 귓바퀴를 훑었다. 그러면서 손가락을 멈추지 않고 그녀의 클리토리스를 괴롭혔다. 나는 엄지손가락을 천천히 넣었다 뺐다. 그녀는 뻣뻣해졌지만 움직일 순 없었다.

그녀는 큰 소리로 신음했고 눈을 꽉 감았다.

"촉촉이 젖었군. 아주 빨리. 잘 느끼는데. 아, 아나스타샤, 그 점이 좋아. 그 점이 정말 좋아."

자. 이제 네가 어디까지 갈 수 있는지 볼까.

나는 그녀의 질에서 엄지손가락을 뺐다.

"입을 벌려봐."

나는 명령했다. 그녀가 그렇게 하자, 손가락을 그녀의 입술 사이로 찔러 넣었다.

"자기 맛이 어떤지 봐. 날 빨아."

망할.

순간적으로 그녀의 입에 있는 게 내 물건이라고 상상했다.

"네 입에다 하고 싶어, 아나스타샤. 곧 할 거지만."

나는 숨도 쉴 수 없었다.

그녀는 치아로 나를 감싸고 세게 깨물었다.

아얏! 망할.

그녀의 머리카락을 세게 쥐자, 그녀는 입을 벌렸다.

"말썽꾸러기로군, 귀여운 아가씨가."

내 마음은 그런 대담한 짓에 상응하는 벌의 종류를 재빨리 훑고 있었다. 그녀가 내 서브미시브라면 내가 줄 수 있는 벌들. 그 생각만 해도 내 물건이 터질 듯 커졌다. 나는 그녀를 놓아주고 무릎을 꿇고 일어나 앉았다.

"가만히 있어. 움직이지 마."

침대 옆 탁자에서 다른 콘돔을 집어 포일을 뜯은 후 라텍스를 일어선 내 물건 위에 씌웠다.

그녀를 바라보니, 이제 잠잠해진 것을 알 수 있었다. 그러나 기대감에 숨을 헐떡여 등이 오르락내리락했다.

그녀는 근사했다.

그녀 위에 다시 엎드리며 나는 머리카락을 잡아 머리를 움직일 수 없도록 고정했다.

"이번에는 정말로 천천히 갈 거야, 아나스타샤."

그녀는 숨을 헉 들이켰고 나는 더 이상 갈 수 없다 싶을 때까지 천천히 들어갔다.

망할. 그녀는 느낌이 좋았다.

다시 빠져나올 때 나는 허리를 돌리다가 천천히 다시 미끄러져 들어갔다. 그녀는 가는 소리로 신음했다. 그녀가 움직이려 할 때 내 밑에 깔린 팔다리가 긴장했다.

아, 안 되지.

난 네가 가만히 있기를 원해.

난 네가 이걸 느끼길 원해.

이 모든 쾌락을 느끼길.

"네 느낌이 무척 좋아."

나는 그녀에게 말하며 동작을 반복하고 허리를 돌렸다. 천천히. 넣었다 뺐다. 넣었다 뺐다. 그녀의 몸 안이 떨리기 시작했다.

"아니, 아직은 안 되지."

이렇게 절정을 느끼게 놔둘 순 없지.

내가 이렇게 즐기는 동안에는 안 돼.

"아, 제발."

그녀가 비명을 질렀다.

"네 몸이 쓰렸으면 좋겠어."

나는 몸을 뺐다가 그녀 안으로 다시 들어갔다.

"내일 움직일 때마다 내가 여기 있었다는 걸 기억했으면 해. 오직 나만이. 넌 내 거야."

"부탁이에요, 크리스천."

그녀가 빌었다.

"뭘 원해, 아나스타샤? 말해봐."

나는 느릿하게 고문을 계속했다.

"말하라니까."

"당신이요. 제발."

그녀는 필사적이었다.

그녀는 나를 원했다.

착한 아가씨지.

나는 속도를 높였고, 그녀의 안쪽이 떨리면서 즉시 반응을 보이기 시작했다.

매번 찔러 넣을 때마다 난 한 단어씩 내뱉었다.

"너는. 아주. 달콤해. 난. 널. 원해. 몹시도. 넌. 내 거야."

꼼짝 못 하게 고정되어 있으면서도 그녀의 팔다리가 떨리기 시작했다. 그녀는 거의 절정에 이르렀다.

"나를 위해 느껴봐."

나는 이를 악물고 말했다.

그 명령에 그녀는 나를 감싼 채로 몸을 부르르 떨었고, 오르가즘이 그녀를 찢고 흘러갔다. 그녀는 매트리스에 대고 내 이름을 크게 불렀다.

그녀 입술에 어린 내 이름이 내가 실패한 원인이었다. 나는 절정에 이르렀고 그녀의 몸 위에서 무너졌다.

"제길, 아나."

나는 속삭였다. 진이 다 빠졌지만 그래도 희열을 느꼈다. 나는 즉시 그녀에게서 빠져나와 침대 위로 돌아누웠다. 그녀는 내 옆에서 웅크리고 누워 있었다. 내가 콘돔을 뺄 때, 그녀는 눈을 감고 잠에 빠져들었다.

2011년 5월 22일 일요일

나는 퍼뜩 놀라 깨어났다. 끔찍한 죄악을 저지른 양 죄책감이 엄습했다.

아나스타샤 스틸과 섹스했기 때문인가? 처녀와?

그녀는 내 옆에서 편안히 누워 깊이 잠들어 있었다. 나는 라디오 알람을 확인했다. 새벽 3시가 지난 시각이었다. 아나는 순수한 사람만이 잘 수 있는 깊은 잠에 빠져 있었다. 뭐, 이젠 그렇게까지 순진하진 않지만. 그녀를 보고 있노라니 몸이 동요했다.

그녀를 깨울 수도 있었다.

다시 섹스할 수도 있었다.

그녀를 내 침대에 재우는 것은 분명히 어떤 이익이 있었다.

그레이, 이런 헛소리 그만둬.

그녀와 섹스하는 것은 그저 목적에 이르기 위한 수단이고 유쾌한 일탈일 뿐이야.

그래. 무척 유쾌하기는 했다.

경이로움에 가까웠잖아.

무슨 소리, 그냥 섹스였을 뿐이야.

나는 눈을 감고 잠을 청하려는 헛된 시도를 해보았다. 하지만 이 방 안에는 아나가 너무 가득했다. 그녀의 향기, 부드러운 숨소리, 내 첫 바닐라 섹스의 기억. 열정에 젖어 뒤로 젖히던 머리, 거의 알아들을 수도 없게 내 이름을 외치던 소리, 성적 결합에 대한 거침없는 열정들이 내게 밀려왔다.

스틸 양은 육체적 인간이었어.

훈련하면 재미있겠는걸.

내 물건이 동의하듯 꿈틀했다.

젠장.

잠을 잘 수가 없었다. 그러나 오늘 밤은 나를 밤새 깨우던 악몽 때문이 아니라 꼬마 스틸 양 때문이었다. 침대에서 빠져나와 바닥에 떨어진 다 쓴 콘돔을 모아 묶은 후 휴지통에 버렸다. 서랍장에서 파자마 바지를 꺼내 입었다. 내 침대에 누워 있는 매혹적인 여자를 한참 바라보다, 부엌으로 갔다. 목이 말랐다.

일단 물 한 잔을 마신 후, 잠이 오지 않을 때면 하던 일을 했다. 서재에 가서 이메일을 확인했다. 테일러가 메일을 보내서 찰리 탱고의 작동을 중지하느냐고 물었다. 스테판은 위층에서 잠들어 있을 터였다. 나는 "그렇게 하라"고 답장했지만, 어차피 이런 밤에는 기정사실이었다.

거실로 돌아와서 나는 피아노 앞에 앉았다. 몇 시간 동안이고 빠져들 수 있는 나의 위안거리였다. 아홉 살 때부터 능숙하게 연주했지만, 이젠 정말로 열정이 되었다. 모든 것을 잊고 싶을 때면 하는 일이었다. 그리고 지금 당장은 처녀를 취해 섹스한 것이나, 경험이 없는 누군가에게 내 생활 방식을 드러냈다는 사실을 생각하고 싶지 않았다. 두 손을 건반에 대고 나는 고독한 바흐의 곡을 연주하며 나를 잊었다.

무언가 움직여서 나는 음악에서 빠져나왔다. 고개를 들어보니 아나가 피아노 옆에 서 있었다. 머리는 엉망으로 헝클어져

등 아래까지 말리며 흘러내렸고 눈에서는 빛을 발했다. 놀랍도
록 아름다웠다.

"미안해요."

그녀가 말했다.

"방해하려던 건 아니었는데."

어째서 사과하는 걸까?

"그 말은 내가 해야지."

나는 마지막 음을 연주하고 일어섰다.

"침대에 있어야지."

나는 나무랐다.

"정말 아름다운 곡이었어요. 바흐예요?"

"바흐가 편곡하긴 했지만, 원래는 알레산드로 마르첼로의 오
보에 협주곡이었어."

"우아한 곡이지만 아주 슬퍼요. 가락이 참 우울하네요."

우울하다고? 누가 나를 묘사하면서 그런 말을 쓰는 게 처음
은 아니었다.

"제가 감히 말해도 될까요, 주인님?"

내가 일하는 동안 레일라는 내 옆에 무릎을 꿇고 있었다.

"해도 돼."

"주인님이 오늘은 우울해 보이셔서요."

"내가?

"네, 주인님. 제가 뭐라도 할 일이 있나요……?"

나는 그 기억을 떨쳐버렸다. 아나는 침대에 있어야 했다. 나
는 다시 그렇게 말했다.

"깨어보니 당신이 옆에 없어서⋯⋯."

"잠이 잘 안 왔고 누구와 같이 자는 것에 익숙하지도 않아."

이 말은 이미 하지 않았나. 어째서 난 변명을 할까? 나는 그녀의 벗은 어깨를 한쪽 팔로 두르고 침대로 안내했다.

"피아노 연주한 지는 얼마나 됐어요? 아주 잘 치던데."

"여섯 살 때부터."

나는 무뚝뚝하게 말했다.

"아."

그녀가 눈치를 챈 것 같았다. 내가 어린 시절에 대해 말하고 싶어 하지 않는다는 것을.

"기분이 어때?"

나는 침대 옆 전등 스위치를 하나 켰다.

"좋아요."

시트에 피가 묻어 있었다. 그녀의 피. 이제는 사라진 처녀성의 증거. 그녀의 눈이 얼룩에서 내게로 쏠리더니, 곧 부끄러운 표정으로 시선을 돌렸다.

"뭐, 존스 부인이 이런저런 상상을 할 거리가 생겼군."

그녀는 창피해했다.

그저 너의 몸일 뿐이야, 아가씨. 나는 그녀의 턱을 들어 고개를 젖히고 그녀의 표정을 보려 했다. 자기 몸을 부끄러워하지 않는 법에 대해 짧은 강의를 하려 했으나, 그때 그녀가 내 가슴에 손을 댔다.

망할.

어둠이 수면 위로 떠오르자 나는 그녀의 손이 닿지 않는 곳으로 물러섰다.

안 돼. 나를 만지지 마.

"침대로 들어가."

내 명령은 의도보다 더 날카로웠다. 하지만 그녀가 내 공포를 감지하지 않았기를 바랐다. 그녀의 눈은 혼란으로 커졌고 어쩌면 상처받은 듯도 했다.

이런.

"나도 곧 들어가 당신 옆에 누울 테니."

나는 평화를 제안하는 뜻으로 덧붙였다. 그리고 서랍장에서 티셔츠를 꺼내 보호차 재빨리 뒤집어썼다.

그녀는 여전히 서서 나를 보고 있었다.

"침대."

나는 좀 더 강하게 명령했다. 그녀는 침대로 재빨리 올라가 누웠고 나도 그녀를 따라 올라가 내 품에 그녀를 안았다. 나는 얼굴을 그녀의 머리카락에 묻고 달콤한 향기를 들이마셨다. 가을과 사과나무. 고개를 돌리고 있어, 그녀는 나를 만질 수 없었다. 거기 누워 있는 동안, 나는 그녀가 잠들 때까지 이렇게 뒤에서 안고 있기로 했다. 그런 후에 일어나서 일을 좀 하면 될 것 같았다.

"자, 달콤한 아나스타샤."

나는 그녀의 머리카락에 키스하며 눈을 감았다. 그녀의 향기가 내 콧속을 채우며 행복했던 때를 떠올리게 했다. 나는 충만했고⋯⋯. 만족스러웠으며, 심지어⋯⋯.

엄마는 오늘 행복하다. 엄마는 노래하고 있어.

사랑이 무슨 상관이 있는지 노래하고 있어.

요리도 하고 있어. 노래도 하고 있어.

내 배가 꼬르륵거린다.

엄마는 베이컨과 와플을 굽고 있어.

냄새가 좋다.

내 배는 베이컨과 와플을 좋아해.

냄새가 좋다.

눈을 떠 보니 빛이 창문으로 흘러 들어왔고 부엌에서는 입에 침이 고이는 향기가 풍겼다. 베이컨. 순간 나는 혼란스러웠다. 존스 부인이 여동생 집에서 돌아왔던가?

그때 기억이 났다.

아나.

시계를 흘끔 보니 늦은 시각이었다. 나는 침대에서 뛰어나와서 냄새를 따라 부엌으로 갔다.

아나가 있었다. 그녀는 머리를 땋고 내 셔츠를 입었고, 음악에 맞춰 춤을 추고 있었다. 다만 내 귀에는 그 음악이 들리지 않았다. 그녀는 이어폰을 끼고 있었다. 눈치 못 채도록 나는 일자형 식탁에 앉아 그 쇼를 구경했다. 그녀는 달걀을 깨서 휘젓고, 아침을 만들었다. 그녀가 이리저리 폴짝 뛸 때면 땋은 머리채도 같이 통통 뛰었다. 나는 그녀가 속옷을 입지 않은 것을 깨달았다.

착한 아가씨로군.

그녀는 내가 이제까지 본 여자 중 가장 종잡을 수 없는 조합을 지닌 여자였다. 재미있고 매력적이며, 동시에 이상하게 자극적이었다. 나는 그녀의 조합을 향상할 온갖 방법을 생각했다. 그녀가 몸을 돌리다 나를 보더니 그 자리에 얼어붙었다.

"안녕, 스틸 양. 오늘 아침 아주 힘이 넘치는데."

머리를 땋은 그녀는 한층 더 어려 보였다.

"잠을, 잠을 잘 자서."

그녀는 더듬거렸다.

"이유는 잘 모르겠지만."

나도 그랬다는 것을 인정해버렸다. 9시가 넘은 시각이었다. 6시 30분 넘어서까지 잔 게 얼마 만이더라?

어제.

그녀와 함께 잔 이후에.

"배고파요?"

그녀가 물었다.

"무척."

아침을 먹고 싶은지, 그녀를 먹고 싶은지는 확실히 알 수 없었다.

"팬케이크, 베이컨, 달걀 괜찮아요?"

그녀가 말했다.

"좋아 보이는데."

"식탁 깔개를 어디에 두는지 모르겠어요."

그녀는 어쩔 줄 모르는 얼굴로 말했다. 내게 춤추는 모습을 들켜 부끄러워하는 듯했다. 그녀가 가엾게 느껴져 나는 아침상은 내가 차리겠다고 한 후 덧붙였다.

"내가 할게. 넌 요리나 해. 음악 좀 틀어줄까? 네, 그…… 춤을 계속 출 수 있도록."

그녀의 뺨이 분홍빛이 되더니 그녀는 바닥만 내려다보았다.

이런, 기분을 상하게 했군.

"자, 나 때문에 멈추진 말라고. 아주 유쾌했거든."

입을 삐쭉 내밀며 그녀는 내게 등을 돌리고 힘차게 달걀을 휘저었다. 이런 행동이 나 같은 사람에게는 얼마나 불손한 짓인지 그녀가 알기나 할까 하는 생각이 들었다. 물론 모르겠지. 딱히 가늠할 수 없는 이유로 미소가 떠올랐다. 그녀의 옆으로 슬금슬금 다가가 나는 부드럽게 그녀의 땋은 머리 한쪽을 잡아당겼다.

"이거 마음에 드는데. 그렇다고 널 보호해주진 않겠지만."

내게서는 아냐. 이제 내가 널 가졌으니까.

"달걀은 어떻게 해줘요?"

그녀의 말투는 예기치 않게 오만했다. 나는 큰 소리로 웃고 싶었지만 억눌렀다.

"완전히 휘저어서 산산이 깨줘."

무심한 척 말하려고 했지만 실패했다. 그녀도 자기 웃음을 숨기려고 하며 일을 계속했다.

그녀의 미소는 마법과 같았다.

서둘러 나는 식탁 깔개를 놓으면서 마지막으로 다른 사람을 위해 이렇게 해준 게 언제였었나를 생각했다.

한 번도 없었다.

보통 주말에는 내 서브미시브들이 온갖 집안일을 맡아주곤 했었다.

오늘은 아니야. 그녀는 너의 서브미시브가 아니니까……. 아직은.

나는 오렌지 주스를 두 잔 따라놓고 커피를 내렸다. 그녀는 커피를 마시지 않았다. 오로지 차만.

"차 마실래?"

"네, 주세요. 있으면요."

찬장에서 존스 부인에게 사다달라고 부탁한 트와이닝 티백을 찾아냈다.

이런, 이런. 내가 이런 걸 써먹을 줄 누가 생각했겠어?

그녀는 티백을 보고 얼굴을 찡그렸다.

"난 한 번 보면 결론까지 쉽게 보이는 여자인가봐요, 그런가요?"

"그래? 우리가 뭐든 아직 결론을 냈는지 모르겠는데, 스틸 양."

나는 엄격한 표정으로 대답했다.

자기를 그렇게 말하지 마.

나는 자기 비하하는 그녀의 행동을 교정해야 할 목록에 더했다.

그녀는 내 시선을 피하면서 아침을 차리느라 정신이 없었다. 접시 두 개가 깔개 위에 놓였고, 그녀는 냉장고에서 메이플 시럽을 꺼냈다.

그녀가 나를 올려다보았을 때 나는 그녀가 앉기를 기다리고 있었다.

"스틸 양."

나는 그녀가 앉아야 할 자리를 가리켰다.

"그레이 씨."

그녀가 짐짓 정중하게 대답하고 앉으려다 말고 약간 움찔했다.

"정확히 얼마나 쓰려?"

나는 불편한 죄책감이 든다는 데 놀랐다. 나는 그녀와 다시 섹스하고 싶었다. 가능하면 아침식사 후에. 하지만 그녀가 너무 쓰려 한다면 그건 불가능했다. 어쩌면 이번에는 그녀의 입을 써야 할지도 몰랐다.

그녀의 얼굴에 빛이 다시 떠올랐다.

"음, 솔직히 말하자면 이거랑 비교할 만한 경험이 없어요."

그녀는 톡 쏘았다.

"심심한 동정의 말이라도 전하고 싶었나요?"

그녀의 냉소적인 말투에 나는 깜짝 놀랐다. 그녀가 만약 내 것이라면, 적어도 엉덩이 한 대는 맞아야 할 짓이었다. 일자형 식탁에 올려놓고.

"아니. 너의 기초 훈련을 계속해도 될지 알고 싶었을 뿐."

"아."

그녀는 화들짝 놀랐다.

그래, 아나. 우리는 오늘 낮에도 섹스할 수 있어. 너의 그 똑똑한 입을 가득 채우고 싶다고.

나는 아침을 한 입 먹은 후 눈을 감고 음미했다. 무척 괜찮은 맛이었다. 내가 삼켰을 때 그녀는 아직도 날 빤히 보고 있었다.

"먹어, 아나스타샤."

나는 명령했다.

"이거 맛있군. 우연찮게도."

요리는 할 줄 아는군. 그것도 잘.

아나는 자기 음식을 한 입 먹더니 나머지는 접시 위에 밀어두었다. 나는 그녀에게 입술 좀 그만 깨물라고 했다.

"아주 정신 사나워. 게다가 네가 내 셔츠 아랜 아무것도 입고 있지 않다는 걸 알고 있으니 한층 더 정신 사납군."

그녀는 내 언짢은 기분을 무시하고 티백과 찻주전자를 만지작거렸다.

"어떤 기초 훈련을 염두에 두고 있는데요?"

호기심이 많기도 하지. 어디까지 갈 수 있는지 한번 볼까.

"뭐, 쓰리다 하니, 일단 오럴 기술에만 주력하면 어떨까 했지."

그녀는 차를 마시다 사레들릴 뻔했다. 나는 그녀 등을 살살 쳐주면서 오렌지 주스 잔을 건넸다.

"물론 네가 머무르고 싶다면 말이야."

행운을 너무 시험하지는 말아야 했다.

"오늘은 머무르고 싶어요. 괜찮다면요. 내일은 일해야 해요."

"내일은 몇 시까지 일하러 가야 하는데?"

"9시요."

"그럼 내일 9시까지 데려다주지."

뭐? 나는 그녀가 머무르기를 원하나?

나 스스로도 놀랐다.

그래, 난 그녀가 머무르기를 원해.

"오늘 밤은 집에 가야 해요. 깨끗한 옷이 있어야 하니까."

"여기서 좀 구해다 주면 되지."

그녀는 머리를 넘기며 초조하게 입술을 깨물었다……. 또다시.

"뭣 때문에 그래?"

나는 물었다.

"오늘 밤에는 집에 가고 싶어요."

맙소사, 쇠고집이라니까. 그녀를 보내고 싶진 않았지만, 이 단계에서 합의가 없는 한 머무르라고 우길 수도 없었다.

"좋아. 오늘 밤에는. 자, 그럼 이제 아침을 먹어."

그녀는 음식을 찬찬히 보았다.

"먹어, 아나스타샤. 어젯밤에도 안 먹었잖아."

"정말로 별로 배고프지 않아요."

이건 정말 짜증스러웠다.

"난 정말로 네가 아침을 다 먹었으면 해."

내 목소리가 낮아졌다.

"대체 음식 가지고 왜 이래요?"

그녀가 톡 쏘았다.

아, 왜 그러는지 알고 싶지 않을걸.

"말했잖아. 난 음식 남기는 것 싫어한다고. 먹어."

나는 그녀를 매서운 눈으로 쏘아보았다. 내가 이걸 억지로 밀어붙이게 하지 마, 아나. 그녀는 고집스러운 표정을 짓더니 먹기 시작했다.

그녀가 포크로 달걀을 떠서 입에 넣는 모습을 보자 긴장이 풀렸다. 그녀는 나름대로 꽤나 도전적이었다. 특이했다. 이제까지 이런 문제를 다룬 적은 없었다. 그래, 바로 그거야. 이 여자는 신선하지. 그건 매혹적이고…… . 그렇지 않나?

그녀가 식사를 마치자, 나는 접시를 치웠다.

"네가 요리를 했으니 상은 내가 치우지."

"아주 민주적이네요."

그녀는 눈썹을 치키며 말했다.

"그래. 내 평소 스타일은 아닌데. 설거지 다 마치면 목욕할 거야."

그러면 그녀의 오럴 기술을 점검할 수 있을 것이었다. 그 생각에 즉각 반응이 오자, 나는 조절하기 위해 숨을 골랐다.

젠장.

그녀의 전화가 울렸다. 그녀는 방 끝으로 가서 통화에 깊이 몰두했다. 나는 싱크대 옆에 서서 그녀를 보았다. 유리벽에 기대 서 있을 때 아침 햇살이 내 하얀 셔츠를 입은 그녀의 몸의 윤곽을 드러나게 했다. 입이 말랐다. 그녀는 늘씬했다. 긴 다리, 완벽한 가슴, 완벽한 엉덩이.

그대로 전화를 하면서 그녀는 나를 향했고 나는 짐짓 다른 데를 보는 척했다. 어떤 이유인가, 나는 그녀를 훔쳐보는 모습을 들키고 싶지 않았다.

누구와 전화를 하는 거지?

캐버너의 이름이 들리자 나는 긴장했다. 뭐라고 하는 거야? 우리 시선이 얽혔다.

무슨 말을 하는 거야, 아나?

그녀는 몸을 돌렸다가 잠시 후 전화를 끊고는 내게 걸어왔다. 셔츠 아래 엉덩이가 부드럽고 유혹적인 리듬으로 흔들렸다. 내가 본 걸 그녀에게 말해야 하나?

"비공개 합의서, 그건 모두 다 포함하는 거예요?"

그녀의 질문에 나는 찬장 문을 닫다 말고 멈칫했다.

"왜?"

무슨 얘기 꺼내려고 이러는 거지? 캐버너와 무슨 이야기를 한 거야?

그녀는 심호흡을 했다.

"음, 나 섹스에 대해서 몇 가지 질문 같은 게 있는데요. 케이트에게 물어보고 싶어서요."

"나한테 물어보면 되잖아."

"크리스천, 이런 말은 그렇지만……."

그녀는 말을 멈췄다.

부끄러운 건가?

"기술적인 거 몇 가지예요. 고통의 빨간 방 얘기는 하지 않을게요."

그녀는 서둘러 말했다.

"고통의 빨간 방?"

무슨 말이야?

"그건 주로 쾌락을 위한 거야. 아나스타샤, 내 말 믿어. 게다가 네 룸메이트는 내 형과 정사를 벌이고 있는데. 네가 말을 안 했으면 좋겠어."

엘리엇이 내 성생활에 대해서 아는 것을 원치 않았다. 엘리엇은 내가 자기를 속였다며 결코 잊지 않을 것이다.

"당신 가족들은 알아요? 당신의…… 그, 기호를?"

"아니. 그들이 상관할 바가 아닌데."

그녀는 온통 물어보고 싶은 것투성이였다.

"뭘 알고 싶은데?"

나는 그녀 앞에 서서 얼굴을 훑어보았다.

뭐야, 아나?

"지금 이 순간엔 딱히 특별한 건 없어요."

그녀는 속삭였다.

"음, 이런 것부터 시작할 수 있지. 어젯밤엔 어땠어?"

그녀의 대답을 기다리는 동안 숨이 얕아졌다. 우리의 모든 거래는 그녀의 반응에 달려 있었다.

"좋았어요."

그녀는 부드럽고 섹시한 미소를 지었다.

내가 듣고 싶었던 말이야.

"나도 그랬어. 이전에는 바닐라 섹스를 한 번도 해본 적 없었지. 좋은 점이 많더군. 그렇다고 해도 그건 너랑 해서일 거야."

내 말에 그녀는 놀라고 기뻐하는 기색이 역력했다. 나는 엄지손가락으로 그녀의 도톰한 아랫입술을 쓸었다. 그녀를 만지고 싶어서 근질거렸다……. 다시.

"자, 목욕하자."

나는 그녀에게 키스하며 욕실로 데려갔다.

"거기 있어."

나는 명령하며 수도를 틀고 그런 후에는 김이 솟아오르는 물에 향기 나는 오일을 풀었다. 그녀가 바라보는 동안 욕조는 금방 차올랐다. 보통 나는 같이 목욕하려고 하는 여자에게 겸손하게 눈을 깔도록 하는 편이었다.

하지만 아나는 아니었다.

그녀는 시선을 내리지도 않았고, 눈은 기대감과 호기심으로 가득 차 있었다. 그렇지만 그녀는 두 팔로 몸을 감싸고 있었다. 수줍어하는 것이었다.

그것만으로도 자극적이었다.

그리고 생각해보면 그녀는 남자와 같이 목욕한 적이 없었다.

내가 첫 번째라는 주장을 한 번 더 할 수 있었다.

욕조가 가득 차자, 나는 티셔츠를 벗고 한 손을 내밀었다.

"스틸 양."

그녀는 나의 초대를 받아들여 욕조 안으로 들어왔다.

"돌아서 나를 봐."

나는 지시했다.

"그 입술이 맛있다는 것도 알고, 동의도 할 수 있지만 그만 좀 깨물겠어? 네가 입술을 깨물면 너랑 하고 싶어져. 그러면 넌 또 쓰릴 거고, 괜찮아?"

그녀는 날카롭게 숨을 들이쉬며 입술을 놓았다.

"그래. 이제 알겠지?"

여전히 선 채로, 그녀는 열렬히 고개를 끄덕였다.

"좋아."

그녀는 여전히 내 셔츠를 입고 있었다. 나는 가슴 주머니에서 아이팟을 꺼내 세면대 옆에 놓았다.

"물과 아이팟이라니. 영리한 조합은 아니지."

나는 셔츠의 아랫자락을 잡아 벗겨버렸다. 즉시 그녀는 고개를 떨구었고 나는 뒤로 물러서 그녀를 감상했다.

"어이."

내 목소리는 상냥했고 그녀에게 눈을 들어 나를 보라고 격려했다.

"아나스타샤, 넌 정말 아름다운 여성이야. 몸 전체가. 부끄러운 것처럼 고개를 숙이지 마. 부끄러워할 건 아무것도 없어. 여기 서서 너를 바라보는 건 진정으로 기쁘니까."

나는 그녀의 턱을 잡고 고개를 뒤로 젖혔다.

나한테 숨지 마.

"이제 앉아."

그녀는 점잖지 못하게 서둘러 물속에 앉더니 쓰린 몸이 물에 닿을 때 움찔했다.

좋아…….

그녀는 눈을 꼭 감으며 뒤로 누웠다. 하지만 눈을 떴을 땐 훨씬 긴장이 풀린 모습이었다.

"당신도 들어오면 어때요?"

그녀는 수줍은 듯 미소를 띠었다.

"그럴 거야. 앞으로 움직여봐."

나는 옷을 벗고 그녀 뒤로 들어가 그녀를 가슴에 끌어안고 다리를 감아 발을 그녀의 발목 위에 올려놓았다. 그런 후에 나는 그녀의 두 다리를 벌렸다.

그녀는 내게 닿은 채로 몸을 뒤틀었지만, 나는 그녀의 동작을 무시하고 코를 그녀의 머리카락에 묻었다.

"네게서 무척 좋은 냄새가 나는군, 아나스타샤."

그녀가 자리를 잡자 나는 옆에 있는 선반에서 바디워시를 집었다. 내용물을 조금 짜서 거품을 낸 후 그녀의 목과 어깨를 마사지해주기 시작했다. 그녀는 신음하면서 나의 섬세한 보살핌 아래서 머리를 옆으로 눕혔다.

"좋아?"

나는 물었다.

"음……."

그녀는 만족감에 젖어 웅얼거렸다.

나는 그녀의 팔과 겨드랑이를 씻고 첫 번째 목적지에 도착했다. 가슴.

맙소사, 그녀의 느낌이란.

그녀의 가슴은 완벽했다. 나는 가슴을 문지르며 애태웠다. 그녀는 신음하며 허리를 돌렸고 숨이 빨라졌다. 그녀는 흥분했다. 내 몸이 그에 따라 반응하며 그녀 아래서 커졌다.

나는 두 손으로 그녀의 윗몸과 배를 훑으며 두 번째 목표를 향해 갔다. 그녀의 음모에 닿기 전, 나는 움직임을 멈추고 목욕 타월을 집었다. 비누를 타월에 묻혀서 천천히 그녀 다리 사이를 닦기 시작했다. 부드럽고 천천히, 그러나 확실하게 문지르고 닦고 씻고 자극했다. 그녀는 헐떡이기 시작했고, 그녀의 엉덩이가 내 손과 일치해서 움직였다. 그녀는 머리를 내 어깨에 기대며 눈을 감고 입을 벌려서 소리 없이 신음하며 나의 가차 없는 손가락에 항복했다.

"느껴봐."

나는 이로 그녀의 귓불을 물었다.

"나를 위해 느껴봐."

"아…… 제발."

그녀는 애원하며, 다리를 펴려고 했지만 나는 발로 꼼짝 못

하게 눌렀다.

충분해.

이제 그녀가 거품 속에서 다 닦여지자 나는 계속할 준비를 했다.

"이제 충분히 깨끗해진 것 같군."

나는 이렇게 선언하고 두 손을 그녀에게서 뗐다.

"어째서 멈추는 거예요?"

그녀는 항의했다. 파닥거리며 뜬 눈에는 좌절과 실망이 서려 있었다.

"널 위한 다른 계획이 있으니까, 아나스타샤."

그녀는 헐떡였다. 내가 잘못 본 게 아니라면, 입을 삐쭉 내밀고 있었다.

좋아.

"돌아봐. 나도 씻어야 하니까."

그녀가 돌아봤을 때 얼굴은 장밋빛이고 눈은 빛났으며 눈동자는 커져 있었다.

나는 허리를 들면서 내 물건을 잡았다.

"내가 가장 좋아하고 가장 사랑받는 내 몸의 부위와 당신이 친숙해졌으면 좋겠군. 원한다면 편하게 이름으로 부르든가. 난 이것에 아주 애착이 있으니까."

그녀는 입을 떡 벌리며, 나의 페니스에서 얼굴로 시선을 옮겼다. 그런 후에 다시 내 페니스를 보았다. 나는 사악한 미소를 감출 수 없었다. 그녀의 얼굴은 처녀의 격분을 그린 그림 같았다.

하지만 응시하는 도중에 그녀의 표정이 변했다. 처음엔 생각에 잠겼다가, 다음엔 평가하는 듯했다. 그리고 그녀의 눈이 내 눈과 마주쳤을 때, 거기 담긴 도전은 명확했다.

자, 어디 덤벼보시지, 스틸 양.

바디워시를 잡는 그녀의 미소는 기쁨을 담고 있었다. 그녀는 천천히 즐기면서 바디워시를 손바닥에 짜서 눈을 내게서 떼지 않은 채 손을 맞대고 비볐다. 그녀의 입술이 벌어지더니 아랫입술을 깨물고 혀로 작은 잇자국을 핥았다.

아나 스틸, 요부 같으니!

내 물건이 그 광경에 반응하여 더 딱딱해졌다. 그녀는 손을 내밀며 나를 잡고 한 손으로 나를 감쌌다. 나는 이를 악물고 숨을 씩씩 뱉으며 눈을 감고 그 순간을 음미했다.

여기, 만지는 건 싫지 않다고.

아니, 나는 전혀 싫지 않았다. 내 손을 그녀의 손 위에 올리고 나는 그녀에게 어떻게 하는지를 보여주었다. 그녀는 더 세게 조이며 내 손 안에서 자신의 손을 위아래로 움직였다.

아, 그래.

"맞아."

나는 그녀의 손을 놓고 혼자 계속하도록 놔둔 채로 눈을 감고 그녀의 리듬에 맡겼다.

아, 맙소사.

어째서 이 여자의 경험 부족이 이렇게도 흥분될까? 내가 즐기는 것 모두가 그녀에게는 처음일까?

갑자기 그녀가 나를 입으로 감으며 세게 빨아들였고 그녀의 혀가 나를 고문했다.

제길.

"우……. 아나."

그녀는 더 세게 빨았다. 그녀의 눈은 여성스러운 교태로 빛났다. 이게 그녀의 복수, 눈에는 눈이었다. 그녀는 눈부시게 아름다웠다.

"젠장."

나는 신음하며 즉시 사정하지 않도록 눈을 감았다. 그녀는 달콤한 고문을 계속했고, 그녀의 자신감이 커짐에 따라 나는 허리를 돌리며 그녀의 입에 나 자신을 더 밀어 넣었다.

내가 얼마나 멀리 갈 수 있을까?

그녀의 모습을 보는 것만으로 자극적, 무척 자극적이었다. 나는 그녀의 머리카락을 잡고 입에 대고 움직이기 시작했고, 그녀는 두 손을 내 허벅지에 댔다.

"오…… 이건 정말 좋아……."

그녀는 이를 입술 뒤로 숨기고 나를 다시 한 번 자기 입속으로 잡아당겼다.

"아!"

나는 신음하며 그녀가 나를 얼마나 깊이 받아들일 수 있을지 궁금했다. 그녀의 입이 나를 고문했고, 감춘 치아는 더 세게 조여왔다. 그래도 나는 더 원했다.

"맙소사. 어디까지 할 수 있는 거야?"

눈이 나와 마주치자, 그녀는 얼굴을 찡그렸다. 그때, 결연한 표정으로 그녀는 나를 쭉 밀어 넣었고 나는 그녀의 목구멍 뒤편을 쳤다.

망할.

"아나스타냐, 네 입에 사정할 거야."

나는 헉헉대는 소리로 경고했다.

"원치 않으면 그만두라고 해도 돼."

나는 그녀 안으로 다시, 또다시 찔러 넣으며 내 물건이 그녀의 입에서 사라졌다가 다시 나타나는 것을 보았다. 에로틱한 것

이상이었다. 나는 절정에 가까워졌다. 갑자기 그녀가 이를 드러내더니 부드럽게 나를 물었고, 나는 끝나버렸다. 나는 쾌락에 차 크게 비명을 지르며 그녀의 목 뒤쪽에 사정해버렸다.

망할.

숨 쉬기가 힘들었다. 그녀는 완전히 나를 무장해제했다. 또다시!

다시 눈을 떴을 때, 그녀는 자부심에 젖어 땀을 흘리고 있었다.

그럴 만도 했다. 끝내주는 오럴 섹스였다.

"숨 막히지 않았어?"

나는 숨을 고르며 그녀에게 감탄했다.

"세상에, 아나…… 그건…… 좋았어. 정말로 좋았어……. 하지만 예상치 못했는데. 알겠지만 넌 정말 끊임없이 나를 놀라게 하는군."

잠깐, 그건 너무 좋았다. 어쩌면 약간 경험이 있는지도 몰랐다.

"전에도 해본 적 있어?"

묻기는 했지만 정말로 알고 싶은지 확신이 없었다.

"아니요."

그녀는 자랑스러운 마음을 역력히 드러내며 말했다.

"좋아."

내가 안도하는 것이 너무 뻔히 드러나지 않길 바랐다.

"또 한 번 처음이로군, 스틸 양. 뭐, 네 오럴 기술은 A를 줘도 되겠는데. 자, 침대로 가자. 네게 오르가즘을 선사해야 계산이 맞지."

나는 약간 아찔한 기분으로 욕조에서 나와 수건을 허리에 둘

205

렀다. 수건을 한 장 더 집어 들고 그녀가 욕조에서 나올 수 있게 도와주며 수건으로 감싸 가둬버렸다. 나는 그녀를 내게로 잡아당기며 키스했다. 진짜로 키스했다. 그녀의 입을 내 혀로 탐색했다.

그녀의 입에 남은 내 정액 맛을 느낄 수 있었다. 그녀의 머리를 잡고 나는 더 깊이 키스했다.

그녀를 원했다.

그녀의 전부를.

육체와 영혼.

그녀가 내 것이 되기를 바랐다.

영문을 몰라 하는 눈을 내려다보며 나는 그녀에게 간청했다.

"하겠다고 말해."

"뭘요?"

그녀는 속삭였다.

"우리 합의서에 서명하겠다고. 내 것이 되겠다고. 부디, 아나."

오랜만에 빈다는 행위에 가장 근접한 말을 했다. 나는 그녀에게 다시 키스하며 내 열정을 키스에 쏟아부었다. 그녀의 손을 잡았을 때, 그녀는 어지러워 보였다.

더 넋을 빼놔, 그레이.

침실에서 나는 그녀를 놓아주었다.

"날 믿어?"

그녀는 고개를 끄덕였다.

"착하기도 하지."

착하고 아름다운 아가씨.

"두 손을 모아 앞으로 내밀어봐."

잠깐 망설이는 듯한 순간 속에서 그녀는 입술을 핥더니 손을 내밀었다. 재빨리 나는 넥타이로 그녀의 손목을 한데 묶었다. 매듭이 단단한지 시험해보았다. 튼튼했다.

　훈련을 더 받을 시간이야, 스틸 양.

　그녀의 입술이 벌어지며 숨을 들이마셨다……. 그녀는 흥분했다.

　나는 부드럽게 땋은 머리 양쪽 다 잡아당겼다.

　"머리를 이렇게 하니까 아주 어려 보여."

　나는 멈출 수 없었다. 나는 수건을 떨어뜨렸다.

　"오. 아나스타샤. 너를 어쩌면 좋을까?"

　나는 그녀의 팔뚝을 잡고, 그녀가 푹 떨어지지 않도록 지탱한 채로 부드럽게 침대에 눕혔다. 일단 그녀가 눕자 나는 그 옆에 누워서 그녀의 주먹을 잡아 머리 위로 올렸다.

　"손을 위로 이렇게 올리고 있어. 움직이지 마. 알겠어?"

　그녀는 침을 꿀꺽 삼켰다.

　"대답해."

　"움직이지 않겠어요."

　그녀의 목소리는 허스키했다.

　"착하기도 하지."

　나는 웃음을 억누를 수 없었다. 그녀는 손목이 묶인 채로 무력하게 내 옆에 누워 있었다. 내 것이었다.

　내가 바라는 대로 다 할 수는 없었지만, 비슷하게 가고 있었다.

　몸을 숙이면서 그녀에게 가볍게 키스하고, 그녀 온몸에 키스하겠다는 사실을 알렸다.

　내 입술이 귀 아래부터 목 아래 오목한 부분에 이르자 그녀는 한숨을 지었다. 감탄하는 듯한 신음에 보람을 느꼈다. 갑자기 그녀는 두 팔을 내려 내 목을 감으려 했다.

아니, 안 돼, 안 된다고. 이건 안 될 일이야, 스틸 양.

그녀를 내려다보며 나는 두 손을 도로 머리 위로 올렸다.

"손을 움직이지 마, 그랬다간 처음부터 다시 시작해야 하니까."

"당신을 만지고 싶어요."

그녀는 속삭였다.

"알아."

하지만 할 수 없어.

"손을 머리 위로 올리고 있어."

그녀의 입술이 벌어지더니 빠른 호흡으로 가슴이 들썩거렸다. 그녀는 흥분해버렸다.

잘됐어.

그녀의 턱을 감싸며 나는 그녀의 몸에 키스를 하며 내려왔다. 한 손은 가슴 위를 훑고, 입술은 뜨거운 추적에 나섰다. 다른 한 손을 그녀의 배에 대어 꼼짝 못 하게 한 후 그녀의 젖꼭지 양쪽을 부드럽게 빨고 물면서 경의를 바쳤고, 단단해지는 반응에 기쁨을 느꼈다.

그녀는 칭얼거리며 허리를 움직이기 시작했다.

"가만히 있어."

나는 그녀의 피부에 대고 경고했다. 배 위에 키스를 계속하면서 혀로는 배꼽의 맛과 깊이를 탐색했다.

"아."

그녀는 신음하며 몸을 뒤틀었다.

가만히 있는 법을 가르쳐야겠어…….

치아로 그녀의 피부를 쓸었다.

"흐음, 넌 아주 달콤해, 스틸 양."

나는 부드럽게 배꼽과 음모 사이를 물면서 그녀의 다리 사이에 일어나 앉았다. 그녀의 양 발목을 잡아서 다리를 넓게 벌렸다. 이렇게 알몸인 채로 연약한 모습을 한 그녀는 정말 멋져 보였다. 그녀의 왼발을 잡아 무릎을 굽혀 발가락을 내 입술에 갖다 댔다. 그러는 동안 그녀의 얼굴을 계속 바라보았다. 나는 발가락 하나하나에 키스하며 발바닥을 물었다.

그녀의 눈이 커지고 입이 벌어져서 크고 작은 o자를 번갈아 그렸다. 새끼발가락을 살짝 더 세게 물자, 그녀의 골반이 휘었고 그녀는 끙끙댔다. 나는 혀로 그녀의 발바닥부터 발목까지를 핥았다. 내가 계속 괴롭히는 동안 그녀는 눈을 꽉 감았고, 머리를 옆에서 옆으로 비틀었다.

"아, 제발……."

내가 새끼발가락을 빨고 물 때 그녀는 애원했다.

"자, 모든 좋은 일에는 끝이 있기 마련이지, 스틸 양."

나는 애태웠다.

그녀의 무릎에 이르렀을 때, 나는 멈추지 않고 계속 핥고 빨며 허벅지 안쪽을 물다가 할 수 있는 한 넓게 다리를 벌렸다.

내가 마침내 그녀 다리 사이에 누웠을 때 그녀는 긴장했다. 하지만 두 팔은 여전히 들고 있었다.

착하다니까.

나는 코로 그녀의 음문을 부드럽게 위아래로 훑었다.

그녀는 내 아래서 몸을 뒤틀었다.

나는 멈췄다. 그녀는 가만히 있는 법을 배워야 했다.

그녀는 고개를 들어 나를 보았다.

"네 냄새가 얼마나 사람을 취하게 하는 줄 알아, 스틸 양?"

그녀의 눈에서 시선을 떼지 않고 나는 코를 그녀의 음모 사이로 밀어 넣으며 숨을 깊이 들이마셨다. 그녀는 머리를 침대 위로 떨구더니 신음했다.

나는 그녀의 음모 위에 부드럽게 입김을 불었다.

"이거 마음에 드는데."

나는 웅얼거렸다. 이처럼 음모를 가까이에서 본 건 오랜만이었다. 나는 부드럽게 그 음모를 잡아당겼다.

"이건 남겨두어야 할 것 같아."

하지만 왁스 플레이를 할 땐 거치적거리겠지…….

"아…… 해줘요."

그녀는 애원했다.

"흠, 네가 비는 게 좋아, 아나스타샤."

그녀는 신음했다.

"눈에는 눈은 내 평소 스타일이 아니지만, 스틸 양."

나는 그녀의 살에 대고 속삭였다.

"하지만 오늘 나를 기쁘게 해주었으니 보답을 받아야지."

나는 그녀의 허벅지를 내렸다. 내 혀는 들어갈수록 그녀를 열어 클리토리스 위에서 천천히 원을 그렸다.

그녀는 비명을 질렀고 몸이 침대에서 들렸다.

하지만 나는 멈추지 않았다. 내 혀는 가차 없었다. 그녀의 다리가 뻣뻣해지고 발끝이 펴졌다.

아, 거의 다 왔군. 나는 천천히 가운뎃손가락을 그녀 안으로 들이밀었다.

그녀는 젖어 있었다.

젖은 채 기다리고 있었다.

"나 때문에 이렇게 촉촉이 젖는 게 좋아."

나는 손가락을 시계 방향으로 돌리며 그녀를 늘렸다. 혀로는 클리토리스를 계속 괴롭혔다. 다시 또다시. 그녀는 내 몸 아래서 뻣뻣해졌고 마침내 오르가즘이 몸을 뚫고 지날 때 비명을 질렀다.

그래!

나는 무릎을 꿇고 콘돔을 집었다. 일단 콘돔을 끼운 후, 천천히 그녀 안으로 나를 집어넣었다.

제길, 그녀는 느낌이 좋았다.

"이건 어때?"

나는 확인했다.

"괜찮아요. 좋아요."

그녀의 목소리는 거칠었다.

아, 나는 움직이기 시작하며 나를 감싸는, 내 밑에 있는 그녀의 느낌을 만끽했다. 다시, 또다시. 빠르게 더 빠르게. 이 여자 속에서 나 자신을 잃었다. 나는 그녀가 다시 절정을 느끼길 바랐다.

나는 그녀가 만족하기를 바랐다.

나는 그녀가 행복하기를 바랐다.

마침내 그녀는 다시 한 번 뻣뻣해지며 끙끙 신음했다.

"나를 위해 절정을 느껴봐."

나는 이를 악물고 말했고, 그녀는 나를 감싼 채로 폭발했다.

"죽이는군."

나는 비명을 지르며 놓아버렸고 달콤한 배출을 찾아냈다. 곧 나는 그녀의 몸 위로 무너지며 그녀의 부드러움을 누렸다. 그녀는 두 손을 움직였고 이제는 내 목을 감싸고 있었다. 하지만 손은 묶여 있었으므로 나를 만질 수는 없었다.

나는 심호흡을 하며 무게를 두 팔에 싣고 그녀를 경이에 찬 눈으로 내려다보았다.

"우리가 같이 있으면 얼마나 좋은지 봤지? 너를 내게 주면 훨씬 더 좋을 거야. 나를 믿어, 아나스타샤. 존재하는지도 몰랐던 곳으로 너를 데려갈 수 있어."

우리의 이마가 닿았고 나는 눈을 감았다.

제발 하겠다고 말해.

그때 문 바깥에서 목소리가 들렸다.

무슨 소동이지?

테일러와 어머니 그레이스였다.

"제기랄, 어머니시잖아."

내가 빠져나올 때 아나는 움츠렸다.

침대에서 뛰어나오면서 나는 콘돔을 쓰레기통에 버렸다.

대체 어머니가 여기서 뭘 하시는 거지?

천만다행으로 테일러가 어머니의 관심을 딴 데로 돌렸다. 그렇지 않았더라면, 깜짝 놀라시겠군.

아나는 여전히 침대에 누워 있었다.

"일어나. 옷 입어야 해. 당신이 우리 어머니를 만나고 싶다면."

나는 청바지를 입으며 아나에게 미소 지었다. 그녀는 사랑스러웠다.

"크리스천, 나 움직일 수가 없어요."

그녀는 항의했지만, 역시 웃고 있었다.

몸을 숙이면서 나는 넥타이를 풀고 그녀의 이마에 키스했다.

어머니가 보시면 펄쩍 뛰시겠군.

"또 처음이야."

나는 웃는 표정을 바꾸지 못하고 속삭였다.

"여기 깨끗한 옷이 하나도 없는데."

나는 하얀 티셔츠를 걸쳤고, 돌아보니 그녀는 일어나 앉으며 무릎을 껴안았다.

"난 그냥 여기 있는 편이 낫겠어요."

"아니, 그럴 순 없지."

나는 경고했다.

"내 거 아무거나 걸치면 돼."

나는 그녀가 내 옷을 입는 게 좋았다.

그녀의 얼굴이 침울해졌다.

"아나스타샤, 넌 자루를 뒤집어써도 예쁠 거야. 그러니 걱정하지 마. 네가 우리 어머니에게 인사했으면 좋겠어. 옷 입고. 난 가서 어머니를 진정시키고 올 테니까. 5분 안에 그 방으로 와. 그렇지 않으면 당신이 무슨 옷을 입고 있든 내가 직접 와서 끌어낼 거니까. 티셔츠는 이 서랍 속에 있어. 드레스셔츠는 벽장에 있고. 마음대로 골라 입으라고."

그녀의 눈이 휘둥그레졌다.

그래, 진지하다고.

날카로운 표정으로 그녀에게 주의를 주며, 나는 문을 열고 어머니를 맞으러 나갔다.

어머니는 현관문 건너편 복도에 서 있었고, 테일러가 말을 걸고 있었다. 나를 보자 어머니 얼굴이 환해졌다.

"아들, 네가 누구랑 같이 있는지는 전혀 몰랐단다."

어머니는 큰 소리로 말했지만, 약간 당황한 얼굴이었다.

"어서 오세요, 어머니."

나는 어머니가 내민 뺨에 입을 맞췄다.

"지금부터는 내가 처리하지."

나는 테일러에게 말했다.

"네, 사장님."

그는 약간 짜증스러운 얼굴로 고개를 끄덕이고는 자기 사무실로 향했다.

"고마워요, 테일러."

어머니는 그를 향해 소리치더니 내게 온전히 관심을 돌렸다.

"나를 처리해?"

어머니는 나무라듯 말했다.

"시내에 나왔다가 커피나 한잔할까 싶어 들렀지."

어머니는 말을 멈췄다.

"네가 혼자가 아닌 걸 알았더라면……."

어머니는 어색하게 소녀 같은 태도로 어깨를 으쓱했다.

어머니는 종종 커피를 하러 들르셨고, 그때도 여자가 있었다……. 단지 모르셨을 뿐이지.

"그 여자 금방 나올 거예요."

나는 인정하며 어머니를 어색한 상황에서 구해냈다.

"앉으실래요?"

나는 소파를 가리켰다.

"여자?"

"네, 어머니. 여자예요."

웃지 않으려고 애쓰다보니 어투가 건조해졌다. 처음으로 어머니는 입을 다물더니 거실을 서성거렸다.

"아침식사했나 보구나."

어머니는 씻지 않은 팬을 보고 한마디 했다.

"커피 드실래요?"

"아니. 고맙다, 아들." 어머니는 자리에 앉았다. "네…… 친구를 만난 후에 갈게. 너희를 방해하고 싶진 않구나. 네가 서재에서 노예처럼 일하지 않나 싶었는데. 넌 너무 열심히 일해. 너를 끌어낼까 싶었지."

내가 옆에 앉을 때 어머니는 사과하는 듯한 얼굴을 했다.

"걱정 마세요."

나는 어머니의 반응이 무척 재미있었다.

"오늘 아침엔 왜 교회 가지 않으셨어요?"

"캐릭이 일해야 한다고 해서 저녁 예배에 가려고. 우리랑 같이 가자고 하면 너무 큰 바람이겠지."

나는 냉소적인 경멸로 한쪽 눈썹을 치켰다.

"어머니, 그건 제 스타일이 아닌 것 아시잖아요."

신과 저는 오래전에 서로 등을 돌렸어요.

어머니는 한숨지었을 때 아나가 나타났다. 자기 옷을 입고 수줍게 문간에 서 있었다. 어머니와 아들 사이의 긴장은 방향이 바뀌었고, 나는 안도하며 일어섰다.

"여기 왔네요."

어머니는 몸을 돌리고 일어섰다.

"어머니, 이쪽은 아나스타샤 스틸입니다. 아나스타샤, 여기는 우리 어머니이신 그레이스 트레벨리언-그레이 여사."

두 사람은 악수를 나누었다.

"만나서 무척 반가워요."

어머니는 내 취향에는 지나치게 열정적으로 말했다.

"트레벨리언-그레이 박사님."

아나는 예의 바르게 말했다.

"그레이스라고 불러요."

어머니는 갑작스레 다정하고 허물없이 굴었다.

뭐, 벌써?

어머니는 말을 이었다.

"보통은 나는 트레벨리언 박사로 통해요. 그레이 부인은 저희 시어머니를 부르는 호칭이죠."

어머니는 아나에게 윙크하며 앉았다. 나는 아나에게 손짓하며 내 옆에 있는 쿠션을 톡톡 쳤고, 그녀는 다가와 앉았다.

"그래, 두 사람은 어떻게 만났어요?"

어머니가 물었다.

"아나스타샤가 워싱턴 주립 대학 학교신문에 실을 인터뷰 기사 때문에 나를 찾아왔었어요. 이번 주에 제가 거기서 학위를 수여하게 되어 있어서."

"그러면 이번 주에 졸업하나요?"

어머니가 아나를 향해 환히 웃었다.

"네."

아나의 휴대전화가 울리기 시작했다. 아나는 양해를 구하고 전화를 받았다.

"그리고 제가 졸업식 연설을 하게 되어 있어요."

나는 어머니에게 말했지만, 관심은 아나에게 쏠려 있었다.

누구지?

"저, 호세. 지금은 좀 곤란해."

그녀가 말하는 소리가 들렸다.

망할 사진가 새끼. 대체 뭘 원하는 거야?

"엘리엇에게 메시지를 남겼는데, 포틀랜드에 있다더구나. 지난주 이후로 걔를 본 적이 없어서."

어머니가 말하고 있었다.

아나는 전화를 끊었다.

아나가 다시 다가올 때 어머니는 계속 말을 이었다.

"……그래서 엘리엇이 전화를 해서 네가 근처에 있다고 하지 뭐니. 너를 못 본 지도 2주일이나 되었고 말이야."

"엘리엇이 그랬어요?"

나는 한마디 했다.

그 사진가가 뭘 원하는 거지?

"점심을 같이할 수 있을지도 모른다 생각했는데, 보니까 너는 다른 계획이 있는 것 같구나. 너희들 하루를 방해하고 싶지 않아."

어머니가 일어서자, 처음으로 나는 어머니가 눈치 빠르게 사태 파악을 해주었다는 데 감사했다. 어머니는 뺨을 다시 내밀었다. 나는 입을 맞추고 작별 인사를 했다.

"아나스타샤를 포틀랜드까지 태워줘야 해요."

"물론 그래야지." 어머니는 환한—그리고 내가 잘못 보지 않았다면 감사해하는—미소를 아나에게 보냈다.

거슬렸다.

"아나스타샤, 만나서 반가웠어요."

어머니가 환한 얼굴로 아나의 손을 잡았다.

"다시 만나길 바라요."

"그레이 부인?"

테일러가 방문 앞에 나타났다.

"고마워요, 테일러."

어머니는 대답했고, 테일러는 어머니를 모시고 방을 나가 여닫이문을 통해 로비로 나갔다.

뭐, 재미있었군.

어머니는 항상 내가 게이라고 생각했다. 하지만 언제나 내 경계선을 존중했고, 절대로 묻지 않았다.

뭐, 이제는 아셨겠지.

아나는 아랫입술을 괴롭히며 걱정을 발산하고 있었다…….

그래야겠지.

"그래, 그 사진사가 전화했어?"

내 목소리는 퉁명스럽게 들렸다.

"네."

"뭘 바라고?"

"그저 사과하려고 했대요. 알잖아요, 금요일 일."

"알았어."

어쩌면 그녀를 또 한 번 노리는지도 모르지. 그 생각을 하니 불쾌했다.

테일러가 헛기침을 했다.

"사장님, 다푸르 운송 건으로 문제가 생겼습니다."

망할. 오늘 아침에 이메일을 확인하지 않은 벌이군. 아나에게 정신이 너무 팔려 있었다.

"찰리 탱고는 다시 보잉 필드에 있나?"

"네, 사장님."

테일러가 아나를 보고 고개를 끄덕여 아는 척했다.

"안녕하십니까, 스틸 양."

아나는 그를 향해 미소를 지었고 그는 몸을 돌려 나갔다.

"저 사람 여기 살아요? 테일러?"

아나가 물었다.

"그래."

부엌으로 들어가며 나는 전화를 집어 재빨리 메일을 확인했다. 중요 편지함에 로스가 보낸 메일과 그 외 두어 통이 더 도착해 있었다. 나는 즉시 로스에게 전화를 걸었다.

"로스, 무슨 문제야?"

"크리스천, 다푸르에서 온 보고서가 좋지 않아요. 해상 수상이나 지상 요원의 안전도 보장할 수 없대요. 국무부에서는 NGO의 뒷받침 없이는 구호 허가를 내주지 않겠다고 하고요."

망할.

"직원들을 위험에 처하게 할 순 없어."

로스도 이 사실은 알고 있었다.

"용병을 끌어들이면?

"아니, 취소해……."

"하지만 비용이……."

그녀는 반대했다.

"하지 마. 대신 공중 투하해야지……."

"당신이 그런 말 할 줄 알았어요, 크리스천. 계획을 진행시켜 놓았죠. 비용은 들 거예요. 어쨌든 컨테이너는 필라델피아에서 로테르담까지 보낼 수 있으니 거기서 받을 순 있겠죠. 그게 답니다."

"좋아."

전화를 끊었다. 국무부에서 지원을 더 받을 수 있었더라면 도움이 되었을 텐데. 블랜디노 의원에게 전화해서 이 문제를 좀 더 의논하기로 결심했다.

내 관심은 스틸 양에게로 돌아갔다. 그녀는 거실에 서서 조심스레 나를 바라보고 있었다. 다시 우리 관계를 진전시켜야 했다.

그래, 계약서. 그게 우리 협상의 다음 단계지.

서재로 가서 책상 위에 놓인 서류를 모아 마닐라 봉투에 넣었다.

아나는 거실에서 내가 나올 때 그 자리에 그대로 있었다. 어쩌면 그 사진가를 생각하는지도 몰랐다······. 기분이 급강하했다.

"이게 계약서야."

나는 봉투를 내밀었다.

"읽어보고 다음 주에 의논하자. 조사를 좀 해보는 게 좋을 거야, 그러면 무슨 일에 끼어들었는지 알 게 될 테니까."

그녀는 마닐라 봉투에서 시선을 들어 나를 보았다. 얼굴이 창백했다.

"네가 동의한다면 말이지. 난 진심으로 네가 동의해줬으면 좋겠어."

나는 덧붙였다.

"조사요?"

"인터넷에서 뭘 찾을 수 있는지 알면 놀랄걸."

그녀는 얼굴을 찡그렸다.

"무슨 문제 있어?"

나는 물었다.

"난 컴퓨터가 없어요. 보통 컴퓨터는 학교에서 써요. 케이트의 노트북을 쓸 수 있는지 알아볼게요."

컴퓨터가 없다고? 어떻게 학생이 컴퓨터가 없을 수 있어? 빈털터리인가? 나는 그녀에게 봉투를 건넸다.

"내가 음····· 하나 빌려줄 수 있는데. 짐 챙겨. 다시 포틀랜드로 갈 테니까. 점심은 가는 중에 먹고. 나는 옷 좀 입어야겠어."

"전화를 해야겠어요."

그녀는 부드럽게 머뭇거리며 말했다.

"그 사진사?"

나는 딱딱거렸다. 그녀는 찔리는 표정을 지었다.

이거 뭐지?

"난 남이랑 나누는 걸 싫어해, 스틸 양. 그거 기억해두라고."

나는 또 다른 말을 하기 전에 쿵쿵거리며 방에서 나와버렸다.

그 자식에게 멍청하게 반한 건가?

혹시 질투를 불러일으키려고 그저 나를 이용했던 건가?

제기랄.

어쩌면 돈 때문인지도. 의기소침한 생각이었다. 하지만 그녀가 나를 돈지갑으로 여길 리는 없었다. 그녀는 내게서 어떤 옷도 받지 않으려고 격렬히 거부했었다. 나는 청바지를 입고 트렁크 팬티를 입었다. 브리오니 넥타이는 바닥에 떨어져 있었다. 나는 허리를 굽혀 그걸 집었다.

그녀는 묶여 있는 것을 좋아했다……. 그렇다면 희망이 있군, 그레이. 희망이 있어.

나는 그 넥타이와 다른 것을 두 개 더 챙겨 양말, 속옷, 콘돔과 함께 메신저 백에 넣었다.

내가 지금 뭐하는 거지?

마음 깊은 곳에서 나는 다음 주 내내 히스먼 호텔에 머물게 될 것을 알았다……. 그녀 가까이에 있기 위해. 테일러가 다음 주 후반에 가져다줄 수 있게 정장 두 벌과 셔츠도 챙겼다. 졸업식을 위해 한 벌은 필요했다.

깨끗한 청바지로 갈아입고 가죽 재킷을 집었을 때 전화가 진동했다. 엘리엇이 보낸 문자였다.

오늘 네 차로 돌아간다.

이걸로 네 계획을 망치지 않았으면 좋겠다.

나도 답장했다.

아니, 나도 지금 포틀랜드로 돌아가.
돌아오면 테일러에게 알려줘.

나는 인터폰으로 테일러에게 연락했다.

"네, 사장님?"

"엘리엇이 오늘 오후 SUV를 도로 가지고 올 거야. 그걸 내일 포틀랜드로 가지고 와줘. 졸업식까지는 히스먼에 머무를 테니까. 마음에 드는 옷을 남겨두고 갈 테니까, 그것도 가져오도록."

"네, 알겠습니다."

"그리고 아우디에 연락해줘. 생각보다 빨리 A3가 필요할지도 모르겠군."

"그건 준비되었습니다."

"아, 좋아. 고마워."

그럼 차는 처리되었고. 이제 문제는 컴퓨터였다. 바니가 사무실에 있을 것 같아 전화했다. 그는 항상 최신식 노트북을 주위에 두고 있다는 것을 알기 때문이었다.

"사장님?"

그가 전화를 받았다.

"사무실에서 뭐하나, 바니? 일요일인데."

"태블릿 디자인하고 있는데요. 태양광 전지 문제가 골치 아프네요."

"자네도 가정생활이 필요해."

바니는 여유롭게도 웃어넘겼다.

"뭐가 필요하십니까, 사장님?"

"새 노트북 있어?"

"지금 애플에서 나온 거 두 개 있는데요."

"잘됐네. 하나가 필요해."

"문제없습니다."

"아나스타샤 스틸 앞으로 이메일 계정 설정할 수 있어? 그 여자가 주인이 될 거니까."

"'스틸' 어떻게 씁니까?"

"에스, 티, 이, 이, 엘, 이."

"알았습니다."

"좋아. 안드레아에게 오늘 배달 준비하라고 할게."

"문제없죠."

"고마워, 바니. 그리고 집에 가."

"알겠습니다."

나는 안드레아에게 노트북을 아나의 집으로 배달할 수 있게 조처해달라고 문자를 보내고 거실로 돌아갔다. 아나는 소파에 앉아 손가락을 만지작거리고 있었다. 그녀는 조심스러운 눈길을 보내면서 일어섰다.

"준비됐어?"

나는 물었다.

그녀는 고개를 끄덕였다.

테일러가 사무실에서 나타났다.

"그럼, 내일."

나는 그에게 말했다.

"네. 어떤 차를 타시겠습니까, 사장님?"

"R8."

"조심해서 운전하십시오, 사장님, 스틸 양."

테일러는 현관문을 열어주었다. 엘리베이터를 기다리는 동안 아나는 손가락을 꼼지락거리고 이로 통통한 아랫입술을 깨물었다.

그 모습에 그 치아가 내 물건을 물던 기억이 떠올랐다.

"왜 그래, 아나스타샤?"

나는 손을 뻗어 그녀의 턱을 잡아당기며 물었다.

"입술 그만 깨물어. 그렇지 않으면 엘리베이터에서 너랑 할지도 모르니까. 누가 들어와도 신경 쓰지 않고."

나는 으르렁거렸다.

그녀는 충격을 받은 듯했다. 우리가 한 모든 짓을 생각해보면 그녀가 왜 그래야 할지 모르겠지만……. 기분이 누그러졌다.

"크리스천, 문제가 있어요."

그녀가 말했다.

"오?"

엘리베이터를 타자 나는 차고로 향하는 버튼을 눌렀다.

"음."

그녀는 자신 없이 더듬거렸다. 그러더니 어깨를 쫙 폈다.

"난 케이트하고 얘기를 해야 해요. 섹스에 대해서 질문이 많은데, 당신은 당사자잖아요. 내가 이 모든 걸 하길 바란다면, 내가 무슨 수로 알 수가……?"

그녀는 자기 말을 가늠하려는 듯 말을 끊었다.

"그저 참고할 만한 대상이 없어요."

또 이거로군. 이건 극복하지 않았나. 나는 그녀가 누구와도 얘기하는 것을 원치 않았다. 비공개 합의서에 서명까지 하고. 그렇지만 그녀는 또 부탁하고 있었다. 그렇다면 이건 그녀에게는 중요한 일이리라.

"필요하다면 이야기해. 하지만 엘리엇에게까지는 절대 전해지지 않도록 하고."

"케이트는 그런 얘기하지 않아요. 케이트가 엘리엇에 대해서 무슨 얘기를 하더라도 나도 당신에게 얘기 안 할 거고요. 만약 뭐라도 얘기한다면 말이지만."

그녀는 우겼다.

나는 엘리엇의 성생활에는 관심이 없다는 사실을 일깨워주었지만 이제까지 한 것에 대해서는 얘기해도 된다는 정도는 동의했다. 그녀의 룸메이트가 나의 진짜 의도를 안다면 나를 죽이려 하겠지만.

"좋아요."

아나는 환한 웃음을 보여주었다.

"너의 동의를 더 빨리 받으면 받을수록 더 좋아. 이 모든 걸 끝낼 수 있으니까."

"뭘 끝내요?"

"너, 나를 거역하는 것."

나는 그녀에게 재빨리 키스했고, 내 입술에 즉시 닿은 그녀의 입술에 기분이 좋아졌다.

"차 멋지네요."

우리가 지하 주차장의 R8에 접근할 때 그녀가 말했다.

"알아."

나는 그녀에게 재빨리 웃음을 보냈다. 그녀는 또 다른 미소로 보답했다. 그다음에는 눈을 치뜨기는 했지만. 나는 그 눈 치뜨는 버릇에 대해 뭐라고 해줘야 하나 생각하며 문을 열었다.

"그럼 이건 무슨 차예요?"

내가 운전대에 앉자 그녀가 물었다.

"아우디 R8 스파이더라고 하는 차야. 날씨 한번 좋군. 지붕을 열고 달려도 되겠어. 여기 야구 모자가 하나 있어. 사실 두 개가 있을 텐데."

나는 시동을 켜고 지붕을 젖히자 브루스 스프링스틴의 목소리가 차를 채웠다.

"브루스를 좋아해야 할 텐데."

나는 아나를 향해 씩 웃어 보이고는 R8을 차고에서 뺐다.

5번 주간 고속도로에 늘어선 차들을 헤치고 우리는 포틀랜드로 향했다. 아나는 조용하게 음악에 귀를 기울이며 창밖을 내다보았다. 알이 큰 웨이페러 선글라스와 내 마리너스 모자 아래 가려진 그녀의 표정을 보기는 어려웠다. 보잉 필드를 지나 속도를 내자 바람이 휘파람을 불며 지나갔다.

이제까지, 이번 주말은 예상하지 않은 방향으로 흘렀다. 하지만 무엇을 예상했더라? 우리가 저녁식사를 하고, 계약을 의논한 다음에는 뭐? 어쩌면 그녀와 섹스하는 것은 필연적이었는지도 모른다.

나는 그녀를 힐끔 건너다보았다.

그래, 그리고 나는 그녀와 다시 섹스하고 싶었다.

그녀가 무슨 생각을 하는지 알 수 있다면 얼마나 좋을까. 그녀는 별로 내색하지 않았지만, 나는 아나에 대해서 뭔가 깨달은 게 있었다. 그녀는 경험은 부족했지만, 배우려는 자세가 있었다.

그 생각만으로도 흥분되었다.

다음 주말 이전에 그녀를 만날 수 있기를 바랐다.

지금도 그녀를 다시 만지고 싶어서 근질거렸다. 손을 옆으로 뻗어 그녀의 무릎 위에 놓았다.

"배고파?"

"딱히요."

그녀는 가라앉은 소리로 대답했다.

이것도 슬슬 지겨워지는데.

"뭐라도 먹어야지, 아나스타샤. 올림피아 근처에 좋은 식당 알아. 거기 들렀다 갈 거야."

퀴진 소바쥬는 작은 식당으로, 일요일 브런치를 즐기고자 하는 커플과 가족들로 붐볐다. 아나의 손을 잡고 우리는 여자 주인을 따라 테이블로 갔다. 마지막으로 여기 왔을 때는 엘레나와 함께였다. 그녀가 아나스타샤를 어떻게 생각할지 궁금했다.

"오랜만에 와보네. 별로 선택의 여지는 없어. 여기선 그날 잡은 거나 채집한 걸 요리하니까."

나는 짐짓 무서운 척하며 얼굴을 찡그렸다. 아나는 웃었다.

그녀를 웃기는 것만으로도 내가 대단한 사람이 된 듯한 기분이 드는 건 왜일까.

"피노 그리지오 두 잔."

나는 금발 앞머리 아래서 나를 쳐다보는 웨이트리스에게 주문했다. 거슬렸다.

아나는 험악한 표정을 지었다.

"왜?"

그녀 또한 웨이트리스에게 거슬린 건가 궁금했다.

"난 다이어트 코크 마실래요."

어째서 그런 말을 하는 거지? 나는 얼굴을 찡그렸다.

"피노 그리지오는 괜찮은 와인이야. 무엇을 먹든 식사랑 잘 어울리지."

"무엇을 먹든지요?"

그녀는 놀라서 눈을 둥그렇게 떴다.

"그래."

나는 그녀에게 원하는 음료를 주문하지 못하게 한 보상으로 내 메가와트짜리 웃음을 지어 보였다. 나는 그저 물어보는 데 익숙하지가 않았다…….

"어머니가 너 좋아하시던데."

나는 이 말에 그녀가 기뻐하리라 생각하며 아나에 대한 어머니의 반응을 기억했다.

"정말요?"

그녀는 기분 좋은 표정을 지었다.

"아, 그래. 어머니는 항상 내가 동성애자라고 생각하셨거든."

"어째서 그렇게 생각하신 거예요?"

"내가 여자와 함께 있는 걸 보신 적이 없으니까."

"아…… 그 열다섯 명 중 한 명도요?"

"기억하네. 그래, 열다섯 명 중 한 명도."

"아."

그래……. 너뿐이야. 그 생각을 하니 마음이 불편했다.

"알지, 아나스타샤. 이번 주말은 내게도 최초의 연속이었어."

"그랬어요?"

"다른 사람과 함께 잔 적도 없고 내 침대에서 섹스한 적도 없고 찰리 탱고에 여자를 태운 적도 없고 어머니에게 여자를 소개한 적도 없지. 너 나를 대체 어떻게 한 거야?"

그래. 나를 대체 어떻게 한 거야? 이건 나답지 않아.

웨이트리스가 차갑게 식힌 와인을 가져오자 아나스타샤는 즉시 한 모금 들이켜고 빛나는 눈으로 나를 보았다.

"이번 주말 정말 즐거웠어요."

그녀의 목소리에는 수줍음이 묻어났다. 나 또한 그랬다. 한동안 이렇게 주말을 즐겼던 때가 없었다는 것을 깨달았다. 수재녀와 헤어진 이후로. 나도 그렇다고 말했다.

"바닐라 섹스가 뭐예요?"

그녀가 물었다.

나는 예기치 못한 질문과 완전한 화제 전환에 웃음을 터뜨렸다.

"그저 직접적인 섹스를 말하는 거야, 아나스타샤. 장난감도 없고, 다른 보조 장치도 없고."

나는 어깨를 으쓱했다.

"알잖아. ……음, 사실 모르는군. 하지만 그런 뜻이야."

"오."

그녀는 약간 풀이 죽은 표정이었다.

이젠 뭐지?

웨이트리스가 푸른 채소가 가득 든 수프 두 접시를 우리 앞에 놓아 잠시 정신이 그쪽으로 쏠렸다.

"쐐기풀 수프예요."

웨이트리스는 알려준 뒤 몸을 휙 돌려 부엌으로 총총 걸어갔다. 우리는 서로를 쳐다보다 수프로 시선을 돌렸다. 재빨리 한 입 먹어보니 수프는 맛있었다. 내가 과장해서 안도의 표정을 짓자 아나는 키득키득 웃었다.

"사랑스러운 소리인데."

나는 부드럽게 말했다.

"이전에는 어째서 한 번도 바닐라 섹스를 안 했어요? 그러면 항상…… 음, 하던 것만 했어요?"

그녀는 언제나처럼 호기심이 가득했다.

"그런 셈이지."

굳이 이 얘기를 더 풀어야 하나 싶었다. 무엇보다도 그녀가 내게 기꺼이 터놓기를 바랐다. 나는 그녀가 나를 신뢰하기를 바랐다. 나는 이처럼 솔직해진 적이 없었지만, 그녀를 신뢰할 수 있으리라는 것을 알았기에 말을 조심스레 골랐다.

"내가 열다섯 살 때 어머니의 친구분이 나를 유혹했어."

"아."

아나의 숟가락이 그릇에서 입으로 가던 중간에 멈췄다.

"아주 까다로운 취향을 가진 여자였지. 난 6년 동안 그녀의 서브미시브였어."

"아."

그녀는 숨찬 소리로 말했다.

"그래서 난 그런 일에 무엇이 관련되는지 아는 거야, 아나스타샤."

네가 아는 것보다도 더.

"난 정말로 섹스에 관한 흔해 빠진 안내는 못 받았어."

나는 남과 접촉을 할 수 없었다. 지금도 할 수 없다.

나는 그녀의 반응을 기다렸지만, 그녀는 수프를 계속 먹으며 이 정보 한 조각을 곱씹었다.

"그럼 대학에서 데이트 한 번 안 해봤다는 거예요?"

그녀는 마지막 숟가락까지 다 먹은 후 물었다.

"안 해봤지."

웨이트리스가 빈 그릇을 가져가려고 잠시 우리를 방해했다.

아나는 그녀가 가기를 기다렸다.

"어째서요?"

"정말로 알고 싶어?"

"네."

"하고 싶지 않았으니까. 그 사람이 내가 원한, 필요로 한 모든 것이었으니까. 게다가 데이트를 했다간 그 여자에게 곤죽이 되도록 맞았을걸."

그녀는 이 소식을 흡수하려고 하며 눈을 두어 번 깜박였다.

"그 여자가 어머니 친구분이었다면 나이가 얼마나 된 거예요?"

"세상물정 알 만큼은 나이가 들었지."

"아직도 만나요?"

그녀는 충격받은 목소리로 물었다.

"그래."

"아직도, 어……?"

그녀는 얼굴을 새빨갛게 붉혔고, 소리는 점점 기어들어갔다.

"아니."

나는 재빨리 말했다. 엘레나와의 관계에 대해 오해하지 않기를 바랐다.

"아주 좋은 친구지."

나는 다시 확인해주었다.

"아. 어머니도 알고 계세요?"

어머니가 알면 나를 죽이겠지. 엘레나도.

웨이트리스가 메인 요리인 사슴고기를 가지고 돌아왔다. 아나는 와인을 한 입 꿀꺽 들이켰다.

"하지만 항상 매여 있던 건 아닐 거 아니에요?"

그녀는 자기 음식은 무시하고 있었다.

"뭐, 그랬지. 비록 그 여자를 항상 만날 순 없었지만. 그건…… 어려웠지. 결국 나는 학교도, 그다음에는 대학도 가야 했으니까. 다 먹어, 아나스타샤."

"난 정말로 배고프지 않아요, 크리스천."

그녀가 말했다.

나는 눈을 가늘게 떴다.

"먹어."

나는 성질을 누르려고 애쓰며 목소리를 낮췄다.

"잠깐 시간을 줘요."

그녀의 어조도 나처럼 조용했다.

문제가 뭐지? 엘레나인가?

"알았어."

나는 너무 많이 말한 게 아닌가 싶어, 사슴고기를 한 입 먹었다. 마침내 그녀도 나이프와 포크를 들고 먹기 시작했다.

착하네.

"이게 우리의, 음, 관계의 미래인가요?"

그녀가 물었다.

"당신이 나를 휘두르는 게."

그녀는 앞에 놓인 음식 접시를 찬찬히 살폈다.

"그래."

"알았어요."

그녀는 포니테일을 어깨너머로 넘겼다.

"게다가 너도 그러길 원하게 될 거야."

"그것참 엄청난 발전이네요."

그녀는 말했다.

"그렇지."

나는 눈을 감았다. 나는 이걸 그녀와 하고 싶었다. 이전보다도 더. 우리 계약을 시험해볼 수 있는 확신을 주려면 무슨 말을 해야 하나?

"아나스타샤, 마음 단단히 먹어야 해. 조사를 하고 계약서를 잘 읽어. 어떤 항목이든 기꺼이 의논할 테니. 나는 금요일까지는 포틀랜드에 있을 테니 그 전에 이야기하고 싶으면 말해. 전화해. 어쩌면 저녁을 함께할 수도 있을지 몰라. 수요일이면 어때? 난 정말 이 일을 제대로 하고 싶어. 사실 이것보다 더 원하는 게 없을 정도야."

후우, 대단한 연설이었군, 그레이. 그냥 데이트를 신청했던 거야?

"열다섯 명은 어떻게 됐어요?"

그녀는 물었다.

"여러 일이 있었지만 간략히 요약하자면 양립할 수 없었던 거지."

"그러면 난 당신과 양립할 수 있을 것 같나요?"

"그래."

그러길 바라지……

"그들은 더 이상 만나지 않는 건가요?"

"그래. 아나스타샤. 만나지 않아. 난 한 번에 한 사람하고만 관계를 맺지."

"알았어요."

"조사를 해, 아나스타샤."

그녀는 나이프와 포크를 내려놓고 식사를 끝냈다는 신호를 보냈다.

"끝났어? 고작 그거 먹어?"

그녀는 고개를 끄덕이고, 두 손을 무릎 위에 올려놓고 특유의 고집스러운 태도로 입을 꾹 다물었다……. 나는 그녀에게 접시를 비우라고 설득해봤자 싸움이 될 것을 알았다. 그렇게 날씬한 것도 당연했다. 그녀의 나쁜 식습관도 그녀가 일단 내 것이 되기로 동의하면 처리해야 할 문제였다. 나는 계속 먹었고, 그녀의 눈은 몇 초마다 내게로 쏠렸다. 천천히 홍조가 뺨을 물들였다.

오, 이건 뭐지?

"네가 이 시점에서 무슨 생각하는지 알 수 있다면 뭐라도 내놓을 거야."

그녀는 분명히 섹스를 생각하고 있었다.

"맞혀볼까."

나는 약을 올렸다.

"당신이 내 마음을 읽지 못하는 게 다행이에요."

"네 마음은 읽지 못하지, 아나스타샤. 하지만 몸은 어제 이후로 꽤 잘 알게 되었는데."

나는 늑대 같은 미소를 보내고 계산서를 달라고 했다.

우리가 나설 때, 그녀의 손은 내 손에 꼭 잡혀 있었다. 그녀는 조용했다. 깊은 생각에 잠겨 있는 듯했다. 그리고 밴쿠버로 돌아가는 내내 그러했다. 내가 그녀에게 생각할 거리를 많이 준 것 같았다.

하지만 그녀 또한 내게도 생각할 거리를 많이 주었다.

그녀는 이걸 나와 하고 싶은 걸까?

젠장, 그러길 바랐다.

그녀의 집에 도착했을 때는 아직도 밝았지만, 해가 지평선 너머로 가라앉으며 세인트 헬렌스 산은 분홍색과 진주색 빛으로 빛났다. 아나와 케이트는 경치가 무척 좋은 곳에 살고 있었다.

"들어올래요?"

내가 시동을 끄자 그녀가 물었다.

"아니, 일해야 해."

그녀의 초대를 받아들이면 내가 넘을 준비가 안 된 선을 넘게 된다는 것을 알았다. 나는 남자 친구에 적합한 인간이 아니었다. 그리고 나와 그런 유의 관계를 가질 수 있을 거라는 거짓 기대를 그녀에게 주고 싶지 않았다.

그녀의 얼굴이 어두워지더니 기가 꺾인 채 내게서 시선을 돌렸다.

그녀는 나를 보내고 싶지 않은 것이었다.

과분하게 고마웠다. 나는 손을 뻗어 그녀의 손을 잡고 주먹에 키스하며 내 거절을 무마하려 했다.

"이번 주말은 고마웠어, 아나스타샤…… 정말 최고의 시간이었어."

그녀는 빛나는 눈을 내게로 돌렸다.

"수요일 괜찮지?"

나는 계속했다.

"직장으로 데리러 가지. 어디가 됐든."

"수요일요."

그녀의 목소리에 깃든 희망이 불편했다.

젠장, 이건 데이트가 아니야.

나는 그녀의 손에 다시 키스하고 차에서 내려 문을 열어주었다. 후회할 짓을 저지르기 전에 여기서 빠져나가야 했다.

차에서 내리는 그녀의 얼굴이 밝아졌다. 방금 전의 표정과는 사뭇 어울리지 않았다. 그녀는 힘차게 현관문으로 갔지만 계단을 오르기 전 갑자기 돌아보았다.

"아…… 그건 그렇고 나 당신 속옷을 입고 있어요."

그녀는 의기양양하게 말하며 내가 '폴로'와 '랄프'를 청바지 위로 볼 수 있도록 팬티 허리끈을 잡아당겨 보여주었다.

내 속옷을 훔치다니!

나는 할 말을 잃었다. 그 순간 내 트렁크 팬티를 입은 그녀보다 더 보고 싶은 것은 없었다. 오직 그것만 입은 그녀를.

그녀는 머리를 넘기고 우쭐거리며 아파트 안으로 들어갔다. 나는 바보처럼 그 뒤만 쳐다보면서 길 위에 혼자 남았다.

고개를 절레절레 저으면서 차로 돌아와서 시동을 켤 때 멍청한 웃음을 자제할 수가 없었다.

그녀가 내 제안을 받아들여주기를 바랐다.

나는 일을 마치고 검디검은 눈을 한 여자가 룸서비스로 배달해준 상세르 와인을 한 모금 마셨다. 이메일을 쭉 훑으면서 필요한 것에 답장을 하다보니 아나스타샤로부터 생각을 돌릴 수 있어서 고마웠다. 그리고 이제는 기쁘게도 피곤했다. 다섯 시간 업무 때문인가? 아니면 지난밤과 오늘 아침에 있었던 성적 활동 때문인가? 탐스러운 스틸 양의 기억이 마음속을 침범해 들어왔다. 찰리 탱고에서, 내 침대에서, 내 욕조에서, 내 부엌에서 춤추던 모습. 그리고 그 모든 일이 금요일 여기서 시작되었다는 것을 생각해보면……. 이제 그녀는 내 제안을 고려하고 있었다.

계약서를 읽었나? 숙제는 하는 건가?

나는 문자나 부재중 전화가 없는지 휴대전화를 다시 한 번 확인했지만, 물론 아무것도 없었다.

동의해줄까?

그러기를 바랐다…….

안드레아가 아나의 새 이메일 주소를 보냈고, 노트북은 내일 아침에 배달될 거라고 확인해주었다. 그것을 염두에 두고 나는 이메일을 썼다.

보낸 사람: 크리스천 그레이
제목: 새 컴퓨터
날짜: 2011년 5월 22일 23:15
받는 사람: 아나스타샤 스틸

친애하는 스틸 양,

잘 잤으리라 믿어. 이 노트북을 우리가 논의한 대로 좋은 용도에 써주길.

수요일 저녁식사 고대하지.

그 전에 어떤 질문이라도 있으면 메일 환영. 그렇게 하고 싶다면.

크리스천 그레이

CEO, 그레이 엔터프라이즈 홀딩스, Inc.

이메일이 반송되지 않는 것을 보니 주소가 활성화된 듯했다. 아나가 아침에 이 메일을 읽으면 어떻게 반응할지 궁금했다. 그녀가 노트북을 좋아하길 바랐다. 내일이면 알게 되겠지. 최근에 읽는 책을 들고 소파에 자리를 잡았다. 저명한 경제학자 둘이 쓴 책으로 가난한 자들은 어째서 그렇게 생각하고 행동하는지를 점검했다. 길고 검은 머리를 빗던 젊은 여자의 이미지가 마음속에 들어왔다. 그녀의 머리카락은 금이 가고 누렇게 된 창문으로 들어온 빛을 받아 빛났고, 공기에는 춤추던 먼지 알갱이가 가득했다. 그녀는 어린아이처럼 부드럽게 노래를 불렀다.

나는 몸을 부르르 떨었다.

거기까진 가지 마, 그레이.

나는 책을 펴고 읽기 시작했다.

새벽 1시가 넘어 잠자리에 들어 천장만 바라보았다. 피곤하고 긴장이 풀렸지만 한편 흥분되고 다음 주에 무슨 일이 생길까 기대가 되기도 했다. 새로운 프로젝트를 따기를 바랐다. 아나스타샤 스틸이라는 프로젝트.

강을 따라 달리는 동안 두 발이 메인 스트리트의 보도를 쿵쿵 디뎠다. 아침 6시 35분, 햇살이 고층 빌딩 사이로 빛났다. 가로수들은 봄 잎을 달고 새롭게 녹색을 띠었다. 공기는 청명하고 차들은 한산했다. 간밤에 푹 잘 자기도 했다. 오르프의 〈카르미나 부라나〉에 나오는 〈오, 운명의 여신이여〉가 귀에서 울려 퍼졌다. 오늘 거리 위엔 가능성이 깔렸다.

그녀는 나의 이메일에 답변을 할까.

너무 이른 시간이었다. 답장을 받기엔 너무 이른 시간. 하지만 몇 주 만에 기분이 가장 가벼워진 것을 느끼며, 나는 엘크 동상을 지나 윌래밋으로 향했다.

7시 45분, 샤워를 마치고 아침식사를 주문한 후 노트북 앞에 앉았다. 안드레아에게 이메일을 보내 이 주 내내 포틀랜드에서

239

일할 거라 알리고, 전화나 화상회의를 할 수 있도록 회의 일정을 조절해달라고 했다. 존스 부인에게도 빨라봤자 목요일에나 집에 돌아갈 거라고 이메일로 알려두었다. 그런 후에는 받은 편지함을 훑으면서 여러 건 중에서도 대만의 조선소와 함께 추진하는 사업 제안을 살펴보았다. 나는 그 제안서를 로스에게 전달해서 우리가 논의할 여러 안건에 덧붙여놓도록 했다.

그런 후, 다른 주요 안건으로 돌아섰다. 엘레나. 엘레나는 주말 내내 두 건의 문자를 보냈지만, 나는 아직 답장하지 않았었다.

보낸 사람: 크리스천 그레이
제목: 이번 주말
날짜: 2011년 5월 23일 08:15
받는 사람: 엘레나 링컨

좋은 아침, 엘레나.
답장하지 못해서 미안.
주말 내내 바빴고 이번 주 내내 포틀랜드에 있을 예정.
다음 주말은 모르겠지만, 일정이 없으면 알려줄게요.
미용 사업의 최근의 결과를 보니 유망해 보이더군요.
잘하고 있어요⋯⋯.

잘 있어요.
C

크리스천 그레이
CEO, 그레이 엔터프라이즈 홀딩스, Inc.

전송을 누른 후, 엘레나가 아나를 어떻게 생각할까 또다시 궁금했다. 혹은 아나는 엘레나를. 그때 노트북에서 새 메일이 도착했다는 알람이 울렸다.

아나가 보낸 것이었다.

보낸 사람: 아나스타샤 스틸
제목: 새 컴퓨터(대여)
날짜: 2011년 5월 23일 08:20
받는 사람: 크리스천 그레이

아주 잘 잤어요. 고마워요—이유는 좀 이상하지만—, **주인님**. 이 컴퓨터는 대여했다고 생각할게요. 즉 내 것이 아니라고요.

아나

'주인님'이라는 글자는 강조가 되어 있었다. 계약서를 읽었고 아마 조사도 한 것 같았다. 그런데도 아직 나와 말을 섞었다. 나는 이메일을 보고 멍청하게 웃었다. 좋은 소식이었다. 비록 컴퓨터는 필요 없다고 말했지만.

음, 그건 좀 실망스러운데.

나는 흥미를 느끼며 고개를 저었다.

보낸 사람: 크리스천 그레이
제목: 새 컴퓨터(대여)
날짜: 2011년 5월 23일 08:22
받는 사람: 아나스타샤 스틸

이 컴퓨터는 대여해준 거야. 무기한으로, 스틸 양.

말투를 보니 내가 준 문서를 읽은 모양이군.

이제까지 무슨 질문이라도?

크리스천 그레이

CEO, 그레이 엔터프라이즈 홀딩스, Inc.

나는 전송을 눌렀다. 답장하기까지 얼마나 걸릴까? 그녀의 답장을 기다리며 건성으로 다른 이메일들을 읽었다. 이동통신 사업 분사장인 프레드가 보낸 사업 실행 요약 보고서가 있었다. 내가 취미로 키우는 태양광 전지 태블릿 개발 사업에 관한 내용이었다. 야심 찬 사업이긴 했지만, 이것보다 더 중요한 사업 벤처는 거의 없었고 나는 이에 무척 흥미가 있었다. 저렴하게 살 수 있는 제1세계 기술을 제3세계에 가져다주자는 것이 내 결심이었다.

컴퓨터에 핑 알람이 울렸다.

스틸 양이 보낸 또 한 통의 이메일.

보낸 사람: 아나스타샤 스틸

제목: 궁금한 마음

날짜: 2011년 5월 23일 08:25

받는 사람: 크리스천 그레이

질문이 많지만 이메일로 하긴 적당하지 않네요. 세상에는 먹고살려면 일해야 하는 사람도 있으니까.

컴퓨터가 무기한 필요하지도 갖고 싶지도 않아요.

그럼 나중에 볼 때까지. 좋은 하루. 선생님.

아나

메일 어조에 나는 미소를 지었지만, 그녀는 출근한 모양이니 이번이 한동안은 마지막 메일이 될 것이었다. 그 망할 컴퓨터를 받지 않겠다고 버티는 태도가 화를 돋웠다. 하지만 그녀가 물욕이 많은 사람은 아니라는 뜻이라고 생각했다. 그녀는 돈을 노리지는 않았다. 내가 아는 여자들 중에서는 드물게도……. 하지만 레일라도 그건 마찬가지였다.

"주인님, 전 이 아름다운 드레스를 받을 자격이 없어요."
"자격 있어. 가져. 그리고 군말은 듣기 싫어. 알겠나?"
"네, 주인님."
"좋아. 그리고 이 스타일이 네게 맞을 거야."

아, 레일라. 좋은 서브미시브였지. 하지만 그녀도 내게 너무 집착했고 나는 그에 어울리는 남자가 아니었다. 운 좋게도, 그건 오래가지 않았다. 그녀는 이제 결혼해서 행복했다. 나는 관심을 아나의 이메일에 돌리고 다시 읽었다.
'세상에는 먹고살려면 일해야 하는 사람도 있으니까.'
이 말괄량이 아가씨는 내가 아무 일도 안 하는 사람인 양 말하는군.
무슨 헛소리야!
프레드가 보낸 약간 건조한 요약 보고서를 데스크탑에서 훑어보고 아나의 오해를 바로잡기로 결심했다.

보낸 사람: 크리스천 그레이
제목: 새 컴퓨터(다시 대여)
날짜: 2011년 5월 23일 08:26
받는 사람: 아나스타샤 스틸

이따가 봐, 자기.
추신: 나도 먹고살려면 일한다고.

크리스천 그레이
CEO, 그레이 엔터프라이즈 홀딩스, Inc.

아나에게서 온 이메일 알람 소리를 기다리느라 일에 집중할
수가 없었다. 마침내 메일이 왔을 때 바로 고개를 들었는데 엘
레나에게서 온 것이었다. 그리고 내가 실망했다는 사실에 놀랐
다.

보낸 사람: 엘레나 링컨
제목: 이번 주말
날짜: 2011년 5월 23일 08:33
받는 사람: 크리스천 그레이

크리스천, 넌 너무 일을 열심히 해. 포틀랜드에 뭐가 있지? 일?
Ex

엘레나 링컨
에스클라바

엘레나에게 말해야 하나? 그렇게 한다면 그녀는 곧장 전화해서 질문을 퍼부어댈 테고, 나는 아직 주말의 경험을 털어놓을 준비는 되지 않았다. 일 때문이라고 서둘러 답장하고 책으로 돌아갔다.

9시에 안드레아가 전화를 해서 우리는 내 일정을 훑었다. 포틀랜드에 온 만큼 우리가 착수한 토양 과학 프로젝트와 내년 회계연도 추가 기금 필요분에 대해서 의논할 수 있게 워싱턴 주립대학의 총장과 경제 개발 부학장과의 회의를 잡아달라고 했다. 안드레아는 이번 주 내 사교 약속은 모두 취소하겠다고 하며, 그날 첫 번째 화상회의로 연결해주었다.

3시, 바니가 보내온 태블릿 디자인 개요도를 들여다보고 있을 때, 문을 두드리는 소리가 들렸다. 방해받아 거슬렸지만 순간 그게 스틸 양이길 바랐다. 테일러였다.

"어서 와."

나는 목소리에서 실망감이 드러나지 않길 바랐다.

"옷을 가지고 왔습니다, 사장님."

그는 예의 바르게 말했다.

"들어와. 옷장에 좀 걸어두겠나? 다음 회의 연결 전화를 기다리고 있어서."

"물론입니다, 사장님."

그는 양복 가방 두 벌과 더플 백 하나를 들고 서둘러 침실로 들어갔다.

그가 돌아왔을 때도 나는 여전히 전화를 기다리고 있었다.

"테일러, 앞으로 이틀간은 필요 없을 것 같은데. 이 기회에 딸을 만나러 가면 어떤가?"

"친절한 말씀 감사드립니다, 사장님. 하지만 그 애의 어머니와 저는……."

그는 당황해서 말을 멈췄다.

"아, 그런 거로군?"

내가 물었다.

그는 고개를 끄덕였다.

"네, 사장님. 협의에 시간이 좀 걸린답니다."

"알았네. 그럼 수요일이 더 낫겠나?"

"물어보겠습니다. 고맙습니다."

"내가 도와줄 일이 있어?"

"충분히 하셨습니다."

그는 나와 이런 말을 나누고 싶어 하지 않았다.

"좋아. 프린터가 필요할 것 같은데. 처리 좀 해줄 수 있겠나?"

"네."

그는 고개를 끄덕였다. 그가 부드럽게 문을 닫고 나가자, 나는 얼굴을 찡그렸다. 나는 그의 전처가 그를 괴롭히지 않기를 바랐다. 그가 내 직원으로 있는 한 또 다른 상여금으로 딸의 학비를 대주고 있었다. 그는 좋은 남자였고 나는 그를 잃고 싶지 않았다. 전화가 울렸다. 로스와 블랜디노 상원의원을 연결하는 원격 회의 전화였다.

마지막 전화는 5시 20분경에 마무리됐다. 의자에서 스트레칭을 하며, 오늘 얼마나 생산적으로 일했는지 생각했다. 사무실

246

에 있을 때보다 더 많이 했다는 것을 생각하면 놀라울 뿐이었
다. 보고서 두 개만 읽으면 오늘 일은 끝이었다. 창밖으로 초저
녁 하늘을 쳐다보고 있으려니, 마음은 어떤 잠재적 서브미시브
에게로 흘렀다.

나는 아나가 클레이튼에서 어떤 하루를 보냈을까 생각했다.
케이블 타이의 가격을 매기고 밧줄의 길이를 재고. 어느 날 그
녀에게 그것들을 쓸 수 있기를 바랐다. 그 생각은 내 오락실에
묶여 있는 그녀의 이미지를 불러일으켰다. 나는 생각에 잠깐 빠
져 있다가 재빨리 그녀에게 이메일을 보냈다. 이런 기다림, 일,
이메일 쓰기가 나를 안절부절못하게 했다. 쌓인 에너지를 어떻
게 분출해야 할지 알았지만, 일단 달리기로 만족하기로 했다.

보낸 사람: 크리스천 그레이
제목: 먹고살려고 일하는 것
날짜: 2011년 5월 23일 17:24
받는 사람: 아나스타샤 스틸

스틸 양,
일터에서 좋은 하루 보냈기를 바라.

크리스천 그레이
CEO, 그레이 엔터프라이즈 홀딩스, Inc.

나는 달리기용 운동복으로 갈아입었다. 테일러가 운동복 바
지 두 벌을 더 가져다 주었다. 존스 부인의 배려인 게 분명했다.
문으로 향하다가 이메일을 확인했다. 그녀가 답장을 보냈다.

보낸 사람: 아나스타샤 스틸
제목: 먹고살려고 일하는 것
날짜: 2011년 5월 23일 17:48
받는 사람: 크리스천 그레이

선생님…… 일터에서 좋은 하루를 보냈습니다.
고마워요.

아나

하지만 숙제는 아직 하지 않은 모양이었다. 나는 그녀에게 답장을 보냈다.

보낸 사람: 크리스천 그레이
제목: 일해!
날짜: 2011년 5월 23일 17:50
받는 사람: 아나스타샤 스틸

스틸 양,
좋은 하루 보냈다니 기쁘군.
이메일을 보낸다는 건 조사는 안 한다는 뜻인가.

크리스천 그레이
CEO, 그레이 엔터프라이즈 홀딩스, Inc.

그리고 방을 나가는 대신 나는 그녀의 답장을 기다렸다. 그녀는 오래 기다리게 하지 않았다.

보낸 사람: 아나스타샤 스틸
제목: 민폐
날짜: 2011년 5월 23일 17:53
받는 사람: 크리스천 그레이

그레이 씨, 나한테 이메일 그만 보내세요. 그래야 내가 숙제를 시작할 수 있지 않겠어요?
난 이것도 A를 받고 싶으니까.

아나

나는 껄껄 웃었다. 그래. 그 A는 다른 거지. 눈을 감고 내 물건을 감싸던 그녀의 입을 다시 한 번 느꼈다.
망할.
걷잡을 수 없이 다른 생각에 빠지는 몸을 다잡으며, 나는 답장을 보내고 기다렸다.

보낸 사람: 크리스천 그레이
제목: 기다리기 초조해
날짜: 2011년 5월 23일 17:55
받는 사람: 아나스타샤 스틸

스틸 양,
나한테 이메일 그만 보내고 숙제 해.

나도 또 한 번 A를 주고 싶군.

첫 번째 건 충분히 받을 만했어. ;)

크리스천 그레이

CEO, 그레이 엔터프라이즈 홀딩스, Inc.

그녀의 답변은 그렇게 금방 오지 않았다. 나는 약간 기가 죽어 달리기를 하러 나가기로 했다. 하지만 문을 연 순간, 받은 편지함의 알람 소리가 나를 도로 붙들었다.

보낸 사람: 아나스타샤 스틸

제목: 인터넷 조사

날짜: 2011년 5월 23일 17:59

받는 사람: 크리스천 그레이

그레이 씨,

검색 엔진 추천해줄 수 있나요?

아나

망할, 어째서 이걸 생각하지 못했을까? 책을 몇 권 줄 수도 있었는데. 수많은 웹사이트가 마음속에 떠올랐지만, 그녀를 겁 줘서 쫓아버리고 싶진 않았다.

어쩌면 가장 바닐라스러운 것부터 시작해야 할지도 모르지…….

보낸 사람: 크리스천 그레이
제목: 인터넷 조사
날짜: 2011년 5월 23일 18:02
받는 사람: 아나스타샤 스틸

스틸 양,
항상 위키피디아부터 시작해.
질문이 있을 때까진 더 이상 메일 보내지 마.
알겠지?

크리스천 그레이
CEO, 그레이 엔터프라이즈 홀딩스, Inc.

나는 그녀가 답장하지 않을 거라고 생각하고 책상에서 일어
났지만, 평소처럼 그녀는 놀라게 했다. 나는 저항할 수 없었다.

보낸 사람: 아나스타샤 스틸
제목: 사람 휘두르기는!
날짜: 2011년 5월 23일 18:04
받는 사람: 크리스천 그레이

네…… 선생님.
당신 사람 휘두르는 걸 너무 좋아하는군요!

아나

그래, 딱 맞혔어.

보낸 사람: 크리스천 그레이
제목: 통제
날짜: 2011년 5월 23일 18:06
받는 사람: 아나스타샤 스틸

아나스타샤, 넌 짐작도 못할걸.
뭐, 이제 감은 잡았겠지만.
일하러 가라니까.

크리스천 그레이
CEO, 그레이 엔터프라이즈 홀딩스, Inc.

절제를 보여줘, 그레이. 그녀가 나의 주의를 다시 흩트리기 전에 나는 문밖으로 나섰다. 푸 파이터스가 귀청이 터져라 울리는 가운데 나는 강으로 뛰어갔다. 새벽에 윌래밋을 보았으니, 황혼녘에도 보고 싶었다. 아름다운 저녁이었다. 연인들이 강가를 걷고 있었다. 몇몇은 풀밭 위에 앉아 있고, 몇몇 관광객들은 자전거를 타고 오르내리고 있었다. 귀가 떨어질 만큼 크게 음악을 들으면서 나는 그들을 피했다.

스틸 양은 궁금해했다. 아직도 게임에서 빠지지 않았다. 이건 "싫다"는 뜻은 아니었다. 이메일을 교환하며 나는 희망을 얻었다. 호손 다리 아래를 뛰면서, 그녀가 말할 때보다 글로는 얼마나 편안하게 대하는지 생각했다. 어쩌면 이것이 그녀가 선호하는 표현 매체일지도 몰랐다. 뭐, 어쨌든 영문과 전공이니까. 나는 돌아갔을 때쯤에는 다른 이메일이 와 있기를 바랐다. 어쩌면 질문이 있을지도 모르고, 어쩌면 건방진 농담이 있을지도 모르고.

그래, 기대가 되었다.

메인 스트리트를 뛰어가며 나는 그녀가 내 제안을 받아주기를 감히 바랐다. 그 생각을 하니 흥분되었고 심지어 활기가 솟아나서 나는 속도를 높여 히스먼까지 뛰어갔다.

다시 식탁 의자에 앉았을 때는 8시 15분이었다. 저녁으로는 다시 검디검은 눈의 아가씨의 시중을 받아 오리건산 야생 연어를 먹었다. 상세르 반 잔이 남아 있었다. 중요한 이메일이 올까 싶어서 노트북은 열어서 전원을 켜놓았다. 출력해놓은 디트로이트 부지 관련 보고서를 집어 들었다.

"디트로이트가 될 수밖에 없겠군."

나는 큰 소리로 투덜거리며 읽기 시작했다.

몇 분 후, 핑 알람 소리가 들렸다. 제목은 '워싱턴 주립 대학의 충격'이었다. 그 제목에 나는 등을 펴고 앉았다.

보낸 사람: 아나스타샤 스틸
제목: 워싱턴 주립 대학의 충격
날짜: 2011년 5월 23일 20:33
받는 사람: 크리스천 그레이

좋아요. 볼 만큼 봤어요.
알게 돼서 즐거웠어요.

아나

제기랄!
나는 다시 읽었다.
망할.
이건 "싫어요"였다. 나는 믿을 수 없어서 화면을 들여다보았다.
그게 다야?
논의도 안 하고?
아무것도.
그냥 "알게 돼서 즐거웠어요?"
망할, 이게 무슨.
나는 말문이 막혀서 의자에 몸을 기댔다.
즐거웠다고?
즐겁다 이거지.
즐겁다고.
자기가 절정을 느끼고 고개를 뒤로 젖혔을 땐 즐거움 이상이었을 텐데.
서두르지 마, 그레이.
어쩌면 이거 농담인가?
농담치고는!
답장을 쓰려고 노트북을 끌어왔다.

보낸 사람: 크리스천 그레이
제목: 즐거웠다고?
날짜: 2011년 5월 23일

받는 사람: 아나스타샤 스틸

손가락을 키보드 위에 두고 화면을 들여다보았을 때, 뭐라고
할 말을 찾을 수가 없었다.

어떻게 나를 이렇게 쉽게 떨쳐버릴 수가 있어?

첫 섹스 상대를?

정신을 가다듬어, 그레이. 네가 선택할 수 있는 게 뭐지? 어
쩌면 다시 직접 찾아가서 이게 정말 "싫어요"인지 확인해야 할
지도 몰랐다. 아니면 그러지 말라고 설득해야 할 수도 있다. 이
이메일에는 뭐라고 답해야 할지 전혀 알 수가 없었다. 어쩌면
유달리 하드코어한 웹사이트를 보았을 수도 있었다. 차라리 책
을 줄 걸 그랬나? 나는 믿을 수가 없었다. 그녀가 내 눈을 보고
"싫다"고 말하게 해야 했다.

그래. 나는 계획을 짜며 턱을 문질렀고, 몇 분 후 벽장을 열어
넥타이를 꺼냈다.

그 넥타이.

이 거래는 완전히 끝나지 않았다. 메신저 백에서 콘돔을 좀
꺼내 바지 뒷주머니에 넣고 내 재킷과 미니바에서 꺼낸 화이트
와인 한 병을 들었다. 이런, 샤도네이였지만 그것만으로도 충
분할 것 같았다. 방 열쇠를 휙 집고 문을 닫은 후 대리 주차시킨
내 차를 받으러 엘리베이터로 향했다.

그녀가 캐버너와 함께 쓰는 아파트 바깥에 R8을 세웠다. 이
런 행동이 현명한 건지 궁금했다. 이전에는 서브미시브들의 집
을 찾아간 적이 한 번도 없었다. 언제나 그들이 내게로 왔다. 이
제껏 세운 나의 모든 한계를 무너뜨리고 있었다. 차 문을 열고

나갈 때 왠지 불편했다. 여기 오다니 무모하고 너무 주제넘은 것만 같았다. 그렇지만 다시 생각해보면 나는 벌써 여기 두 번 왔었다. 비록 몇 분간이기는 했지만. 그녀가 동의한다면, 그녀의 기대를 처리해야 할 것이었다. 이런 일은 다시 일어나지 않을 것이었다.

또 앞서가고 있군, 그레이.

네가 여기 온 건 그 여자가 "싫다"고 했기 때문이잖아.

문을 두드리자 캐버너가 나왔다. 그녀는 나를 보고 놀라하며 말했다.

"안녕, 크리스천. 아나는 온다는 말 안 하던데."

그녀는 옆으로 비켜서서 나를 들여보내주었다.

"걘 자기 방에 있어요. 내가 불러올게요."

"아니, 내가 놀라게 하는 편이 좋아서."

나는 그녀에게 가장 진지하고 다정한 표정을 지어 보였지만, 그녀는 대답으로 눈만 깜박였을 뿐이었다. 휴우. 그건 쉬웠지. 누가 생각이나 했겠어? 만족스러웠다.

"아나의 방은 어디?"

"저기로 나가서 첫 번째 문요."

그녀는 빈 거실 저편의 문을 가리켰다.

"고마워요."

재킷과 차갑게 한 와인은 짐 상자 위에 올려두고 문을 열어보니 방 두 개가 있는 복도가 나왔다. 그중 하나는 욕실일 것 같아서, 다른 쪽 문을 두드렸다. 잠시 후 문을 열고 들어가니 아나가 있었다. 그녀는 작은 책상에 앉아 계약서처럼 보이는 것을 읽고 있었다. 그녀는 귀에 이어폰을 끼고서 들리지 않는 박자에 맞춰 손가락을 태평하게 두드렸다. 잠시 거기 서서 그녀를 보았다.

집중한 얼굴은 찡그러졌다. 머리는 땋아 내렸고 운동복을 입고 있었다. 오늘 저녁 달리기를 하고 온 것도 같았다. 어쩌면 그녀도 과도한 에너지로 괴로워했는지도. 그 생각을 하니 기뻤다. 그녀의 방은 작고 깔끔하고 소녀다웠다. 모두 하얀색과 크림, 베이비블루 색깔이었고, 침대 옆 전등에서 나오는 은은한 빛에 젖어 있었다. 다소 휑하기는 했으나, 위에 '아나 방'이라고 써놓은 짐 상자 하나가 보였다. 적어도 더블 침대가 있긴 했다. 하얀 철제 침대 머리판이 달린 것. 그래, 저거면 가능성이 있었다.

아나는 내 존재에 화들짝 놀라 벌떡 일어섰다.

그래, 네 이메일 때문에 여기 왔어.

그녀가 이어폰을 빼자 양철 부딪치는 것 같은 음악이 우리 사이의 침묵을 채웠다.

"좋은 저녁, 아나스타샤."

그녀는 말문이 막혀서 눈을 크게 뜬 채 나를 바라보기만 했다.

"네 이메일에는 직접 사람이 와서 답장을 해야 할 것 같아서."

나는 중립적인 목소리를 유지하려고 했다. 그녀가 입을 벌렸다 다물었지만, 아무 말도 하지 않았다.

스틸 양이 할 말을 잃었군. 이건 마음에 들었다.

"앉아도 돼?"

그녀는 여전히 못 믿겠다는 듯 나를 바라보기만 하며 고개를 끄덕였다. 나는 침대 위에 앉았다.

"네 침실은 어떻게 생겼는지 궁금했었는데."

나는 어색한 분위기를 깨고자 시도했지만, 수다는 내 전문 영역이 아니었다. 그녀는 마치 처음 보는 듯한 표정으로 자기 방

257

을 훑었다.

"이 안은 아주 평온하고 평화로워 보이네."

나는 덧붙이긴 했지만, 지금은 전혀 평온하고 평화로운 기분이 아니었다. 어째서 그녀가 논의도 없이 내 제안을 싫다고 거절했는지 알고 싶었다.

"어떻게······?"

그녀는 속삭였지만, 말을 끝맺지 못했다. 믿을 수 없다는 기색이 조용한 어조에 여전히 역력했다.

"아직도 히스먼에 묵고 있거든."

그녀도 이건 알겠지.

"뭐 마실래요?"

그녀가 가는 소리로 물었다.

"아니, 고마워. 아나스타샤."

좋아. 예의를 되찾았군. 하지만 손에 든 이 문제부터 해결하고 싶었다. 사람 깜짝 놀라게 한 이메일.

"그래, 나를 알게 되어 즐거웠다고?"

나는 그 문장에서 나를 가장 기분 나쁘게 한 단어를 강조했다.

즐거웠다고? 정말?

그녀는 무릎 위에 놓은 손만 쳐다보았다. 손가락이 초조하게 허벅지를 두드렸다.

"이메일로 답장할 줄 알았어요."

그녀의 목소리는 방만큼이나 작았다.

"일부러 아랫입술을 깨무는 거야?"

목소리가 의도보다 더 엄격하게 나왔다.

"입술을 깨무는지도 몰랐어요."

그녀는 창백한 얼굴로 속삭였다.

우리는 서로 응시했다.

그 순간 우리 사이의 공기가 부서질 것만 같았다.

망할.

이거 못 느끼겠어, 아나? 이 긴장을. 이 끌림을. 내 숨이 얕아질 때 그녀의 눈동자가 커지는 것을 보았다. 천천히, 고의적으로 나는 그녀의 머리카락으로 손을 뻗어 부드럽게 고무줄을 잡아당겨 한쪽 머리를 풀었다. 그녀는 사로잡힌 사람처럼 내게서 눈을 떼지 않았다. 나는 나머지 머리도 풀었다.

"그래, 운동을 좀 하기로 했군."

내 손가락이 그녀의 부드러운 귓바퀴를 훑었다. 아주 조심스럽게 나는 귓불의 도톰한 부분을 잡아당겨 살짝 꼬집었다. 귀에 구멍은 나 있지만, 귀걸이는 하지 않았다. 다이아몬드가 그 귀에서 반짝이면 어떨까, 나는 생각했다. 나는 목소리를 낮추고 왜 운동했는지를 물었다. 그녀의 숨소리가 빨라졌다.

"생각할 시간이 필요했어요."

그녀가 말했다.

"무엇을 생각하지, 아나스타샤?"

"당신요."

"나를 알게 되어서 즐거웠다는 결론을 내린 거야? 나를 알았다는 건 성경적 의미인 건가?"

그녀의 뺨이 분홍빛으로 변했다.

"성경도 잘 아는지는 몰랐는걸요."

"주일학교에 다녔거든, 아나스타샤. 거기서 많은 것을 배웠지."

교리 문답, 죄책감. 그리고 그 신은 오래전에 나를 버렸어.

"유두 집게 같은 게 성경에 나오는지는 기억이 안 나는데요. 아마도 현대식 번역으로 배웠나보죠."

그녀는 빛나는 도발적인 눈으로 나를 약 올렸다.

아, 저 똑똑한 입.

"뭐, 그래서 여기로 와 나를 알아서 얼마나 즐거웠는지 알아보려고 했지."

내 목소리는 도전적이었다. 그녀가 놀라 입을 떡 벌렸지만, 나는 손가락으로 그녀의 턱을 훑으면서 도전을 받아들이도록 부추겼다.

"그럼 뭐라고 말할 거야, 스틸 양?"

서로 바라보는 가운데 나는 속삭였다.

갑자기 그녀가 내게 덤벼들었다.

젠장.

하지만 그녀가 내게 손대기 전에 나는 그녀의 두 팔을 잡고 비틀며 그녀를 침대 위에 눕히고 그 위에 올라탔다. 이제 그녀의 두 손을 잡아당겨 머리 위로 올렸다. 그녀의 얼굴을 돌려 나를 보게 한 후 그녀에게 세게 키스했다. 내 혀가 그녀를 탐색하고 다시 소유권을 주장했다. 그녀는 그 반응으로 몸을 들면서 똑같은 열정으로 내 키스에 답했다.

오, 아나, 네가 내게 무슨 짓을 했는지.

일단 그녀가 몸을 뒤틀며 더 원하게 되자, 나는 멈추고 그녀를 내려다보았다. 이제 두 번째 계획을 시작할 때였다.

"날 믿어?"

내가 묻자 그녀의 눈꺼풀이 파르르 열렸다.

그녀는 열정적으로 고개를 끄덕였다. 나는 바지 뒷주머니에서 넥타이를 꺼내 그녀가 볼 수 있도록 든 후, 그녀 위에 걸터앉아 침대 머리판 철제 기둥에 넥타이로 두 손목을 묶었다.

그녀는 내 아래서 몸을 버둥거리며 매듭을 시험했지만 넥타이는 단단히 묶여 있었다. 그녀는 빠져나갈 수 없었다.

"이게 더 낫군."

나는 그녀를 원하는 대로 가질 수 있다는 안도감에 미소 지었다. 이제 그녀의 옷을 벗길 차례였다.

그녀의 오른발을 잡고 운동화를 벗겼다.

"안 돼요."

그녀는 부끄러워서 앙탈을 부리며 발을 빼려 했지만, 막 달리고 온 상태에서 내가 신발을 벗기는 게 싫어서 그러는 것임을 나는 알고 있었다. 땀 냄새 정도로 나를 쫓을 수 있다고 생각한 걸까?

깜찍하긴!

"네가 몸부림치면 발도 묶을 거야. 소리를 내면, 아나스타샤, 재갈을 물리겠어. 조용히 있어. 캐서린이 지금 바깥에서 귀 기울이고 있을지도 모르니까."

그녀가 멈췄다. 내 본능이 맞다는 것을 알았다. 그녀는 발 냄새가 날까봐 걱정하고 있었다. 그런 것들이 나를 전혀 말릴 수 없다는 것을 언제 깨닫게 될까?

재빨리 나는 그녀의 신발, 양말, 운동복을 벗겼다. 그런 후 그녀의 몸을 움직여 그녀가 시트 위에 몸을 뻗고 눕게 했다. 그다지 섬세하지는 못한, 집에서 만든 퀼트 이불이었다. 우리가 엉망진창으로 만들 것 같았다.

그 망할 입술 좀 그만 깨물어.

나는 육체적 경고의 의미로 한 손가락으로 그녀의 입술을 쓸었다. 그녀가 키스 모양으로 입술을 오므려서 나도 모르게 웃음이 나왔다. 그녀는 아름답고 관능적인 존재였다.

이제 그녀가 내가 원하는 상태가 되자, 나는 신발과 양말을 벗고 바지의 맨 위 단추를 끄른 후 셔츠를 벗었다. 그녀는 내게서 눈을 떼지 않았다.

"넌 너무 많이 본 것 같아."

그녀가 계속 추측하면서 다음에 무슨 일이 일어날지 모르게 하고 싶었다. 이건 육체의 향연이다. 이전에는 그녀에게 눈가리개를 씌운 적이 없었으므로, 이건 훈련의 일환이라 할 수 있을 것이었다. 그녀가 허락만 한다면…….

다시 한 번 그녀 위에 올라타서 나는 그녀의 티셔츠를 벗겨 몸 위로 말아 올렸다. 하지만 완전히 벗기는 대신 눈 위까지만 올렸다. 효과적인 안대였다.

이렇게 누워 묶여 있는 그녀의 모습은 환상적이었다.

"음……. 이렇게 하면 훨씬 더 좋아지지. 난 이제 마실 걸 가져와야겠어."

나는 속삭이며 그녀에게 키스했다. 그녀가 숨을 헉 들이마셨을 때 나는 침대에서 내려왔다. 문을 살짝 열어둔 채로 방을 나가서 와인병을 가져오려고 거실로 갔다.

캐버너는 소파에 앉아서 책을 읽고 있다가 고개를 들고 놀라서 눈썹을 치켰다.

웃통 벗은 남자를 처음 본다고 말하지는 마, 캐버너. 어차피 믿지도 않을 테니.

"케이트, 유리잔과 얼음, 코르크 스크류 어디 있는지 알아요?"

나는 그녀의 어이없다는 표정은 무시했다.

"아, 부엌에요. 내가 갖다 줄게요. 아나는 어디 있어요?"

아, 친구가 걱정된다 이거지. 좋네.

"지금 약간 매여 있는 일이 있어서. 하지만 한 잔 마시고 싶다고 하는군요."

나는 샤도네이 병을 들었다.

"아, 알겠네요."

캐버너가 말했고 나는 그녀를 따라 부엌으로 갔다. 그녀는 일자형 식탁 위에 놓인 잔 몇 개를 가리켰다. 이사하려고 모든 잔을 다 꺼내놓은 듯했다. 그녀는 코르크 스크류를 건네더니 냉장고에서 얼음판을 꺼내 얼음 조각을 몇 개 꺼냈다.

"아직도 짐 쌀 게 있어서. 엘리엇이 우리 이사를 도와주기로 했다는 거 알죠?"

그녀의 어조는 비판적이었다.

"그래요?"

와인을 따면서 나는 무심하게 말했다.

"얼음은 잔에 넣어서."

나는 잔 두 개를 턱으로 가리켰다.

"이건 샤도네이라서 얼음을 넣으면 훨씬 마실 만하죠."

"난 당신이 레드와인 파인 줄 알았는데."

내가 와인을 따를 때 그녀가 말했다.

"와서 아나 이사하는 것 좀 도울 건가요?"

그녀의 눈이 번쩍였다. 내게 도전하는 것이었다.

이제 저 여자 깔아뭉개, 그레이.

"아니, 그럴 수는 없고."

나는 딱 잘라 말했다. 그녀가 내가 죄책감을 느끼도록 자극하면서 열 받게 했기 때문이었다. 그녀는 입술을 앙다물었고, 나는 몸을 돌려 부엌을 나왔다. 그래도 그녀의 얼굴에 떠오른 못마땅한 표정은 볼 수 있었다.

꺼져, 캐버너.

내가 도울 수 있을 리가 없었다. 아나와 나는 그런 관계가 아니었다. 게다가 나는 여유 시간도 없었다.

나는 아나의 방으로 돌아가서 문을 닫으며 캐버너의 경멸 어린 얼굴을 지워버렸다. 바로 아나 스틸의 매혹적인 모습이 내 마음을 누그러뜨렸다. 침대에서 숨도 못 쉬고 기다리는 모습. 와인을 침대 옆 탁자에 내려놓고 나는 바지에서 콘돔 포장을 꺼내 와인 옆에 놓고 바지와 속옷을 바닥에 떨어뜨려 발기된 물건을 자유롭게 풀어놓았다.

나는 와인을 한 모금 마시고—놀랍게도 그렇게 나쁘진 않았다—아나를 내려다보았다. 그녀는 한마디도 하지 않았다. 그녀는 나를 향했고, 그녀의 입술은 기대감으로 벌어졌다. 잔을 집으며 나는 다시 한 번 그녀 위에 올라탔다.

"목마르지, 아나스타샤?"

"그래요."

그녀가 속삭였다.

와인을 한 모금 마시며, 나는 고개를 숙여 그녀에게 키스해서 입에 와인을 쏟아부었다. 그녀가 목구멍 깊이 덥석 받아들일 때 희미하게 감탄하는 소리가 났다.

"좀 더?"

내가 물었다.

그녀는 미소 지으며 고개를 끄덕였고, 나는 그대로 했다.

"너무 가진 말자. 너 술 약한 건 우리 둘 다 아니까, 아나스타샤."

나는 애를 태웠고, 그녀의 입은 환한 웃음으로 벌어졌다. 몸을 숙이면서 나는 그녀가 내 입에서 한 번 더 받아 마시게 했다.

그녀는 내 밑에서 몸을 비틀었다.

"이것도 즐거운가?"

나는 그녀 옆에 누우며 물었다.

그녀는 갑자기 진지해져서 가만히 있었지만, 숨을 날카롭게 들이마시며 입술을 벌렸다.

나는 다시 와인을 한 모금 크게 삼켰다. 이번에는 얼음 조각 두 개도 한꺼번에 삼켰다. 그녀에게 키스하면서, 나는 작은 얼음 조각을 그녀의 입속에 밀어 넣으며 목부터 배꼽까지 훑으면서 달콤한 향기가 풍기는 피부에 얼음 키스의 자국을 남겼다. 거기에 나는 다른 얼음 조각과 약간의 와인을 남겼다.

그녀는 숨을 헉 들이마셨다.

"이제 가만히 있어야 해. 움직이면, 아나스타샤, 와인이 침대에 온통 쏟아질 거야."

나는 낮은 목소리로 말했고 그녀의 배꼽 바로 위에 다시 키스했다. 그녀의 엉덩이가 움직였다.

"아, 안 되지. 와인을 쏟으면 벌주겠어, 스틸 양."

그녀는 대답대신 신음하며 넥타이를 잡아당겼다.

좋은 것을 모두 보여주지, 아나⋯⋯. 나는 양쪽 가슴을 브라에서 빼내며 와이어로 받치도록 했다. 그녀의 가슴은 앙증맞고 연약해 보였다. 내가 좋아하는 상태 그대로였다. 나는 천천히 양쪽 가슴을 입술로 애태웠다.

"이건 얼마나 즐거워?"

나는 젖꼭지 한쪽에 입김을 불며 속삭였다. 그녀의 입술이 느슨해지며 소리 없이 신음했다. 얼음 조각을 또 하나 입에 문 채 천천히 그녀의 흉골에서 젖꼭지까지 따라 내려오며 얼음으로 두어 번 원을 그렸다. 그녀는 내 몸 아래서 신음했다. 나는 얼음을 손가락으로 옮기고 차가운 입술과 손가락 사이에서 녹는 얼음 조각으로 양쪽 젖꼭지를 계속 괴롭혔다.

그녀는 내 몸 아래서 끙끙 신음하고 헐떡이며 긴장했지만 가까스로 가만히 있었다.

"와인을 쏟으면 절정을 맛보지 못할 거야."

나는 경고했다.

"아, 제발…… 크리스천…… 주인님…… 제발."

아, 그녀가 그 말을 하는 것을 듣다니.

희망이 있었다.

그건 거절이 아니었다.

나는 손가락으로 그녀의 몸을 훑으며 팬티 속으로 집어넣고 부드러운 피부를 간질였다. 갑자기 그녀가 골반이 조인 탓에 와인과 이제는 녹아버린 얼음이 배꼽에서 떨어졌다. 나는 재빨리 그걸 받아 물며 키스하고 몸에서 핥아 닦아냈다.

"아, 귀여운 아나스타샤. 움직였군. 널 어떻게 해야 하지?"

나는 손가락을 그녀의 팬티 속으로 집어넣고 클리토리스를 쓸었다.

"아!"

그녀가 낑낑댔다.

"오, 자기."

나는 경탄을 담아 속삭였다. 그녀는 젖어 있었다. 무척이나 촉촉하게.

봐, 얼마나 즐거운지 보았지?

나는 집게손가락과 가운뎃손가락을 그녀 안으로 밀어 넣었고, 그녀는 몸을 바르르 떨었다.

"너무 빨리 나를 맞을 준비가 되었는데."

266

나는 웅얼거리며 손가락을 천천히 넣었다 빼면서 길고 달콤한 신음을 이끌어냈다. 그녀가 골반을 들어 내 손가락을 맞으려 했다.

아, 그녀도 이것을 원해.

"욕심 많은 아가씨 같으니."

나의 목소리는 여전히 낮았고, 그녀는 내가 엄지손가락으로 클리토리스 위에 원을 그리며 약을 올리고 괴롭히자 그 속도에 맞추기 시작했다. 나는 그녀의 표정을 보고 싶어서 다른 손을 뻗어 티셔츠를 머리 위로 벗겨냈다. 그녀는 눈을 뜨고 부드러운 빛 속에 눈을 깜박였다.

"당신을 만지고 싶어요."

허스키한 목소리에는 욕구가 가득했다.

"알아."

내가 그녀의 입술 사이로 숨을 불어넣으며 키스하는 동안 손가락과 엄지손가락은 가차 없는 리듬을 유지했다. 그녀에게서는 와인과 욕구와 아나의 맛이 났다. 그녀는 이제껏 내가 그녀에게서 감지하지 못했던 굶주림을 품고 내 키스에 답했다. 나는 그녀 머리 위쪽을 받쳐서 꼼짝 못 하게 하고 키스와 손가락 섹스를 계속했다. 그녀의 다리가 굳어지자 나는 손의 속도를 늦추었다.

아, 안 되지. 아직 느끼게 할 순 없어.

그녀의 뜨겁고 달콤한 입에 키스하는 동안 이렇게 세 번 반복했다. 다섯 번째가 되자 손가락을 여전히 그녀의 못 속으로 넣은 상태에서 그녀의 귀에 대고 부드럽고 느리게 웅얼거렸다.

"이게 당신 벌이야. 거의 다 왔지만 아직 아니지. 이것도 즐거워?"

"부탁이에요."

맙소사, 이렇게 애원하는 말이 얼마나 듣기 좋은지.

"널 어떻게 해줄까, 아나스타샤?"

손가락을 다시 움직이자 그녀의 다리가 떨리기 시작했다. 나는 다시 한 번 손을 부드럽게 놀렸다.

"부탁이에요."

그녀는 다시 숨소리처럼 말했다. 그 말이 너무 낮아서 거의 들리지 않았다.

"뭘 원해, 아나스타샤?"

"당신…… 지금."

그녀는 간청했다.

"너를 이런 식으로 해줄까, 저런 식으로 해줄까, 아니면 그런 식으로 해줄까? 선택은 끝이 없어."

나는 나직하게 말했다. 나는 한 손을 빼서 침대 옆 탁자 위에 놓인 콘돔을 집고는 다리 사이에 무릎을 꿇었다. 나는 그녀에게서 눈을 떼지 않으면서 그녀의 팬티를 끌어내려 바닥에 버렸다. 그녀의 눈은 검었고, 약속과 갈망이 가득했다. 내가 콘돔을 천천히 씌우는 동안 그녀의 눈이 커졌다.

"이건 얼마나 즐거워?"

나는 일어난 페니스를 주먹으로 감싸고 물었다.

"농담으로 한 말이었어요."

그녀가 낑낑거렸다.

농담이라고?

감사합니다, 하느님.

모두를 다 잃은 건 아니군.

"농담?"

나는 따져 물으며 손을 위아래로 움직였다.

"그래요, 제발. 크리스천."

그녀는 간청했다.

"지금 웃고 있어?"

"아니요."

그녀의 목소리는 거의 들리지 않았지만, 작게 머리 한 번을 흔든 것만으로 내가 알아야 할 필요가 있는 건 모두 말해주었다.

그녀가 나를 욕망하는 걸 보고 있으려니…… 그저 그녀를 보고 있기만 해도 손 안에서 폭발할 것 같았다. 그녀를 잡아 몸을 뒤집으면서, 예쁘고 예쁜 엉덩이를 공기 중에 노출했다. 너무 유혹적이었다. 나는 그녀의 엉덩이를 찰싹 때리고 그 안으로 뛰어들었다.

아, 망할. 그녀는 완전히 준비가 되어 있었다.

그녀는 나를 감싸고 조여왔고, 절정을 느끼며 비명을 질렀다.

망할, 너무 빠르잖아.

그녀의 하체를 꼼짝 못 하게 고정하면서 나는 그녀 안으로 세게 찔러 넣으며 오르가즘 위에 올라탔다. 나는 이를 악물고 다시 또다시 돌리며 들어갔고 그녀는 다시 한 번 절정을 쌓아갔다.

자, 아나. 또다시. 나는 계속 찔으며 그녀를 격려했다.

그녀는 내 아래서 신음하고 끙끙댔고, 옅은 땀이 등에 배어났다.

그녀의 다리가 떨리기 시작했다.

거의 가까워졌다.

"자, 아나스타샤, 또다시."

나는 으르렁거렸다. 어떤 기적으로 그녀의 오르가즘이 그녀의 몸을 타고 소용돌이치더니 내 몸속으로 쏟아져 들어왔다. 망할. 아무 말 없이 나는 절정을 느꼈고 나를 그녀 안으로 쏟아냈다.

맙소사. 나는 그녀 위로 무너졌다. 진이 다 빠졌다.

"이건 얼마나 즐거웠어?"

나는 폐로 숨을 들이마시며 그녀의 귀에 대고 식식댔다.

그녀는 침대 위에 누워 숨을 헐떡였다. 나는 그녀에게서 빠져나와 콘돔을 빼냈다. 나는 침대에서 내려와 재빨리 옷을 입었다. 다 마치자, 나는 손을 내려 넥타이를 풀어 그녀를 놓아주었다. 그녀는 몸을 돌리며 두 팔과 손가락을 펴며 브라를 다시 정리했다. 일단 그녀를 이불로 덮어주고 나는 그녀 옆에 누워 팔꿈치를 괴고 누웠다.

"정말 즐거웠어요."

그녀는 장난기 어린 미소를 지으며 말했다.

"다시 그 단어군."

나는 그녀를 보고 히죽 웃었다.

"그 단어가 마음에 들지 않아요?"

"응. 나한텐 전혀 소용이 없는 단어야."

"아, 잘 모르겠는데……. 그 말이 당신에겐 아주 이로운 효과를 준 것 같은데."

"내 자체가 이로운 효과겠지. 그렇지 않나? 앞으로도 내 자존심을 더욱 상처 입힐 수 있겠어, 스틸 양?"

"당신 자존심에 뭐 하나 이상 있다는 생각은 안 드는데요."

그녀의 얼굴에 찡그린 표정이 스쳤다.

"생각은 안 든다고?"

플린 박사라면 이에 대해 할 말이 많겠지.

"어째서 남이 만지는 걸 싫어해요?"

그녀는 달콤하고 부드러운 목소리로 물었다.

"그냥 싫어."

나는 그녀가 이런 질문을 못 하도록 다른 데로 관심을 끌려고 이마에 키스했다.

"그래, 그 이메일은 농담이랍시고 보낸 거다 이거지."

그녀는 수줍은 표정을 지으며 사과하듯 으쓱했다.

"알았어. 그럼 아직도 내 제안은 생각 중인가?"

"당신의 점잖지 못한 제안 말인가요? 그래요, 생각 중이에요."

그래, 정말 고맙기도 하군.

우리의 거래는 아직 끝나지 않았다. 손에 잡힐 듯 뚜렷한 안도감이 들었다. 맛볼 수 있을 정도였다.

"하지만 몇 가지 문제가 있어요."

그녀가 덧붙였다.

"없다고 하면 오히려 실망했을 거야."

"당신에게 이메일을 쓰려고 했는데, 당신이 와서 방해한 셈이에요."

"육탄 저지라는 건가."

"아, 당신도 어딘가 일말의 유머 감각이 있는 줄 알았다니까요."

그녀의 눈에 어린 빛이 희열로 춤추었다.

"어떤 것들만 웃긴 거지, 아나스타샤. 난 네가 거절하려는 줄 알았어. 전혀 논의할 여지도 없다고."

"아직 잘 모르겠어요. 마음을 정하지 못했어요. 내게 개목걸

271

이를 달 건가요?"

그녀의 질문에 나는 놀랐다.

"조사를 한 모양이군. 모르겠는데, 아나스타샤. 누구한테도 개목걸이를 달아매본 적이 없어서."

"당신은 목걸이를 매본 적 있어요?"

그녀가 물었다.

"그래."

"로빈슨 부인한테요?"

"로빈슨 부인!"

나는 큰 소리로 웃음을 터뜨렸다. 〈졸업〉에서 앤 밴크로프트가 맡았던 역 말인가.

"네가 그렇게 말했다고 그 사람에게 얘기를 해야겠어. 좋아할 거야."

"아직도 정기적으로 만나나보죠?"

그녀의 목소리가 충격과 분개심으로 높아졌다.

"그래."

그게 뭐가 대수라고?

"알겠어요."

이제 그녀의 목소리가 퉁명스러워졌다. 화난 건가? 어째서? 이해할 수가 없었다.

"그럼 당신은 대안적 삶의 방식에 대해서 의논할 사람이 있는데, 나는 그러면 안 된다는 거군요."

그녀의 어조는 뾰로통했지만, 다시 한 번 내가 순순히 넘어가게 놔두지 않았다.

"그런 식으로 생각해본 적은 없는데. 로빈슨 부인은 그런 삶의 한 부분이지. 말했잖아. 이젠 우린 좋은 친구로 지낸다고. 네가 원한다면 이전 서브 중 한 명을 소개해줄게. 그 여자와 의논하면 되지."

"그것도 농담이라고 하는 거예요?"

그녀가 따졌다.

"아니, 아나스타샤."

나는 그녀가 격렬히 분통을 터뜨리는 데 놀라서 그렇지 않다는 것을 강조하기 위해 고개를 저었다. 새 도미넌트의 취향을 알아보려고 서브미시브가 이전 서브들과 확인하는 건 무척 흔하다.

"아니에요, 나 혼자 알아서 할게요. 아주 고맙네요."

그녀는 주장하더니 이불을 턱까지 끌어올렸다.

뭐지, 불쾌한 건가?

"아나스타샤, 난……. 네 기분을 상하게 하려던 건 아냐."

"기분이 상한 게 아니에요. 어이가 없는 거지."

"어이가 없다고?"

"난 당신의 전 여자 친구랑 얘기하고 싶지 않아요. 노예……서브…… 뭐가 됐든."

아.

"아나스타샤 스틸, 질투하는 거야?"

목소리에 당혹감이 묻어났다. 정말 그랬으니까. 그녀는 새빨개졌고 이제 나는 그녀 문제의 근원을 알아낸 느낌이 들었다. 대체 어떻게 질투를 할 수 있지?

아가씨, 너를 만나기 전 내게도 삶이 있었다고.

그것도 매우 활동적인 삶이.

"여기 계속 있을 거예요?"

그녀가 톡 쏘았다.

뭐라고? 물론 아니지.

"내일 아침 히스먼에서 조찬 모임이 있어. 게다가 말했잖아. 나는 여자 친구든, 노예든, 서브든, 뭐가 됐든 남이랑 같이 자지 않아. 금요일과 토요일은 예외였어. 그런 일은 다시 없을 거야."

그녀는 고집스러운 표정으로 입을 꾹 다물었다.

"뭐, 이젠 피곤해요."

망할.

"나를 내쫓는 건가?"

이렇게 하려던 게 아닌데.

"그래요."

대체 뭐지?

다시 스틸 양에게 무장해제를 당하고 말았다.

"뭐, 그것도 또 처음으로 겪는 일이군."

나는 웅얼거렸다.

쫓겨나다니. 믿을 수가 없어.

"그럼 지금 의논하고 싶은 건 없어? 계약에 대해서."

나는 더 오래 어정거릴 핑계차 물었다.

"없어요."

그녀가 툴툴거렸다. 뾰로통한 태도는 거슬렸고, 그녀가 진짜 나의 것이라면 참고 봐주지 않을 것이었다.

"젠장, 당신을 한 번 시원하게 쳐주고 싶군. 그럼 당신의 기분이 나아질 거고 나도 그럴 텐데."

나는 말했다.

"그런 말을 해선 안 되죠. 난 아직 계약서에 서명하지 않았어요."

그녀의 눈이 반항으로 빛났다.

아, 말은 할 수 있잖아. 실행으로 옮길 수 없을 뿐이지. 당신이 그렇게 하도록 허락해주기 전까지는.

"남자한테는 꿈을 꿀 권리가 있잖아, 아나스타샤, 수요일?"

나는 여전히 원했다. 뭐, 하지만 알 수 없었다. 그녀는 너무 까다로웠다. 나는 그녀에게 가볍게 입을 맞췄다.

"수요일에 봐요."

그녀가 동의해서 나는 안심했다.

"배웅할게요."

그녀는 한층 더 부드러워진 어조로 덧붙였다.

"나한테 잠깐만 시간을 주면."

그녀는 나를 침대에서 밀어내고 티셔츠를 입었다.

"내 운동복 바지 좀 집어줘요."

그녀는 바지를 가리키며 명령했다.

와우, 스틸 양은 조그마해도 위압적으로 굴 수도 있군.

"알겠습니다, 마님."

나는 그녀가 무슨 뜻인지 모르리라 생각하며 농담했다. 하지만 그녀는 눈을 가늘게 떴다. 그녀는 내가 자기를 놀리는 것을 알았지만, 바지를 입으면서 아무 말도 하지 않았다.

거리로 쫓겨난다는 생각에 약간 어리벙벙해서 나는 그녀를 따라 거실을 지나 현관으로 나왔다.

이런 일을 마지막으로 당한 게 언제였더라?

한 번도 없었지.

그녀는 문을 열었지만, 두 손을 내려다보기만 했다.

무슨 일이지?

"괜찮아?"

나는 엄지손가락으로 가볍게 그녀의 아랫입술을 쓸며 물었다. 어쩌면 그녀는 내가 가는 것을 원치 않는지도 몰랐다. 아니면 내가 한시라도 빨리 떠나기를 바라는 건가?

"네."

그녀의 어조는 부드러웠고 가라앉아 있었다. 그녀의 말을 믿어야 할지 알 수 없었다.

"수요일."

나는 다시 확인했다. 그때 만날 수 있을 것이었다. 나는 몸을 숙여 그녀에게 키스했고 그녀는 눈을 감았다. 가고 싶지 않았다. 불확실한 그녀의 결정을 마음에 품은 채로는. 나는 그녀의 머리를 잡고 더욱 깊게 키스했고 그녀는 자신의 입을 내게 바치며 항복했다.

아, 날 포기하지 마. 시도해보라고.

그녀는 내 두 팔을 잡고 키스해왔다. 나는 그만두고 싶지 않았다. 그녀는 사람을 취하게 했고, 어둠은 내 앞에 있는 젊은 여자로 인해 고요해지고 진정되었다. 마지못해 나는 몸을 빼고 그녀의 이마에 내 이마를 댔다.

그녀도 나처럼 숨도 쉬지 못했다.

"아나스타샤. 나를 어떻게 한 거야?"

"나도 똑같은 말을 하고 싶어요."

그녀가 속삭였다.

나는 떠나야 했다. 그녀가 나를 순식간에 추락하게 했고 나는 이유를 알 수 없었다. 나는 그녀의 이마에 키스한 후 R8으로 걸어갔다. 그녀는 문간에 서서 나를 바라보았다. 안으로 들어가지 않았다. 내가 차에 탈 때까지 아직도 나를 바라보는 게 흐뭇해서 미소를 지었다.

뒤를 돌아보았을 때, 그녀는 가고 없었다.

젠장. 지금 무슨 일이 있었던 거지? 잘 가라고 손 한 번 안 흔들어주나?

나는 시동을 걸고 우리 사이에 있었던 일을 분석하며 포틀랜드로 향했다.

그녀가 내게 이메일을 보냈다.

나는 그녀에게로 갔다.

우리는 섹스를 했다.

내가 떠날 준비가 되기도 전에 그녀는 나를 쫓아냈다.

처음으로—그래, 어쩌면 처음은 아니겠지만—나는 섹스로 이용당한 느낌이 들었다. 엘레나와 함께하는 시간을 떠올리게 하는 불편한 느낌이었다.

제길! 스틸 양은 속속들이 끝내줬지만 그녀는 심지어 그 사실을 몰랐다. 그리고 그녀를 보내는 건 바보짓이었다.

이 일을 돌려야만 했다. 이런 온건한 판매법이 내 머릿속을 어지럽혔다.

하지만 나는 그녀를 원했다. 그녀가 서명하기를 바랐다.

쫓아다니는 게 그저 좋을 뿐인가? 나를 흥분시키는 게 그건가? 아니면 그 여자인가?

망할. 알 수가 없었다. 수요일에는 좀 더 알아낼 수 있기를 바랐다. 그리고 긍정적인 뜻으로 저녁을 같이 보내는 것도 꽤 즐거운 방법이었다. 나는 백미러를 보고 히죽 웃으며 호텔 차고로 들어갔다.

방 안으로 돌아가서 노트북 앞에 앉았다.

원하는 것에, 가고 싶은 것에 집중해. 플린의 해결 기반 헛소리에 따르면, 이게 항상 나를 괴롭히던 문제 아니었나?

보낸 사람: 크리스천 그레이
제목: 오늘 저녁
날짜: 2011년 5월 23일 23:16
받는 사람: 아나스타샤 스틸

스틸 양,
계약서에 관한 의견을 받기를 고대하겠어.
그때까지는 잘 자.

크리스천 그레이
CEO, 그레이 엔터프라이즈 홀딩스, Inc.

그리고 나는 덧붙이고 싶었다. 또 한 번 유쾌한 저녁 고마워……. 하지만 그건 약간 정도를 넘은 말 같았다. 아나도 지금이면 잘 테니 나는 노트북을 한쪽으로 밀어놓고 디트로이트 보고서를 집어 들고 읽기 시작했다.

2011년 5월 24일 화요일

디트로이트에 전자 제품 공장을 유치한다는 생각을 하니 우울했다. 나는 디트로이트를 혐오했다. 그곳에는 나쁜 기억밖에 없었다. 싸그리 잊어버리고 싶은 기억들. 그들은 주로 밤에 떠올라 내가 누구이며 어디에서 왔는지를 생각하게 했다.

하지만 미시건 주에서는 무척이나 유리한 세금 혜택을 받을 수 있었다. 이 보고서에 따르면 그들이 제안하는 내용을 무시할 수는 없었다. 나는 식탁에 보고서는 던져놓고 상세르 와인을 한 모금 마셨다. 젠장. 뜨뜻미지근했다. 늦은 시각이었다. 잠을 자야만 했다. 일어나서 몸을 쭉 뻗었을 때 컴퓨터에 핑 알람이 울렸다. 이메일이었다. 로스에게 온 편지일지도 몰라 재빨리 살폈다.

아나가 보낸 것이었다. 어째서 아직도 깨어 있는 거지?

보낸 사람: 아나스타샤 스틸
제목: 문제
날짜: 2011년 5월 24일 00:02
받는 사람: 크리스천 그레이

그레이 씨에게

여기 제가 적은 문제 목록이 있어요. 이 문제들을 수요일 저녁식사에서 좀 더 자세히 논의하기를 고대하겠어요.

숫자는 관련 조항입니다.

그녀가 조항을 언급하고 있어? 스틸 양은 철저했다. 나는 참고하기 위해 사본을 스크린에 띄웠다.

계약서

2011년 _____일자("개시일") 작성

계약 당사자

크리스천 그레이, 워싱턴 주 시애틀 에스칼라 301호 우편번호 98889("도미넌트")

아나스타샤 스틸, 워싱턴 주 밴쿠버 SW 그린 스트리트 헤이븐 하이츠 아파트 7호 우편번호 98888("서브미시브")

양측은 다음 사항에 합의한다.

1. 이하는 도미넌트와 서브미시브 양자 간 구속력이 있는 계약이다.

근본 조건

2. 이 계약의 근본 목적은 서브미시브의 욕구, 한계와 안녕을 존중하고 고려하여 그가 자신의 관능과 한계를 안전하게 탐사할 수 있도록 하는 것이다.

3. 도미넌트와 서브미시브의 이 계약 조건 하에서 일어나는 모든

일은 서로 동의 하에 이루어지고 비밀로 유지되어야 하며 이 계약서에 명기된 합의 한계와 안전 절차에 따른다는 것에 합의하고 인정한다. 부가적 한계 사항과 안전 절차는 서면으로 합의될 수 있다.

4. 도미넌트와 서브미시브는 각각 어떤 심각한 성병, 중병, 전염병, 생명을 위협하는 질병에 걸리지 않았음을 보증한다. 여기에는 HIV, 헤르페스, 간염이 포함되며 그 외 다른 질병들도 포함될 수 있다. (아래 기명된) 계약 기간 동안이나 계약의 연장 기간 동안 양측은 그런 질병 진단을 받거나 인지할 경우 즉각, 서로가 신체적 접촉을 갖는 사건 이전에 서로에게 통보해야 할 의무가 있다.

5. 상기 보증과 합의, 의무(그 외 상기 3조에 의해 합의된 한계와 안전 절차)는 이 계약의 근본을 이룬다. 위 사항들을 위반할 경우 계약은 즉각적인 효력을 상실하며 양측은 상대에게 그 위반으로 인한 어떤 결과도 전적으로 책임질 것을 합의한다.

6. 이 계약서의 모든 사항은 근본적인 목적과 상기 2~5조에 기술된 근본 조건의 견지에 따라 이해되고 해석된다.

역할

7. 도미넌트는 서브미시브의 안녕과 적절한 훈련, 안내, 훈육의 책임을 진다. 도미넌트는 이 계약서 내에서, 혹은 상기 3조 내에서 부가적으로 기술된 합의 조건과 한계, 안전 절차에 입각하여 훈련과 안내, 훈육의 본질과 그를 행사할 시간과 장소를 결정한다.

8. 도미넌트가 이 계약서 내에서, 혹은 상기 3조 내에서 부가적으로 기술된 합의 조건과 한계, 안전 절차를 시키지 못할 경우, 서브미시브는 이 계약을 지체 없이 종료하고 사전 예고 없이 도미넌트의 관리를 떠날 수 있는 권리가 있다.

9. 그 단서 조건과 상기 2~5조에 입각하여 서브미시브는 매사 도

미넌트에게 봉사하고 복종한다. 이 계약서 내에서, 혹은 상기 3조 내에서 부가적으로 기술된 합의 조건과 한계, 안전 절차에 입각하여 서브미시브는 의문을 제기하거나 주저하지 않고 도미넌트가 요구한 쾌락을 제공해야 하며 도미넌트가 제공하는 훈련과 안내, 훈육을 어떤 형태든 받아들인다.

계약 개시와 기간

10. 도미넌트와 서브미시브는 개시 당일 계약의 본질을 충분히 인지하고 시작하며 여기 제시된 조건을 예외 없이 준수할 책임이 있다.

11. 이 계약은 개시일로부터 역월(曆月)로 3개월 간 효력이 있다("기간"). 기간이 종료될 시, 양측은 협의하여 이 계약과 이 계약 하에서 타협한 사항들이 만족되었는지, 양측 각자의 욕구가 충족되었는지를 논의한다. 양측 어느 쪽도 이 조건의 수정과 계약 하에서 타협한 사항을 수정하여 연장할 것을 제안할 수 있다. 연장에 대한 합의가 없을 시, 이 계약은 종료되며 양측은 각자의 삶을 자유롭게 시작할 수 있다.

용이성

12. 서브미시브는 계약 기간 동안 매주 금요일 저녁부터 일요일 오후 사이, 도미넌트가 규정한 시간에 이용할 수 있도록 대기해야 한다("할당 시간"). 그 이상의 할당 시간은 임의적으로 서로 상호 합의하여 결정한다.

13. 도미넌트는 언제든, 무슨 이유든 서브미시브를 해임할 권리를 갖는다. 서브미시브는 언제든 계약 해소를 요구할 권리가 있지만 이 요청은 오로지 상기 2~5조와 8조 하에 명기된 서브미시브의

권리에 해당할 시 도미넌트의 재량에 따라 허용될 수 있다.

장소

14. 서브미시브는 할당 시간과 합의된 부가 시간 동안 도미넌트가 지정한 장소에 대기하고 있어야 한다. 도미넌트는 그 목적을 위해 서브미시브가 지출할 모든 여행 경비를 부담한다.

봉사 규정

15. 이하 봉사 규정은 논의와 합의에 따라 결정되며 계약 기간 동안 양측 모두 준수한다. 양측은 이 계약서나 봉사 규정에 포함되지 않는 어떤 문제가 일어날 수도 있으며 이 문제들은 재합의될 수 있음을 인정한다. 그런 상황에서는 계약 수정에 의해 추가 조항들을 제안할 수 있다. 추가 조항이나 수정은 합의에 따라야 하고 서류로 작성되어 양측이 서명해야 한다. 또한 상기 2~5조에 기술된 근본 조건에 종속된다.

도미넌트

15.1 도미넌트는 항시 서브미시브의 건강과 안전을 우선으로 한다. 도미넌트는 별첨 2에 상술된 활동이나 둘 중 한쪽이라도 안전하지 않다고 간주한 행위에 참여하도록 서브미시브에게 요청하거나 요구하거나 허락하거나 강요할 수 없다. 도미넌트는 서브미시브에게 심각한 부상을 유발하거나 생명에 위험이 될 수 있는 어떤 행동도 취하거나 취하도록 허가하지 않는다. 15조의 부가 조항은 이 조건과 상기 2~5조에 기술한 근본 문제에 입각하여 해석되어야 한다.

15.2 도미넌트는 서브미시브를 그의 소유물로 받아들여 계약 기간 내에 소유하고 통제하며 지배하고 훈육할 수 있다. 도미넌트는

또한 서브미시브의 신체를 할당 시간이나 합의된 부가 시간 동안에는 적절하다고 생각하는 방식에 따라 성적이나 다른 목적으로 사용할 수 있다.

15.3 도미넌트는 서브미시브가 적절히 봉사할 수 있도록 필요한 훈련과 안내를 모두 제공한다.

15.4 도미넌트는 서브미시브가 봉사의 의무를 다할 수 있는 안정적이고 안전한 환경을 유지한다.

15.5 도미넌트는 서브미시브가 도미넌트에게 이바지하는 자신의 역할을 충분히 인지하고, 용납할 수 없는 행위를 차단하기 위해 필요한 만큼 훈련시킬 수 있다. 도미넌트는 훈육 목적과 자신의 개인적 쾌락, 혹은 굳이 설명하지 않아도 되는 다른 이유에 적절하다고 사료될 경우 플로거, 엉덩이 치기, 채찍과 다른 체벌을 이용할 수 있다.

15.6 훈련과 훈육 행사 시 도미넌트는 영구적인 자국을 서브미시브의 신체에 남기지 않고 의료적 치료가 필요한 부상을 입히지 않도록 확인한다.

15.7 훈련과 훈육 행사 시 도미넌트는 훈육과 훈련 목적으로 사용되는 기구가 안전한지 확인하고 심각한 위해를 입힐 수 있는 방식으로 사용하지 않으며 이 계약에서 정의되고 상술된 한계를 절대로 넘지 않도록 한다.

15.8 질병과 부상 시, 도미넌트는 서브미시브를 돌보아주고 건강과 안전을 살피며 도미넌트가 필요하다고 판단할 경우 필요한 의료 조치를 받도록 권하거나 명령할 수 있다.

15.9 도미넌트는 위험 없는 환경을 유지하기 위해 자신의 건강을 유지하고 필요할 경우 의료 조치를 받는다.

15.10 도미넌트는 서브미시브를 다른 도미넌트에게 대여하지 않는다.

15.11 도미넌트는 할당 시간이나 어떤 이유로든 합의된 부가 시간, 연장 기간 동안에 언제든 상대의 건강과 안전을 존중할 경우 서브미시브를 구속하거나 수갑을 채우거나 결박할 수 있다.

15.12 도미넌트는 훈련과 훈육 목적으로 사용하는 모든 기구를 항상 청결하고 위생적이며 안전한 상태로 유지한다.

서브미시브

15.13 서브미시브는 도미넌트를 주인으로 받아들이며 자신이 도미넌트의 소유물로서 계약 기간에는 일반적으로, 할당 기간이나 합의된 부가 할당 시간에는 특히 도미넌트의 임의대로 처분될 수 있음을 이해한다.

15.14 서브미시브는 이 합의서의 별첨 1에 기술된 규칙("규칙")에 복종한다.

15.15 서브미시브는 도미넌트가 적절하다고 여기는 방식으로 그에 봉사하며 도미넌트를 기쁘게 하기 위해 언제든 최선을 다해 노력한다.

15.16 서브미시브는 건강을 유지하기 위해 모든 조치를 취하며 필요할 때는 의료 조치를 요청하거나 취할 수 있고 건강에 문제가 발생할 시 도미넌트에게 즉시 통보한다.

15.17 서브미시브는 임신을 방지하기 위해 경구피임약을 입수하여 복용한다.

15.18 서브미시브는 도미넌트가 필수적이라고 여긴 모든 훈육 행위를 질문 없이 받아들이며 항상 도미넌트에 관한 자신의 위치와 역할을 명심한다.

15.19 서브미시브는 도미넌트로부터 허락을 받지 않고 자신의 몸을 만지거나 성적인 쾌감을 얻지 않는다.

15.20 서브미시브는 도미넌트가 요구한 어떤 성적 활동에도 따르며 주저하거나 이의를 제기하지 않는다.

15.21 서브미시브는 채찍과 매, 엉덩이 치기, 패들 치기 등 도미넌트가 행하기로 결정한 훈육을 주저하거나 질문하거나 불평하지 않고 받아들인다.

15.22 서브미시브는 도미넌트의 명령 없이는 눈을 똑바로 바라보지 않는다. 서브미시브는 도미넌트 앞에서는 항상 눈을 내리깔고 조용하고도 존경하는 태도를 유지한다.

15.23 서브미시브는 항상 도미넌트를 존경하는 태도를 보이며 그를 주인님, 선생님, 그레이 씨, 혹은 도미넌트가 명령한 호칭으로만 부른다.

15.24 서브미시브는 도미넌트가 허락하지 않는 한 그를 만지지 않는다.

활동

16. 서브미시브는 어느 쪽이든 안전하지 않다고 여기는 행위나 성행위, 별첨 2에 상술된 행위에는 참여하지 않는다.

17. 도미넌트와 서브미시브는 별첨 3에 제시된 활동들을 논의하고 그와 관련한 합의 사항을 별첨 3에 서면으로 기록한다.

안전신호

18. 도미넌트와 서브미시브는 도미넌트가 서브미시브에게 신체적, 정신적, 감정적, 영적, 혹은 그 외 위해가 가해질 수 있는 요구를 할지도 모른다는 것을 인식한다. 이와 관련한 경우 서브미시브는 안전신호("안전신호(들)")를 사용한다. 요구의 강도에 따라 안전신호 두 가지가 사용된다.

19. 안전신호 "황색"은 서브미시브가 인내의 한계에 근접했음을 도미넌트에게 알릴 때 쓴다.

20. 안전신호 "적색"은 서브미시브가 더 이상의 요구를 참을 수 없음을 도미넌트에게 알릴 때 쓴다. 이 단어를 말할 경우, 도미넌트의 행동은 즉시, 완전히 중단된다.

결론

21. 아래 서명한 두 사람은 계약서의 조항을 읽었으며 충분히 이해한다. 아래 서명함으로써 이 계약 조건을 자유 의지로 받아들이며 인정한다.

도미넌트: 크리스천 그레이   서브미시브: 아나스타샤 스틸

일시: 일시:

————————————   ————————————

별첨 1

규칙

복종:

서브미시브는 도미넌트가 내린 지시에 망설이거나 주저하지 않고 즉시 신속하게 복종한다. 서브미시브는 도미넌트가 적합하고 만족스럽다고 여긴 성적 행위에 따른다. 다만 고정 한계에 기술되어 있는 항목은 예외로 한다(별첨 2). 서브미시브는 열의 있고 망설임 없는 태도로 행위를 수행한다.

수면:

서브미시브는 도미넌트와 함께 하지 않을 때는 최소 1일 8시간의 수면을 반드시 취한다.

식생활:

서브미시브는 건강과 안녕을 유지하기 위해 미리 짠 식단에 따라 규칙적인 식사를 한다(별첨 4). 서브미시브는 끼니 사이에 과일을 제외한 간식은 먹지 않는다.

의상:

계약 기간 동안 서브미시브는 도미넌트가 동의한 의상만 입을 수 있다. 도미넌트는 서브미시브에게 의상 구입비를 제공한다. 서브미시브가 의상을 구입할 시, 도미넌트가 임의적으로 동행한다. 도미넌트가 요구한다면 서브미시브는 계약 기간 동안 도미넌트가 동석하는 경우나 적합하다고 여겨지는 다른 경우에 따라 어떤 장식품이든 착용한다.

운동:

도미넌트는 서브미시브에게 일주일 1시간씩 4회 운동할 수 있도록 개인 운동 강사를 제공한다. 운동 시간은 강사와 서브미시브가 협의하여 결정한다. 강사는 도미넌트에게 서브미시브의 진행 과정을 보고한다.

개인 위생 / 외모 관리:

서브미시브는 항상 청결을 유지하고 면도를 하거나 왁싱을 한다. 서브미시브는 도미넌트가 선택한 시간에 따라 도미넌트가 선정한 미용실을 방문하고 도미넌트가 적합하다고 생각하는 시술을 받는다.

개인 안전:

서브미시브는 과음, 흡연, 오락성 약물을 삼가고 어떤 불필요한 위험도 자처하지 않는다.

개인 관리:

서브미시브는 도미넌트 외 다른 어떤 사람과도 성적 관계를 맺지 않는다. 서브미시브는 항상 품위 있고 겸손한 태도로 행동한다. 자신의 행동이 도미넌트의 품격을 곧바로 반영한다는 것을 깨닫는다. 서브미시브는 도미넌트와 함께 있지 않을 때 저지른 비행과 범죄 행위, 부정에 대해서 책임을 진다.

상기 사항 중 하나라도 위반할 시는 즉각적인 처벌이 따르며, 처벌의 본질은 도미넌트가 결정한다.

별첨 2
고정 한계

불과 관련한 행위는 금지한다.
소변이나 대변, 그로 인한 산물과 관련한 행위는 금지한다.
바늘과 칼, 피어싱, 출혈과 관련한 행위는 금지한다.
산부인과 기기와 관련한 행위는 금지한다.
아동이나 동물과 관련한 행위는 금지한다.
피부에 영구적 흔적이 남는 행위는 금지한다.
호흡 조절이 관련된 행위는 금지한다.
전류(교류 혹은 직류), 불, 불꽃을 신체에 직접적으로 접촉하는 행위는 금지한다.

별첨 3

유동 한계

양측이 의논하여 합의한다.

서브미시브는 다음에 동의하는가:

- 마스터베이션
- 커널링거스
- 펠라티오
- 정액 삼키기
- 질 성교
- 질 내 주먹 삽입
- 항문 성교
- 항문 내 주먹 삽입

서브미시브는 다음 기구의 사용에 동의하는가:

- 바이브레이터
- 버트 플러그
- 딜도
- 다른 질/항문 기구

서브미시브는 다음에 동의하는가:

- 밧줄 결박
- 가죽 수갑 결박
- 수갑/족쇄/차꼬
- 테이프 결박
- 그 외 다른 도구로 결박

서브미시브는 다음으로 구속되는 데 동의하는가:

- 손 앞으로 묶기
- 발목 묶기
- 팔꿈치 묶기
- 손 뒤로 묶기
- 무릎 묶기
- 손목과 발목 모아 묶기
- 고정된 물건이나 가구에 결박
- 스프레더바 결박
- 매달기

서브미시브는 안대 착용에 동의하는가?

서브미시브는 재갈 착용에 동의하는가?

서브미시브는 어느 정도의 고통까지 경험할 용의가 있는가?
1을 아주 좋음, 5를 아주 싫음으로 하여 정도를 표기하시오:
1-2-3-4-5

서브미시브는 다음과 같은 형태의 고통/체벌/훈육을 받아들이는
데 동의하는가:

- 엉덩이 치기
- 채찍질
- 깨물기
- 성기 집게
- 뜨거운 촛농

- 패들 치기
- 매질
- 유두 집게
- 얼음
- 다른 형태/방식의 고통

이에 대해 그녀는 지적했다.

2: 어째서 이게 순전히 내 이익을 위한 거라는 건지 확실히 알 수
가 없네요. 즉, 내 관능과 한계를 탐사하기 위해서라는데. 그걸 하기
위해서 열 장짜리 계약서는 필요 없답니다! 분명히 이건 당신의 이
익을 위한 걸 텐데요.

정곡을 찔렀군, 스틸 양!

4: 당신도 인지하고 있겠지만, 당신은 내 유일한 섹스 파트너예

요. 난 약도 하지 않고 수혈도 받은 적이 없답니다. 난 아마도 안전할 거예요. 당신은요?

또 정곡을! 이번이 내가 파트너의 과거를 고려할 필요가 없는 첫 번째 경우가 될 것이라는 생각이 떠올랐다. 그래, 처녀와 자는 데도 이득이 있군.

8: 당신이 합의된 한계를 고수하지 않는다면 난 언제든지 종료할 수 있다는 거죠. 좋아요. 이건 마음에 드네요.

그런 일은 없길 바라지만, 그렇다고 해도 처음은 아니었다.

9: 매사에 당신에게 복종하라고요? 주저하지 않고 훈육을 받아들인다고요? 이 점은 더 의논을 해봐야겠네요.

11: 한 달의 시범 기간이 있어야겠어요. 세 달이 아니라.

고작 한 달? 그 정도면 충분하지 않은데. 한 달 안에 어디까지 갈 수 있다는 거지?

12: 난 매 주말을 여기 할애할 수는 없어요. 나도 삶이 있고, 아마 있게 되겠죠. 4주 중 세 번 정도?

그럼 다른 남자와 사귈 수도 있는 기회를 갖겠다는 건가? 자기가 뭘 놓치고 있는지 깨닫게 될걸. 이 점은 확신할 수 없었다.

15.2: 내 몸을 적절하다고 생각하는 방식에 따라 성적이나 다른 목적으로 사용할 수 있다는 부분. '다른 목적'이 뭔지 정의해줘요.

15.5: 전체 훈육 조항이요. 나는 채찍질 당하고 체벌을 받고 싶을 것 같진 않네요. 이런 것은 2~5조에 어긋나는 것 아닌가요. 게다가 '다른 이유'라는 것도요. 그건 그저 비열하네요. 나한테 사디스트는 아니라면서요.

젠장! 계속 읽어, 그레이.

15.10: 나를 다른 사람에게 대여해주는 것 같은 일도 선택사항이 될 수 있군요. 하지만 여기서 흑백을 가르는 건 좋네요.

15.14: 규칙요. 이건 좀 더 나중에 이야기해요.

15.19: 당신의 허락 없이 날 만지는 거요. 이게 무슨 문제가 돼요? 게다가 어차피 내가 하지 않는다는 것 알 텐데.

15.21: 훈육—위의 15조 5항을 봐요.

15.22: 난 당신의 눈을 들여다볼 수 없나요? 왜요?

15.24: 어째서 당신을 만지면 안 되죠?

규칙:
수면—6시간에는 동의하겠어요.

식생활—미리 정해준 식단에 따라 음식을 먹진 않겠어요. 식단을 없애든가 내가 그만두든가. 양보 없는 거래의 관건.

음, 이건 좀 문제가 되겠는데.

의상—당신과 함께 있을 때만 그 옷들을 입는다고 하면…… 괜찮아요.

운동—3시간에 합의했는데, 여긴 4시간이라고 적혀 있네요.

유동 한계:
이거 다 하나하나 살펴야 해요? 어떤 종류든 주먹 삽입은 안 돼요. 매달기가 뭐예요? 성기 집게…… 이건 농담이겠죠.

수요일까지 협의 사항 알려줄 수 있겠어요? 난 그날 오후 5시까지 일해요.

잘 자요.

아나

그녀의 답변을 받으니 안심이 되었다. 스틸 양은 이제까지 내가 계약했던 어떤 사람보다도 더 철저하게 이 사항들을 생각해 보았다. 그녀는 이 건을 진지하게 받아들이고 있는 듯하니 수요일에 의논할 것이 많았다. 오늘 저녁 그녀의 아파트를 떠날 때 느꼈던 불확실성은 물러났다. 우리 관계에 희망이 있었지만, 무엇보다도 그녀는 일단 자야 했다.

보낸 사람: 크리스천 그레이
제목: 문제
날짜: 2011년 5월 24일 00:07
받는 사람: 아나스타샤 스틸

스틸 양,
목록 한번 길군. 아직도 깨어 있는 거야?

크리스천 그레이
CEO, 그레이 엔터프라이즈 홀딩스, Inc.

몇 분 후, 그녀의 답변이 내 받은 편지함으로 들어왔다.

보낸 사람: 아나스타샤 스틸
제목: 밤샘
날짜: 2011년 5월 24일 00:10
받는 사람: 크리스천 그레이

선생님,
기억하실지 모르겠지만 이 목록을 살피는 중에 방해를 받고 지나
가던 통제광에 의해 침대로 끌려갔거든요.
잘 자요.

아나

그녀의 이메일에 나는 큰 소리로 웃음을 터뜨렸지만, 그만큼 언짢기도 했다. 그녀는 글을 쓸 때는 훨씬 건방졌고 유머가 뛰어났다. 하지만 이 여자는 자야 했다.

보낸 사람: 크리스천 그레이
제목: 밤샘 그만
날짜: 2011년 5월 24일 00:12
받는 사람: 아나스타샤 스틸

잠자리에 들어, 아나스타샤

크리스천 그레이
CEO, 통제광
그레이 엔터프라이즈 홀딩스, Inc.

몇 분이 지나고, 그녀가 내 굵은 글씨에 설득당해 잠자리에 들었다는 확신이 들자 나는 침실로 향했다. 그녀가 다시 메일을 보낼 경우를 대비해서 노트북을 들고 갔다.

일단 침대에 들어가자 책을 집어 읽기 시작했다. 30분 후 나는 포기했다. 집중할 수가 없었다. 마음은 계속 아나에게로 향했다. 오늘 밤 어떤지, 이메일을 보낼지.

우리 관계에서 내가 기대하는 바를 그녀에게 되새겨주어야 했다. 그녀가 오해하는 것을 바라지 않았다. 내 목표에서 너무 멀리 벗어났다.

"와서 아나 이사하는 것 좀 도울 건가요?"

비현실적인 기대를 받고 있다는 것을 캐버너의 말로 다시 깨달을 수 있었다.

이사하는 걸 도와야 하나?

아니, 그만둬, 그레이.

노트북을 펴고, 그녀의 '문제'라는 이메일을 다시 읽었다. 그녀의 기대를 관리하고 내 기분이 어떤지 표현해주는 적확한 말을 찾으려 했다.

마침내 생각이 퍼뜩 떠올랐다.

보낸 사람: 크리스천 그레이

제목: 당신의 문제

날짜: 2011년 5월 24일 01:27

받는 사람: 아나스타샤 스틸

스틸 양,

당신이 제기한 문제를 좀 더 철저히 살펴본 결과, 서브미시브의 정의를 다시 한 번 환기해야 할 것 같군.

서브미시브 submissive [suhb-mis-iv] 형용사

1. 순종할 마음이 있거나 준비가 된 저항하지 않고 겸손하게 복종하는: 순종적인 하인들

2. 순종을 나타내거나 표시하는: 순종적인 대답

기원: 1580~90년, submiss+-ive

동의어: 1. 유순한, 순응하는, 복종하는, 승순하는

2. 수동적인, 체념한, 인내심 있는, 온순한, 길들여진, 정복된

반의어: 1. 반항적인, 불복하는

부디 수요일 만날 때는 이를 명심하고 오기를.

크리스천 그레이
CEO, 그레이 엔터프라이즈 홀딩스, Inc.

바로 그거였다. 그녀가 재미있다고 여겨주기를 바랐지만, 내 뜻도 제대로 전달하고 있었다. 그 생각을 하며, 나는 침대 옆 조명을 끄고 잠에 빠져 꿈을 꾸었다.

그 애 이름은 렐리엇이다. 나보다 크다. 그 애는 하하하 웃는다. 살짝 웃기도 한다. 소리도 친다. 그리고 시간을 다 차지한다. 엄마와 아빠 시간을 다 차지한다. 걔는 내 형이다. 넌 왜 말 안 해? 렐리엇은 자꾸 자꾸 자꾸 말한다. 너 바보야? 렐리엇이 자꾸 자꾸 자꾸 말한다. 나는 걔에게 덤벼들어 자꾸 자꾸 자꾸 얼굴을 때린다. 그 애는 운다. 많이 운다. 나는 울지 않는다. 한 번도 울지 않는다. 엄마는 나한테 화가 났다. 나는 맨 아래 계단에 앉아 있어야 한다. 오래 앉아 있어야 한다. 하지만 렐리엇은 내가 왜 말을 안 하는지 다시 물어보지 않는다. 내가 주먹을 쥐면 도망간다. 렐리엇은 나를 무서워한다. 그 애는 내가 괴물이라는 것을 안다.

다음 날 아침 달리기를 하고 돌아왔을 때, 샤워하기 전에 이메일을 확인했다. 스틸 양에게서 온 건 없었지만, 아직 7시 30분이니까. 어쩌면 약간 이른 시간일지도.
그레이. 이런 짓 그만둬. 제정신을 차리라고.

면도를 하면서 회색 눈으로 나를 노려보는 거울 속의 자식을 쏘아보았다. 더 이상은 안 돼. 오늘은 그녀를 잊어버려.

해야 할 일도 있고 조찬 모임에도 참석해야 하니까.

"프레디 말로는 바니가 며칠 안에 태블릿 프로토타입을 보여 드릴 거라던데요."

화상회의 도중 로스가 말했다.

"어제 개요도를 검토했어. 근사하던데. 하지만 아직 거기까지 할 수 있을진 모르겠는데. 이걸 제대로 하면 개발도상국의 기술 수준을 어디까지 끌어올릴 수 있을지, 그리고 무엇을 해낼 수 있을지 말할 필요도 없겠지."

"국내 시장도 잊진 마셔야죠."

그녀가 거들었다.

"그런 게 뭐 있겠나."

"크리스천, 포틀랜드에 얼마나 계실 거예요?"

로스는 약간 짜증이 나는 말투였다.

"거기서 무슨 일이 있는 거죠?"

그녀는 웹캠 너머 내 표정에서 무슨 단서라도 찾으려는 듯 화면을 뚫어져라 보았다.

"일종의 합병이랄까."

나는 웃음을 감추려 했다.

"마르코도 알아요?"

나는 코웃음을 쳤다. 마르코 잉글리스는 우리 합병 인수 전문 부서장이었다.

"아니, 그런 유의 합병이 아냐."

"아."

로스는 잠시 아무 말 없었다. 표정으로 봐서는 놀란 듯했다.

그래, 사적인 일이라고.

"뭐, 성공하시길 바라요."

그녀는 히죽 웃으며 말했다.

"나도 그래."

나도 마찬가지로 히죽 웃으며 인정했다.

"그럼 우즈 얘기를 할까?"

지난 1년간, 우리는 기술 관련 회사 세 곳을 인수했다. 두 곳은 성장 중이었고 모든 목표를 상회했지만, 한 곳은 마르코의 초기 낙관에도 불구하고 고전했다. 루카스 우즈가 그곳 사장이었는데 알고 보니 백치였다. 모두 허세일 뿐 알맹이는 없었다. 돈깨나 있다고 우쭐대다가 집중력을 잃고 한때는 그의 회사가 유지하고 있던 섬유 광학 분야의 선두 주자 자리를 놓쳤다. 내 직감으로는 이 회사를 자산 수탈하고, 우즈를 해고해서 기술 부서만 그레이 엔터프라이즈 홀딩스와 합병하는 게 제일 좋았다.

하지만 로스는 루카스가 시간이 더 필요하다고 생각했다. 그리고 우리도 그의 회사를 청산해서 새로 브랜드를 만들려면 계획할 시간이 필요하다는 생각이었다. 그렇게 한다면 비용이 많이 드는 해고 절차까지도 포함하게 될 것이었다.

"우즈는 이걸 되돌릴 시간이 충분히 있었어. 그냥 현실을 받아들이려고 하지 않을 거야."

나는 강조하며 말했다.

"그를 잘라야 해. 그리고 마르코에게 청산 비용을 산정하라고 해봐."

"회의 이 부분에서는 마르코도 참여하고 싶대요. 그를 로그인 시킬게요."

오후 12시 30분, 테일러가 나를 워싱턴 주립 대학 밴쿠버 캠퍼스까지 태워다주었다. 총장, 환경공학과 학과장, 경제 개발 부학장과의 점심 약속이 있었다. 긴 차로를 들어설 때 혹시 스틸 양이 보일까 싶어 학생들을 쳐다보지 않을 수가 없었다. 애석하게도 그녀의 모습을 볼 수는 없었다. 아마도 그녀는 도서관에 처박혀 고전을 읽고 있는지도 몰랐다. 그녀가 책을 들고 어딘가에 웅크리고 앉아 있다고 생각하니 위안이 되었다. 내 마지막 이메일에는 답변이 없었지만, 공부하고 있었을 테니까. 어쩌면 점심 후에는 뭔가 올 수도 있었다.

　학부 건물 바깥에 차를 세웠을 때, 휴대전화가 진동했다. 어머니였다. 어머니는 주중에는 전화하는 법이 없었다.

　"어머니?"

　"안녕, 아들. 어떻게 지내니?"

　"좋아요. 지금 회의 참석하러 가는 길인데."

　"네 비서가 포틀랜드에 있다고 하던데."

　어머니 목소리에는 희망이 가득했다.

　젠장. 아나와 있다고 생각하시는군.

　"네, 사업차."

　"아나스타샤는 어떻게 지내니?"

　그럼 그렇지!

　"제가 아는 한 잘 지내요. 어머니, 무슨 일이세요?"

　오, 맙소사. 어머니의 기대까지도 조절해야 할 상황이로군.

　"미아가 한 주 일찍, 토요일에 집에 온단다. 그날 나는 근무고 아버지는 자선과 구호 활동에 관한 법률 회의에 패널로 참석해야 한다고 하시는데."

　"제가 마중 나가길 바라세요?"

"그래 줄래?"

"그럼요. 저한테 항공편 정보를 자세히 보내달라고 하세요."

"고맙구나. 아나스타샤에게 안부 전해주렴."

"저 이제 가봐야 해요, 안녕히 계세요. 어머니."

어머니가 더 어색한 질문을 하기 전에 전화를 끊었다. 테일러가 차 문을 열었다.

"3시에 여기서 대기해줘."

"알겠습니다, 사장님."

"내일 딸을 만나러 갈 수 있겠어, 테일러?"

"네, 사장님."

그의 표정은 따뜻하고 아버지다운 자부심으로 가득 찼다.

"잘됐군."

"3시까지 오겠습니다."

그는 확인해주었다.

나는 대학 행정부 건물로 향했다……. 긴 점심이 될 것 같았다.

오늘 나는 깨어 있는 동안 머릿속에서 아나스타샤 스틸을 몰아내는 데는 간신히 성공했다. 점심 동안에는 나도 모르게 오락실에 있는 우리 모습을 생각했던 때도 있었다……. 그녀가 뭐라고 불렀더라? 고통의 빨간 방. 나는 웃으며 고개를 저으면서 이메일을 확인했다. 이 여자는 말을 다루는 법을 알고 있었지만, 오늘은 아직까지 아무런 말이 없었다.

호텔 체육관이나 갈까 해서 정장을 벗고 운동복으로 갈아입었다. 방을 막 떠나려 할 때, 핑 하는 소리가 들렸다. 그녀였다.

보낸 사람: 아나스타샤 스틸

제목: 내 문제…… 당신의 문제는?

날짜: 2011년 5월 24일 18:29

받는 사람: 크리스천 그레이

선생님,

단어 기원 연도를 보세요. 1580~90년. 귀하에게 현재는 2011년임을 정중히 상기시키고 싶군요. 그때 이후로 먼 길을 왔어요.

우리의 만남에 관해 생각해볼 단어 정의 하나를 드려도 될까요?

콤프러마이즈 Compromise〔kom-pruh-mahyz〕 명사

1. 상호 양보에 의해 차이를 해결; 갈등이나 대립하는 의견, 원칙의 조정을 통해 합의에 도달하는 것

2. 그런 해결의 결과

3. 다른 사물 사이의 절충: 난평면 주택은 단층집과 다층집 사이의 절충이다.

4. 위험에 처함. 특히 평판 같은 것. 위험이나 의심 등에 노출: 한 사람의 정직성이 위험에 노출되었다.

아나

놀랍기도 했다. 스틸 양으로부터 온 선정적인 이메일은. 하지만 우리 약속은 여전히 유효했다. 뭐, 그건 안심이군.

보낸 사람: 크리스천 그레이

제목: 내 문제가 뭐?

날짜: 2011년 5월 24일 18:32
받는 사람: 아나스타샤 스틸

좋은 지적이야. 날카로운데. 스틸 양이야 항상 그렇지만.
내일 7시에 아파트로 데리러 가지.

크리스천 그레이
CEO, 그레이 엔터프라이즈 홀딩스, Inc.

전화가 진동했다. 엘리엇이었다.
"어이, 거물 나리. 케이트가 나보고 이사 문제로 널 좀 닦달하래."
"이사?"
"케이트와 아나. 이사 돕는 일 말야. 멍청아."
나는 과장되게 한숨을 지어 보였다. 형은 정말로 경박한 얼간이었다.
"난 도울 수 없어. 공항에 미아 마중 나가야 해."
"뭐라고? 엄마가 하실 수 없대? 아빠나?"
"아니. 어머니가 오늘 아침에 전화하셨지."
"그럼 정해졌겠네. 그런데 너 아나랑 어떻게 되고 있는지 말 안 한다? 너 그 여자랑 해……."
"안녕, 엘리엇."
나는 전화를 끊었다. 형하고는 상관없는 일이며, 이메일이 나를 기다리고 있었다.

보낸 사람: 아나스타샤 스틸

제목: 2011-여성도 운전한다
날짜: 2011년 5월 24일 18:40
받는 사람: 크리스천 그레이

선생님,
저도 차가 있어요. 운전할 수도 있고요.
다른 데서 만나는 편이 좋습니다만.
어디에서 만날까요?
당신 호텔에서 7시에?

아나

이것참 성가시군. 나는 즉시 답장했다.

보낸 사람: 크리스천 그레이
제목: 고집 센 젊은 여성
날짜: 2011년 5월 24일 18:43
받는 사람: 아나스타샤 스틸

스틸 양,
내가 2011년 5월 24일, 1시 27분에 보낸 메일과 거기 포함된 단어의 정의를 다시 언급하고 싶군.
시키면 시키는 대로 순순히 할 수 있다는 생각은 한 번도 안 해봤나보지?

크리스천 그레이

CEO, 그레이 엔터프라이즈 홀딩스, Inc.

그녀의 답변은 느렸고, 내 기분에는 아무 도움이 되지 않았다.

보낸 사람: 아나스타샤 스틸
제목: 완고한 남성들
날짜: 2011년 5월 24일 18:49
받는 사람: 크리스천 그레이

그레이 씨,
제가 운전해서 가는 편이 좋겠습니다만.
부탁합니다.

아나

완고해? 내가? 우리 만남이 계획대로 된다면, 이런 청개구리 같은 행동도 과거의 일이 되겠지. 그걸 염두에 두며 나는 동의했다.

보낸 사람: 크리스천 그레이
제목: 분노한 남성들
날짜: 2011년 5월 24일 18:52
받는 사람: 아나스타샤 스틸

좋아.

내 호텔에서 7시.

마블 바에서 만나.

크리스천 그레이

CEO, 그레이 엔터프라이즈 홀딩스, Inc.

보낸 사람: 아나스타샤 스틸

제목: 그렇게 완고한 남성은 아니군요

날짜: 2011년 5월 24일 18:55

받는 사람: 크리스천 그레이

고마워요.

아나 x

그래, 나는 키스로 보답을 받았다. 그로써 어떤 기분이 드는 지는 무시해버리고 그녀에게 천만의 말씀이라고 답장을 보냈 다. 호텔 체육관으로 향하는 기분이 가벼웠다.

그녀가 내게 키스를 보냈다…….

나는 샹세르 와인 한 잔을 주문해서 바에 섰다. 종일 이 순간을 기다려왔고 반복적으로 시계를 보았다. 마치 첫 데이트 같았고, 실제로 어떤 면에서는 그랬다. 나는 저녁식사 약속을 이렇게 고대한 적이 없었다. 오늘 영 끝나지 않을 듯한 회의를 버티면서 사업체 하나를 구매하고 세 사람을 해고했다. 두 번씩이나 달리고 체육관에서 웨이트 운동을 한 바퀴 돌았지만 종일 씨름하던 걱정을 몰아내진 못했다. 그 능력은 아나스타샤 스틸의 두 손에 달려 있었다. 나는 그녀의 복종을 원했다.

그녀가 늦게 오지 않기를 바랐다. 바 입구 쪽을 슬쩍 바라보다가…… 입이 말랐다. 그녀는 문간에 서 있었고, 순간 나는 그녀를 알아보지 못했다. 그녀는 무척 아름다워 보였다. 머리카락 한쪽은 부드럽게 웨이브를 말아 가슴까지 내렸고, 반대편은 핀을 꽂아서 섬세한 턱선과 가는 목의 완만한 곡선을 더 잘 볼 수 있었다. 하이힐을 신고, 나긋나긋하고 매혹적인 몸매를 강조하기 위해 몸에 달라붙은 진자주색 드레스를 입었다.

와우.

나는 한 발 앞으로 나가 그녀를 맞았다.

"오늘 멋진데."

나는 속삭이며 그녀의 뺨에 키스했다. 나는 눈을 감고 그녀의 향기를 음미했다. 무척 좋은 냄새가 났다.

"원피스라니, 스틸 양. 마음에 들어."

귀에 다이아몬드만 달면 전체적인 조화를 이루겠군. 하나 사 줘야겠는데.

나는 그녀의 손을 잡고 칸막이 좌석으로 데려갔다.

"뭘 마시겠어?"

그녀가 자리에 앉자 잘 안다는 미소로 보답을 받았다.

"당신이 마시던 것 마실게요."

아하, 학습 능력이 좋은데.

"상세르 와인 한 잔 더."

나는 웨이터에게 말하고 칸막이 좌석으로 들어와 그녀 반대편에 앉았다.

"여기 근사한 와인 저장고가 있더군."

나는 덧붙이며 잠시 그녀를 바라보았다. 그녀는 화장도 약간 했다. 짙지는 않았다. 그녀가 처음 내 사무실로 굴러들어 왔을 때 참 평범한 외모라고 생각했던 것이 떠올랐다. 그녀는 절대로 평범하지 않았다. 약간의 화장과 제대로 된 옷만 입어도 여신이 되었다.

그녀는 자리에 앉아 꼼지락거리며 눈썹을 파닥였다.

"긴장되나?"

내가 물었다.

"그래요."

이제 시작이군, 그레이.

앞으로 몸을 숙이며, 명료한 소리로 나 또한 긴장된다고 말했다. 그녀는 내게 머리가 세 개라도 돋아난 양 쳐다보았다.

그래, 나도 인간이라고…… 그냥.

웨이터가 와인과 견과류 접시 하나, 올리브 접시 하나를 들고 와 우리 사이에 놓았다.

아나는 어깨를 쫙 폈다. 처음 나를 인터뷰할 때처럼 사무적으로 왔다는 표시를 내는 것이었다.

"그래, 이걸 어떻게 시작하죠? 내가 제기한 문제점을 하나하나 짚어가면서 할까요?"

그녀가 물었다.

"오늘은 참을성이 없군, 스틸 양."

"뭐, 오늘 날씨를 어떻게 생각하는지부터 물을 걸 그랬나요."

그녀가 되쏘았다.

아, 저 똑똑한 입 같으니.

잠깐만 애끓게 해주자고, 그레이.

눈을 그녀에게서 떼지 않으면서 나는 올리브 한 알을 입안으로 휙 튕겨 넣고 집게손가락을 핥았다. 그녀의 눈이 더 커지고 더 짙어졌다.

"오늘 날씨는 아주 특별히 좋던걸."

나는 태연자약한 척했다.

"지금 날 보고 웃는 거예요, 그레이 씨?"

"그래, 스틸 양."

그녀는 웃음을 억누르려 입술을 꾹 다물었다.

"이 계약은 법적으로 강제할 수 없는 거 당신도 알죠?"

"나도 그 정도는 충분히 알고 있지, 스틸 양."

"어느 시점에서 그걸 내게 얘기할 생각이었나요?"

뭐라고? 내가 말해야 한다고 생각하지 않았는데. 그리고 혼자서 알아냈잖아.

"네가 원치 않는 걸 내가 억지로 강요할 거라고 생각해? 그래서 내가 너한테 법적 구속력이 있는 것처럼 행세한다고?"

"음…… 그래요."

휴우.

"나를 높이 평가하지 않는군?"

"내 질문에 대답하지 않았잖아요."

"아나스타샤, 이게 법적이냐 아니냐는 중요한 문제가 아니야. 이건 내가 너와 하고 싶은 일들에 대한 규정을 대표하는 것일 뿐이야. 내가 네게서 바라는 것과 네가 내게서 기대할 수 있는 것. 원하지 않는다면 서명하지 마. 네가 서명했지만 마음에 들지 않는다는 결정을 내리면 해소 조항이 있으니 언제든지 그만두면 돼. 심지어 법적 구속력이 있다고 해도 네가 도망간다고 해서 내가 널 법정으로 끌고 갈 것 같아?"

도대체 이 여자는 나를 뭐로 보는 거야?

그녀는 속을 알 수 없는 푸른 눈으로 나를 살폈다.

그녀에게 이 계약이 법에 관한 것이 아니라, 신뢰에 관한 것이라는 사실을 이해시켜야 했다.

난 네가 나를 신뢰해주기를 바라, 아나.

그녀가 와인을 한 모금 들이켜자 나는 말을 쏟아놓으며 열심히 설명했다.

"이런 관계는 정직과 신뢰를 기반으로 만들어지는 거야. 네가 나를 신뢰하지 않는다면—내가 네게 어떻게 영향을 끼칠지, 내가 너와 어디까지 갈지, 내가 너를 어디까지 데려갈 수 있을지 알고 있다고 믿지 않는다면—네가 내게 솔직히 대할 수 없다면 우리는 정말로 이걸 할 수 없어."

그녀는 내 말을 곰곰이 생각하면서 턱을 문질렀다.

"그러니까 이건 아주 간단한 거야, 아나스타샤. 너 나를 믿어, 못 믿어?"

그녀가 나를 그렇게 하찮게 생각한다면, 우리는 이걸 할 필요 자체가 없었다.

배 속이 긴장으로 뒤틀렸다.

"이런 비슷한 논의를 다른…… 다른 열다섯 명하고도 했어요?"

"아니."

대체 왜 이야기가 이런 방향으로 흐를까?

"왜요?"

그녀가 물었다.

"그들은 모두 이미 완성된 서브미시브였기 때문이지. 그들은 나와의 관계에서 뭘 원하는지, 대체적으로 내가 뭘 원하는지 알고 있었어. 그들과는 그저 유동 한계 같은 세부사항을 미세하게 조율할 뿐이었지."

"자주 가는 가게 같은 게 있나보죠? 서브미시버러스 같은 장난감 가게?"

그녀는 눈썹을 둥글게 휘었고, 나는 큰 소리로 웃음을 터뜨렸다. 마술사의 토끼가 휙 사라지듯 내 몸 안의 긴장이 사라졌다.

"꼭 그런 건 아니야."

내 어조는 냉담했다.

"그럼 어떻게?"

그녀는 호기심이 넘쳤지만, 나는 엘레나 얘기는 다시 하고 싶지 않았다. 마지막으로 그 이름을 꺼냈을 때 아나는 서릿발처럼 차가워졌었다.

"네가 의논하고 싶은 게 그거야? 아니면 본론으로 들어가야 하지 않아? 네가 제기한 문제들 말이야."

그녀는 얼굴을 찡그렸다.

"배고파?"

내가 물었다.

그녀는 의심스럽게 올리브를 보았다.

"아니요."

"오늘 뭘 먹었어?"

그녀는 망설였다.

젠장.

"아니요."

그녀가 말했다. 나는 그녀가 인정하는 말에 화를 내지 않으려고 애썼다.

"넌 뭘 먹어야 해, 아나스타샤. 여기서 먹든지 내 방으로 가서 먹든지. 어느 편이 좋아?"

이 제안에 찬성하진 않겠지.

"공공장소에 머물러 있어야 할 것 같아요. 적어도 중립 지대에."

예상대로군. 지각 있는 여자야, 스틸 양은.

"그렇다고 나를 막을 수 있을 것 같아?"

내 목소리는 허스키했다.

그녀는 침을 삼켰다.

"그러길 바라요."

이 여자에게 속 편하게 알려주자고, 그레이.

"자, 개인 식사실을 예약해놓았어. 여기도 공공장소는 아니라고."

나는 자리에서 일어나며 한 손을 내밀었다.

그녀가 잡을까?

그녀는 내 얼굴에서 손으로 시선을 옮겼다.

"네 와인 가지고 와."

나는 명령했다. 그녀는 잔을 잡고 다른 한 손을 내게 맡겼다.

바를 나설 때 다른 손님들의 찬탄하는 눈길을 알아챌 수 있었다. 그리고 잘생기고 운동선수처럼 근육질인 남자에게선 내 데이트 상대를 대놓고 감상하는 눈길이 느껴졌다. 이전에 대처해본 상황이 아니었다……. 그리고 마음에 들지 않았다.

쪽마루가 깔린 위층으로 올라가자, 제복을 입은 젊은 남자가 급사장의 명을 받고 나타나 미리 예약해둔 방으로 안내했다. 그의 눈길이 스틸 양에게만 온통 쏠려 있자 나는 기가 죽도록 매서운 눈빛으로 그를 쏘아보며 화려한 식사실에서 물러나라는 신호를 주었다. 더 나이가 든 웨이터가 아나의 의자를 빼주고 무릎에 냅킨을 펴주었다.

"주문은 미리 해놓았어. 불쾌해하지 마."

"아니, 괜찮아요."

그녀는 우아하게 고개를 까닥했다.

"네가 유순하게 굴 수 있다는 것을 아니까 좋은데." 나는 히죽 웃었다. "자, 어디까지 했더라."

"본론."

그녀는 이렇게 말하며 당면한 문제에 집중했지만, 와인을 한 모금 꿀꺽 마신 후에는 뺨에 색깔이 돌았다. 용기를 그러모으려 하는 게 분명했다. 차를 가지고 왔기 때문에 얼마나 술을 마시는지 지켜봐야 할 것 같았다.

언제라도 여기서 밤을 보낼 순 있지……. 그러면 저 매혹적인 드레스를 벗겨낼 수 있겠지.

다시 집중력을 되찾고 일로 돌아갔다. 아나의 문제들. 재킷 안주머니에서 그녀의 이메일을 꺼냈다. 그녀는 다시 한 번 어깨를 쭉 펴고 기대감 어린 표정을 지었다. 나는 즐거운 티를 내지 않으려 했다.

"2조. 동의해. 이건 우리 둘 다의 이익을 위한 거지. 새로 쓰도록 하지."

그녀는 와인을 한 모금 더 마셨다.

"내 성적 건강 말이지. 음, 이전 파트너들은 모두 혈액검사를 받았고, 나도 네가 말한 모든 건강 문제를 확인하기 위해 여섯 달마다 정기 검진을 해. 최근 검사 결과는 깨끗했고. 약물을 한 적은 없어. 기실, 나는 아주 격렬하게 약물 복용에 반대하지. 내 회사 직원들에게도 약물에 관해서는 엄격하게 불관용 정책을 고수하고 있어. 임의적으로 약물검사도 하고 있고."

사실 오늘 해고한 한 명은 약물 테스트를 통과하지 못했기 때문이었다.

그녀는 충격을 받았지만, 나는 마음을 다져먹고 계속했다.

"나는 수혈 같은 건 한 적이 없어. 그럼 네 질문에 대답이 됐나?"

그녀는 고개만 끄덕였다.

"다음 항목은 아까도 언급한 거야. 언제든지 그만둘 수 있어, 아나스타샤. 난 널 막지 않아. 하지만 네가 간다면 그걸로 끝이야. 그렇게 알면 돼."

두. 번째. 기회란. 없어. 절대로.

"좋아요."

그녀는 말했지만 확신한 것 같진 않았다.

웨이터가 애피타이저를 가지고 들어오자 우리 둘 다 입을 다

물었다. 순간 이 회의를 내 사무실에서 할 걸 그랬나 하고 생각
했으나, 바로 그 바보 같은 생각을 떨쳐버렸다. 오로지 바보만
이 사업과 쾌락을 혼동한다. 나는 일과 사생활은 분리해놓고 있
었다. 그건 내 황금률 중 하나였다. 유일한 예외는 엘레나와의
관계였다. 하지만 엘레나는 내가 사업을 시작하도록 도와주었
다.

"굴을 좋아했으면 좋겠군."

웨이터가 나가자 나는 아나에게 말했다.

"한 번도 먹어본 적 없어요."

"그래? 그럼. 그저 휙 기울여 삼키기만 하면 돼. 그 정도는 할
수 있을 것 같은데."

나는 그녀가 얼마나 잘 삼키는지 떠올리며 그녀의 입을 대놓
고 응시했다. 그 신호에 그녀는 얼굴을 붉혔다. 나는 레몬즙을
짜서 굴 위에 뿌리고 입안에 기울여 넣었다.

"흠, 맛있는데. 바다의 맛이야."

그녀가 홀린 표정으로 나를 쳐다보자 나는 씩 웃었다.

"먹어봐."

나는 그녀가 도전 앞에서 물러서는 사람이 아니라는 것을 알
고 있었으므로 부추겼다.

"그럼 씹을 필요는 없어요?"

"없어, 아나스타샤. 그럴 필요는 없지."

그녀의 이가 내 몸에서 가장 좋아하는 부분을 가지고 놀던 생
각을 하지 않으려 애썼다.

그녀는 이로 아랫입술을 꼭 눌러 작고 우묵한 자국을 남겼다.

제길. 그 광경이 내 몸을 휘저었고, 나는 의자에 앉은 채로 꼼
지락거렸다. 그녀는 굴에 손을 뻗어 레몬을 쥐어짜고 머리를 뒤

로 젖혀 입을 벌렸다. 그녀가 굴을 입안으로 집어넣을 때 내 몸이 굳어졌다.

"어때?"

내 목소리는 약간 쉬어 있었다.

"하나 더 먹을게요."

그녀는 건조하게 말했다.

"착하네."

그녀는 굴에 최음 효과가 있다는 것을 알고 있었기에, 내가 굴을 일부러 고른 거냐고 물었다. 나는 그저 메뉴 맨 앞에 있기 때문이라고 말해서 그녀를 놀라게 했다.

"네 가까이에 있으면 최음제 같은 건 필요 없어. 너도 그건 알 텐데. 너도 내 옆에선 마찬가지로 반응하잖아."

그래, 지금 당장에라도 너와 할 수 있어.

얌전하게 굴어, 그레이. 이 협상부터 제대로 굴러가게 하자고.

"그래, 어디까지 했더라?"

나는 그녀의 이메일로 돌아가 그녀가 내세운 이슈에 집중했다. 9조.

"매사에 복종한다. 그래, 난 네가 그래 주기를 바라."

이건 내게 중요했다. 나는 그녀가 안전하길 바랐고 나를 위해 무엇이든 해주리라는 것을 알아야 했다.

"일종의 역할극이라고 생각해, 아나스타샤."

"하지만 당신이 나를 다치게 할까봐 걱정돼요."

"어떻게 다치게 한다는 거지?"

"신체적으로요."

"내가 정말 그럴 거라고 생각해? 네가 참을 수 없는 한계를 넘어서 갈 거라고?"

"이전에 누군가를 다치게 한 적 있다고 했잖아요."

"그래, 그랬지. 하지만 오래전 일이야."

"어떻게 다치게 했는데요?"

"오락실 천장에 매달았지. 사실, 네 질문 중 하나기도 해. 매달기. 천장에는 그걸 위한 카라비너가 있어. 일종의 밧줄 플레이지. 이 밧줄 하나를 너무 꽉 묶었던 거야."

그녀는 아연실색하며, 그만두라는 의미로 한 손을 들어 내 말을 막았다.

정보를 너무 많이 주었나.

"더 이상 알고 싶지 않아요. 그럼 나를 매달지 않을 건가요?"

"네가 정말로 원하지 않는다면. 그걸 고정 한계로 정할 수 있어."

"좋아요."

그녀는 안심한 듯 숨을 내쉬었다.

다음, 그레이.

"그럼 복종 말인데, 그건 할 수 있을 것 같나?"

그녀는 내 어두운 영혼까지도 꿰뚫어 보는 그 눈으로 나를 응시했다. 그녀가 무슨 말을 할지 알 수가 없었다.

젠장. 이걸로 끝이겠군.

"할 수 있을 것 같아요."

그녀가 낮은 목소리로 말했다.

이제 내가 숨을 내쉴 차례였다. 아직도 게임은 끝나지 않았어.

"좋아. 자, 이제 기간."

11조였다.

"세 달 대신 한 달이라고 하면 전혀 시간이 없어. 특히 매달

일주일은 내게서 떨어져 있고 싶다고 하니."

그 시간 안엔 아무것도 할 수 없었다. 그녀는 훈련이 필요하고, 나는 그 정도 기간을 그녀에게서 떨어져 있을 수 없었다. 나는 그녀에게 그렇게 말했다. 이제 그녀의 제안대로 타협할 수 있었다.

"그럼 한 달에 주말 하루 정도만 혼자 지내면 어때? 대신 그 주에는 주중 밤에 만나는 걸로?"

나는 그녀가 가능성을 재고 있는 것을 보았다.

"좋아요."

마침내 그녀가 진지한 표정으로 말했다.

좋아.

"그러니까 세 달로 하자. 만약 그게 잘 안 된다면 언제든지 그만둘 수 있어."

"세 달요?"

그녀가 말했다. 동의하는 건가? 나는 그걸 '네'로 받아들였다.

좋아. 간다.

"주인 얘기는 말인데, 그건 그냥 용어 문제고 다시 복종이라는 원칙으로 돌아가는 것뿐이야. 그건 네게 올바른 마음가짐을 주기 위해서고 내 행동의 기반을 이해시켜주기 위한 거지. 그리고 일단 네가 내 서브미시브로서 문턱을 넘어서면 내가 하고 싶은 대로 네게 할 거라는 걸 알려주고 싶군. 너는 그걸 기꺼이 받아들여야만 해. 그래서 네가 나를 신뢰해야만 하는 거야. 나는 너랑 섹스를 할 거야. 내가 원할 때면 언제든지, 어떤 식으로든. 어디서든. 너를 훈육시킬 거야. 너는 처음엔 서툴 테니까. 난 네가 나를 기쁘게 하도록 훈련시킬 거야.

하지만 네가 이전에는 이런 걸 해본 적이 없는 것도 알아. 처음에는 아주 천천히 해야겠지. 내가 너를 도울 거고. 다양한 시나리오를 만들어나갈 거야. 네가 날 신뢰해줬으면 하지만, 내가 너의 신뢰를 얻기 위해 노력해야 한다는 것도 알아. 그렇게 할 거고. 또, '다른 이유'라는 것, 그건 그저 사고방식을 바꾸는 데 도움이 되려고 하는 거야. 아무거나 될 수 있어."

대단한 연설인데, 그레이.

그녀는 의자에 등을 기댔다. 압도된 것 같았다.

"그래도 나랑 있을 거야?"

나는 부드럽게 물었다.

웨이터가 방 안으로 슬쩍 들어왔고, 나는 고갯짓으로 접시를 치워도 된다는 신호를 주었다.

"와인 좀 더 마시겠어?"

나는 그녀에게 물었다.

"운전해야 해요."

좋은 대답이군.

"그럼 물이라도?"

그녀는 고개를 끄덕였다.

"정수, 아니면 탄산수?"

"탄산수로 주세요."

웨이터는 우리 접시를 가지고 나갔다.

"너 아주 조용하군."

나는 속삭였다. 그녀는 거의 한마디도 하지 않았다.

"당신은 말이 아주 많네요."

그녀는 나를 향해 똑바로 대꾸했다.

좋은 지적이야, 스틸 양.

그럼 이제 그녀의 문제 목록 중 다음 항목을 점검할 차례였다.

　나는 길게 숨을 들이마셨다.

　"훈육 말인데, 쾌감과 고통 사이에는 아주 미세한 경계선만이 있을 뿐이야, 아나스타샤. 동전의 양면과 같아 한쪽 없이는 다른 쪽도 존재할 수 없지. 고통이 얼마나 쾌락적일 수 있는지 네게 보여주겠어. 지금은 믿지 않겠지만 이게 바로 내가 말한 신뢰야. 고통이 있을 거야, 하지만 네가 감당할 수 없는 건 절대 하지 않아."

　이 점은 몇 번씩이나 강조해야 했다.

　"또 한 번 말하지만 다 신뢰로 이어지는 것이지. 넌 날 신뢰하지, 아나?"

　"그래요, 신뢰해요."

　그녀는 즉각 대답했다. 그녀의 대답이 나를 넘어뜨리고 말았다. 완전히 기대하지 못했던 것이었다.

　또다시.

　벌써 그녀의 신뢰를 얻었나?

　"그래, 그럼. 이것의 나머지 부분은 그저 세부사항일 뿐이야."

　"중요한 세부사항이죠."

　그녀 말이 맞았다. 집중해, 그레이.

　"좋아. 그럼 하나하나 이야기하자."

　웨이터가 요리를 들고 다시 들어왔다.

　"생선을 좋아했으면 좋겠군."

　그가 우리 앞에 음식을 놓자 내가 말했다. 흑대구 요리는 맛있어 보였다. 아나는 한 입 먹었다.

마침내, 먹는군!

"규칙에 대해서 얘기해보자."

나는 말을 이었다.

"음식은 절대 양보 못 한다고?"

"그래요."

"적어도 하루에 세 끼 식사를 한다 정도로만 수정한다면?"

"안 돼요."

짜증 나는 한숨을 억누르면서, 나는 끈질기게 버텼다.

"당신이 굶지 않고 다닌다는 건 확인해야 해."

그녀는 얼굴을 찡그렸다.

"나를 신뢰해야죠."

"고집쟁이군, 스틸 양은."

나는 혼잣말처럼 중얼거렸다. 내가 이길 수 없는 전투였다.

"음식과 수면은 양보하지."

그녀는 안도한 웃음을 살며시 지었다.

"왜 당신을 쳐다보면 안 되나요?"

"그게 바로 돔→서브 관계니까. 익숙해져야 해."

그녀는 한 번 더 얼굴을 찡그렸지만 이번에는 괴로워 보였다.

"어째서 만지면 안 돼요?"

그녀가 물었다.

"만질 수 없으니까."

저 여자 입을 막아, 그레이.

"로빈슨 부인 때문인가요?"

뭐?

"어째서 그런 생각을 한 거야? 그 여자가 내게 트라우마를 줬다고 생각하는 건가?"

그녀는 고개를 끄덕였다.

"아니야, 아나스타샤. 그 여자가 이유는 아니야. 게다가 로빈슨 부인은 내가 그런 짓을 했다간 가만두지 않았을 거야."

"그러면, 그 여자랑은 아무 상관이 없다는 거군요."

그녀는 혼란스러워 보였다.

"그래."

나는 접촉하는 걸 참을 수 없어. 그리고 너도 사실은 그 이유를 알고 싶지 않을 거야.

"그리고 난 너 스스로도 만지지 않길 바라."

나는 덧붙였다.

"호기심에서 묻는 건데…… 왜인가요?"

"내가 너의 모든 쾌락을 원하니까."

사실 나는 지금 원했다. 여기서 그녀와 섹스하면 그녀가 입을 다물지 알아볼 수도 있었다. 정말로 아무 소리도 내지 않을지. 호텔 직원들과 손님들이 들을 수 있을 만한 거리에 있다는 것을 아니까. 결국 내가 이 방을 예약한 이유도 그것이었다.

그녀는 무어라 말하려는 듯 입을 뻐끔거렸지만, 이내 다물고 거의 손대지 않은 접시 위에 놓인 음식을 한 입 더 먹었다.

"내가 생각할 거리를 많이 줬군, 그렇지?"

나는 그녀의 이메일을 접어 안주머니에 집어넣으며 말했다.

"그러네요."

"지금 유동 한계도 같이 의논하고 싶어?"

"저녁 먹으면서는 싫어요."

"역겨워?"

"비슷해요."

"별로 많이 먹지 않는군."

"충분히 먹었어요."

지겹게 또 반복이로군.

"굴 세 개. 대구 네 입. 아스파라거스 줄기 하나. 감자에는 손도 안 대고. 견과류도 올리브도 먹지 않았고. 종일 아무것도 먹지 않았겠지. 그런데도 내가 너를 신뢰할 수 있다고 말하는군."

그녀가 눈을 휘둥그레 떴다.

그래, 머릿속으로 세고 있었지.

"크리스천, 제발요. 내가 이런 대화를 하면서 앉아 있는 건 흔한 일상이 아니거든요."

"난 네가 마르지 않고 건강하길 바라, 아나스타샤."

내 어조는 완강했다.

"알아요."

"그리고 지금 당장 네게서 그 원피스를 벗겨내고 싶어."

"좋은 생각 같지 않아요."

그녀가 조용히 말했다.

"아직 디저트도 먹지 않았잖아요."

"디저트를 먹고 싶어?"

메인도 거의 먹지 않았는데?

"그래요."

"네가 디저트가 될 수도 있는데."

"내가 그만큼 달콤한지 잘 모르겠어요."

"아나스타샤, 너는 맛있게 달콤해. 내가 알지."

"크리스천, 지금 당신은 섹스를 무기로 쓰고 있어요. 정말로 공정하지 않아요."

그녀는 무릎을 내려다보았다. 목소리는 낮고 약간 우울했다. 다시 고개를 들었을 땐 나를 강렬한 눈빛으로 꼼짝 못 하게 했다. 파우더 블루의 눈은 사람의 자신감을 잃게 할뿐더러……
흥분시키기까지 했다.

"네 말이 맞군. 내가 그런 짓을 했어. 인생에선 자기가 아는
기술을 쓰는 거야, 아나스타샤. 그렇다고 해서 내가 얼마나 당
신을 원하는지는 변하지 않아. 지금. 당장."

우리는 그리고 여기서 지금 당장 섹스할 수도 있지. 나도 네
가 흥미 있다는 것 알아. 네 숨소리가 변한 것이 들린다고.

"난 뭔가 해보고 싶어."

나는 정말로 그녀가 얼마나 조용히 있을 수 있을지 알고 싶었
다. 그리고 그녀가 들킬까봐 두려워하면서도 할 수 있을지.

그녀가 한 번 더 이마를 찡그렸다. 그녀는 당황스러워하고 있
었다.

"네가 만약 내 서브가 된다면 이런 건 생각할 필요가 없어. 편
하겠지. 이 모든 결정들, 그 뒤에 있는 피곤한 사고 과정들. '이
게 정말 해도 되는 일일까? 여기서 일어나도 될까? 지금 일어
날 수 있을까?'라는 생각들. 그런 사소한 것들은 하나도 걱정할
필요가 없어. 그건 내가 너의 돔으로서 해야 할 일이니까. 그리
고 지금 당장 너도 나를 원한다는 걸 알아, 아나스타샤."

그녀는 머리카락을 어깨로 넘겼다. 입술을 핥을 때 더 심하게
찡그렸다.

아, 그래. 그녀도 나를 원해.

"내가 아는 까닭은 네 몸이 내보이기 때문이지. 허벅지를 한
데 모으고 있잖아. 얼굴이 붉어졌잖아."

"내 허벅지가 움직였는지는 어떻게 아는 거죠?"

그녀가 물었다. 목소리에는 충격받은 기색이 역력했다.

"식탁보가 움직이는 것을 느꼈으니까. 다년간의 경험을 기반

으로 하여 계산된 생각이지. 내 말이 맞지, 그렇지 않아?"

그녀는 잠시 조용하더니 시선을 돌렸다.

"아직 대구 덜 먹었어요."

그녀는 말을 돌렸지만, 여전히 얼굴을 붉히고 있었다.

"차가운 대구가 나보다 더 좋은가?"

그녀가 나와 눈을 맞추었다. 눈은 휘둥그레졌고, 동공은 짙고 커다래졌다.

"내가 접시를 말끔히 비우는 걸 좋아하는 줄 알았는데요."

"지금 당장은, 스틸 양. 난 네 음식 따위엔 아무런 관심도 없어."

"크리스천, 지금 공정한 경기를 하고 있지 않아요."

"알아. 한 번도 한 적 없었지."

우리는 의지의 전투에서 서로를 응시했다. 우리 사이의 성적 긴장감이 탁자 너머로 뻗어 있다는 것을 둘 다 잘 알고 있었다.

제발, 하라는 대로 할 수 없어? 나는 그녀에게 눈빛으로 간청했다. 하지만 그녀의 눈은 관능적인 불복종으로 반짝였고, 미소가 떠올라 입술이 올라갔다. 여전히 내 눈빛을 맞받아치며, 그녀는 아스파라거스를 하나 집으며 고의로 입술을 깨물었다.

뭘 하는 거지?

아주 천천히, 그녀는 아스파라거스 끝을 입에 넣고 빨았다.

망할.

그녀는 나를 하찮게 보고 있었다. 내가 이 테이블 너머로 그녀를 덮치게 하려는 것이라면 위험한 전술이었다.

아, 덤벼보시지, 스틸 양.

나는 최면에 홀린 듯 그 광경을 바라보았고 순식간에 단단해졌다.

"아나스타샤, 뭐 하는 거야?"

나는 경고했다.

"아스파라거스를 먹는 거예요."

그녀는 교태 어린 미소를 지었다.

"나랑 장난치는 것 같은데, 스틸 양."

"난 음식을 다 먹는 중이에요, 그레이 씨."

그녀의 입술이 더 크게, 천천히, 육욕적으로 벌어졌다. 우리 사이의 열기가 몇 도 올랐다. 그녀는 정말로 자신이 얼마나 섹시한지 몰랐다……. 내가 막 덤벼들려는 참, 웨이터가 문을 두드리고 들어왔다.

제길.

나는 웨이터가 접시를 치우게 놔둔 후에 스틸 양에게로 관심을 돌렸다. 하지만 그녀는 다시 얼굴을 찡그렸고 손가락을 꼼지락거리기 시작했다.

젠장.

"디저트 먹겠어?"

내가 물었다.

"아니, 괜찮아요. 난 가야 할 것 같아요."

그녀는 여전히 손을 내려다보며 말했다.

"간다고?"

이 여자가 가겠다고?

웨이터가 우리 접시를 가지고 서둘러 나갔다.

"그래요."

그녀의 목소리에는 굳은 결심이 엿보였다. 그녀는 일어서서 떠나려 했다. 나도 자동적으로 일어섰다.

"우리 둘 다 내일 졸업식에 가야 하잖아요."

그녀가 말했다.

전혀 내 계획대로 되지 않는데.

"가지 않았으면 좋겠는데."

"제발요…… 가야 해요."

그녀는 고집을 부렸다.

"왜?"

"당신이 생각할 거리를 너무 많이 줬으니까요……. 게다가 난 당신과 거리를 둘 필요가 있어요."

그녀의 눈은 제발 보내달라고 애원하고 있었다.

하지만 우리 협상은 여기까지 왔다. 합의를 보았다. 우리는 성공적인 결과를 낼 수 있었다. 난 성공적인 결과를 내야 했다.

"네가 여기 머무르게 할 수 있어."

내가 지금 당장, 이 방에서 유혹할 수도 있다는 것을 알기에 말했다.

"네, 쉽게 할 수 있겠죠. 하지만 그러지 않았으면 좋겠어요."

이제 형세가 기울고 있었다. 내가 든 패를 너무 과신했다. 이 밤이 이렇게 끝날 것이라고는 생각하지 못했다. 나는 좌절감에 두 손으로 머리카락을 훑었다.

"알아, 네가 나를 인터뷰하러 내 사무실에 넘어졌을 땐, 너는 '네', '아니요'밖에 할 줄 몰랐지. 그래서 난 그때 네가 타고난 서브미시브라고 생각했어. 하지만 아주 솔직히 말해서, 아나스타샤, 너의 그 매력적인 몸 안에 서브미시브다운 기질이 뭐 하나 있는지 모르겠군."

나는 우리를 갈라놓은 공간으로 몇 걸음 다가가서 결심으로 빛나는 눈을 들여다보았다.

"당신 말이 맞을지도 모르겠네요."

그녀가 말했다.

아니, 아니. 내 말이 맞는 건 싫은데.

"그래서 네가 그런 기질이 있는지 가능성을 탐색해볼 기회를 갖고 싶어."

나는 엄지손가락으로 그녀의 얼굴과 아랫입술을 어루만졌다.

"다른 방식으로는 몰라, 아나스타샤. 이게 나야."

"알아요."

그녀가 말했다.

내 입술이 그녀의 입술 위에 머물도록 고개를 숙였지만, 나는 잠깐 기다렸다. 마침내 그녀가 입을 들어 내 입을 맞추며 눈을 감았다. 나는 그녀에게 가볍고 정숙한 키스를 하고 싶었으나, 우리의 입술이 닿는 순간 그녀가 내게 몸을 기대오며 갑자기 내 머리카락을 붙들고 입을 벌렸다. 그녀의 혀는 끈질겼다. 나는 한 손을 그녀의 등 아래에 대며 내게로 끌어당기면서 그녀의 열정을 반영하여 더욱 깊이 키스했다.

맙소사, 난 그녀를 원해.

"여기 있으라고 설득해도 소용없는 거야?"

나는 그녀의 입가에 대고 속삭였고, 몸이 욕망으로 굳어지며 반응했다.

"소용없어요."

"나랑 같이 밤을 보내자."

"당신에게 손도 못 대게 하면서요? 안 돼요."

망할. 어둠이 내 몸속에서 풀려나갔지만, 무시해버렸다.

"정말 손쓸 도리가 없는 여자로군."

나는 속삭이며 몸을 떼어낸 후 긴장한 듯 생각에 잠긴 그녀의 얼굴을 찬찬히 살폈다.

"어째서 네가 나한테 작별인사를 하고 있다는 생각이 드는 거지?"

"지금 내가 떠나니까요."

"내 말은 그 뜻이 아니잖아. 너도 그게 아니라는 걸 잘 알고."

"크리스천, 나는 이 일을 생각해봐야 해요. 난 당신이 원하는 종류의 관계를 맺을 수 있을지 모르겠어요."

나는 눈을 감고 이마를 그녀의 이마에 기댔다.

뭘 기대한 거야, 그레이? 그녀는 이런 일에 딱 맞아떨어지는 상대가 아냐.

나는 심호흡을 하고 그녀 이마에 키스한 후, 코를 머리카락에 묻고 그녀의 달콤한 가을 향기를 빨아들이며 추억에 빠졌다.

이걸로 끝이군. 충분해.

한 발 물러서며 그녀를 놓아주었다.

"바라시는 대로, 스틸 양. 로비까지 데려다주지."

나는 이것이 마지막일까 생각하며 손을 뻗었고, 이 생각이 너무 고통스러워서 놀라고 말았다. 그녀는 내 손을 잡았고, 침묵 속에서 우리는 로비까지 내려갔다.

"주차권 가지고 있어?"

로비에 도착하자 내가 물었다. 나는 침착하고 차분하게 말했지만, 마음은 비틀렸다.

그녀는 가방에서 주차권을 꺼냈고 나는 그것을 도어맨에게 주었다.

"저녁 고마웠어요."

그녀가 말했다.

"언제나 나의 기쁨이지, 스틸 양."

이걸로 끝일 수는 없었다. 그녀에게 알려야 했다. 이 모든 것이 무엇을 뜻하는지, 우리가 함께 무엇을 할 수 있는지 보여주어야 했다. 우리가 오락실에서 무엇을 할 수 있는지를 알려줘야 했다. 그러면 그녀도 알게 될 텐데. 이 거래를 성공시킬 수 있는 유일한 방법이었다. 재빨리 나는 그녀에게로 돌아섰다.

"이번 주말에 시애틀로 이사하지? 네가 올바른 결정을 내린다면 일요일에 볼 수 있어?"

내가 물었다.

"볼 수 있을 거예요, 아마도."

그녀는 말했다.

이건 "싫어요"는 아니었다.

나는 팔목에 소름이 돋았다는 것을 느꼈다.

"날이 더 쌀쌀해졌는데. 재킷 있나?"

"아니요."

이 여자에게는 돌봐줄 사람이 필요했다. 난 재킷을 벗어주었다.

"자, 감기 걸리면 큰일이니까."

나는 재킷을 그녀의 어깨로 걸쳐주었고 그녀는 재킷을 두르면서 눈을 감고 깊게 숨을 들이쉬었다.

내 냄새에 끌렸을까? 내가 그녀의 향기에 끌린 것처럼?

어쩌면 이 모든 게 아직 끝은 아닌 걸까?

주차요원이 고물 폭스바겐 비틀을 끌고 왔다.

저건 대체 뭐지?

"저게 당신 차야?"

시어도어 할아버지보다도 나이가 더 먹었을 차였다. 맙소사! 주차요원이 열쇠를 건넸고, 나는 그에게 후한 팁을 주었다. 위험수당은 받아야지.

"이거 길에서 버틸 수 있겠어?"

나는 아나를 쏘아보았다. 어떻게 이런 고철덩어리를 타고 안전할 수 있단 말인가?

"그래요."

"시애틀까지 갈 수 있다고?"

"그럼요. 그럴걸요."

"안전하게?"

"그래요."

그녀는 내게 확신을 주려 했다.

"그래요, 오래된 차예요. 하지만 내 차라고요. 길에서도 잘 달리고. 의붓아버지가 사주신 거예요."

내가 더 좋은 방법이 있다고 제안하자, 그녀는 내가 무엇을 제안하는지 깨닫고 금세 표정이 변했다.

그녀는 불같이 화를 냈다.

"나한테 차를 사주겠다는 건 아니죠?"

그녀는 강조하며 말했다.

"어디 두고 보자고."

나는 침착하려 애쓰며 중얼거렸다. 나는 운전석 문을 열어주었고, 그녀가 올라타는 동안 테일러에게 부탁해서 그녀를 집까지 데려다주라고 할까 생각했다. 제길. 오늘 저녁 테일러는 비번이라는 것이 생각났다.

일단 문을 닫자, 그녀는 창문을 내렸다……. 괴로울 정도로 천천히.

맙소사!

"조심해서 운전해."

나는 으르렁거렸다.

"안녕히, 크리스천."

그녀는 울지 않으려는 듯 목소리가 떨렸다.

젠장. 그녀의 차가 포효하며 거리로 나가는 동안 분노와 그녀의 안전에 대한 걱정은 무력감으로 바뀌었다.

그녀를 다시 볼 수 있는지도 알 수가 없어.

나는 그녀의 후미등이 밤의 어둠 속으로 사라질 때까지 바보같이 보도에 서 있었다.

망할. 어째서 망쳐버린 거지?

호텔 바로 가서 상세르 와인을 하나 주문했다. 나는 병을 들고 방으로 향했다. 노트북이 펼쳐진 채로 책상 위에 놓여 있었다. 와인의 코르크를 따기 전, 나는 자리에 앉아 이메일을 치기 시작했다.

보낸 사람: 크리스천 그레이
제목: 오늘 밤
날짜: 2011년 5월 25일 22:01
받는 사람: 아나스타샤 스틸

어째서 오늘 밤 그렇게 도망갔는지 이해할 수 없어. 네가 만족할 정도로 질문에 모두 답해주었기를 진심으로 바란다. 내가 생각할 거리를 많이 주었다는 건 알지만 내 제안을 진지하게 고려해주기를 열렬히 바라고 있기도 하고. 정말로 이 관계를 제대로 이루고 싶어. 천천히 하자.

나를 믿어봐.

크리스천 그레이

CEO, 그레이 엔터프라이즈 홀딩스, Inc.

시계를 힐끔 보았다. 그녀가 집에 갈 때까지 적어도 20분은 걸릴 테고, 그 위험한 고물을 타고 가면 더 걸릴 수도 있었다. 나는 테일러에게 이메일을 보냈다.

보낸 사람: 크리스천 그레이
제목: 아우디 A3
날짜: 2011년 5월 25일 22:04
받는 사람: J B 테일러

내일까지 아우디를 여기로 배달해주었으면 해.
고마워.

크리스천 그레이
CEO, 그레이 엔터프라이즈 홀딩스, Inc.

상세르 와인을 잔에 따랐다. 나는 책을 집어 들고 자리에 앉은 후 집중하려고 애쓰며 읽기 시작했다. 눈은 여전히 노트북 화면을 떠돌았다. 언제 답장을 보낼까?
시간이 똑딱똑딱 흐르자, 걱정이 풍선처럼 부풀어 올랐다. 어째서 이메일에 답장을 안 하는 거지?
11시에 나는 문자를 보냈다.

집에 잘 갔어?

하지만 아무런 답장을 받지 못했다. 어쩌면 곧장 침대에 들었을지도. 자정이 되기 전 나는 다른 이메일을 하나 더 보냈다.

보낸 사람: 크리스천 그레이
제목: 오늘 밤
날짜: 2011년 5월 25일 23:58
받는 사람: 아나스타샤 스틸

그 차를 타고 집에까지 무사히 갔길 바라.
괜찮은지 알려줘.

크리스천 그레이
CEO, 그레이 엔터프라이즈 홀딩스, Inc.

내일 졸업식에서 그녀를 만날 것이고, 그때 그녀가 나를 거절할지 알게 될 것이다. 그런 우울한 생각을 하며 나는 옷을 벗고 침대로 기어올라 천장을 응시했다.

너 정말로 이 거래를 망쳐버렸어, 그레이.

엄마는 가버렸다. 가끔 엄마는 밖으로 나간다.

그럼 나 혼자다. 나와 내 차와 내 담요.

엄마는 집에 오면 소파에 누워서 잔다. 소파는 갈색이고 끈적끈적하다. 엄마는 피곤하다. 가끔 나는 엄마한테 내 담요를 덮어준다.

아니면 엄마는 먹을 걸 가지고 집에 온다. 그런 날은 좋다. 빵과버터가 있다. 가끔은 마카로미와 치즈도 있다. 내가 제일 좋아하는거다.

오늘 엄마는 가버렸다. 나는 차랑 논다. 차들은 마룻바닥 위에서빨리 달린다. 엄마는 가버렸다. 돌아올 거야. 돌아올 거야. 언제 엄마는 집에 올까?

이젠 깜깜한데, 엄마는 없다. 의자 위에 올라가면 불에 손이 닿는다.

켜졌다. 꺼졌다. 켜졌다. 꺼졌다. 켜졌다. 꺼졌다.

환하다. 깜깜하다. 환하다. 깜깜하다. 환하다. 깜깜하다.

배가 고프다. 치즈를 먹는다. 냉장고 안에 치즈가 있다. 파란 털이 난 치즈.

엄마는 언제 집에 올까?

가끔 엄마는 그 남자랑 집에 온다. 난 그 남자가 싫다. 그 남자가 오면 숨는다. 내가 제일 좋아하는 곳은 엄마의 벽장이다. 거기선 엄마 냄새가 난다. 엄마가 행복할 때 냄새가 난다.

엄마는 언제 집에 오지?

침대가 차갑다. 배가 고프다. 담요와 차는 있는데, 엄마는 없다.

엄마는 언제 집에 올까?

나는 퍼뜩 놀라 깨어났다.

망할. 망할. 망할.

꿈이 싫다. 괴로운 기억들이 수수께끼처럼 얽혀 있고, 잊고 싶은 시간을 왜곡된 방식으로 되살려준다. 심장이 쿵쿵 뛰고 땀에 흠뻑 젖어 있었다. 하지만 이 악몽으로 인한 최악의 결과는 깨어날 때 밀려드는 걱정을 처리해야 한다는 것이었다.

최근 들어 악몽은 더 잦아지고 더 선명해졌다. 그 이유를 알 수는 없었다. 젠장 맞을 플린. 그는 다음 주나 되어야 돌아올 것이다. 나는 두 손으로 머리카락을 훑으며 시간을 확인했다. 5시 38분이었고 새벽빛이 커튼 사이로 스며들어왔다. 일어날 시간이 거의 다 되었다.

뛰러 가자, 그레이.

아나에게서는 아직 문자도 이메일도 없었다. 발이 보도 위를 쿵쿵 디딜 때면 근심이 커져갔다.

가만 놔둬, 그레이.

제기랄, 가만히 좀 놔두라고!

졸업식에서 그녀를 볼 수 있다.

그런데도 가만히 놔둘 수가 없었다.

샤워를 하기 전에, 나는 그녀에게 문자를 하나 더 보냈다.

전화해.

그녀가 안전한지만 확인하고 싶을 뿐이었다.

아침식사 후에도 아나에게서는 여전히 아무 소식이 없었다. 그녀를 머릿속에서 몰아내려고 두 시간 동안 졸업식 연설을 작성했다. 오늘 오전에 열릴 졸업식에서 나는 환경공학과의 탁월한 업적과 개발도상국의 농업 기술에 그레이 엔터프라이즈 홀딩스와 맺은 파트너십의 진전 과정에 대해 치하할 예정이었다.

"굶주린 세계에 식량을 주자는 계획의 일환이에요?"

아나의 비꼬는 말이 머릿속에서 울려 퍼졌고, 간밤의 악몽을 쿡쿡 찔렀다.

원고를 고쳐 쓰며 이 기억을 떨쳐버렸다. 홍보부장 샘이 벌써 초안을 보냈었지만, 내가 보기엔 너무 가식적이었다. 보도자료랍시고 쓴 헛소리를 좀 더 인간적인 느낌으로 바꾸느라 한 시간이 소요되었다.

9시 30분이 되었는데도 여전히 아나에게는 아무 소식이 없었다. 전파를 통한 그녀의 침묵은 걱정스러웠다. 솔직히 무례하기도 했다. 나는 전화를 걸었지만, 곧장 음성 사서함으로 연결되었다.

전화를 끊었다.

위엄 있게 굴어, 그레이.

그때 보낸 편지함에 핑 소리가 울리자, 심장 박동이 솟구쳤다. 하지만 미아에게서 온 것이었다. 저조한 기분에도 나는 미소를 지었다. 그 꼬마가 보고 싶었다.

보낸 사람: 미아 G. 최우수 셰프

제목: 항공

날짜: 2011년 5월 26일 18:32 GMT −1

받는 사람: 크리스천 그레이

안녕, 크리스천.

여기서 빠져나가고 싶어 죽겠어!

날 좀 구해줘. 제발.

토요일 항공편은 AF3622야. 도착 시각은 오후 12시 22분이고.

아버지가 이코노미 좌석을 사주셨지 뭐야! (삐침!)

짐이 아주 많을 거야. 파리 패션 너무 너무 너무 좋아.

엄마 말로는 오빠 여자 친구 생겼다며.

사실이야?

어떻게 생겼어?

알고 싶어!!!!!

토요일에 봐. 오빠 보고 싶다.

À bientôt mon frère. (곧 만나, 오빠.)

M xxxxxxxx

아, 제길! 어머니는 입도 가벼우시지. 아나는 내 여자 친구가 아니라고. 그리고 토요일이 되면 내 여동생의 가벼운 입과 타고 난 낙천성, 캐묻는 질문까지도 떨쳐버려야 하게 생겼다. 미아는 사람 진을 빼는 애니까. 항공편 번호와 도착 시각을 머릿속으로 기억해두고, 미아에게 내가 마중 나가겠다고 서둘러 답장을 썼다.

9시 45분에 졸업식에 참석할 준비를 마쳤다. 회색 정장, 하얀 셔츠, 물론 그 넥타이까지. 나는 아직 포기하지 않았다는 뜻과 우리가 좋았던 시간을 되살려주려는 메시지를 담으려고 섬세히 고른 것이었다.

그래, 정말 좋은 시간이었지……. 그녀가 묶인 채 나를 갈망하는 이미지가 마음속으로 들어왔다. 제길. 어째서 전화를 안 하는 거지? 나는 재다이얼을 눌렀다.

젠장.

아직도 전화를 안 받아!

10시 정각, 문을 두드리는 소리가 났다. 테일러였다.

"좋은 아침."

그가 들어오자 나는 인사했다.

"사장님."

"어젠 어땠나?"

"좋았습니다."

테일러의 태도가 바뀌었고 표정이 따뜻해졌다. 딸을 생각하는 게 분명했다.

"소피?"

"인형 같이 예쁩니다. 공부도 무척 잘하지요."

"좋은 소식인데."

"그리고 A3는 오늘 오후 늦게 포틀랜드에 도착할 겁니다."

"잘됐어. 가자고."

그리고 인정하기는 싫지만, 난 스틸 양이 보고 싶어 안달이 나 있었다.

대학 총장 비서가 나를 워싱턴 주립 대학 강당 옆에 딸린 작은 방으로 안내했다. 비서는 내가 가까이 지내는 어떤 젊은 여자만큼이나 얼굴을 잘 붉혔다. 녹색 방 안에 교수, 행정 직원, 몇몇 학생이 졸업식 전 커피를 마시고 있었다. 그중에는 놀랍게도 캐서린 캐버너가 끼어 있었다.

"안녕하세요, 크리스천."

그녀는 부유한 집 아이 특유의 자신감 어린 태도로 씩씩하게 걸어왔다. 졸업식 가운을 입은 그녀는 충분히 명랑해 보였다. 캐버너라면 분명히 아나를 만났을 것이었다.

"안녕하세요, 캐서린. 어떻게 지냈습니까?"

"여기서 절 보고 당황하신 모양이네요."

그녀는 내 인사는 무시하고 약간 대드는 느낌으로 말했다.

"제가 졸업생 대표 답사를 해요. 엘리엇이 말 안 했나요?"

"아니, 하지 않았는데요."

우리는 시시콜콜히 털어놓는 그런 사이가 아니라고, 맙소사.

"축하해요."

나는 예의상 덧붙였다.

"고마워요."

그녀의 어조는 퉁명스러웠다.

"아나, 여기 왔어요?"

"곧. 걔 아버지랑 올 거예요."

"오늘 아침에 봤어요?"

"그래요, 왜요?"

"차라고 하는 그 고철덩어리를 타고 집에 잘 갔나 해서."

"완다. 걔는 그 차를 완다라고 불러요. 네, 잘 왔더라고요."

"잘됐네요."

그 시점에 총장이 우리 대화에 끼어들더니 캐버너에게 예의 바른 미소를 지어 보이고 나를 데리고 가서 학자들에게 소개했다.

아나에게 아무 일이 없었다니 안심하긴 했지만, 내 메시지에 하나도 답하지 않았다는 사실에 열이 받았다.

좋은 징조가 아니었다.

하지만 이 기가 꺾이는 상황을 오래 생각하고 있을 겨를이 없었다. 교수 중 한 명이 이제 식이 곧 시작된다면서 우리를 복도 밖으로 몰고 나갔다.

마음이 약해진 순간, 나는 다시 아나의 전화에 걸어보았다. 곧장 음성사서함으로 연결되기도 했고, 캐버너가 방해했다.

"졸업식 연설 기대할게요."

복도를 따라가는 동안 그녀가 말했다.

도착해보니 강당은 생각보다 컸고 사람이 가득했다. 우리가 무대 위로 줄지어 올라가자 관중은 일제히 일어서 박수를 보냈다. 박수는 점점 커졌다가 천천히 잦아들었고 기대에 찬 버저 소리와 함께 모두 자리에 앉았다.

총장이 환영 연설을 하는 동안 나는 강당 안을 훑을 수 있었다. 앞쪽 줄은 똑같이 검정과 빨강 워싱턴 주립 대학 가운을 입은 학생들이 채웠다. 그녀는 어디 있지? 나는 꼼꼼하게 줄 하나 하나를 살폈다.

저기 있다.

나는 그녀가 두 번째 줄에 처박혀 있는 것을 발견했다. 살아 있었다. 간밤과 오늘 아침 그녀의 행적에 대해 안달복달하며 에너지를 쏟은 게 바보처럼 여겨졌다. 환한 푸른 눈은 나와 마주치자 휘둥그레졌고, 그녀는 자리에서 꼼지락거렸다. 천천히 홍조가 뺨을 물들였다.

그래, 내가 널 찾아냈어. 그리고 넌 아직도 내 메시지에 답하지 않았지. 그녀가 시선을 피했고, 나는 열 받았다. 정말로 열 받았다. 눈을 감고 그녀의 가슴에 뜨거운 왁스를 뚝뚝 떨어뜨리자 그녀가 내 밑에서 몸부림치는 장면을 상상했다. 이 상상이 몸에 효과를 급격히 미쳤다.

젠장.

정신을 집중해, 그레이.

그녀를 내 마음에서 몰아내고, 음란한 생각들을 통제하며 연설에 집중했다.

기회의 포용을 주제로 한 캐버너의 연설은 사람들에게 영감을 주었다. 그래, 카르페 디엠, 케이트. 그녀가 연설을 마쳤을 때는 커다란 반향이 일었다. 그녀는 분명히 똑똑하고 인기 있고 자신감이 넘쳤다. 사랑스러운 스틸 양처럼 수줍어하고 뒤에 물러 서 있는 벽의 꽃이 아니었다. 두 사람이 친구라는 게 정말로 놀라웠다.

내 이름이 불리는 소리가 들렸다. 총장은 나를 소개했다. 나는 일어서서 단상으로 올라갔다. 쇼타임이야, 그레이.

"오늘 워싱턴 주립 대학의 관계자 여러분이 제게 보내주신 과분한 찬사에 깊이 감사드립니다. 대학에서는 제게 여기 환경공학과에서 진행하는 인상적인 과업에 대해서 이야기할 드문 기회를 주셨습니다. 우리의 목표는 제3세계 국가를 위해 실현 가능하고 환경적으로 지속 가능한 농업 방식을 개발하는 것입니다. 궁극의 목표는 지구상에서 기아와 빈곤을 몰아내는 데 이바지하는 것이지요. 지금도 수십억 명의 인구가, 주로 사하라 사막 이남의 아프리카와 동아시아, 라틴 아메리카에 거주하는 수많은 사람들이 비참한 빈곤 속에서 살아갑니다. 세계의 이런

343

지역에서는 농업이 제 기능을 못 하는 경우가 빈번하고 결과적으로 환경과 사회적 파괴를 불러오고 있습니다. 저는 극심히 굶주린다는 것이 어떤 상황인지 잘 알고 있습니다. 그리하여 제게도 아주 개인적인 여정이 되는 것입니다…….

동반자로서, 워싱턴 주립 대학과 그레이 엔터프라이즈 홀딩스는 토양 생산성과 농업 기술에서 크나큰 진보를 이뤘습니다. 우리는 저개발국가에서 저출력 시스템을 선도적으로 실시하고 있고, 시험장은 헥타르 당 30퍼센트씩 경작량을 늘리고 있습니다. 워싱턴 주립 대학은 이런 환상적인 업적에서 중추적 역할을 해왔습니다. 그리고 그레이 엔터프라이즈 홀딩스는 인턴십을 통해 참가하여 아프리카의 시험장에서 일하는 학생들을 자랑스럽게 여기고 있습니다. 그들이 그곳에서 하는 일은 지역 공동체와 학생들에게 이익을 주고 있습니다. 우리는 함께 그 지역을 좀먹는 기아와 극한 빈곤에 대항해서 싸울 수 있습니다.

하지만 이 기술 발전의 시대에, 제1세계는 앞서 달리면서 가진 자와 가지지 못한 자 사이의 간극을 넓히고 있습니다. 우리는 세계의 유한한 자원을 낭비해서는 안 된다는 것을 잊지 말아야 합니다. 이런 자원은 모든 인류를 위한 것이며, 우리는 이를 갈고 닦아 새롭게 쓸 방법을 찾고 인구 과잉의 우리 지구를 먹여 살릴 새로운 해결책을 개발해야 합니다.

제가 말한 대로, 그레이 엔터프라이즈 홀딩스와 워싱턴 주립 대학이 함께하는 작업은 해결책을 제공할 것이며, 거기서 메시지를 얻는 것이 우리의 일입니다. 이것은 개발도상국에 정보와 교육을 제공할 목적으로 설립한 그레이 엔터프라이즈 홀딩스의 이동통신 분사를 통해 이루어질 것입니다. 인터넷을 세계의 가장 외딴곳까지 이어줄 태양열 기술 분야, 전지 수명, 무선 회선 분야에서 상당한 발전을 이루고 있다는 말씀을 드릴 수 있어서 저는 무척 자랑스럽습니다. 그리고 우리의 목표는 배달 지점에 있는 사용자들에게 이 모두를 무료로 제공하는 것입니다. 교육과 정보에 접근할 수 있는 능력은 여기 있는 우리 모두는 당연히 여기는 것이지만, 이 개발도상국에서는 빈곤을 종결시키기 위한 필수 요소입니다.

우리는 운이 좋습니다. 여기 있는 우리 모두는 특권을 받은 사람들입니다. 다른 사람들보다 더 많이 받았죠. 그리고 저 또한 그 범주에 포함됩니다. 우리는 건강하고 안전하며 풍요롭게 살아갈 수 있는 품위 있는 삶을 운이 좋지 않았던 사람들에게 제공해야 할 도덕적 의무가 있습니다. 여기 있는 우리 모두가 누리는 자원에 관한 접근 가능성과 함께 말입니다.

항상 제 마음속에서 울렸던 말을 여러분과 함께 나누고 싶습니다. 어떤 아메리카 원주민이 한 말이죠. 마지막 잎이 떨어질 때야, 마지막 나무가 죽었을 때야, 마지막 물고기가 잡혔을 때야, 우리는 돈을 먹을 수 없다는 것을 깨닫는다."

박수갈채가 울려 퍼지는 가운데 자리에 앉으면서 나는 아나를 쳐다보고 싶은 충동을 억누르고 강당 뒤에 걸린 워싱턴 주립대학 깃발만을 빤히 보았다. 그녀가 나를 무시하고 싶다면 괜찮았다. 그런 게임에서는 손바닥도 마주쳐야 소리가 나는 법이니까.

부총장이 일어나 학위를 수여하겠다고 발표했다. 그리하여 고통스러울 정도로 기나긴 기다림이 끝난 후에야, 우리는 마침내 성이 'S'로 시작하는 학생들에게 다다랐고 나는 그녀를 다시 볼 수 있었다.

영원 같은 시간이 끝난 후에야, 나는 그녀 이름이 불리는 것을 들을 수 있었다. "아나스타샤 스틸." 박수가 물결처럼 퍼져 갈 때, 그녀가 생각에 잠기고 걱정스러운 얼굴로 내게 걸어왔다.

젠장.

무슨 생각을 하고 있을까?

침착해, 그레이.

"축하합니다, 스틸 양."

나는 아나에게 학위를 수여했다. 우리는 악수를 나누었지만, 나는 그녀의 손을 놓지 않았다.

"노트북 컴퓨터에 무슨 문제가 있나보죠?"

그녀는 영문을 모르겠다는 얼굴을 했다.

"아니요."

"그러면 내 이메일을 무시하는 건가요?"

나는 그녀를 놓아주었다.

"그저 거기엔 기업 인수합병 조약밖에 안 쓰여 있어서요."

대체 그게 무슨 뜻이야?

그녀의 얼굴이 더 찡그려졌지만, 놓아줄 수밖에 없었다. 그녀 뒤로도 줄이 길었다.

"나중에."

그녀가 이동할 때, 이 대화가 아직 끝나지 않았다는 뜻을 전달했다.

줄의 끝에 이를 때까지 나는 연옥에 빠져 있었다. 멍청하게 킥킥대는 여자들은 나를 훔쳐보고, 나를 보고 속눈썹을 깜박이고, 내 손을 꼭 쥐어쌌으며, 전화번호가 적힌 쪽지도 다섯 장이나 손바닥에 쥐어주었다. 지루한 행진곡과 박수갈채에 맞춰 교수들과 함께 무대에서 내려올 때는 안심이 되었다.

복도에서 나는 캐버너의 팔을 잡았다.

"아나와 얘기하고 싶은데. 찾을 수 있을까? 지금."

캐버너는 움찔 놀랐지만, 뭐라고 말하기 전에 나는 할 수 있는 최대로 예의 바른 어조로 덧붙였다.

"부탁합니다."

캐버너는 못마땅하게 입술을 앙다물었지만, 교수들이 줄지어 지나갈 때 나와 함께 기다렸다가 강당으로 돌아갔다. 총장이 멈춰서 내 연설을 칭찬했다.

"이런 기회를 주셔서 영광이었습니다."

나는 다시 한 번 그와 악수하며 대답했다. 곁눈질로 보니 캐버너가 복도에 서 있는 것이 보였다. 그리고 그 옆에는 아나가 있었다. 나는 양해를 구하고 아나에게로 성큼성큼 걸어갔다.

"고마워요."

나는 캐버너에게 인사했고, 그녀는 아나를 걱정스러운 눈빛으로 힐끔 쳐다보았다. 그녀를 무시하고 나는 아나의 팔꿈치를 잡고 눈에 보이는 첫 번째 문으로 이끌었다. 남자 라커룸이었고, 거기서 나오는 깨끗한 냄새로 비어 있다는 것을 알 수 있었다. 나는 문을 잠그고 스틸 양에게로 돌아섰다.

"어째서 답장하지 않았어? 문자도 하지 않고?"

나는 따졌다.

그녀는 얼굴에 실망감을 담고 눈을 두어 번 깜박였다.

"오늘 컴퓨터도 전화도 확인하지 않았어요."

그녀는 내 격앙된 반응에 정말로 당황한 듯했다.

"정말 멋진 연설이었어요."

그녀가 덧붙였다.

"고맙군."

나는 약간 궤도에서 벗어나서 웅얼거렸다. 어떻게 전화나 이메일을 확인하지 않을 수 있지?

"당신이 음식을 가지고 왜 그러는지 알겠더라고요."

그녀가 상냥한 어조로 말했다. 내가 잘못 듣지 않았다면, 가엾게 여기는 기색도 있었다.

"아나스타샤, 지금은 그런 얘기하고 싶지 않아."

나는 너의 동정이 필요하지 않아.

눈을 감았다. 그동안 줄곧 내내 그녀가 나와 말하고 싶어 하지 않는다고 생각했다.

"네 걱정을 얼마나 했는데."

"걱정하다뇨, 왜요?"

"차갑시고 그 위험하기 짝이 없는 고물을 타고 집에 갔으니까."

그리고 우리 사이의 거래를 날려버렸다고 생각했으니까.

아나는 움찔했다.

"뭐라고요? 그거 전혀 위험하지 않아요. 괜찮다고요. 호세가 정기적으로 점검도 해줘요."

"호세라, 그 사진사?"

점입가경이었다.

"그래요, 그 비틀은 원래 호세 어머니 차였거든요."

"그래, 어쩌면 그 어머니의 어머니와 그 할머니까지 탔을지도 모르지. 그건 안전하지 않아."

나는 소리치다시피 말했다.

"그 차를 3년 넘게 운전했어요. 걱정했다니 미안하네요. 왜 전화하지 않았어요?"

그녀의 휴대전화로 전화를 걸었었다. 대체 이 여자는 왜 망할 전화를 쓰지 않는 거지? 집 전화를 말하는 건가? 나는 짜증 나서 한 손으로 머리카락을 훑으면서 심호흡을 했다. 눈에 훤히 보이는 걸 왜 자기만 모르는 거지.

"아나스타샤, 난 당신 대답이 필요해. 이렇게 기다리고 있으려니 미칠 것 같아."

그녀의 얼굴이 어두워졌다.

젠장.

"크리스천, 난…… 이봐요, 밖에 제 의붓아버지가 혼자 계세요."

"내일. 내일까지는 대답해줘."

"그래요. 내일. 그때 말할게요."

그녀는 걱정스러운 표정으로 말했다.

그래, 아직도 "싫어요"는 아니야. 안도한다는 사실에 나는 다시 한 번 놀랐다.

대체 이 여자에게 뭐가 있길래? 그녀는 진실한 푸른 눈으로 나를 올려다보고 있었다. 얼굴에는 걱정이 아로새겨져 있었고, 나는 그녀를 만지고 싶은 충동에 저항했다.

"남아서 술도 마시고 갈 건가?"

"아빠가 어떻게 하고 싶으신지 모르겠네요."

그녀는 표정은 불확실했다.

"당신 의붓아버지, 나도 만나 뵙고 싶은데."

그녀의 불확실한 마음이 더 커진 듯 보였다.

"좋은 생각 같지 않은데요."

내가 문을 열 때 그녀가 음울하게 말했다.

뭐? 왜? 이제 내가 어렸을 때 더럽게 가난했다는 것을 알았기 때문인가? 아니면 내가 섹스에 얼마나 미쳐 있는지 알았기 때문인가? 내가 변태라서?

"내가 부끄러워?"

"아니요!"

그녀는 큰 소리로 말하며 좌절감에 눈을 흘겼다.

"당신을 아빠에게 뭐라고 소개해요? '이 남자가 내 순결을 가져가고 이제 BDSM 관계를 맺고 싶어 하는 사람이에요'라고요? 지금 운동화도 신고 있지 않은데 도망가기도 어려울걸요."

운동화?

그녀의 아버지가 날 쫓아온다는 건가? 그녀는 우리 사이에 작은 유머를 끼워 넣은 것 같았다. 그 대답으로 내 입이 씰룩였고, 그녀는 여름날 새벽처럼 얼굴을 환히 밝히며 내게 미소를 돌려주었다.

"당신도 알겠지만 나 달리기 아주 잘하거든."

난 장난스럽게 대답했다.

"그저 나를 친구라고 소개하면 되잖아, 아나스타샤."

나는 문을 열고 그녀를 따라 나갔지만, 총장과 그의 동료들을 만나 멈춰 설 수밖에 없었다. 그들은 하나같이 나를 돌아보며 스틸 양을 빤히 쳐다보았지만, 그녀는 강당 속으로 사라져버렸다. 그들은 다시 내게로 돌아섰다.

스틸 양과 나는 당신들이 상관할 바가 아니라고요.

나는 총장에게 짧고 예의 바르게 묵례했고, 그는 내게 와서 동료들을 더 만나고 카나페를 즐겨보자고 권했다.

"물론이죠."

나는 대답했다.

이 교수 모임에서 빠져나오기까지 30분이 걸렸고, 사람으로 가득 찬 리셉션장으로 향할 때 캐버너가 내 옆으로 따라와 보조를 맞춰 걸었다. 우리는 졸업생들이 가족들과 함께 대형 천막 아래서 졸업 축하 음료를 즐기고 있는 잔디밭으로 향했다.

"그럼 아나에게 일요일에 저녁 같이하자고 했어요?"

캐버너가 물었다.

일요일? 우리가 일요일에 만난다고 아나가 말했다는 뜻인가?

"당신 부모님 댁에서요."

캐버너가 설명했다.

내 부모님?

나는 아나를 발견했다.

이게 무슨 소리야?

캘리포니아 해변에서 막 걸어 나온 듯한 키 큰 금발 남자가 아나를 꽉 부둥켜안고 있었다.

저 자식은 또 누구야? 그래서 나와 같이 술 마시러 가지 않겠다고 한 건가?

아나가 고개를 들어 내 표정을 감지하고 얼굴이 창백해졌을 때, 그녀의 룸메이트가 그 남자 옆에 섰다.

"안녕하세요, 레이 아저씨."

캐버너는 몸에 맞는 정장을 입고 아나 옆에 서 있는 중년 남자에게 키스했다.

이 사람은 레이먼드 스틸이 분명했다.

"아나의 남자 친구 만나보셨어요? 크리스천 그레이?"

캐버너가 그에게 물었다.

남자 친구라니!

"스틸 씨, 만나 뵙게 되어서 반갑습니다."

"그레이 씨."

그는 조용하게 놀란 표정으로 말했다. 우리는 악수를 나누었다. 그의 손힘은 억셌고, 손가락과 손바닥은 거칠었다. 이 남자는 손을 써서 일하는 사람이었다. 그때 생각났다. 그가 목수라는 것을. 진갈색 눈에서는 아무것도 읽을 수 없었다.

"그리고 이쪽은 우리 오빠, 이든 캐버너."

케이트가 한 팔로 아나를 감고 있는 해변 건달을 소개했다.

아, 캐버너 집안 형제들이란.

나는 그의 이름을 되뇌며 악수를 나눴고, 그의 손은 레이 스틸과는 달리 말랑하다는 것을 알았다.

이제 내 여자에서 손 떼, 이 자식아.

"아나, 자기."

나는 속삭이며 한 손을 내뻗었고, 그녀는 착한 여자답게 내 품으로 넘어왔다. 그녀는 졸업 가운을 벗고 연회색 홀터넥 원피스를 입어 흠 하나 없는 어깨와 등을 드러내고 있었다.

이틀 연속 원피스라니. 내 버릇을 망치고 있군.

"이든 오빠, 엄마랑 아빠가 할 말 있대."

캐버너는 오빠를 끌고 가면서 나를 아나와 그녀의 아버지와 함께 남겨두었다.

"그래, 두 사람이 알고 지낸 지 얼마나 되는가?"

스틸 씨가 물었다.

손을 뻗어 아나의 어깨를 잡으며 나는 부드럽게 손가락으로 그녀의 벗은 등을 쓱 훑었고, 그녀는 그 반응으로 몸을 떨었다. 나는 2주 정도 되었다고 대답했다.

"아나스타샤가 학교신문에 실을 인터뷰를 하러 왔을 때 만났죠."

"네가 학교신문 활동도 했는지 몰랐는데, 아나."

스틸 씨가 말했다.

"케이트가 아파서요."

그녀가 대답했다.

레이 스틸은 딸을 보더니 얼굴을 찡그렸다.

"좋은 연설 잘 들었소, 그레이 씨."

"고맙습니다. 낚시를 아주 잘하신다고 들었는데요."

"그렇소만. 애니가 말하던가?"

"그랬습니다."

"그레이 씨도 낚시를?"

그의 갈색 눈에 호기심이 번쩍였다.

"좋아하지만 자주 하진 못합니다. 아버지가 어렸을 때 저와 형을 데리고 다니셨죠. 아버지는 무지개송어 낚시를 다니셔서. 아버지한테 그 취미를 물려받았나봅니다."

아나는 잠시 듣고 있더니 양해를 구하고 사람들 사이로 사라져 캐버너 가족에 합류했다.

제길, 저 드레스를 입으니 환상적이었다.

"그래요? 어디에서 낚시하시나?"

레이 스틸의 질문이 나를 도로 대화로 끌어들었다. 나는 이것이 시험임을 알았다.

"태평양 북서쪽 일대에서요."

"워싱턴에서 자라셨나?"

"네, 아버지는 저희를 와이누치 강부터 데려가셨죠."

스틸 씨는 입꼬리를 당기며 미소를 지었다.

"나도 훤한 곳이지."

"하지만 아버지가 제일 좋아하시는 곳은 스캐깃입니다. 미국 쪽이죠. 새벽 일찍 저희를 깨워서 침대에서 끌어낸 후 거기까지 차를 타고 올라갔었죠. 그 강에서 월척을 꽤 낚으셨어요."

"거기 물이 좋지요. 스캐짓에서 낚싯대가 부러질 만큼 큰 녀석들을 여럿 잡았어. 그래도 캐나다 쪽에서."

"시내가 쭉 뻗어 있어서 야생 무지개송어가 살기에 가장 좋은 곳이죠. 중간에 끊긴 시내보다는 따라가기가 훨씬 좋으니까."

나는 아나에게 눈을 둔 채로 말했다.

"동감이오."

"제 형은 야생 괴물 두어 마리를 잡았는데. 저는 아직도 월척 기다리고 있습니다."

"언젠가 되지 않겠나, 허?"

"그러길 바랍니다."

아나는 캐버너와 열정적 토론에 빠져 있었다. 대체 저 두 여자는 무슨 얘기를 하는 걸까?

"아직도 낚시하러 자주 다니십니까?"

나는 다시 스틸 씨에게로 집중했다.

"그럼. 애니의 친구 호세와 그 애 아버지, 그리고 나는 될 수 있는 한 자주 다니지."

그 망할 사진사! 또?

"그 친구가 비틀을 손봐주는 사람이죠?"

"그래요, 바로 걔지."

"좋은 차입니다, 비틀은. 저도 독일 차의 팬이라서."

"그래요? 애니가 그 옛날 차를 좋아해서. 하지만 이제 연식이 너무 오래되지 않았나 싶어."

"그 말씀을 먼저 꺼내시니 참 공교롭습니다. 그러지 않아도 제 회사 차 하나를 대여해줄까 하던 참이었거든요. 아나가 받아줄까요?"

"그렇겠지. 그래도 애니에게 달린 문제 아니겠소."

"좋습니다. 아나는 그렇게 낚시에 관심이 없나봅니다."

"없지. 쟤는 제 엄마를 닮았어요. 물고기가 괴로워하는 걸 볼 배짱이 없어. 말이 나왔으니 말이지만, 벌레도. 상냥한 애라오."

그는 내게 날카로운 표정을 던졌다. 아, 레이먼드 스틸의 경고로군. 나는 농담으로 받아쳤다.

"어쩐지, 요 전날 같이 대구를 먹었는데 별 관심이 없더라고요."

스틸은 쿡쿡 웃었다.

"먹는 건 괜찮아할 거요."

아나는 캐버너 가족과 대화를 마치고 이제 우리에게로 오고 있었다.

"안녕."

그녀는 우리를 보고 환히 웃었다.

"애니, 화장실이 어디냐?"

스틸이 물었다.

그녀는 아버지에게 천막 바깥으로 나가 왼쪽으로 가라고 가르쳐주었다.

"좀 있다 보자꾸나. 젊은 사람들끼리 놀고 있어."

그녀는 아버지가 가는 모습을 보더니 불안하게 나를 올려다보았다. 하지만 그녀나 내가 무어라 말하기 전에 우리는 어떤 사진사에게 방해를 받았다. 여자 사진사는 재빨리 우리 둘이 함께 있는 스틸 사진을 찍더니 사라져버렸다.

"그래서 우리 아빠도 마찬가지로 사로잡은 거예요?"

아나의 목소리는 달콤하고 놀림조가 섞여 있었다.

"마찬가지로?"

내가 당신도 사로잡았나, 스틸 양?

나는 손가락으로 그녀의 뺨에 나타난 장밋빛 홍조를 따라 그렸다.

"아, 네가 무슨 생각을 하는지 알 수만 있다면, 아나스타샤."

손가락이 그녀의 턱에 닿자, 나는 그녀의 표정을 살필 수 있게 머리를 뒤로 기울였다. 그녀는 가만히 선 채로 내 시선을 맞받아쳤다. 그녀의 눈동자가 어두워졌다.

"지금 당장은."

그녀가 속삭였다.

"이런 생각하고 있었어요. 당신 넥타이가 멋지다고."

나는 어떤 선언을 기대했었다. 그녀의 반응에 나는 웃고 말았다.

"최근에 내가 가장 좋아하는 넥타이지."

그녀는 미소를 지었다.

"오늘 참 아름답군, 아나스타샤. 홀터넥 드레스가 잘 어울려. 내가 네 등을 쓰다듬을 수도 있고. 네 아름다운 피부를 느낄 수도 있고."

그녀의 입술이 벌어지며 숨이 빨라졌다. 나는 우리 사이의 끌림을 느낄 수가 있었다.

"그렇게 하면 좋을 거라는 거 알지?"

낮게 깔린 내 목소리에 갈망이 드러났다.

그녀는 눈을 감고 침을 삼키더니 깊게 숨을 들이켰다. 다시 눈을 떴을 땐 걱정을 발산하고 있었다.

"하지만 나는 좀 더 원해요."

그녀가 말했다.

"좀 더?"

망할. 이게 뭐지?

그녀는 고개를 끄덕였다.

"좀 더라."

나는 다시 속삭였다. 내 엄지손가락 아래 그녀의 입술은 말랑했다.

"마음과 꽃을 바치길 원하는군."

망할. 이 여자하고는 절대 안 될 거야. 어떻게 되겠어? 나는 로맨스는 하지 않는데. 내 희망과 꿈이 우리 사이에서 무너지기 시작했다.

그녀의 큰 눈은 순진하고 갈구하고 있었다.

제길. 그녀는 너무 유혹적이었다.

"아나스타샤. 나는 그런 건 몰라."

"나도 마찬가지예요."

물론이지. 이전에는 누군가를 사귀어본 적이 없으니까.

"네가 모르는 건 많지."

"당신은 잘못된 걸 많이 알고 있죠."

그녀는 나지막한 소리로 말했다.

"잘못되었다고? 아니, 나한텐 잘못된 게 아냐. 시험해봐."

나는 간청했다.

제발, 내 식대로 해봐.

단서를 찾아 내 얼굴을 탐색하는 그녀의 시선은 강렬했다. 순간, 나는 모든 것을 보는 그 푸른 눈에서 길을 잃었다.

"좋아요."

그녀가 속삭였다.

"뭐?"

온몸의 털이 일어선 기분이었다.

"좋아요. 한번 시험해볼게요."

"동의하는 거야?"

나는 믿을 수 없었다.

"유동 한계에 관해서만은, 그래요. 시험해볼게요."

하느님, 맙소사. 나는 그녀를 품 안으로 끌어당겨 감싸 안으며 그녀의 머리카락에 얼굴을 묻고 매혹적인 향기를 들이켰다. 우리가 사람 많은 장소에 있다는 것은 신경 쓰이지 않았다. 그저 그녀와 나뿐이었다.

"맙소사, 아나. 당신은 참 예측불가능이야. 나를 참 숨도 제대로 못 쉬게 하는군."

그 순간 레이먼드 스틸이 돌아와 당혹감을 감추려 시계만 들여다보고 있다는 것을 깨달았다. 마지못해 그녀를 놓아주었다. 세상의 정상에 올라선 느낌이었다.

거래 성사, 그레이!

"애니, 가서 점심 먹어야 하지 않겠냐?"

스틸이 물었다.

"그래요."

그녀는 나를 향해 수줍은 미소를 지었다.

"우리랑 함께 가겠소, 크리스천?"

순간적으로 나는 그러고 싶은 유혹이 들었지만, 아나가 걱정스러운 눈길을 내 쪽으로 보내며 말했다. 제발, 거절해요. 그녀는 아버지와 단둘이 있는 시간을 원하고 있었다. 나는 그것을 받아들였다.

"고맙습니다만, 스틸 씨. 전 다른 계획이 있습니다. 만나 뵙게 되어 무척 반가웠습니다."

바보 같은 미소 좀 어떻게 해봐, 그레이.

"이쪽도 마찬가지요."

스틸이 대답했다. 진심이라고, 나는 생각했다.

"우리 딸 좀 잘 돌봐주게."

"아, 전적으로 그럴 작정입니다."

나는 그의 손을 잡고 대답했다.

스틸 씨는 아마 상상도 못 할 방식이겠지만요.

나는 아나의 손을 잡고 그녀의 주먹을 내 입술에 갖다 댔다.

"그럼, 나중에 또 봐요, 스틸 양."

나는 웅얼거렸다.

네가 나를 행복하고 행복한 남자로 만들었어.

스틸은 내게 간단히 고개를 까닥했고 딸의 팔꿈치를 잡고 축하연 바깥으로 데리고 나갔다. 나는 아찔한 기분으로 서 있었지만 희망이 찰랑거렸다.

그녀가 동의했다.

"크리스천 그레이?"

내 기쁨은 에이먼 캐버너, 케이트의 아버지에 의해 끊겼다.

"에이먼, 어떻게 지냈어요?"

우리는 악수를 나눴다.

3시 30분에 테일러가 나를 데리러 왔다.

"어서 오십시오, 사장님."

그가 내 차 문을 열었다.

가는 길에 그는 아우디 A3가 히스먼으로 배달되었다고 보고했다. 이제 아나에게 주기만 하면 된다. 물론 그 와중에 논의는 있을 테지. 그리고 마음 깊은 곳에서 나는 이것이 논의 이상이 되리라는 것을 알았다. 그래도 나의 서브미시브가 되기로 동의 했으니 그녀가 내 선물을 소란 피우지 않고 받아줄지도 몰랐다.

누굴 속이려고 그래, 그레이?

남자는 꿈을 꿀 수 있지. 나는 오늘 밤 그녀를 만날 수 있기를 바랐다. 그녀에게 졸업선물로 줄 생각이었다.

안드레아에게 전화를 걸어 내일 아침 뉴욕에서 에이먼 캐버 너와 그의 동업자들과 함께하기로 한 화상 조찬회의를 일정에 넣으라고 지시했다. 캐버너는 자신의 섬유 광학 네트워크를 끌 어올리는 데 관심이 있었다. 로스와 프레드도 그 모임에 참석하 도록 대기하라고 안드레아에게 지시했다. 그녀는 몇 가지 전갈 을 전했지만, 중요한 건 없었고 대신 내일 저녁 시애틀에서 열 리는 자선 모임에 참석해야 한다고 알려주었다.

오늘 밤이 포틀랜드에서 보내는 마지막 밤이 될 것이었다. 아 나가 여기서 보내는 마지막 밤이기도 했다. 나는 전화할까 생각 해보았으나, 그녀가 휴대전화를 가지고 있지 않다면 아무 소용 이 없었다. 게다가 아버지와 단란한 시간을 보내는 중이었다.

히스먼으로 향하는 동안 차창을 내다보며, 오후를 즐기는 포 틀랜드 시민들을 구경했다. 신호등에 섰을 때 보도 위에서 젊은 연인들이 쏟아진 장바구니 옆에 서서 말다툼을 하고 있었다. 그 보다도 더 젊은 커플 하나가 손을 맞잡고 서로를 쳐다보고 킥킥 웃으며 그들 옆을 지나갔다. 여자는 고개를 들어 문신을 한 남 자 친구의 귀에 대고 뭐라고 속삭였다. 남자는 웃으면서 몸을 숙여 여자에게 재빨리 키스했고, 어떤 커피숍으로 들어가는 문 을 열어주고 여자 친구가 들어갈 수 있게 옆으로 비켰다.

아나는 '좀 더' 원했다. 나는 깊이 한숨을 내쉬고 손가락으로 머리카락을 넘겼다. 그들은 언제나 좀 더 원한다. 모두가. 내가 그걸 어떻게 할 수 있지? 손을 맞잡은 커플은 커피숍으로 천천히 들어갔다. 아나와 나도 그렇게 했다. 우리는 레스토랑 두 군데에서 함께 식사했고, 그 시간은…… 재미있었다. 어쩌면 나도 시도해볼 수 있을 것이다. 결국 그녀는 내게 그렇게나 양보했으니까. 나는 넥타이를 풀었다.

내가 좀 더 줄 수 있을까?

일단 샤워를 하고 옷을 입은 후 다시 노트북 앞에 앉자, 로스가 웹엑스 화상 통신 프로그램으로 들어오라고 연락을 보냈고 우리는 40분간 이야기를 나눴다. 대만의 제안과 다푸르 건을 포함, 로스가 제시한 안건은 거의 처리했다. 공중 투하 비용이 어마어마하나, 관련자 모두에게 더 안전한 방식이었다. 나는 그대로 진행하라고 결재를 내렸다. 이젠 선적한 배가 로테르담에 도착하기만을 기다려야 했다.

"캐버너 미디어의 최근 동향을 조사했어요. 바니도 회의에 참석해야 할 것 같아요."

로스가 말했다.

"그렇게 생각한다면. 안드레아에게 알려줘."

"그러죠. 졸업식은 어땠어요?"

"좋았어. 기대와는 달리."

아나가 내 것이 되기로 동의했으니까.

"기대와는 달리 좋았다?"

"그래."

화면 너머에서 로스는 호기심이 동한 얼굴로 나를 쳐다보았지만, 나는 말을 보태지 않았다.

"안드레아 말로는 내일 시애틀에 돌아올 거라면서요."

"그래, 저녁에 참석해야 할 모임이 있어."

"뭐, 사장님의 '합병' 제안이 성공했으면 좋겠네요."

"지금 이 시점엔 긍정적인 대답을 받았다고, 로스."

그녀는 씩 웃었다.

"그 말 들으니 좋네요. 다른 회의가 있으니, 또 다른 사항이
없으면 지금 끝내고 싶은데요."

"안녕."

웹엑스에서 나와 이메일을 켜고 관심을 오늘 저녁 약속으로
돌렸다.

보낸 사람: 크리스천 그레이

제목: 유동 한계

날짜: 2011년 5월 26일 17:22

받는 사람: 아나스타샤 스틸

난 할 말은 다한 것 같은데?

오늘 아무 때나 이 이야기를 끝냈으면 좋겠어.

오늘 참 예쁘더군.

크리스천 그레이

CEO, 그레이 엔터프라이즈 홀딩스, Inc.

오늘 아침 나는 우리 사이의 모든 일이 끝났다고 확신했었다.

맙소사, 그레이. 너 제정신 차려야 해. 플린이 신나게 즐기겠
군.

물론, 이성의 일부분에서는 그녀가 전화를 갖고 있지 않다는
것을 알았다. 어쩌면 좀 더 믿을 만한 통신 수단이 그녀에게 필
요할 수도.

보낸 사람: 크리스천 그레이
제목: 블랙베리
날짜 2011년 5월 26일 17:36
받는 사람: J B 테일러
참조: 안드레아 애슈턴

테일러,
새 블랙베리 폰을 하나 구해서 아나스타샤 스틸 양 이름으로 개
통하고 이메일 계정을 설정해줘. 안드레아가 바니에게서 계정 정보
를 받아 전해줄 거야.
그리고 그걸 내일 집이든 클레이튼 공구점이든 간에 전달해주었
으면 해.

크리스천 그레이
CEO, 그레이 엔터프라이즈 홀딩스, Inc.

일단 메일을 보내놓은 후, 나는《포브스》최신호를 들어 읽기
시작했다.
6시 30분이 되어도 아나에게는 아무런 대답이 없었다. 그래
서 나는 그녀가 아직도 조용하고 허세 없는 레이 스틸과 함께
있으리라고 생각했다. 그들이 피가 섞이지 않은 것을 감안하면
무척이나 닮은 사람들이었다.

룸서비스로 해물 리소토를 주문한 후, 기다리는 동안 책을 더 읽었다.

책을 읽는 중에 어머니에게서 전화가 왔다.

"크리스천."

"안녕하세요, 어머니."

"미아가 연락했던?"

"네. 항공편 정보도 받았어요. 제가 데리러 갈게요."

"잘됐구나. 그리고 네가 토요일에 저녁도 먹고 갔으면 좋겠는데."

"그럼요."

"그리고 일요일에 엘리엇이 자기 친구 케이트를 저녁식사에 데리고 온다는데. 너도 오겠니? 아나스타샤를 데리고 와도 돼."

캐버너가 오늘 하려던 이야기가 이거로군.

나는 시간을 벌기로 했다.

"아나가 시간이 되는지 알아봐야죠."

"나한테 알려주렴. 온 가족이 한자리에 모일 수 있다면 얼마나 좋겠니."

나는 눈을 위로 떴다.

"어머니 생각이 그러시다면요."

"그렇단다. 토요일에 보자."

어머니는 전화를 끊었다.

아나를 부모님과 만나게 한다? 어떻게 하면 그 상황에서 빠져나갈 수 있지?

이 곤경을 심사숙고하는 동안 이메일 한 통이 도착했다.

보낸 사람: 아나스타샤 스틸
제목: 유동 한계
날짜: 2011년 5월 26일 19:23
받는 사람: 크리스천 그레이

당신이 원한다면 오늘 밤에 의논하러 갈게요.

아나

아니, 안 되지. 그 차로는 안 돼. 그리고 내 계획이 맞아떨어
지고 있었다.

보낸 사람: 크리스천 그레이
제목: 유동 한계
날짜: 2011년 5월 26일 19:27
받는 사람: 아나스타샤 스틸

내가 갈게. 네가 그 차를 운전하는 게 마음에 들지 않는다고 한
말은 진심이었거든.
곧 만나자.

크리스천 그레이
CEO, 그레이 엔터프라이즈 홀딩스, Inc.

나는 계약서에서 '유동 한계'에 해당하는 페이지와 그녀의
'문제' 이메일 사본을 한 부씩 더 출력했다. 처음 사본은 아직

그녀가 갖고 있는 내 재킷 주머니에 넣어두었기 때문이었다. 그런 후에 방에 있는 테일러에게 연락했다.

"차를 아나스타샤에게 배달하러 갈게. 아나의 집으로 나를 마중하러 와주겠나? 한 9시 30분쯤?"

"물론입니다, 사장님."

방을 나서기 전, 콘돔 두 개를 청바지 뒷주머니에 넣었다.

운이 좋을지도 모르니까.

A3는 운전하기에 재미있는 차였지만, 생각보다 회전력은 좀 떨어졌다. 포틀랜드 외곽의 술집에 차를 세우고 축하 샴페인을 좀 샀다. 크리스털과 돔 페리뇽은 포기하고 볼랭저로 골랐다. 1999년 빈티지고 차갑게 식혀놓았다는 게 주요한 이유였지만, 분홍색이기도 했기 때문이었다. 상징적이군. 나는 아멕스 카드를 점원에게 건네면서 혼자 씩 웃었다.

문을 열었을 때 아나는 여전히 그 눈부신 회색 드레스를 입고 있었다. 나는 나중에 그 옷을 벗기는 기쁨을 고대했다.

"안녕."

그녀가 말했다. 창백한 얼굴에 눈은 크고 빛났다.

"안녕."

"들어와요."

그녀는 수줍고 어색해 보였다. 왜? 무슨 일이 있었기에?

"그래도 된다면."

나는 샴페인 병을 들어 보였다.

"네 졸업식을 축하해야 하지 않을까 싶어서. 훌륭한 볼랭저 샴페인을 때려눕힐 수 있는 건 아무것도 없지."

"단어 선택 한번 재미있네요."

그녀의 목소리는 냉소적이었다.

"아, 항상 준비되어 있는 너의 재치가 좋아, 아나스타샤."

아, 그래야 내 여자지.

"찻잔밖에 없어요. 유리잔은 벌써 다 싸버렸거든요."

"찻잔? 그것도 좋은 것 같은데."

나는 그녀가 부엌으로 들어가는 모습을 바라보았다. 그녀는 초조하고 전전긍긍하는 듯 보였다. 아마도 오늘 중요한 날이었기 때문일 수도 있고, 내 조건에 동의해서일 수도 있고, 여기 혼자 있기 때문인지도 몰랐다. 캐버너는 오늘 저녁에 가족과 함께 있다는 걸 알고 있었다. 그녀의 아버지가 말해주었다. 샴페인이 아나의 긴장을 푸는 데 도움이 되길 바랐다……. 그리하여 터놓고 말할 수 있게 되길.

방은 이삿짐 상자와 소파, 탁자 외에는 비어 있었다. 손으로 쓴 쪽지가 붙은 갈색 꾸러미가 탁자 위에 놓여 있었다.

그 조건에 동의해요, 에인절. 내가 어떤 벌을 받아야 하는지 당신이 가장 잘 알 테니까요. 오직, 오직, 내가 참을 수 없을 정도로 가혹하게 하진 마요!

"접시도 필요해요?"

그녀가 소리쳤다.

"찻잔만으로 충분해, 아나스타샤."

나는 건성으로 대답했다. 그녀는 책을 싸놓았다. 내가 선물한 초판본. 내게 돌려주려는 것이다. 그 책을 원하지 않았다. 이 때문에 초조했겠지.

그렇다면 차에는 대체 어떻게 반응할까?

고개를 들어보니 그녀가 서서 나를 바라보고 있었다. 그녀는 조심스럽게 컵을 탁자 위에 놓았다.

"당신에게 돌려주려고요."

그녀의 목소리는 작고 긴장감이 어려 있었다.

"흠, 그 정도는 짐작했지."

나는 웅얼거렸다.

"아주 적절한 인용인데."

나는 손가락으로 그녀의 글씨를 훑었다. 글씨는 작고 깔끔했으며, 필적학자들이라면 이를 어떻게 판단할지 궁금했다.

"난 알렉 더버빌인 줄 알았는데, 에인절 클레어가 아니라. 너 타락하기로 결정했잖아."

물론 이건 완벽한 인용이었다. 나는 비꼬면서 미소를 지었다.

"이처럼 적절하게 울리는 무언가를 찾아내는 재주 하나는 믿어도 되겠어."

"또한 간청이기도 해요."

그녀는 속삭였다.

"간청? 널 살살 대해달라고?"

그녀는 고개를 끄덕였다.

내게 이 책은 투자였지만, 그녀에게는 중요한 의미일 것 같았다.

"이 책은 널 위해 산 거야."

사소한 선의의 거짓말이었다. 대체품을 사놓았으니까.

"이걸 받아주면 살살 대해주지."

나는 실망감을 감추고 침착하고 조용한 목소리를 유지했다.

"크리스천, 이거 받을 수 없어요. 너무 과해요."

이거 봐, 또 의지의 전투가 시작되겠군.

Plus ça change, plus c'est la même chose. (바뀌면 바뀔수록 결국엔 같아지기 마련이지.)

"봐. 이게 내가 말하던 거야. 넌 나를 거스르고 있어. 난 네가 이걸 받길 바라. 그러면 얘기 끝. 아주 간단한 거야. 이에 대해 다시 생각할 필요 없어. 서브미시브로서 너는 그저 감사하기만 하면 돼. 내가 사주면 받으면 되는 거야. 네가 그렇게 하는 게 내겐 기쁨이니까."

"당신이 이 책을 내게 사주었을 땐 난 당신의 서브미시브가 아니었어요."

그녀는 조용히 말했다.

언제나처럼 그녀는 모든 상황에 대답을 준비하고 있었다.

"아니었지……. 하지만 동의했잖아, 아나스타샤."

우리 거래를 다시 타협하자는 건가? 맙소사, 이 여자는 나를 롤러코스터에 태우고 있군.

"저 책이 내 거라면 내가 원하는 대로 해도 돼요?"

"그렇지."

하디를 좋아하는 줄 알았는데?

"그렇다면 저 책을 자선단체에 기부하겠어요. 다푸르에서 활동하는 단체에. 당신이 각별히 여기는 듯하니까요. 거기선 경매에 붙일 수 있겠죠."

"그러고 싶다면."

널 말리진 않겠어.

네가 그걸 태운들 신경이나 쓸까.

그녀의 창백한 얼굴에 색깔이 물들었다.

"생각해볼게요."

그녀가 웅얼거렸다.

"생각하지 마, 아나스타샤. 이 건에 대해선."

그냥 가져, 제발. 이건 널 위한 거야. 네가 열정을 보이는 대상은 책이니까. 여러 번 말했잖아. 그 책을 즐기라고.

샴페인을 탁자에 놓으며 나는 그녀 앞에 서서 턱을 손으로 감싸 머리를 뒤로 젖혀서 눈을 정면으로 바라보았다.

"난 네게 많은 걸 사줄 거야, 아나스타샤. 익숙해지도록 해. 나는 그럴 여유가 있으니까. 난 아주 부유한 남자라고."

나는 재빨리 키스했다.

"부디."

나는 덧붙이고 그녀를 놓아주었다.

"당신이 그러면 난 싸구려 같은 기분이 들어요."

그녀가 말했다.

"그렇지 않아. 넌 너무 생각을 많이 하는 거야, 아나스타샤. 다른 사람이 어떻게 생각할까 같은 모호한 도덕적 판단 잣대를 네게 대지 마. 네 에너지를 낭비하지 말라고. 그저 우리 합의 내용에 대해 아직 개운치 않은 부분이 있기 때문이지. 이건 완벽히 자연스러운 거야. 넌 네가 무슨 일에 빠져들었는지 모르니까."

근심이 그녀의 사랑스러운 얼굴에 아로새겨졌다.

"어이, 이건 그만두자. 너한테 싸구려 같은 면은 하나도 없어, 아나스타샤. 네가 그런 생각을 못 하도록 하겠어. 난 그저 네게 의미가 있을 것 같은 옛날 책을 사주었을 뿐이야. 그게 다야."

그녀는 눈을 두어 번 깜박이더니 눈에 띄게 갈등하며 꾸러미를 쳐다보았다.

가져, 아나. 그건 널 위한 거야.

"샴페인이나 마셔."

나는 속삭였고, 그녀는 작은 미소로 보답했다.

"한결 낫군."

나는 샴페인을 따서 그녀가 앞에 놓은 앙증맞은 찻잔에 따랐다.

"분홍색이네요."

그녀가 놀라워했지만, 나는 어째서 분홍색을 골랐는지 말할 용기는 없었다.

"볼랭저 그랑데 안네 로제 1999년산이야. 훌륭한 빈티지지."

"찻잔에 담았는데도요."

그녀는 생긋 웃었다. 전염성이 있는 웃음이었다.

"찻잔에 담았는데도. 졸업 축하해, 아나스타샤."

우리는 잔을 부딪쳤고, 나는 샴페인을 마셨다. 예상한 대로 술맛은 좋았다.

"고마워요."

그녀는 잔을 입술에 갖다 댔다가 조금 마셨다.

"유동 한계에 대해서 짚어볼까요?"

"항상 열심이라니까."

나는 그녀의 손을 잡고 소파—거실에 남아 있는 유일한 가구—로 데려가서 상자들 틈바구니에 앉았다.

"네 새아버지는 무척 과묵한 분이더군."

"아빠를 손끝 하나로 낚았던데요."

나는 쿡쿡 웃었다.

"그거야 내가 낚시를 알기 때문이지."

"아빠가 낚시 좋아하는 걸 어떻게 알았어요?"

"네가 말했잖아. 커피 마시러 갔을 때."

"아…… 그랬나?"

그녀는 한 모금 더 마시더니 눈을 감고 그 맛을 음미했다. 다시 눈을 뜨고 그녀는 물었다.

"학교 축하연에서 와인 마셔봤어요?"

"그래, 끔찍하던데."

나는 얼굴을 찡그렸다.

"그거 마셨을 때 당신 생각을 했어요. 어떻게 와인에 관해서 그렇게 많은 지식을 쌓았어요?"

"별다른 지식은 없어, 아나스타샤. 그저 내가 좋아하는 걸 알 뿐이야."

그리고 난 널 좋아해.

"좀 더?"

나는 탁자 위의 병을 고갯짓으로 가리켰다.

"주세요."

샴페인을 가져와 그녀의 컵을 다시 채웠다. 그녀는 미심쩍다는 듯 나를 보았다. 내가 자기에게 술을 권하고 있다는 것을 그녀도 알았다.

"이곳은 아주 황량해 보이는군. 이사 준비는 끝났어?"

나는 그녀의 관심을 돌리려 질문했다.

"대강요."

"내일 일하나?"

"네, 클레이튼에서의 마지막 근무예요."

"이사하는 걸 돕고 싶지만, 공항으로 여동생을 마중 나가기로 해서. 미아가 토요일 일찍 파리에서 와. 난 내일 시애틀로 돌아가고. 하지만 엘리엇 형이 도와주기로 했다고 들었어."

"네, 케이트가 아주 좋아해요."

엘리엇이 아직도 아나의 친구에게 관심이 있다니 놀라웠다.

평소 형의 행동 방식이 아니었다.

"그래, 케이트와 엘리엇. 누가 생각이나 했겠어?"

두 사람이 사귀면 일만 더 복잡해질 뿐이다. 어머니의 목소리가 머릿속에 울렸다. "아나스타샤를 데리고 와도 돼."

"그래, 시애틀에서는 무슨 일을 할 거야?"

"두 곳에 인턴 면접을 보기로 했어요."

"이 이야기를 내게 언제 할 작정이었는데?"

"아…… 지금 얘기하잖아요."

그녀가 말했다.

"어딘데?"

나는 좌절감을 감추며 물었다.

"출판사 두어 군데예요."

"그게 네가 하고 싶은 일인가? 출판?"

그녀는 고개를 끄덕였지만 속 시원히 털어놓지 않았다.

"그래서?"

나는 운을 뗐다.

"뭐가 그래서예요?"

"둔한 척하지 마, 아나스타샤. 어떤 출판사냐고?"

나는 마음속으로 시애틀에 있는 아는 출판사 이름을 훑었다. 모두…… 네 군데인 것 같았다.

"그냥 작은 데예요."

그녀가 어물쩍 넘겼다.

"어째서 말 안 하려는 건데?"

"원치 않게 영향력을 행사할까봐서죠."

그게 무슨 뜻이야? 나는 얼굴을 찡그렸다.

"아, 당신이야말로 둔한 척하고 있네요."

그녀는 눈에 재미있다는 빛을 띠고 말했다.

"둔한 척?"

나는 웃었다.

"내가? 맙소사. 넌 지금 나에게 도전한 거야. 다 마셔. 그다음에 이 한계에 대해서 이야기하자."

그녀는 눈썹을 깜박거리더니 숨을 떨리도록 들이쉬고 컵을 비웠다. 그녀는 정말로 초조해하고 있었다. 나는 그녀에게 술을 더 권하여 용기를 불어넣으려 했다.

"해요."

"좋아."

병을 손에 들고 나는 잠깐 멈칫했다.

"오늘 뭐 먹었어?"

"네, 레이 아빠와 정찬을 먹었어요."

그녀는 짜증 난다는 듯 눈을 흘겼다.

오, 아나. 마침내 이 불손한 습관을 손봐줄 수 있게 됐군.

나는 몸을 앞으로 숙여 그녀의 턱을 잡고 쏘아보았다.

"다음에 나를 보고 눈을 흘기면 널 내 무릎 위에 눕힐 거야."

그녀는 약간 충격받은 듯했지만, 또 약간 호기심이 동한 듯도 했다.

"아, 그렇게 시작하는 거야, 아나스타샤."

늑대 같은 웃음을 지으며 나는 그녀의 찻잔을 채웠고 그녀는 꿀꺽 들이마셨다.

"이제 내 말에 집중했지?"

그녀는 고개를 끄덕였다.

"대답해."

"네. 당신 말에 집중했어요."

그녀는 뉘우치는 미소를 지으며 말했다.

"좋아."

나는 그녀의 이메일과 계약서의 별첨 3조를 재킷 주머니를 뒤져 찾아냈다.

"아주 성적인 행위부터. 이거 대부분 한 거지만."

그녀가 내게 좀 더 가까이 다가앉자 우리는 목록을 읽었다.

별첨 3

유동 한계

양측이 의논하여 합의한다.

서브미시브는 다음에 동의하는가:

- 마스터베이션
- 커널링거스
- 펠라티오
- 정액 삼키기

- 질 성교
- 질 내 주먹 삽입
- 항문 성교
- 항문 내 주먹 삽입

"주먹은 안 된다고 했지. 또 반대하는 것 있어?"

내가 물었다.

그녀는 꿀꺽 침을 삼켰다.

"애널은 딱히 끌리지 않아요."

"주먹에 대해선 동의하지만 난 정말로 당신의 엉덩이를 갖고 싶은데, 아나스타샤."

그녀는 날카롭게 숨을 들이마시며 나를 보았다.

"하지만 그건 기다리도록 하지. 게다가 우리가 처음부터 할 수 있는 것도 아니니까."

나는 웃음을 억누를 수 없었다.

"당신 엉덩이는 훈련이 필요하거든."

그녀의 눈이 커졌다.

"훈련요?"

"아, 그래. 세심한 준비가 필요하지. 애널 섹스는 아주 즐거울 수 있어, 내 말 믿어. 그렇지만 시도를 했을 때 당신이 좋아하지 않는다면 다시 할 필요는 없지."

그가 내려다보고 빙긋 웃었다.

그녀의 충격받은 표정에서 나는 기쁨을 느꼈다.

"해본 적 있어요?"

그녀가 물었다.

"그럼."

"남자랑요?"

"아니. 난 한 번도 남자랑 해본 적은 없어. 내 취향은 아니지."

"로빈슨 부인과요?"

"그래."

그 여자의 거대한 고무 장난감과.

아나는 얼굴을 찡그렸고, 나는 그녀가 더 질문하기 전에 재빨리 다음 항목으로 넘어갔다.

"그리고 정액 삼키기…… 뭐, 이건 네가 A를 받은 항목이니까."

나는 그녀가 미소 짓기를 기대했으나, 그녀는 마치 나를 새로운 관점으로 보듯이 열심히 관찰하고 있었다. 아직도 로빈슨 부인과의 애널 섹스를 곱씹고 있는 듯했다. 아, 아가씨. 나는 엘레나에게 복종했었다. 그녀는 나를 자기 뜻대로 할 수 있었다. 그리고 나는 그것을 즐겼다.

"그래. 정액 삼키는 건 괜찮아?"

나는 그녀를 현재로 도로 데려오려 물었다. 그녀는 고개를 끄덕이고 샴페인을 다 마셨다.

"좀 더?"

내가 물었다.

흔들리지 마, 그레이. 너 이 여자를 약간 어지럽게 하고 싶은 거지, 취하게 하려는 건 아니잖아.

"좀 더요."

그녀가 속삭였다.

나는 그녀의 찻잔을 채우고 다시 목록으로 돌아갔다.

"섹스 장난감은?"

서브미시브는 다음 기구의 사용에 동의하는가:
- 바이브레이터   · 딜도
- 버트 플러그   · 다른 질/항문 기구

"버트 플러그? 포장 상자에 쓰여 있는 대로 작동하는 건가요?"

그녀는 얼굴을 찌푸렸다.

"그래. 게다가 위에 애널 언급했잖아. 훈련."

"아…… 다른 건 또 뭐가 있는데요?"

"구슬, 알…… 그런 종류지."

"알요?"

그녀는 충격을 받아 두 손으로 재빨리 입을 가렸다.

"진짜 달걀은 아니고."

나는 웃었다.

"내가 웃기다고 생각해줘서 고맙네요."

그녀 목소리에서 상처가 느껴져서 나는 술에서 깼다.

"사과하지, 스틸 양. 미안해."

망할, 그레이. 이 여자를 편하게 대해.

"장난감에 무슨 문제 있어?"

"아니요."

그녀는 톡 쏘았다.

젠장, 삐쳤군.

"아나스타샤. 미안해. 날 믿어. 진심으로 웃으려던 게 아니야.
이전에는 이런 대화를 이처럼 자세히 해본 적 없었거든. 당신은
그저 너무 경험이 없어. 미안해."

그녀는 입술을 삐쭉 내밀며 샴페인을 한 모금 더 마셨다.

"좋았어, 결박."

내 말에 우리는 목록으로 돌아갔다.

> 서브미시브는 다음에 동의하는가:
> - 밧줄 결박   · 테이프 결박
> - 가죽 수갑 결박   · 그 외 다른 도구로 결박
> - 수갑/족쇄/차꼬

"어때?"

나는 이번에는 상냥하게 물었다.

"좋아요."

그녀는 속삭였고 나는 계속 읽어나갔다.

378

서브미시브는 다음으로 구속되는 데 동의하는가:

- 손 앞으로 묶기
- 발목 묶기
- 팔꿈치 묶기
- 손 뒤로 묶기
- 무릎 묶기
- 손목과 발목 모아 묶기
- 고정된 물건이나 가구에 결박
- 스프레더바 결박
- 매달기

서브미시브는 안대 착용에 동의하는가?

서브미시브는 재갈 착용에 동의하는가?

"매달기는 얘기했지. 그걸 고정 한계로 설정하고 싶다면 좋아. 그건 시간이 오래 걸리고, 어차피 너를 단기간밖에 가질 수 없으니까. 다른 건?"

"날 비웃지 마요. 스프레더바가 뭐예요?"

"웃지 않겠다고 약속하지. 두 번 사과했어."

맙소사.

"다시는 내가 사과하게 하지 마."

내 목소리는 의도보다 날카로웠고, 그녀는 내게서 몸을 뗐다.

젠장.

그녀의 반응은 무시해, 그레이. 서둘러.

"스프레더는 발목이나 손목을 채울 수 있는 수갑이 달린 막대야. 재미있지."

"좋아요…… 음. 재갈 물리기. 하지만 숨을 쉬지 못할까봐 걱정돼요."

"당신이 숨을 쉴 수 없다면 내가 걱정해야지. 난 당신을 질식

시키고 싶진 않으니까."

질식 플레이는 내 취향이 전혀 아니니까.

"게다가 재갈을 물고 있다면 어떻게 안전신호를 쓸 수 있어
요?"

그녀가 질문했다.

"무엇보다도, 그걸 쓸 일이 없었으면 좋겠어. 하지만 재갈을
물고 있다면 수신호를 써야지."

"재갈은 좀 불안해요."

"그래, 적어두지."

그녀는 스핑크스의 수수께끼를 풀 듯이 잠깐 나를 관찰했다.

"서브미시브들이 당신을 못 만지게 하려고 묶어두는 걸 좋아
하는 거예요?"

그녀가 물었다.

"그것도 하나의 이유지."

"그래서 내 손을 묶은 거예요?"

"그래."

"그 얘기하는 걸 싫어하는군요."

그녀가 말했다.

"그래, 싫어해."

너랑은 그 얘기는 안 할 거야, 아나. 포기해.

"술 한 잔 더 마실래? 술을 마시면 대담해지는 것 같군. 난 네
가 고통에 대해 어떻게 느끼는지 알아야 하니까."

나는 다시 그녀의 찻잔을 채웠고 그녀는 동그래진 눈으로 걱
정스러운 표정을 지으며 한 모금 더 마셨다.

"그래, 고통을 받아들이는 일반적 태도는 어때?"

그녀는 입을 다물고 있었다.

나는 한숨을 억눌렀다.

"입술을 깨물고 있네."

그녀는 그만두었지만 생각에 잠겨 손만 내려다보았다.

"어렸을 때 체벌 받은 적 있어?"

나는 상냥하게 운을 뗐다.

"아니요."

"그럼 전혀 참고 대상이 없겠군?"

"네."

"생각만큼 나쁘진 않아. 여기선 상상력이 가장 큰 적이지."

이 문제에선 나를 신뢰해줘, 아나. 부디.

"꼭 해야겠어요?"

"그래."

"왜요?"

정말로는 알고 싶지 않을 텐데.

"그 영역과 어울리니까, 아나스타샤. 그게 내가 하는 일이야. 네가 불안해한다는 거 알아. 방법을 살펴보자."

우리는 목록을 훑었다.

- 엉덩이 치기
- 채찍질
- 깨물기
- 성기 집게
- 뜨거운 촛농

- 패들 치기
- 매질
- 유두 집게
- 얼음
- 다른 형태/방식의 고통

"뭐, 성기 집게는 안 된다고 말했으니까, 그건 괜찮아. 가장 아픈 건 매야."

381

아나는 얼굴이 창백해졌다.

"그건 알아서 조절할 수 있을 거야."

나는 재빨리 말했다.

"아니면 전혀 하지 않든가요."

그녀가 대꾸했다.

"이것도 거래의 일부야. 하지만 이 모든 걸 맞춰서 잘해낼 수 있어. 아나스타샤. 너무 세게 밀어붙이진 않을게."

"이 체벌 얘기가 가장 걱정돼요."

"음, 그렇게 말해줘서 기뻐. 일단 매는 목록에서 지우자. 다른 것에 좀 더 편안해지면 강도를 높여가면 돼. 천천히 할 거야."

그녀가 불안해 보여, 나는 몸을 숙이며 키스했다.

"자, 이제까진 그렇게까지 심하지 않았지? 그랬어?"

그녀는 여전히 의심스럽다는 듯 어깨를 으쓱했다.

"봐, 한 가지 더 얘기하고 싶어. 그래서 너를 침대로 데려갈 거야."

"침대요?"

그녀는 소리를 질렀고, 홍조가 얼굴을 물들였다.

"자, 아나스타샤. 이 모든 이야기를 하다보니 지금 당장 너랑 하고 싶어졌어. 다음 주까지도 하라면 할 수 있을 것 같아. 너에게도 어떤 영향을 미쳤겠지."

그녀는 내 옆에서 꼼지락거리며 허벅지를 꼭 붙인 채 쉰 숨을 들이마셨다.

"봐, 게다가 나도 해보고 싶은 게 있어."

"아픈 거예요?"

"아니. 뭐든 아플 거라는 생각을 버려. 주로 쾌감에 관한 거야. 내가 이제까지 널 아프게 한 적 있어?"

"아니요."

"자, 그럼. 봐. 아까 넌 더 원한다는 말을 했지."

나는 말을 멈췄다.

망할, 벼랑 위에 선 신세군.

좋아, 그레이. 이거 자신 있어?

시험해봐야 해. 시작도 하기 전에 그녀를 잃고 싶진 않아.

뛰어내려.

나는 그녀의 손을 잡았다

"네가 내 서브로 있지 않을 때는 아마도 노력해볼 수 있을 거야. 그게 잘 될진 모르겠지만. 모든 걸 분리할 수 있을진 모르겠어. 그게 잘 될지는. 하지만 노력은 해보지. 일주일에 하룻밤 정도. 잘 모르겠어."

그녀의 입이 떡 벌어졌다.

"조건이 하나 있어."

"뭔데요?"

그녀의 숨소리가 높아졌다.

"내 졸업 선물을 기쁘게 받아줬으면 좋겠어."

"아."

그녀의 눈이 확신 없이 휘둥그레졌다.

"이리 와."

나는 그녀를 일으키고 내 가죽 재킷을 벗어 어깨에 둘러주었다. 나는 심호흡을 하며 앞문을 열고 길 위에 주차해놓은 아우디 A3를 보여주었다.

"널 위한 선물이야. 졸업 축하해."

나는 한 팔을 그녀에게 두르고 머리카락에 키스했다.

그녀를 놓았을 때, 그녀는 말문이 막혀 차만 바라보았다.

이런……. 어디로 튈지 모르겠는데.

나는 그녀의 손을 잡고 계단 아래로 이끌었고, 그녀는 황홀경에 빠진 사람처럼 따라왔다.

"아나스타샤. 네가 타는 비틀은 낡고 솔직히 위험해. 내가 쉽게 바로잡을 길이 있는데도 네가 그 차를 타고 다니다 무슨 일이 생기기라도 하면 영원히 나 자신을 용서하지 못할 거야……."

그녀는 말을 못하고 입을 벌린 채로 차만 바라보았다.

젠장.

"네 의붓아버지에게도 얘기했어. 기꺼이 찬성하시더군."

약간 과장이 들어가긴 했지만.

그녀는 여전히 입을 벌린 채로, 몸을 돌려 나를 쏘아보았다.

"이 얘기를 아빠에게 했어요? 어떻게!"

"이건 선물이야, 아나스타샤. 그저 고맙다고 말하면 안 되나?"

"하지만 이게 너무 과하다는 거 당신도 알잖아요."

"내겐 그렇지 않아. 내 마음의 평화를 위해선 약소하지."

그러지 마, 아나. 넌 더 원하잖아. 이건 그 대가야.

그녀는 어깨를 축 늘어뜨리더니 내게로 돌아섰다. 체념인가 싶었다. 딱히 내가 바라던 반응은 아니었다. 샴페인으로 생겨난 장밋빛이 사라지고, 얼굴은 한 번 더 창백해졌다.

"노트북처럼 대여해주는 걸로 하면 기쁠 것 같아요."

나는 고개를 흔들었다. 대체 왜 이리 까다롭게 구는 거지? 차를 받은 서브미시브들 중에서 이런 반응을 보인 적은 한 번도 없었다. 그들은 보통 기뻐했다.

"좋아. 대여로 하지. 무기한으로."

나는 이를 악물고 동의했다.

"아니, 무기한은 아니지만요, 일단 지금은. 고마워요."

그녀는 조용히 말하며 고개를 들어 뺨에 키스했다.

"고마워요."

그 말. 그녀의 달콤하고 달콤한 입술에서 나온 말. 나는 그녀를 잡아 몸을 내 쪽으로 끌어당기며 손가락으로 머리카락을 잡았다.

"넌 참 도전적인 여성이야, 아나 스틸."

나는 그녀에게 거세게 키스하며 혀로 입을 벌렸다. 잠시 후 그녀는 내 열정에 맞춰 반응을 보이며 혀로 내 혀를 애무했다. 내 몸이 반응을 보였다. 나는 그녀를 원했다. 여기. 지금. 트인 공간에서.

"지금 당장 이 차의 후드 위에서 너랑 하는 걸 참기 위해서 내 자제력을 모조리 동원하고 있어. 네가 내 것이라는 것을 보여주기 위해서. 그리고 내가 너한테 저 망할 차를 사주고 싶다면 사줄 거야. 이제, 안으로 너를 데려가서 옷을 벗길 거야."

나는 으르렁거렸다. 그런 다음 더 강하게 키스했다. 요구하고 소유하는 키스. 나는 그녀의 손을 잡고 아파트로 성큼성큼 걸어가 앞문을 쿵 닫고 곧장 그녀의 침실로 향했다. 거기서 그녀를 놓아주고 침대 옆 조명을 켰다.

"나한테 화내지 마요."

그녀가 속삭였다.

그녀의 말이 내 분노의 불에 물을 끼었었다.

"차와 책은 미안해요……."

그녀는 말을 멈추고 입술을 핥았다.

"당신이 화내면 무서워요."

젠장.

그 누구도 내겐 그런 말을 한 적이 없었다. 나는 눈을 감았다. 그녀를 겁주는 건 절대로 싫었다.

진정해, 그레이.

그녀가 여기 있어. 안전해. 기꺼이 하려고 해. 그녀가 단지 어떻게 행동해야 하는지 모른다고 해서 이걸 망치지 마.

눈을 떠보니 아나가 나를 보고 있었다. 공포가 아니라 기대심을 품고.

"돌아봐."

나는 부드러운 목소리로 요구했다.

"그 드레스를 벗었으면 좋겠어."

그녀는 즉시 복종했다.

착하군.

나는 그녀의 어깨에서 재킷을 벗겨 바닥에 던진 후 그녀의 목에 떨어진 머리카락을 들었다. 집게손가락 아래 느껴지는 부드러운 피부의 감촉이 위로가 되었다. 그녀가 이제 내 말대로 하자, 긴장이 풀렸다. 손가락 끝으로 나는 그녀의 등뼈를 쭉 훑다가 회색 시폰 원피스의 지퍼가 시작되는 곳까지 내려갔다.

"이 드레스 마음에 드는데. 흠 하나 없는 피부가 좋아."

손가락을 드레스 뒤로 넣으며, 나는 그녀를 가까이 끌어당겼다. 내 몸에 닿자 그녀는 얼굴을 붉혔다. 그녀의 머리카락 속에 내 얼굴을 묻고 향기를 들이마셨다.

"냄새가 무척 좋은데, 아나스타샤. 무척 달콤해."

가을처럼.

그녀의 향기는 풍요롭고 행복했던 시간을 떠올리게 하며 마음을 안정시켰다. 그녀의 맛있는 향기를 들이마신 채로, 나는 코로 그녀의 귀부터 목, 어깨를 따라 훑으며 키스했다. 나는 천천히 그녀의 원피스를 벗기면서, 그녀의 피부를 따라 다른 쪽 어깨까지 키스하고 핥고 빨았다.

그녀는 내 손길 아래서 몸을 떨었다.

아, 아나.

"넌 가만히 있는 법을 배우게 될 거야."

나는 키스 사이로 속삭이면서 그녀의 홀터넥을 풀었다. 원피스가 그녀의 발치로 풀썩 떨어졌다.

"브라를 하지 않았군, 스틸 양. 마음에 드는데."

손을 앞으로 뻗어 그녀의 젖가슴을 감싸면서 손바닥 아래 닿는 젖꼭지를 느꼈다.

"두 팔을 들어 내 머리를 감싸."

나는 입술로 그녀의 목을 쓸며 명령했다. 그녀는 시키는 대로 했고, 젖가슴이 더 높이 솟아 손바닥 안으로 밀려들어왔다. 그녀는 내가 좋아하는 방식으로 손가락으로 내 머리카락을 감아 잡아당겼다.

아…… 그렇게 하니 느낌이 무척 좋은데.

그녀가 머리를 한쪽으로 기울였고, 나는 그사이 그녀에게 키스했다. 피부 아래 그녀의 심장이 쿵쿵 요동쳤다.

"으으음……."

나는 감탄하듯 중얼거리면서 손가락으로 그녀의 젖꼭지를 애태우고 잡아당겼다.

그녀는 등을 뒤로 휘며 신음했고 완벽한 가슴을 내 손 안으로 깊숙이 밀어붙였다.

"이런 식으로 하면 네가 느끼게 할 수 있을까?"

그녀의 몸이 더 활처럼 휘었다.

"이런 걸 좋아하는군. 그렇지, 스틸 양?"

"으응……."

"말로 해."

나는 그녀의 젖꼭지를 향한 관능적인 공격을 계속하며 요구했다.

"그래요."

그녀가 나직하게 말했다.

"그래요, 다음에 뭐지."

"그래요…… 주인님."

"착한 아가씨군."

손가락으로 그녀를 살짝 꼬집고 비틀자 내 몸에 닿은 그녀의 육체가 경련하듯 흔들렸다. 그녀는 신음을 내지르며 손가락으로는 내 머리를 더 세게 잡아당겼다.

"넌 아직 느낄 준비가 안 된 것 같은데."

나는 그녀의 가슴을 잡은 채로 손의 동작을 멈췄다. 그러면서도 이로는 그녀의 귓불을 잡아당겼다.

"게다가 내 기분을 상하게 했어. 그러니까 아마도 네가 느끼게 하지 않을지도 몰라."

나는 그녀의 가슴을 주무르면서 그녀의 젖꼭지에 다시 관심을 돌려 비틀고 잡아당겼다. 그녀는 신음하며, 일어선 내 페니스에 대고 하체를 돌렸다. 나는 손을 내려 그녀의 엉덩이를 잡아 꼼짝 못 하게 고정하고 그녀의 팬티를 내려다보았다.

면. 흰색. 쉽겠군.

나는 손가락을 팬티에 걸어 될 수 있는 한 옆으로 늘리면서 엄지손가락으로 뒤쪽 시접을 쫙 뜯었다. 내 손 안에서 찢겨 나간 팬티를 나는 아나의 발치로 던졌다.

그녀는 숨을 훅 들이마셨다.

나는 손가락으로 그녀의 엉덩이를 훑고는 손가락 하나를 질 속으로 집어넣었다.

그녀는 젖어 있었다. 무척 젖어 있었다.

"아, 그래. 내 다정한 아가씨가 준비되었군."

나는 그녀의 몸을 돌리고 손가락을 내 입에 집어넣었다.

음, 짭짤해.

"아주 맛있어, 스틸 양."

그녀의 입술이 벌어지더니 눈이 갈망으로 어두워졌다. 약간 충격받았나 싶었다.

"내 옷을 벗겨."

나는 그녀에게서 눈을 떼지 않았다. 그녀는 머리를 기울이며 내 명령을 생각하는가 싶었지만 망설였다.

"할 수 있어."

나는 그녀를 격려했다. 그녀가 두 손을 들자 갑자기 나를 만지려나 싶었다. 나는 아직 준비가 되지 않았다. 젠장.

본능적으로 나는 그녀의 손을 잡았다.

"아, 안 되지. 티셔츠는 안 돼."

나는 그녀가 올라타기를 바랐다. 우리는 아직 끝나지 않았고, 그녀가 균형을 잃을 수도 있으므로 안전장치로 티셔츠는 입고 있어야 했다.

"내가 계획한 것을 위해선 나를 만질 필요가 있을지도 모르겠지만."

나는 그녀의 한 손을 놓아주었지만, 다른 손은 나의 일어선 부분에 갖다 댔다. 이제 내 물건은 청바지 안이 좁다고 아우성 치고 있었다.

"이게 네가 내게 끼친 영향이야, 스틸 양."

그녀는 숨을 헉 들이켜며 자신의 손을 보았다. 그러더니 내 페니스를 감싼 손가락이 조여왔고, 그녀는 기대에 찬 눈을 들어 나를 힐끔 보았다.

나는 씩 웃었다.

"네 안으로 들어가고 싶어. 내 바지를 벗겨. 네게 주도권이 있으니."

그녀의 입이 떡 벌어졌다.

"나를 어떻게 할 거야?"

내 목소리는 허스키했다.

그녀의 얼굴이 기쁨으로 환해졌다. 내가 무어라 반응하기도 전에 그녀가 나를 밀어붙였다. 나는 침대 위로 쓰러지며 웃음을 터뜨렸다. 그녀의 대담한 행동에 놀라서기도 했지만, 그녀가 나를 만졌는데도 공포에 질리지 않았기 때문이었다. 그녀는 내 신발을 벗기더니, 다음으로는 양말까지 벗겼다. 하지만 너무 더듬대고 있어 인터뷰 때 녹음기를 세우려던 모습이 떠올랐다.

나는 그녀를 바라보았다. 흥미롭게, 흥분한 채로. 그녀가 다음에 무엇을 할지 궁금해하며. 누워 있는 사람이 입고 있는 청바지를 벗기기란 꽤 고생스러운 일이었다. 그녀는 하이힐을 벗고 침대 위로 기어올라와 내 허벅지 위에 걸터앉은 후 손가락을 바지허리 아래로 쓱 밀어 넣었다.

나는 눈을 감고 하체를 움직이며 수치심 없는 아나를 즐겼다.

"당신은 가만히 있는 법을 배워야 해요."

그녀는 나를 꾸짖으며 음모를 잡아당겼다.

아, 대담한데, 마님.

"그럽시다, 스틸 양."

나는 잇새 사이로 약 올렸다.

"내 주머니 속, 콘돔."

그녀의 눈이 확연한 기쁨으로 빛나더니, 그녀의 손가락이 주머니 속으로 휙 들어가면서 일어선 내 물건을 쓸었다.

아…….

그녀는 포일 포장 두 개를 꺼내더니 내 옆으로 던졌다. 더듬거리는 손가락은 바지의 앞 단추에 닿았고, 두 번의 시도 끝에 그걸 풀 수 있었다.

그녀의 순진함이 마음을 사로잡았다. 이전에는 해본 적이 없는 것이 분명했다. 또 한 번의 처음……. 끝내주게 흥분되었다.

"너무 열심인데, 스틸 양."

나는 약 올렸다. 그녀는 지퍼를 내리고 바지허리를 끌어내리려다 좌절한 얼굴로 나를 보았다.

나는 웃지 않으려고 애썼다.

그래, 이걸 어떻게 벗겨낼 거야?

내 다리를 더듬으며 그녀는 바지를 잡아당겼다. 열심히 집중하는 모습이 귀여웠다. 나는 그녀를 도와주기로 했다.

"그 입술을 계속 깨물면 난 가만히 있을 수가 없는데."

나는 허리를 활처럼 휘어 침대에서 들었다.

그녀는 무릎을 꿇고 앉아서 바지와 팬티를 한 번에 벗겨냈고 나는 발로 차서 그것들을 바닥에 떨어뜨렸다. 그녀는 내 위에 걸터앉아 내 물건을 바라보며 입술을 핥았다.

우아.

그녀는 섹시했고 부드러운 웨이브로 말린 짙은 머리는 가슴까지 흘러내렸다.

"이제 뭘 할 거야?"

나는 속삭였다. 그녀의 눈길이 내 얼굴로 휙 날아오더니 손을 뻗어 나를 꽉 잡고 세게 쥐어짰다. 손가락 끝으로는 끝을 쓸었다.

맙소사.

그녀는 고개를 숙였다.

그리고 나는 그녀의 입속에 있었다.

망할.

그녀는 세게 빨았다. 그녀 아래서 내 몸이 씰룩였다.

"이런, 아나. 급하게 하지 마."

나는 잇새로 식식댔다. 하지만 그녀는 사정을 봐주지 않고 내게 펠라티오를 했다. 하고 또 하고. 망할. 그녀의 열정이 나의 경계심을 무너뜨렸다. 그녀의 혀가 위아래로 움직였고 나는 그녀의 입에서 나왔다 들어갔다 하며 그녀의 목구멍 뒤까지 닿았다. 입술은 나를 꽉 감쌌다. 압도적으로 에로틱한 광경이었다. 그녀를 보는 것만으로도 사정할 수 있을 것 같았다.

"그만, 아나. 그만해. 나 사정하고 싶지 않아."

그녀는 젖은 입술을 한 채 일어나 앉았다. 두 개의 검은 웅덩이 같은 눈이 나를 내려다보았다.

"너의 순진함과 열의 때문에 경계심을 잃게 돼."

하지만 지금 당장은 널 보면서 너를 갖고 싶어.

"너, 위로 올라가……. 우리가 할 일이 그거야. 여기. 이걸 씌워."

나는 그녀의 손에 콘돔을 놓았다. 그녀는 질겁하며 콘돔을 살피더니 포장을 이로 찢었다.

그녀는 열심이었다.

그녀는 콘돔을 꺼내고 지시를 기다리는 듯 나를 보았다.

"위를 잡고 쭉 끌어내려. 그 끝에 공기가 들어가게 하면 안 돼."

그녀는 고개를 끄덕이며 시키는 대로 정확히 했다. 일에 몰두해서 열심히 집중하느라 그녀의 입술 사이로 혀가 삐죽 나왔다.

"젠장, 여기서 나를 죽이는군, 아나스타샤."

나는 이를 악물고 탄성을 내질렀다.

그녀는 일을 마치자 뒤로 앉더니 자신의 솜씨, 혹은 내게 감탄하는 것 같았다. 어느 쪽인지는 확실히 알 수 없었지만, 상관없었다.

"자. 이제 네 안에 묻히고 싶어."

나는 갑자기 일어나 앉아 그녀와 마주 보았고 그 바람에 그녀는 깜짝 놀랐다.

"이렇게 말이지."

나는 속삭이며 한 팔을 그녀에게 감고 들어 올렸다. 다른 손으로는 내 물건을 그녀에게 맞추고 그녀를 천천히 내 위로 내렸다.

그녀가 눈을 감고 목으로 요란하게 쾌락의 신음을 내지를 때 내 숨이 몸에서 빠져나갔다.

"잘했어, 자기. 나를 느껴봐. 내 모두를."

그녀의. 느낌은. 너무도. 좋았다.

나는 그녀가 내 느낌에 익숙해지도록 하며 안고 있었다. 이렇게, 그녀의 안에.

"이렇게 하면 깊이 들어가지."

내 목소리는 거칠었다. 나는 몸을 움직이며 골반을 들어 그녀 안으로 더 깊이 밀고 들어갔다.

그녀는 고개를 기울이며 신음했다.

"다시요."

그녀가 나직한 소리로 말했다. 그녀가 눈을 다시 떴고, 그 눈은 내 눈과 마주치며 타올랐다. 음탕하게. 기꺼이. 나는 그녀가 이것을 좋아하는 게 좋았다. 나는 부탁받은 대로 했고, 그녀는 다시 신음을 지르며 고개를 뒤로 젖혔다. 머리카락이 어깨 위로 우르르 쏟아졌다. 나는 천천히 침대에 누우며 그 쇼를 감상했다.

"네가 움직여, 아나스타샤. 위아래로. 원하는 대로. 내 손을 잡아."

나는 두 손을 뻗었고, 그녀는 그 손을 잡고서 내 몸 위에 안정적으로 자리를 잡았다. 천천히 그녀는 몸을 일으켰다가 다시 내 위로 내려앉았다.

내 숨은 짧고 날카로운 헐떡임이 되어 나왔고, 나는 자제하려 했다. 그녀는 다시 몸을 들었고 이번에는 나는 하체를 들어 내려오는 그녀를 맞았다.

아, 그래.

눈을 감으며 나는 그녀의 맛있는 몸 구석구석을 음미했다. 그녀가 내게 올라타 있는 동안 우리는 함께 리듬을 찾아갔다. 다시, 또다시, 또 또다시. 그녀는 환상적으로 보였다. 가슴이 출렁이고, 머리카락이 흔들리고, 찔러오는 쾌락을 흡수할 때마다 입이 늘어졌다.

내 눈과 마주친 그녀의 눈 속에는 육욕과 경이가 가득했다. 맙소사, 아름다워.

육체가 모든 것을 지배하자 그녀는 비명을 내질렀다. 그녀는 절정에 다다랐고, 나는 그녀의 손을 쥔 손을 더 조였다. 그녀는 나를 감싼 채로 불이 붙었다. 내가 그녀의 엉덩이를 잡고 지탱하는 동안, 그녀는 오르가즘을 느끼며 알아들을 수 없는 소리를 질렀다. 그때 나는 그녀 엉덩이를 잡은 손에 힘을 더 주며 조용히 나를 놓으면서 그녀 안에서 사정했다.

그녀는 내 가슴 위에 풀썩 쓰러졌고 나는 그녀 아래 누워 숨을 헐떡였다.

맙소사, 그녀는 정말 좋은 섹스 상대야.

우리는 한동안 그렇게 함께 누워 있었고 그녀의 무게가 위안이 되었다. 그녀는 몸을 꿈틀거리며 내 티셔츠 위로 코를 비벼대더니 한 손을 펼쳐 내 가슴에 댔다.

어둠이 빠르고 강하게 내 가슴으로, 목구멍으로 미끄러져 들어오더니 나를 목 조르고 숨을 막겠다며 위협했다.

안 돼, 나를 만지지 마.

나는 그녀의 손을 잡아 주먹 관절을 입술에 갖다 대면서, 나를 더 만질 수 없게 몸을 돌려 그녀의 위로 올라탔다.

"하지 마."

나는 그녀의 입술에 키스하며 공포를 눌렀다.

"어째서 만지면 싫어하는 거예요?"

"그거야 나는 50가지 다른 빛깔로 엉망진창 망가진 인간이니까, 아나스타샤."

치료를 몇 년이나 받은 후에, 내가 진실로 알게 된 한 가지였다.

그녀의 눈이 의문으로 커졌다. 그녀는 더 많은 정보를 갈망했다. 하지만 그런 쓰레기까지 그녀가 알 필요는 없었다.

"내 인생 초반은 정말로 험난했어. 자세한 이야기로 네게 부담을 주고 싶진 않지만. 그냥 하지 마."

나는 부드럽게 내 코를 그녀에 대고 빠져나왔다. 나는 일어나 앉으며 콘돔을 빼 침대 옆에 떨어뜨렸다.

"모든 기초는 다 익힌 것 같군. 어땠어?"

순간 그녀는 정신이 다른 데 팔린 것 같았지만, 이내 곧 머리를 한쪽으로 기울이고 미소를 지었다.

"당신이 내게 통제권을 넘겼다는 말을 내가 믿었을 거라 잠깐이라도 생각했다면, 그건 당신이 내 성적을 염두에 두지 않았다는 거네요. 하지만 그런 환상을 주어서 고마워요."

"스틸 양, 너는 그저 얼굴만 예쁜 게 아니야. 이제까지 여섯 번의 오르가즘을 겪었고 그 모두를 다 내가 준 거지."

그 단순한 사실만으로도 왜 기쁜 거지?

그녀의 눈이 천장을 헤맸고 죄책감 어린 표정이 얼굴을 스쳐 지나갔다.

이건 뭐지?

"나한테 할 말 있어?"

나는 물었다.

그녀는 망설였다.

"오늘 아침에 꿈을 꿨어요."

"그래?"

"자다가 느꼈어요."

그녀는 한 팔로 얼굴을 가리고 부끄러워하며 숨었다. 나는 그녀의 고백에 어안이 벙벙했지만, 흥분되고 기쁘기도 했다.

관능적인 피조물.

그녀는 팔 사이로 흘끔 쳐다보았다. 내가 화낼 줄 알았나?

"자다가?"

나는 좀 더 확실히 물었다.

"그래서 깨어났어요."

그녀가 속삭였다.

"그랬겠지." 나는 매혹되었다. "무슨 꿈을 꿨는데?"

젠장.

"당신요."

그녀는 작은 목소리로 말했다.

나라고!

"내가 무엇을 하고 있었는데?"

그녀는 다시 팔 아래로 숨었다.

"아나스타샤, 내가 무엇을 하고 있었는데? 다시는 물어보지 않을 거야."

어째서 부끄러워하는 거지? 나에 대한 꿈을 꾸다니……. 사랑스러웠다.

"승마 채찍을 들고 있었어요."

그녀는 우물거렸다. 나는 그녀의 얼굴을 볼 수 있게 팔을 치웠다.

"정말?"

"네."

그녀의 얼굴이 진홍색으로 물들었다. 조사가 영향을 준 게 분명했다. 좋은 방향으로. 나는 미소를 띠며 그녀를 내려다보았다.

"그럼 네겐 아직도 희망이 있군. 승마 채찍이 몇 개 있는데."

"땋은 매듭 모양의 갈색 채찍도요?"

그녀의 목소리에 고요한 낙관이 물들었다.

나는 웃었다.

"아니, 하지만 꼭 하나 구해놓도록 하지."

나는 그녀에게 짧은 키스를 해주고 옷을 입으려 일어섰다. 아나도 똑같이 일어서 운동복 바지와 캐미솔을 입었다. 나는 바닥에 떨어진 콘돔을 수거해 재빨리 묶었다. 이제 그녀가 내 것이 될 거라고 동의했으니 피임이 필요했다. 옷을 다 입은 그녀는 침대에 책상다리를 하고 앉아 내가 바지를 집는 모습을 바라보았다.

"주기는 어떻게 돼?"

나는 물었다.

"나 이런 것 쓰기 싫거든."

나는 묶은 콘돔을 들어 보이며 바지를 입었다.

그녀는 움찔 놀랐다.

"음?"

나는 재촉했다.

"다음 주예요."

그녀가 뺨을 분홍빛으로 물들며 말했다.

"피임 조치를 해야 할 필요가 있겠군."

나는 침대에 앉아 양말과 신발을 신었다. 그녀는 아무 말도 하지 않았다.

"주치의는 있나?"

내 물음에 그녀는 고개를 저었다.

"내 주치의를 네 아파트로 보내서 진찰받게 할 수 있어. 일요일 아침 나를 만나러 오기 전에. 아니면 그 의사가 내 집에서 진찰하게 할 수도 있고. 어느 쪽이 좋아?"

백스터 박사를 한동안 못 보기는 했지만, 요청하면 왕진도 와줄 거라고 확신했다.

"당신 집요."

그녀가 말했다.

"좋아. 시간을 알려주도록 하지."

"가는 거예요?"

그녀는 내가 간다고 하니 놀라는 듯했다.

"그래."

"어떻게 돌아가려고요?"

그녀가 물었다.

"테일러가 데리러 올 거야."

"내가 태워다줄게요. 예쁜 새 차가 생겼으니까."

그게 더 나았다. 그녀는 순순히 차를 받아주었지만, 샴페인을
그렇게 마셨으니 운전은 해서는 안 되었다.

"하지만 술을 너무 많이 마셨잖아."

"나를 일부러 취하게 한 거예요?"

"그래."

"왜요?"

"넌 생각이 너무 많으니까. 그리고 네 의붓아버지처럼 말이
없으니까. 와인 한 방울을 떨어뜨리면 말을 하기 시작하고, 난
네가 좀 더 솔직하게 터놓길 바랐으니까. 그렇지 않으면 너는
조개처럼 입을 꼭 다물었을 테고, 나는 네가 무슨 생각을 하는
지 몰랐겠지. 취중진담이라잖아, 아나스타샤."

"당신은 나한테 항상 솔직하고요?"

"난 그러려고 하지. 우리가 서로에게 솔직해야 제대로 되는
관계야."

"난 당신이 여기 남아서 이걸 썼으면 좋겠어요."

그녀가 두 번째 콘돔을 들어서 흔들었다.

그녀의 기대를 조절해, 그레이.

"아나스타샤. 나는 오늘 여기서 선을 여러 번 넘었어. 가야
해. 일요일에 만나자. 그때 개정 계약서를 준비해놓을게. 그러

면 정말로 플레이를 시작할 수 있을 거야."

"플레이요?"

그녀가 새된 소리로 말했다.

"너하고 해보고 싶은 게 하나 있어. 하지만 서명할 때까지는 하지 않을 거야. 네가 준비되어 있다는 걸 알 때까지는."

"아, 서명을 안 하면 이런 관계를 계속 연장할 수 있나요?"

젠장. 그 생각은 하지 않았다.

그녀의 턱이 도전적으로 들렸다.

아, 바닥에서 다시 위로 올라오시겠다. 그녀는 언제나 방법을 찾았다.

"뭐, 그럴 순 있겠지만 난 긴장 속에서 부서지고 말겠지."

"부서져요? 어떻게요?"

그녀의 눈엔 호기심이 생생했다.

"아주 추악해질 거야."

나는 눈을 가늘게 뜨며 애태웠다.

"추악해져요? 어떻게요?"

그녀는 나에 맞춰 웃음을 지었다.

"아, 알잖아. 폭파, 자동차 추격, 납치, 방화."

"나를 납치할 거예요?"

"아, 그래."

"내 의사와는 상관없이?"

"아, 그래."

그건 흥미로운 생각인데.

"그런 후에는 그런 다음 TPE 24/7을 이야기해봐야지."

"무슨 말인지 모르겠어요."

그녀는 영문을 모르겠다는 얼굴로 약간 숨 가쁘게 말했다.

"총체적 권력 교환(Total Power Exchange)—하루 24시간 일주일이란 뜻."

그런 가능성을 생각하자 마음이 휘저어졌다. 그녀는 호기심이 많았다.

"그러니 너는 아무 선택권이 없지."

나는 장난기 어린 어조로 말했다.

"분명히 그렇겠네요."

그녀는 냉소적인 어조로 눈을 위로 치켜떴다. 아마도 내 유머 감각을 이해하기 위한 신의 영감을 찾는 듯했다.

아, 참 재미있군.

"오, 아나스타샤 스틸. 날 보고 눈을 흘긴 거야?"

"아닌데요!"

"그런 것 같은데. 날 보고 다시 눈을 흘기면 어떻게 하겠다고 했더라?"

아나는 내 말에 대답하지 않았고, 나는 다시 침대에 앉았다.

"이리 와."

잠시 동안 그녀는 창백해진 얼굴로 나를 응시했다.

"아직 서명 안 했어요."

그녀는 속삭였다.

"내가 하려는 걸 말했잖아. 나는 약속을 지키는 남자라고. 네 엉덩이를 때려주겠어. 그다음에는 아주 빠르고 아주 거칠게 너와 섹스를 할 거야. 결국 그 콘돔이 필요하게 생겼군."

할까? 하지 않을까? 바로 이거였다. 그녀가 이 일을 할 수 있을지 없을지에 대한 증거. 나는 무감하게 그녀를 바라보며 결정하기를 기다렸다. 그녀가 싫다고 한다면 내 서브미시브가 되겠다고 입바른 소리만 했다는 뜻이었다.

그렇다면 모든 게 끝나겠지.

제대로 된 선택을 해, 아나.

그녀의 표정은 엄숙했고, 눈은 커졌다. 나는 그녀가 결정을 재보고 있다는 것을 알았다.

"내가 기다리고 있어." 나는 웅얼거렸다. "난 인내심이 있는 사람이 아니라고."

깊이 숨을 들이마시며 그녀는 다리를 풀더니 내게로 기어왔다. 나는 안도감을 숨겼다.

"착한 아가씨로군. 이제 일어서."

그녀는 시키는 대로 했고, 나는 한 손을 내밀었다. 그녀는 내 손바닥에 콘돔을 놓았고, 나는 그녀의 손을 잡고 순식간에 그녀를 내 왼쪽 무릎 위로 끌어당겼다. 그리하여 그녀의 머리, 어깨와 가슴은 침대에 엎드렸다. 나는 오른쪽 다리로 그녀의 다리를 감아 꼼짝 못 하게 했다. 그녀가 게이라고 물은 순간부터 이렇게 하고 싶었다.

"두 손을 머리 양쪽에 대."

나는 명령했고 그녀는 즉시 복종했다.

"내가 왜 이러는 줄 알아, 아나스타샤?"

"내가 당신에게 눈을 흘겼기 때문에."

그녀는 목쉰 소리로 속삭였다.

"그게 예의 바른 행위라고 생각해?"

"아니요."

"다시 할 거야?"

"아니요."

"그런 짓 할 때마다 엉덩이를 때릴 거야. 알겠어?"

나는 이 순간을 음미할 작정이었다. 또 한 번의 첫 번째였다.

무척 세심하게—그 행동에서 오는 기쁨을 한껏 누리며—나는 운동복 바지를 내렸다. 그녀의 아름다운 엉덩이는 벌거벗은 채 나를 위해 준비되어 있었다. 그녀의 엉덩이에 손을 댄 순간, 그녀 온몸의 근육이 굳어지며…… 기다리고 있었다. 내 손길에 닿은 피부는 부드러웠으며, 나는 양쪽 엉덩이를 손바닥으로 쓸며 어루만졌다. 그녀의 엉덩이는 예쁘고 예뻤다. 그리고 이제 내가 그걸 분홍색으로 물들일 것이었다. 샴페인처럼.

한 손바닥을 들어 그녀를 철썩, 세게 내리쳤다. 허벅지와 이어지는 부분 바로 위였다.

그녀는 숨을 헉 들이마시며 일어나려 했지만, 나는 다른 손을 그녀의 등 우묵한 자리에 대고 꼼짝 못 하게 눌렀다. 나는 방금 친 자리를 천천히, 상냥한 손길로 어루만졌다.

그녀는 가만히 있었다.

숨을 헐떡이며.

고대하며.

그래, 그걸 또 할 거야.

나는 그녀를 한 번, 두 번, 세 번 내리쳤다.

그녀는 고통에 얼굴을 찡그리고 눈을 꽉 감아버렸다. 하지만 그만두라고 부탁하지도 않았고, 내 몸 아래서 꿈틀거리지도 않았다.

"가만히 있어. 그렇지 않으면 좀 더 오래 때려줄 테니."

나는 경고했다.

나는 그녀의 달콤한 살을 문지르다 다시 시작했다. 차례로. 왼쪽, 오른쪽, 가운데.

그녀는 비명을 질렀다. 하지만 팔을 움직이지도 않았고 그만두라고 부탁하지도 않았다.

"단지 몸이 좀 풀렸을 뿐이야."

내 목소리는 허스키했다. 나는 그녀를 다시 내려치며 내가 그녀의 피부에 남긴 분홍색 손자국을 따라 훑었다. 그녀의 피부는 예쁘게 분홍색이 되었다. 눈부셨다.

나는 한 번 더 그녀를 때렸다.

그녀는 다시 비명을 질렀다.

"네 목소리 들을 사람 아무도 없어, 나쁜이야."

나는 그녀를 때리고 또 때렸다. 같은 패턴이었다. 왼쪽, 오른쪽, 가운데. 그럴 때마다 그녀는 소리를 질렀다. 열여덟 번째에 이르렀을 때 나는 멈췄다. 숨도 쉴 수 없었다. 손바닥이 저릿했고, 페니스가 단단해졌다.

"됐어."

나는 숨을 고르려 하며 쉿소리로 말했다.

"잘했어, 아나스타샤. 이제 난 너랑 섹스를 할 거야."

나는 그녀의 분홍 엉덩이를 둥글게 둥글게 쓰다듬다가 아래로 내려왔다. 그녀는 젖어 있었다.

그리고 내 몸은 더 단단해졌다.

나는 손가락 두 개를 그녀의 질 속에 넣었다.

"이걸 느껴봐. 네 몸이 이걸 얼마나 좋아하는지 알아봐, 아나스타샤. 그저 나를 위해 빨아들여봐."

손가락을 넣었다 빼자, 그녀는 신음했고 밀어 넣을 때마다 몸이 말리고 숨소리가 빨라졌다.

나는 손을 뺐다.

나는 그녀를 원했다, 지금.

"다음번엔 너한테 횟수를 세게 해야겠군. 자, 그 콘돔은 어디 있지?"

그녀의 머리 옆에 놓인 콘돔을 집고, 그녀를 내 무릎에서 부드럽게 내려놓아 얼굴이 침대를 향하게 눕혔다. 바지 지퍼만 내리고, 청바지를 벗을 생각도 하지 않았다. 나는 서둘러 포일 포장을 뜯어 콘돔을 빨리 효율적으로 끼웠다. 나는 그녀가 무릎을 꿇을 때까지 엉덩이를 들어 올렸다. 온통 장밋빛으로 물든 엉덩이는 내가 뒤에 설 때 공기 중에 가만히 있었다.

"이제 널 가질 거야. 너도 느낄 수 있어."

나는 으르렁대며 그녀의 엉덩이를 애무하고 내 물건을 잡았다. 빠르게 한 번에 찔러 넣으며 나는 그녀 안으로 들어갔다.

내가 움직이자 그녀가 신음했다. 넣고 빼고, 넣고 빼고. 나는 그녀 안으로 쿵쿵 밀고 들어갔고 그녀의 분홍색 엉덩이 아래로 내 물건이 사라지는 것을 보았다.

그녀는 입을 크게 벌리다가, 내가 찔러 넣을 때마다 끙끙 신음하며 비명을 질렀다. 그녀의 비명은 점점 더 커졌다.

어서, 아나.

그녀는 나를 감싼 채로 조였고 강하게 절정을 느끼며 비명을 내질렀다.

"오, 아나!"

나는 그녀를 따라 선을 넘었고 그녀 안에서 절정을 느끼며 모든 시간과 관점을 잃어버렸다.

나는 그녀 옆으로 무너지며 그녀를 내 위로 끌어올려 두 팔로 감싸면서 머리카락에 대고 속삭였다.

"오, 자기. 내 세계에 온 걸 환영해."

그녀의 무게가 닻처럼 나를 고정시켰고, 그녀는 내 가슴을 만지려는 시도를 하지 않았다. 눈은 감았고 호흡은 정상으로 되돌아왔다. 나는 그녀의 머리카락을 쓰다듬었다. 부드럽고 풍성한

마호가니색 머리카락이 간접조명을 받아 빛났다. 그녀에게선 아나와 사과와 섹스의 냄새가 났다.

"잘했어."

그녀는 눈물을 흘리지 않았다. 시키는 대로 했다. 내가 제시한 도전을 다 맞받아쳤다. 그녀는 정말로 대단한 여자였다. 나는 그녀의 싸구려 면 캐미솔의 가는 끈을 손가락으로 잡아당겼다.

"이거 입고 자는 거야?"

"네."

그녀가 졸린 소리로 대답했다.

"실크와 새틴을 입고 자야지, 아름다운 아가씨. 너를 데리고 쇼핑을 가야겠다."

"난 운동복이 좋아요."

그녀가 말대꾸했다.

아무렴, 그러시겠지.

나는 그녀의 머리카락에 키스했다.

"보자고."

눈을 감고, 나는 조용한 순간 속에 긴장을 풀었다. 기이한 행복감이 내 몸을 따뜻하게 채웠다.

바로 이 기분이었다. 너무나 딱 맞는 기분.

"가야겠다."

나는 웅얼거리며 그녀의 이마에 키스했다.

"괜찮아?"

"나는 괜찮아요."

목소리가 약간 가라앉아 있었다.

나는 그녀 밑에서 부드럽게 빠져나와 일어섰다.

"욕실이 어디지?"

나는 다 쓴 콘돔을 버리고 바지 지퍼를 올리며 물었다.

"복도로 내려가서 왼쪽이에요."

욕실에 들어가서는 콘돔을 쓰레기통에 버리고 선반에 있는 베이비오일 병을 보았다.

내가 필요한 것이었다.

내가 돌아왔을 때 그녀는 옷을 입고 내 시선을 피했다. 갑자기 왜 수줍어졌지?

"베이비오일이 있더군. 네 엉덩이에 발라줄게."

"아니, 괜찮아요."

그녀는 여전히 눈 맞춤을 피하며 손가락을 바라보았다.

"아나스타샤."

나는 경고했다.

제발 시키는 대로 해.

나는 그녀 뒤에 앉아 바지를 내렸다. 손에 베이비오일을 약간 묻히고 쓰린 엉덩이를 부드럽게 문질렀다.

그녀는 고집스러운 자세로 두 손으로 허리를 짚었지만, 가만히 있었다.

"손으로 널 만지는 게 좋아."

나는 소리 내어 인정했다.

"자."

나는 그녀의 운동복 바지를 끌어올려주었다.

"이제 갈게."

"배웅할게요."

그녀는 옆으로 비켜서며 조용히 말했다. 나는 그녀의 손을 잡고 있다가 현관에 닿았을 때 마지못해 놓았다. 나의 한 부분은 가고 싶지 않았다.

"테일러에게 전화 안 해도 돼요?"

그녀의 눈은 내 가죽 재킷의 지퍼에 박혀 있었다.

"테일러는 여기 9시부터 와 있었어. 날 봐."

커다란 푸른 눈이 길고 검은 속눈썹 사이로 나를 올려다보았다.

"울지 않았군."

내 목소리는 낮았다.

그리고 내게 엉덩이를 때릴 기회를 주었지. 넌 정말 대단해.

나는 그녀를 잡고 열렬히 키스했다. 감사하는 마음을 그 키스에 쏟아부으며, 그녀를 더 꼭 안았다.

"일요일에."

나는 그녀의 입에 대고 열띤 목소리로 속삭였다. 더 있다 가다고 되느냐고 묻고 싶은 유혹이 들기 전에 퉁명스럽게 그녀를 놓았다. 나는 테일러가 몰고 온 SUV로 향했다. 일단 차에 타고 돌아보았지만, 그녀는 가고 없었다. 어쩌면 피곤한지도 모른다······. 나처럼.

즐겁게 피곤하겠지.

이제까지 내가 해본 '유동 한계' 대화 중 가장 즐거웠으리라.

젠장, 이 여자는 예측불허야. 눈을 감으면 내 위에 올라탄 그녀의 모습, 희열에 젖어 뒤로 젖혀지던 고개가 떠올랐다. 아나는 그 무엇도 건성으로 하지 않았다. 그녀는 전념했다. 그리고 생각해보면 그녀는 고작 일주일 전에 처음으로 섹스를 했을 뿐이다.

나와. 그 누구도 아닌.

나는 차창을 내다보며 싱긋 웃었지만, 보이는 것이라고는 유리에 비친 유령 같은 내 얼굴뿐이었다. 그래서 나는 눈을 감고 망상 속에 나 자신을 내맡겼다.

그녀를 훈련하는 것은 재미있겠지.

나도 모르게 깜박 졸았는지, 테일러가 깨웠다.

"다 왔습니다, 그레이 씨."

"고마워." 나는 웅얼거렸다. "아침에 회의가 있는데."

"호텔에서요?"

"응. 화상회의. 자네가 운전할 일은 없어. 하지만 점심 전에는 떠나고 싶군."

"몇 시에 짐을 쌀까요?"

"10시 30분."

"잘 알겠습니다. 부탁하신 블랙베리는 내일 스틸 양에게 배달될 겁니다."

"잘됐군. 그러고 보니 생각났는데, 그 여자의 낡은 비틀을 가져다 처분할 수 있겠나? 그 사람이 그걸 운전하게 놔두고 싶지 않아."

"물론입니다. 친구 중에 빈티지 차를 복원하는 사람이 있습니다. 그 친구라면 관심이 있을지도 모르겠군요. 제가 처리하겠습니다. 다른 지시는 없으십니까?"

"아니, 괜찮아. 잘 자게."

"안녕히 주무십시오."

나는 테일러가 SUV를 주차하도록 놔두고 스위트룸으로 올라갔다.

냉장고에서 탄산수를 꺼내서 딴 후 책상에 앉아 노트북을 켰다.

급한 이메일은 없었다.

하지만 진짜 목표는 아나에게 잘 자라는 인사를 하는 것이었다.

보낸 사람: 크리스천 그레이
제목: 너
날짜: 2011년 5월 26일 23:14
받는 사람: 아나스타샤 스틸

스틸 양,

넌 정말 그저 황홀해. 내가 이제까지 만난 여자 중 가장 아름답고 지적이고 재치 있고 용감한 여성이야. 애드빌을 몇 알 먹어. 이건 요청이 아니야. 그리고 비틀은 다시 운전하지 마. 내가 모를 것 같아?

크리스천 그레이
CEO, 그레이 엔터프라이즈 홀딩스, Inc.

그녀는 아마도 자고 있을 테지만, 난 만약의 경우를 대비해서 노트북을 켜놓고 이메일을 확인했다. 몇 분 후 그녀의 답변이 도착했다.

보낸 사람: 아나스타샤 스틸
제목: 아첨
날짜: 2011년 5월 26일 23:20
받는 사람: 크리스천 그레이

그레이 씨,

아첨을 해봤자 그 어디에도 소용없어요. 하지만 당신은 어디나 있을 테니까 중요한 점은 아니겠죠.

비틀을 팔려면 폐차장까지는 운전해 가야 해요. 그러니까 당신이 그것 가지고 난리를 피우는 걸 우아하게 받아들일 수 없네요.

레드와인이 애드빌보다는 항상 더 낫더군요.

아나

추신: 매질은 **고정** 한계로 하겠어요.

그녀의 첫 문장을 보고 나는 소리 내어 웃을 수밖에 없었다. 아, 너랑 같이 가고 싶은 곳에 다 가지도 못했는걸. 샴페인에 더해 레드와인까지? 둘을 섞어 먹으면 좋지 않은데. 그리고 매질은 목록에서 빼겠다. 나는 답장을 쓰면서 그 외에 그녀가 반대할 것이 뭔지 궁금했다.

보낸 사람: 크리스천 그레이
제목: 칭찬을 받아들일 줄 몰라 좌절을 주는 여자들
날짜: 2011년 5월 23일 23:26
받는 사람: 아나스타샤 스틸

스틸 양,
난 네게 아첨하는 게 아닌데. 잠자리에 들어야 해.
고정 한계에 네 부가 조항을 받아들이겠어.
너무 많이 마시지 마.
테일러가 네 차를 처분하고 좋은 가격을 받아줄 거야.

크리스천 그레이

CEO, 그레이 엔터프라이즈 홀딩스, Inc.

나는 그녀가 지금은 침대에 들기를 바랐다.

보낸 사람: 아나스타샤 스틸

제목: 테일러-그 일에 어울리는 사람이에요?

날짜: 2011년 5월 26일 23 : 40

받는 사람: 크리스천 그레이

선생님께,

든든한 오른팔에게는 내 차 같은 위험한 물건을 운전하는 위험을 무릅쓰게 하셔도 괜찮지만 당신이 가끔 만나 섹스하는 여자는 안 된다고 하시니 그래도 되나 의구심이 드네요. 테일러가 문제의 차를 최상의 거래로 넘길 수 있는 사람이라는 걸 내가 어떻게 확신하죠? 과거의 나, 그러니까 당신을 만나기 전의 나는 흥정에 능하기로 유명했거든요.

아나

뭐라고? 내가 가끔 만나 섹스하는 여자?

심호흡을 해야 했다. 그녀의 답장이 내 부아를 돋웠다. 아니, 불같이 화나게 했다. 어떻게 자기 자신을 그렇게 말하지? 내 서브미시브로서 그녀는 그보다 더 가치가 있었다. 나는 그녀에게 헌신할 것이다. 그녀는 이 사실을 모르나?

나는 열까지 세고, 진정한 후, 내 요트 그레이스 호에 타고 푸

젯 사운드를 항해하는 모습을 그려보았다.

플린 박사가 자랑스러워하겠군.

나는 답장을 보냈다.

보낸 사람: 크리스천 그레이

제목: 조심!

날짜: 2011년 5월 26일 23：44

받는 사람: 아나스타샤 스틸

스틸 양,

레드와인 마시고 술기운에 그러는 것이라 생각하겠어. 또 무척
긴 하루를 보냈을 테니.

다시 돌아가서 일주일 동안은 앉을 수도 없도록 만들어주고 싶은
유혹도 들지만 말야. 하루저녁이 아니라.

테일러는 전직 군인이었고 모터사이클부터 셔먼 탱크까지 운전
못하는 게 없어. 네 차도 그에겐 별로 위험하다고 할 수 없지.

그리고 부탁인데 자기 자신을 '내가 가끔 만나서 섹스하는 여자'
라고 지칭하는 건 그만둬. 솔직히 말해서 그러면 미친 듯 화가 나거
든. 성이 났을 때의 나는 정말로 네 마음에 들지 않을 거야.

크리스천 그레이

CEO, 그레이 엔터프라이즈 홀딩스, Inc.

나는 천천히 숨을 내쉬면서 심장 박동을 가라앉혔다. 대체 지
구상의 누가 내 신경을 이렇게 긁을 수 있단 말인가?

그녀는 금방 답장을 보내지 않았다. 내 반응에 겁을 먹은 것

도 같았다. 나는 책을 집어 들었지만, 그녀의 답장을 기다리는 동안 같은 문단을 세 번이나 읽었다는 것을 알았다. 고개를 든 건 몇십 번은 되었다.

보낸 사람: 아나스타샤 스틸
제목: 당신이야말로 조심하세요
날짜: 2011년 5월 26일 23:57
받는 사람: 크리스천 그레이

그레이 씨,
어쨌든 당신이 내 마음에 드는지는 잘 모르겠어요. 특히 이 순간에는.

스틸 양

나는 그녀의 답장을 응시했다. 내 모든 분노가 사그라들더니 걱정이 솟구쳐 그 자리를 대신했다.
젠장.
이제 끝이라고 말하는 건가?

《그레이》 2권으로 이어집니다.

옮긴이 박은서

전문 번역가. 자율학습시간에 할리퀸 소설을 교과서에 몰래 끼워 넣어 읽으면서 영어와 로맨스를 함께 공부했다. 무엇이든 편견 없이 읽어낼 수 있는 다방면적 독서 취향을 기르고자 노력 중. 스마트폰과 온라인 대형 서점으로 종이책이 설 자리를 잃어가는 시대에도 사람들에게 읽히는 소설을 우리말로 소개하고 옮기고 싶은 희망이 있다. '50가지 그림자' 3부작을 모두 번역했다.

GREY
그레이
1

2015년 9월 4일 초판 1쇄 발행
2015년 9월 18일 초판 5쇄 발행

지은이 | E L 제임스
옮긴이 | 박은서
발행인 | 이원주

책임편집 | 박윤희
책임마케팅 | 임슬기

발행처 (주)시공사
출판등록 1989년 5월 10일(제3-248호)

주소 | 서울특별시 서초구 사임당로 82(우편번호 137-879)
전화 | 편집(02)2046-2852 · 영업(02)2046-2800
팩스 | 편집(02)585-1755 · 영업(02)585-0835
홈페이지 www.sigongsa.com

ISBN 978-89-527-7453-8(04840)
       978-89-527-6643-4(set)